Christine Brand
Vermisst – Der Fall Anna

Christine Brand

Vermisst

Der Fall Anna

Kriminalroman

blanvalet

Penguin Random House Verlagsgruppe FSC® N001967

7. Auflage
Copyright © 2024 by Blanvalet in der
Penguin Random House Verlagsgruppe GmbH,
Neumarkter Straße 28, 81673 München
produktsicherheit@penguinrandomhouse.de
(Vorstehende Angaben sind zugleich
Pflichtinformationen nach GPSR)

Redaktion: René Stein
Umschlaggestaltung und -motiv: www.buerosued.de
JaB · Herstellung: sam
Satz: Buch-Werkstatt GmbH, Bad Aibling
Druck und Bindung: GGP Media GmbH, Pößneck
Printed in Germany
ISBN 978-3-7645-0828-9

www.blanvalet.de

Prolog

Er macht sich so klein wie möglich. Die Beine angewinkelt, den Kopf gesenkt, die Augen zusammengekniffen. Er presst die Hände auf die Ohren, so fest, dass es schmerzt. Will nichts sehen, nichts hören, unsichtbar sein. Er zittert am ganzen Körper, möchte weinen, aber die Angst ist größer. Still sein. Sich nicht rühren. Wenn Papa ihn nicht findet, vergisst er vielleicht, dass es ihn gibt.

Doch sein Herz schlägt viel zu laut, es wird ihn bestimmt verraten. Wenn du dich fürchtest, denk an etwas Schönes, sagt Mama immer. Verzweifelt versucht er, sich an etwas Schönes zu erinnern, doch es fällt ihm nichts ein.

Ohne dass er es merkt, beginnt er leise zu summen und sich dabei kaum merkbar vor und zurück zu wiegen, vor und zurück. Er muss an etwas Schönes denken. Sich nicht rühren. Unsichtbar sein.

Obwohl er sich die Ohren zuhält, hört er ihn brüllen. Es klingt, als wäre er weit weg, aber er weiß, dass er ganz nah ist. Die Worte versteht er nicht, aber er spürt den Hass darin. Dann plötzlich ein Schrei, der sich anfühlt wie ein Schmerz. Er zuckt zusammen und unterdrückt ein Wimmern.

Er will aufstehen, rausgehen, davonrennen, so weit weg wie möglich, doch er traut sich nicht. Sich nicht bewegen. An etwas Schönes denken. An Mama, die ihm die Gutenachtgeschichte vorliest. Ihm kommt das Märchen von Räuber Hotzenplotz in den Sinn, er denkt an das Feenkraut, das Kasperl unsichtbar macht. Er möchte wie Kasperl sein, der den Räuber überlistet. Aber er ist nicht Kasperl, er hat nicht so viel Mut. Könnte er sich doch nur verzaubern ... unsichtbar werden – oder fliegen können, das möchte er auch.

Geräusche dringen zu ihm durch. Etwas knallt gegen eine Wand, stürzt zu Boden. Er zuckt zusammen. Keinen Laut von sich geben. Unsichtbar sein.

Über seinem Kopf hängen Papas gebügelte Hemden. Er trägt sie nur im Büro. Wenn Papa von der Arbeit nach Hause kommt, hört er schon an seinen Schritten, ob es ein guter Abend wird oder ein schlechter. Heute waren seine Schritte schwer und schleifend. Es begann bereits, als er die Tür öffnete. Versteck dich, hat sie gesagt. Versteck dich, schnell!

Er ist wie immer in den Schrank gekrochen. Und wie jedes Mal wird ihm schon wieder schlecht vom Gestank der kleinen weißen Mottenkugeln, die Mama auf die Wäsche legt. Der Geruch wird ihm sein Leben lang Übelkeit verursachen, doch das ahnt er noch nicht. In seinem Jetzt existiert keine Zukunft – im Jetzt gibt es nichts anderes auf dieser Welt als ihn selbst, den kleinen Jungen, der regungslos im dunklen Schrank sitzt, obwohl er sich vor der Dunkelheit fürchtet, und der sich doch nicht raustraut, weil draußen alles noch viel schlimmer ist als drinnen.

In dem Augenblick erschüttert ein Knall das Haus. Er spürt ihn am ganzen Körper, es zerreißt seine Ohren. Er kreischt laut auf und hält sich schützend die Arme über den Kopf. Auf einmal ist da ein Rauschen wie ein Wasserfall, es dauert einen Moment, bis er begreift, dass der Lärm in seinen Ohren sitzt. Das Rauschen wird leiser, verschwindet, und plötzlich herrscht Stille.

Er wartet. Vielleicht möchte er doch lieber Räuber Hotzenplotz sein, der starke, böse Mann. Weil der sich vor nichts und niemandem zu fürchten braucht. Warum ist es so still? Vorsichtig öffnet er die Augen. Durch eine Holzspalte in der Schranktür fällt ein schmaler Streifen Licht. Er beugt sich nach vorn, hält sein Auge möglichst nahe an den Spalt und versucht hindurchzulinsen. Er erkennt den beigen Teppich, ein Bein des Bettgestells, mehr nicht. Er möchte nachsehen, doch er wagt es nicht. Wie versteinert kauert er im Schrank, selbst wenn er wollte, könnte er sich nicht rühren, er fühlt sich wie eingefroren. Sogar das Atmen fällt ihm schwer.

Es ist zu ruhig. Die Stille macht seine Angst noch größer.

1.

Nicht vergessen: Heute, 14 Uhr. Es kommt sonst keiner. Danke!
LG Ludwig.

Mist! Malou Löwenberg klickt die Nachricht weg. Sie hat den Termin völlig verschwitzt und verflucht sich selbst dafür, dass sie Ludwig letzte Woche zugesagt hat. Ludwig, der alte Friedhofsgärtner, der beste Freund ihres Vaters – damals, als Vater noch ein anderer war.

»Einmal Palak Paneer für die Frau Malou!«, brüllt Shahid hinter der Theke in einer Lautstärke, als müsse er ein Wett-Schreien gewinnen. Trotzdem geht seine Stimme beinahe im dudelnden Bollywood-Song unter, der aus den Lautsprechern dröhnt. Im antik anmutenden TV-Kasten über Shahids Kopf tanzen schöne Frauen in bunten Saris in Endlosschleife.

Malou blickt auf die Uhr; fast halb zwei, das ist noch zu schaffen, doch fürs Essen bleibt eigentlich keine Zeit. Dabei hat sie bereits das Frühstück wegen eines vermeintlichen Einsatzes sausen lassen, der sich vor Ort als Fehlalarm entpuppte. Ihr Magen knurrt unbehaglich. Also greift Malou trotzdem zum Teller, den Shahid ihr über die Theke reicht, stellt sich damit an einen Stehtisch und schaufelt eiligst übergroße Bissen Spinat und Frischkäse in sich hinein. Fünf Gabeln müssen reichen, danach muss sie los, wenn sie rechtzeitig auf dem Friedhof sein will. Handy einstecken, Tasche umhängen, noch ein letzter Bissen ... die Gabel entgleitet ihr um ein Haar, sie kann sie gerade noch fassen, doch die Ladung Spinat landet nicht in ihrem Mund, sondern auf ihrem Pulli, exakt auf Brusthöhe.

»Verflucht!«, schimpft sie, ohne dass jemand sie hört; die Musik ist viel zu laut.

Mit der Papierserviette versucht Malou den Fleck hastig wegzuwischen, was nur bedingt gelingt: Er wird zwar blasser, dafür umso größer. Grün auf Gelb, großartig, das perfekte Outfit, um eine Grabrede zu halten, denkt sie sarkastisch. Ein Glück, dass niemand außer Ludwig sie sehen wird.

Es kommt sonst keiner.

Malou überlegt, ob sie mit einem Uber oder mit einem Taxi zum Bremgartenfriedhof fahren soll, doch sie entscheidet sich für den Roller; damit bewegt sie sich in der Stadt am schnellsten. Sie winkt Shahid kurz zu und erntet einen tadelnden Blick, weil sie ihr Essen praktisch unberührt stehen lässt. Sie zuckt mit den Schultern. Er kennt das schon: Seine Imbissbude in der Berner Altstadt liegt nur wenige Minuten von der Polizeizentrale entfernt und ist seit Jahren Malous erste Anlaufstelle, wenn sie Hunger hat – und sie kann nicht mehr zählen, wie oft sie wegen eines Einsatzes vorzeitig aufbrechen musste.

Als Malou hinaus in die Gasse tritt, rumpelt über ihr

ein Donner. Sie blickt hoch und sieht, wie sich eine regenschwere Wolke vor die Sonne schiebt. Das hat ihr gerade noch gefehlt! Doch wenn sie schnell genug fährt, wird sie dem Regen entkommen. Das hofft Malou zumindest.

Bruna, so nennt sie ihre schokoladenbraune Vespa, steht auf dem Fahrradparkplatz gleich gegenüber. Malou hat deswegen kein schlechtes Gewissen – es gibt schlicht zu wenig Motorrad-Abstellplätze in dieser Stadt. Trotzdem ist sie froh, dass man ihr den Beruf nicht an der Nase ansehen kann, wenn sie Bruna jeweils nicht ganz legal hier parkt. Mit ihrem roten Kurzhaarschopf und dem Zungenpiercing, das frech aufblitzt, wenn sie spricht, würde Malou eher als Barkeeperin in einem linksautonomen Kulturzentrum durchgehen. Ganz zu schweigen von dem kleinen roten Stern, den sie sich in einer durchzechten Nacht im Suff hat zwischen die Schulterblätter stechen lassen. Eine Jugendsünde. Zum Glück bekommt kaum jemand das Tattoo je zu Gesicht.

Malou öffnet den Topcase-Koffer, entnimmt ihm den Helm. Schon malen fette Regentropfen dunkle Punkte auf den Asphalt. Doch sie hat keine Wahl: Nur mit dem Roller hat sie eine Chance, rechtzeitig auf dem Friedhof zu sein. Sie setzt den Helm auf und tritt auf den Kickstarter. Zum Glück springt der Motor an, das ist bei Brunas fortgeschrittenem Alter keine Selbstverständlichkeit. Malou schafft es knapp zum Stadtzentrum hinaus, bis aus den Tropfen zuerst Bindfäden werden und schließlich ein Graupelschauer einsetzt.

»Heilandsack!«

Ihr Schimpfen nützt nichts, es wird nur noch schlimmer: Hagelkörner knallen auf ihren Helm und gegen das Visier, kleine, spitze Nadelstiche malträtieren ihren Körper. Die Straße verwandelt sich in eine weiße Rutschbahn, zum Glück ist sie gleich da. Malou bremst nach der Kreuzung vorsichtig ab, will rechts in die Friedhofseinfahrt einbiegen, da zieht es ihr auf dem glitschigen Zebrastreifen das Vorderrad weg. Bevor sie begreift, was passiert, liegt sie schon am Boden.

»Scheiße!«, flucht Malou laut. »Scheißtag!«

Tage wie diese gehören aus dem Kalender gestrichen, und zwar schon, bevor sie begonnen haben. Hätte sie Ludwig bloß gesagt, sie hätte keine Zeit! Aber sie schafft es einfach nicht, Nein zu sagen, wenn er bei ihr anklopft.

Malou kann sich nicht erinnern, wie und wann es angefangen hat. Schon als sie noch ein kleines Mädchen war, hat Pa sie jeweils mitgenommen, wenn zu einer Beerdigung keine Trauergäste angemeldet waren. Ihr Vater besaß ein kleines Bestattungsinstitut in Bern. War jemand gestorben, der weder Freunde noch Angehörige hatte, standen die kleine Malou, ihr Vater und Ludwig, der Friedhofsgärtner, zu dritt am frisch ausgehobenen Grab. Keiner hat einen einsamen Tod verdient, hatte Pa immer gesagt. Er sprach dann jeweils einige Worte zum Abschied, und seit er dazu nicht mehr in der Lage ist, hat sie den Job übernommen. Nicht ganz freiwillig; es hat sich so ergeben, weil Ludwig nicht die richtigen Worte findet. In der Regel macht es Malou nichts aus, im Gegenteil; es gibt ihr sogar ein gutes Gefühl, jemandem einen letzten Gefallen zu erweisen, obwohl oder vielleicht gerade weil sie den Menschen nicht gekannt hat.

Heute aber macht es ihr sehr wohl etwas aus: Hätte Ludwig sie nicht aufgeboten, säße sie jetzt nicht hier in einer Pfütze mitten auf der Straße. Zum Glück scheint nicht viel passiert zu sein. Malou rappelt sich hoch, klopft sich ab und versucht herauszufinden, ob noch alles dran und noch alles heil ist. Handgelenk und Ellenbogen sind aufgeschürft, nicht schlimm, das Knie schmerzt etwas, die Jeans ist zerrissen, der Stoff blutverfärbt, aber auch hier: nur eine Schramme. Sie scheint sich nicht ernsthaft verletzt zu haben, Bruna allerdings hat etwas mehr abgekriegt: Der rechte Rückspiegel ist abgebrochen, ein übler Kratzer ziert die Backe des Rollers. Malou hebt den Spiegel auf und stemmt mit einem Ächzen die Vespa hoch. Sie schiebt Bruna Richtung Friedhofseingang und stellt sie davor ab. Hätte sie sich doch ein Taxi genommen, denkt Malou, als sie über den Kiesweg zum Krematorium humpelt.

»Da bist du ja!«, ruft Ludwig ihr entgegen. Er scheint ihren desolaten Zustand nicht einmal zu bemerken. »Danke, dass du kommen konntest.«

»Hallo, Ludwig.« Malou versucht so zu tun, als wäre es das Normalste auf der Welt, völlig durchnässt, mit Loch in der Hose, Spinatfleck auf dem Pulli und aufgeschürftem Knie als einziger Trauergast zu einer Beerdigung zu erscheinen.

»Das Wetter passt zum heutigen Tag.« Ludwig reicht ihr einen Schirm.

So kann man es auch sehen, denkt Malou – als ob der Schirm jetzt noch etwas bringen würde. Sie will gerade zu einer Schimpftirade ansetzen, über das Wetter und die Straße und darüber, dass sie mit knapp vierzig Jahren noch immer nicht gelernt hat, Nein zu sagen, doch da blickt sie auf die Urne neben Ludwigs Füßen und wird sich auf einen Schlag bewusst, dass viele noch um einiges übler dran sind. Wie auf Knopfdruck hört der Hagelschauer auf, wenigstens etwas. Er wird von einem feinen Sommerregen abgelöst, der sich wie Dunst anfühlt.

»Es weiß niemand, dass wir das heute tun«, flüstert Ludwig so leise, dass Malou ihn kaum versteht.

Sie wundert sich, was er damit meint, doch sie fragt nicht nach, sie will das hier so schnell wie möglich hinter sich bringen. Ludwig blickt noch einmal zum Himmel hoch, dann seufzt er, schließt den Schirm, stellt ihn in die Ecke, bückt sich nach der Urne und umfasst sie mit beiden Händen.

»Bist du bereit?«

Malou nickt. Im Gleichschritt gehen sie los, sie kennt den Weg; die Toten ohne Familie und Freunde werden im Gemeinschaftsgrab beigesetzt, auf einer kleinen Wiese, wo die Urne in den Boden gelassen oder die Asche direkt in die Aschengruft gegeben wird. Sie geben ein seltsames Gespann ab, als sie bedächtig den langen, geraden Weg entlangschreiten, an dessen Seiten die Bäume Spalier stehen: Der alte Friedhofsgärtner, der eigentlich schon vor Jahren in Rente hätte gehen müssen, und neben ihm die Polizistin, die ihren Schirm ausstreckt, damit Ludwig trocken bleibt, während sie selbst aussieht, als wäre sie in eine Regentonne gefallen.

Vor dem Gemeinschaftsgrab hält Ludwig inne, es ist bereits ein Stück Erde ausgehoben, ein kleines, viereckiges Loch, in dem die Urne ihren letzten Bestimmungsort finden wird. Der Regen fällt wieder stärker. In der Stille, die so manchem Friedhof eigen ist, ist nichts als das Prasseln der Tropfen auf dem Schirm zu hören.

»Du kannst anfangen.« Ludwig nickt Malou zu.

Erst jetzt fällt ihr ein, dass sie nicht einmal weiß, ob sie hier eine Frau oder einen Mann zu Grabe tragen.

»Wie hieß der Mensch?«

Sonst gibt Ludwig ihr immer im Voraus Namen und Alter der verstorbenen Person bekannt. Er wird es wohl vergessen haben. Auch er ist nicht mehr der Jüngste.

»Der Mann hieß Sascha Vogt. Er wurde achtundzwanzig Jahre alt.«

Malou räuspert sich, sie will gerade zu einer ihrer kurzen Reden ansetzen, die sie in verschiedenen Variationen auswendig kennt, doch im nächsten Augenblick erstarrt sie. Sie braucht ein paar Sekunden, um sich wieder zu fassen.

»Sascha Vogt? *Der* Sascha Vogt?«

»Ja. Keiner hat einen einsamen Tod verdient. Nicht einmal er.«

»Echt jetzt? Und das sagst du mir erst jetzt?« Malou wird laut. Sie ist fassungslos, dass Ludwig ihr verschwiegen hat, wen er da in der Urne bei sich trägt.

»Hätte ich es dir im Voraus gesagt, wärst du nicht gekommen.«

»Natürlich wäre ich nicht gekommen! Du hast mich hereingelegt!« Malou verspürt den starken Drang, Ludwig mit dem Schirm eins überzuziehen.

»Ich wollte nicht, dass du mich im Stich lässt.«

»Himmel, Ludwig! Der Kerl hat vor drei Wochen mehrere Frauen erschossen! Er ist ein Attentäter, ein Frauenhasser!«

»Trotzdem hat er eine würdige Beerdigung verdient. Er ist auch nur ein Mensch.«

»Da bin ich mir nicht so sicher!«

»Jetzt hörst du dich an wie ein Bulle.«

»Ich *bin* ein Bulle! Ich war dort! Ich habe das Blutbad gesehen, das er angerichtet hat, der Scheißkerl!«

»Malou, bitte! Nicht auf dem Friedhof …«

Malou vernimmt ein Rascheln. Wahrscheinlich hat sie eines der Rehe aufgescheucht, die an ruhigen Tagen hier nach Nahrung suchen. Sie versucht, sich zu beruhigen. Doch alles in ihr drin sträubt sich dagegen, die letzten Worte für diesen Menschen zu sprechen. Für Sascha Vogt, den Frauenmörder.

»Können wir es nicht einfach rasch hinter uns bringen?« Ludwig klingt bittend, er weiß, welchen Ton er bei ihr anschlagen muss.

»Was zum Teufel soll ich denn sagen?« Malou fährt sich fahrig durchs nasse Haar. Sie hasst es, hier zu sein, am liebsten würde sie Ludwig einfach stehen lassen und gehen.

»Irgendetwas.« Ludwig zögert. »Aber nichts Gemeines.«

»Sag du doch was!«

»Ich kann nicht!«

»Und ich soll dann können?«

»Es bringt nichts, hier am offenen Urnengrab herumzustreiten. Ich bitte dich!«

Malou gibt nach. Sie räuspert sich, sucht nach Worten, die sie nicht finden will, richtet sich gerade auf und betrachtet das dunkle, viereckige Loch in der nassen Erde.

»Ich stelle nun die Urne ins Grab«, kündigt Ludwig an, als ob sie das nicht sehen würde.

In Malous Hals scheint etwas festzustecken, sie hustet kräftig, bevor sie zu ihrer Rede ansetzt.

»Sascha Vogt. Ruhe auch du in Frieden. Vor allem ruhe! Ich bin froh, dass du nicht mehr lebst.«

Sie schaut zu, wie Ludwig zum Spaten greift und das Loch zuschaufelt. Als sie wieder aufblickt, meint sie in einem Busch hinter den Gräberreihen eine Bewegung wahrzunehmen. Ein Reh? Irritiert versucht sie auszumachen, ob es sich um ein Tier handelt, dem Geräusch nach muss es etwas Großes sein. Doch sie sieht nichts. Als sie sich abwendet, schaudert sie.

2.

Bastians Kopf knallt gegen die Wand. Er sackt zusammen und sinkt zu Boden, doch das hält Liam nicht davon ab, weiter auf ihn einzudreschen. Ein Tritt in den Bauch. Bastian entweicht ein dumpfes Grunzen. Er windet sich. Liam holt schon wieder zum nächsten Schlag aus.

»Liam!« Dario stürzt quer durch den Aufenthaltsraum, er will dazwischengehen, doch sein Fuß bleibt an einem Stuhlbein hängen, und er knallt der Länge nach hin. Die Jungs, die gerade noch Liam angefeuert haben, johlen begeistert. Dario ignoriert sie, kommt wieder auf die Beine, kriegt Liam am Pulli zu fassen und zerrt mit aller Kraft daran. Ein Ratschen verrät, dass der Stoff reißt. Liam hält inne, dreht sich um und starrt erst seinen Pulli, dann Dario ungläubig an.

»Mein Nike-Hoodie!«

Wenigstens hat er von Bastian abgelassen, denkt Dario. Doch nun richtet sich Liams Wut gegen ihn.

»Du Drecksau!«, brüllt Liam Dario ins Gesicht. Dann wendet er sich Bastian zu. »Hast du gesehen, was der Psycho gemacht hat?«

»Schluss jetzt!« Dario versucht, äußerlich ruhig zu

bleiben. Um keinen Preis dürfen die Jungs ihm seine Unsicherheit anmerken. Zu seinem Erstaunen ist Bastian bereits wieder auf den Beinen. Dass er aus der Nase blutet, kümmert ihn offensichtlich nicht. Auch scheint er bereits vergessen zu haben, wer der Verursacher seiner Blessur ist: Er stellt sich neben Liam, begutachtet den Pulli und wirft Dario ebenfalls einen hasserfüllten Blick zu. Bastian ist etwa gleich groß wie Dario, Liam überragt ihn um einen halben Kopf. Dario weiß, dass er keine Chance hätte, wenn sie auf ihn losgingen; beide sind durchtrainierte Kraftpakete. Er fühlt sich völlig überfordert.

»Was geht hier ab?«, fragt in dem Moment eine Stimme hinter ihm. Michael, sein Kollege und Vorgesetzter. Dario atmet innerlich auf. Gerade noch mal gut gegangen. Zu zweit werden sie die Situation beruhigen können.

»Forster ist durchgedreht, er ist auf mich losgegangen und hat meinen Hoodie zerrissen! Dabei hab ich gar nichts getan!«

»Das heißt *Herr* Forster!«, sagt Michael scharf. »Und Bastians Nase sieht nicht danach aus, als ob du nichts getan hättest.«

»Das war nicht Liam. Ich bin über den Stuhl gestürzt und blöd gegen die Wand geknallt.« Bastian lügt, ohne mit der Wimper zu zucken.

Na super, das nennt man Dankbarkeit, denkt Dario frustriert, während er den Blick seines Kollegen sucht und die Augen verdreht. In Momenten wie diesen hasst er seinen Job, mehr noch, er fürchtet ihn. Gerade eben hat er richtig Angst gehabt, das darf nicht passieren. Und das alles ausgerechnet heute, an seinem Geburtstag – wobei hier niemand weiß, dass er etwas zu feiern hätte. Wobei, feiern ... das macht er nicht. Nicht an diesem Tag. Dario schüttelt den Gedanken ab.

Es ist an der Zeit, sich nach einem neuen Beruf umzusehen, denkt er. Tramchauffeur, zum Beispiel, oder Krankenpfleger, bloß nichts mehr mit schwer erziehbaren Jugendlichen, das ist auf Dauer nicht auszuhalten. Am Ende des Tages sagt einem nicht einmal jemand danke.

»Bastian, du gehst in die Krankenstation und lässt deine Nase verarzten. Liam, du verschwindest in deinem Zimmer, ich will dich heute nicht mehr sehen, sonst kriegst du Hausarrest.«

»Das ist unfair! Forster hat angefangen!«, motzt Liam.

»Ausgerechnet.« Dario verwirft die Hände.

»Raus jetzt«, sagt Michael ruhig, aber bestimmt.

Bastian und Liam machen einen Abgang.

»Und ihr kümmert euch wieder um euren eigenen Kram.«

Die Jungs, die das Spektakel amüsiert mitverfolgt haben, murren zwar leise, wenden sich dann aber ab und ziehen sich zurück. Dario bewundert Michael für seine unaufgeregte Autorität. Er selbst kriegt die Jungs einfach nicht in den Griff, und er weiß nicht, woran es liegt. Es ist zum Verzweifeln.

»Bist du okay?« Michael reißt ihn aus seinen Gedanken.

»Alles in Ordnung, danke.«

Dario sieht Michael an, dass er ihm nicht glaubt. Zu

Recht. Er will nur noch nach Hause, er braucht Urlaub, am liebsten für immer. Es gibt Tage, da saugen die Jungs alle Energie aus ihm raus, sodass er sich nach der Arbeit fühlt wie eine leere Hülle. Das ist es nicht wert. Dario blickt auf die Uhr; fast vier. Bald Feierabend nach seiner Frühschicht. Zum Glück.

»Ich mach bald Schluss. Ich schreib noch rasch den Rapport, dann bin ich hier weg. War ein Scheißtag, aber morgen wird es bestimmt besser.«

Michael nickt, obwohl sie beide wissen, dass auch der nächste Tag wieder schwierig sein wird.

»Schon mal drüber nachgedacht, eine Auszeit zu nehmen? Oder wenigstens Urlaub? Der Job verschleißt dich. Du siehst nicht gut aus, wenn ich das so direkt sagen darf.«

»Es geht schon, danke.«

Noch während er den Satz zu Ende spricht, merkt Dario, dass er sich selbst belügt.

Seine Stimmung wird nicht besser, als er eine Dreiviertelstunde später mit dem Tram durch die Altstadt von Bern nach Hause fährt. Er lehnt den Kopf an die Fensterscheibe, blickt hinaus und sieht all die Menschen, die auf den Restaurant-Terrassen sitzen, sich zulachen, ausgelassen wirken, glücklich sind. Er will so sein wie sie, doch die Arbeit frisst ihn auf und ermüdet ihn. Zu müde, um auszugehen oder um Freunde zu treffen, sogar an seinem Geburtstag. Zu müde, um etwas für sich selbst zu tun. Er ist erst fünfunddreißig und fühlt sich schon wie ein Greis.

»Das kanns doch nicht sein«, sagt er laut.

Die junge Frau auf dem gegenüberliegenden Sitz blickt kurz auf, wendet sich dann aber gleich wieder ihrem Handy zu.

Als Dario sich für die sozialpädagogische Ausbildung entschieden hatte, gab es keine Zweifel. Er war sicher, dass er mit jungen Menschen arbeiten wollte, mit Jugendlichen, die es schwer hatten im Leben. Er wollte für diejenigen da sein, die nicht wohlbehütet in einer Familie aufwachsen können. So, wie damals für ihn Menschen da waren, als er von einem Tag auf den anderen allein war. Doch heute, nach über zehn Jahren im Job, muss er sich eingestehen, dass er sich geirrt hat: Die Jungs sind nicht wie er. Er kann ihnen nichts mehr geben, sie fordern ihm zu viel ab.

Aber einfach alles hinschmeißen? Und was soll er sonst machen, er hat doch nichts anderes gelernt?

Das Tram rumpelt um die Kurve. Die Sonnenstrahlen tauchen die Altstadtgasse in ein gelboranges Licht, die Schatten der Menschen sind lange, schlaksige Gestalten. Die Welt da draußen scheint mit seinem Leben nichts zu tun zu haben. Auf einmal fühlt sich Dario sehr allein.

Was würde *sie* ihm wohl raten?

Dario versucht sich vorzustellen, wie sie ihm zuhören würde, wenn er ihr von seinen Zweifeln erzählte. Wie sie mit ihm das Dafür und Dagegen abwägen würde, wenn er sie nach ihrer Meinung fragte. Er ist sicher, sie wüsste, was das Richtige für ihn wäre.

Dario schluckt schwer. Wie sehr sie ihm fehlt, obwohl er sich nicht an sie erinnert.

3.

Malou nimmt zwei Stufen auf einmal, als sie im Polizeirevier die Treppe zu ihrem Büro hocheilt. Sie ist spät dran, nicht nur, weil sie unfreiwillig eine Grabrede für einen Attentäter gehalten hat, sondern auch, weil sie auf der Rückfahrt einen Umweg zu ihrem Motorradmechaniker einlegen musste. Er hat versprochen, sich sofort um Bruna zu kümmern, morgen könne sie den Roller wieder abholen.

Malou nickt ihren Kollegen Florence und Bernard kurz zu, als sie das Großraumbüro betritt, dann checkt sie als Erstes die Mails. Nichts passiert, seit sie am Mittag das Büro verlassen hat. Überhaupt herrscht grundsätzlich Flaute. Es ist immer dasselbe: Entweder geschieht alles gleichzeitig und die Welt scheint unterzugehen, oder aber es passiert gar nichts. Zwischentöne scheint es nicht zu geben.

Ihre Kollegen kümmern sich um zwei versuchte Tötungsdelikte im Bereich häuslicher Gewalt, Routinearbeit, sie selbst hat im Moment keinen aktuellen Fall zu betreuen. Es ist ihr gerade recht. Die letzten Wochen haben ihr zugesetzt. Was mit ihrer Kollegin Bettina passiert ist, hat sie noch nicht weggesteckt: Eine falsche Entscheidung, ein Finger am Abzug, eine Bewegung von ein paar Millimetern zu viel – schon ist man nicht mehr Polizistin, sondern eine Kriminelle hinter Gittern. Was Malou am meisten erschüttert hat, ist die Erkenntnis, dass sie in Bettinas Situation sehr wahrscheinlich genau gleich gehandelt hätte – im Wissen um die Konsequenzen und obwohl sie Polizistin ist. Schließlich sind auch sie nur Menschen. Dass sie Bettina auf diese Art und Weise als Kollegin verloren hat, macht ihr zu schaffen. Zum ersten Mal überhaupt macht sich Malou Gedanken darüber, ob sie hier noch am richtigen Ort ist. Aber Polizistin zu sein ist für sie mehr als ein Beruf. Es ist die Art und Weise, wie sie ihr Leben führen will: Im Einsatz gegen die Verbrecher, im Namen der Opfer.

Malou checkt ihre To-do-Liste. Alle Berichte sind geschrieben, sie hat nichts Weiteres zu tun, als auf das nächste Delikt zu warten. Allein das erscheint ihr auf einmal makaber. Darum beschließt sie zu erledigen, was sie seit Monaten vor sich herschiebt: In ihrem Schreibtisch gibt es eine Schublade, die sie noch immer nicht aufgeräumt hat.

Malou hat die Stelle in der Abteilung Leib und Leben der Kantonspolizei Bern erhalten, weil ihr Vorgänger vorzeitig aus dem Dienst geschieden war: Ramon wurde während eines Einsatzes erschossen. Als sie seinen früheren Arbeitsplatz bezogen hatte, war der Schreibtisch noch nicht geräumt worden. Also hatte sie seine persönlichen Gegenstände in eine Kiste gepackt und alles andere weggeschmissen – alles, außer den Inhalt dieser letzten Schublade, in der mehrere Hängeregister verstauben. Sie hatte sich vorgenommen, die Dossiers erst zu sichten, bevor sie sie entsorgen würde. Nur ist sie bis heute nie dazu gekommen.

Malou zieht die Schublade heraus, greift sich vier Register und klappt die erste Mappe auf. *Der Fall 11. April,* steht auf dem Etikett. Sie weiß sofort, worum es geht: Innerhalb von fünf Jahren haben sich zwei Tötungsdelikte exakt am gleichen Datum ereignet – am 11. April 2010 sowie am 11. April 2015, an unterschiedlichen Orten mit unterschiedlichen Opfern auf unterschiedliche Art und Weise. Nichts scheint die zwei Delikte zu verbinden, außer das Datum und die Tatsache, dass an beiden Tatorten eine identische männliche DNA-Spur gesichert wurde, die mit größter Wahrscheinlichkeit dem Täter zuzuordnen ist. Zwei Mal der gleiche Täter. Trotzdem sind beide Fälle bis heute ungeklärt: In der DNA-Datenbank gab es keinen Treffer. Malou fragt sich, ob Ramon etwas Neues zu den beiden Cold Cases herausgefunden hat, doch ihre Hoffnung zerschlägt sich schnell: Die Mappe enthält einzig Zeitungsartikel über die Verbrechen, mehr nicht. Malou wirft sie in die Plastikkiste, in der das Altpapier gesammelt wird.

Das zweite Dossier ist mit dem Namen *Nathalie* beschriftet. Der Name sagt Malou nichts. Sie schlägt die Mappe auf, überfliegt die ersten Seiten des kopierten Rapports; ein Vermisstenfall. Nathalie Kipfer, siebenunddreißig, hielt sich am Nachmittag des 7. August 2016 mit

Freundinnen und deren Kindern in einem Wald bei Interlaken auf, wo sie *Fang den Wolf* spielten. Von einem Augenblick auf den anderen war sie verschwunden. Ihre Freunde dachten zunächst, Nathalie sei vorzeitig nach Hause gegangen, doch dort trafen sie sie nicht an. Also riefen sie die Polizei. Die Suche wurde sofort lanciert, doch von der Frau fehlte jede Spur, fast so, als wäre sie vom Erdboden verschluckt worden. Malou schüttelt den Kopf; es gibt nichts, das es nicht gibt. Neben der Kopie des Rapports liegen der Akte handschriftliche Notizen bei, die von Ramon stammen müssen. Malou liest die Stichworte durch, erkennt darin aber keinen Sinn, sie ist sich nicht mal sicher, ob sie sich auf den Fall beziehen. Sie zögert, dann legt sie die Mappe auf den Schreibtisch. Sie wird ihren Chef Sandro Bandini danach fragen.

Auf dem nächsten Hängeregister liest Malou den Namen *Carole Stein*. An diesen Fall erinnert sie sich, obwohl sie damals, als die Koma-Patientin Carole Stein entführt worden war, noch nicht in der Abteilung gearbeitet hat. Bandinis Team konnte den Fall lösen. Malou blättert die Unterlagen trotzdem rasch durch. Sie enthalten nichts, das archiviert werden sollte, also wirft sie auch dieses Dossier in die Kiste mit dem Altpapier.

Die letzte Mappe ist nicht näher bezeichnet. Als Malou sie aufklappt, blickt sie einer jungen Frau mit kurzem schwarzem Haar und runder Brille ins Gesicht. Sie streckt der Person hinter der Kamera mit frechem Grinsen die zu einem Victory-Zeichen gespreizten Finger entgegen. Darunter steht, dass die sechsundzwanzigjährige Beatrice Strebel aus Deutschland seit dem 5. Mai 1996 als vermisst gilt. Die Radiojournalistin arbeitete für einen Schweizer Lokalsender und war per Anhalter nach Biel unterwegs, um über eine Ausstellung des Fotomuseums zu berichten, doch dort ist sie nie angekommen. Malou blättert weiter und stößt auf einen Zeitungsartikel, auf dem jemand mit gelbem Leuchtstift einige Stellen angestrichen hat. Demnach wurden vier Jahre nach Beatrice' Verschwinden in einem abgelegenen Waldstück ihre sterblichen Überreste entdeckt. Malou findet nichts darüber, ob der Täter je gefasst werden konnte. Sie wird Sandro fragen, ob Ramon an diesen Fällen gearbeitet hat, vielleicht kann sie sich ja dem einen oder anderen Cold Case annehmen. Malou holt in der kleinen Büro-Küche einen nassen Lappen, setzt sich neben dem Schreibtisch auf den Boden und macht sich daran, die Schublade auszuwischen.

»Was machst du da? Verspäteter Frühjahrsputz?«

Malou blickt auf. Ihr Chef Sandro steht vor ihr und schaut auf sie hinab.

»Ich habe die letzten Akten von Ramon gesichtet, die er in seinem Schreibtisch aufbewahrt hatte.«

Sofort verschwindet das leise Schmunzeln aus Sandros Gesicht. Ramons Verlust lastet noch immer schwer auf dem Team.

»Danke, das hätte eigentlich erledigt werden sollen, bevor du seinen Arbeitsplatz bezogen hast.«

»Ich bin auf zwei Dossiers gestoßen.« Malou erhebt sich. »Sagt dir der Name Beatrice Strebel etwas?«

»Ja, natürlich.«

»Wurde der Täter je gefasst?«

»Leider nein.«

»Ein Cold Case … hat sich Ramon damit beschäftigt?«

»Nicht dass ich wüsste.«

»Vielleicht ist er auf etwas gestoßen …«

»Ich glaube kaum. Ich bin sicher, dass damals alles Menschenmögliche unternommen wurde, jedoch erfolglos.«

»Aber heute ist mehr möglich als 1996 … Ich könnte prüfen, ob man an den Asservaten Spuren sichern kann, die man damals noch nicht auswerten konnte.«

»Ach, Malou, wir haben so viele ungelöste Fälle – aber wir haben schlicht nicht die Zeit, jeden aus dem Archiv zu holen und ihn neu aufzurollen. Manchmal muss man akzeptieren, dass nicht jedes Verbrechen aufgeklärt werden kann.«

Malou will gerade widersprechen, sie ist anderer Meinung. Doch sie schweigt; sie mag keine Diskussion vom Zaun brechen.

»Ich könnte doch zumindest mal reinschauen, solange ich nichts anderes zu tun habe.«

»Nein. Falls was passiert, musst du sofort einsatzbereit sein. Bestimmt hast du nach dem Stöckelschuh-Fall einen Berg Überstunden angehäuft. Mach ein paar Tage frei, damit du Energie tanken kannst. Ich bin sicher, es dauert nicht lange, bis wir wieder alle Kräfte nötig haben.«

»Aber …«

»Ich meine es ernst. Wenn wir schon mal Zeit zum Ausruhen haben, müssen wir sie nutzen.«

Womöglich hat Sandro recht, denkt Malou. Die letzten Wochen waren emotional anstrengend. Vielleicht werden ihr ein paar freie Tage guttun.

»Okay, ich bleib morgen mal zu Hause. Aber melde dich, falls ihr mich braucht.«

»Darauf kannst du wetten.«

Eine halbe Stunde später fährt Malou im Tram über die Kornhausbrücke Richtung Altstadt. Als sie aus dem Fenster blickt, sieht sie die Menschen auf dem Kornhausplatz an den Tischen sitzen, lachend, ausgelassen ihren Feierabenddrink genießend, und sie fragt sich, was sie mit dem angebrochenen Abend anfangen soll, jetzt, da sie morgen unverhofft nicht zur Arbeit muss. Auszugehen wäre verlockend, ein Date wäre eine willkommene Abwechslung. Also öffnet sie auf ihrem Handy die Tinder-App und scrollt sich durch die letzten Chats. Sie wecken keine guten Erinnerungen, was noch untertrieben ist – tatsächlich waren ihre letzten beiden Verabredungen mittlere Katastrophen. Beim einen Blind Date stellte sich heraus, dass der Mann fünfzehn Jahre älter war, als er angegeben hatte. Als sie ihn damit konfrontierte, erklärte er allen Ernstes, dass er schließlich auch auf seinen Profilbildern fünfzehn Jahre jünger sei, er habe daher das korrekte Alter angegeben, das mit den Fotos übereinstimme. Auf Malous Hinweis, dass er stattdessen aktuelle Bilder hochladen könnte, winkte er entrüstet ab: Das sei undenkbar, weil sich dann einzig Frauen in seinem Alter melden würden, die natürlich viel zu alt für ihn seien –

eine männliche Logik, mit der Malou nichts anfangen kann. Beim letzten Tinderdate – Roland oder Rolf oder Robert – musste sie einen narzisstischen Monolog über sich ergehen lassen, und als sie im Anschluss eine Fortsetzung im Bett freundlich ablehnte, stellte er ihr nach und versuchte sie in einer Gasse von hinten anzufallen. Sein Fehler, dass er ihr nicht eine einzige Frage gestellt hatte und daher nicht ahnen konnte, dass sie Polizistin ist. Sie ist sicher, dass er die Abfuhr inklusive Landung auf dem harten Pflaster nicht so schnell vergessen wird.

Malou löscht die Männer aus ihrer Chatliste und beginnt, sich durch die neuen »Angebote« auf Tinder zu blättern. Sie wischt nach links, links, links, links, schneller als im Sekundentakt, keines der Gesichter weckt bei ihr auch nur den kleinsten Funken Sympathie. Ihr Daumen will gerade ein weiteres Mal nach links wischen, als sie stoppt und ihn in der Luft verharren lässt. Dieses Foto schaut sie etwas länger an. Der Mann mit dem Nickname Herakles sieht tatsächlich aus wie ein griechischer Halbgott: Nachtschwarzer Haarschopf, dunkle Augen, die halb ernst, halb belustigt in die Kamera blicken. Eine sehr lange, schlanke Nase, kräftige Augenbrauen und dünne Lippen.

Eine von Malous Freundinnen ist überzeugt, dass Männer mit dünnen Lippen schlechte Küsser sind. Sie sagt ebenfalls, Männer mit »Augen Abstand null«, also mit engstehenden Augen, seien mit wenig Intelligenz ausgestattet. Doch Herakles' Augen liegen zum Glück weit genug auseinander. Das Risiko, dass er ein schlechter

Küsser ist, nimmt Malou in Kauf, sie will ihn schließlich nicht gleich heiraten. Doch dann sieht sie, dass er vier Jahre jünger ist als sie. Männer, die vier Jahre jünger sind als sie, interessieren sich meist ausschließlich für Frauen, die mindestens fünf Jahre jünger sind. Malou wischt sein Bild trotzdem nach rechts.

Treffer!

Überrascht stellt sie fest, dass er ihr ebenfalls einen Like gegeben hat. Da Malou nicht zu jenen Frauen gehört, die das Gefühl haben, Männer müssten immer den ersten Schritt tun, sondern im Gegenteil lieber diejenige ist, die die Zügel in der Hand hält, schreibt sie ihn gleich an.

Kalimera, Herakles, heute schon was vor? Wie wäre es mit einem Feierabendwein auf der Münsterplattform? Gruß, Malou (kein Nickname, ich habe nichts zu verbergen)

Eine Lüge, denkt sie, als sie auf den Button *Senden* drückt.

4.

Dario steht seit gefühlten fünf Minuten im Hauseingang und starrt auf seinen Briefkasten. Als ob er spüren
könnte, dass sich darin vielleicht das befindet, vor dem
er sich fürchtet und das er doch herbeisehnt. Schließlich
wendet er sich ab und steigt, ohne nach der Post zu sehen, zu seiner Wohnung im dritten Stock hoch. Er dreht
den Schlüssel zweimal um – er schließt immer doppelt
ab –, betritt den Flur und stellt seine Tasche auf den Stuhl,
der neben der Garderobe steht. Dann begibt er sich in jedes seiner drei Zimmer – Schlafzimmer, Arbeitszimmer,
Wohnraum. Er stellt sicher, dass niemand da ist, und
prüft, ob jemand da war. Das scheint nicht der Fall zu
sein; alles steht genau dort, wo er es hingestellt hat, nichts
ist aus der Ordnung geraten, er würde es sofort merken,
wenn etwas verändert wäre.

Er weiß, dass andere ihn einen Kontrollfreak nennen
würden, und vielleicht ist er das auch. Aber er hat seine
Gründe. Als er sicher ist, dass niemand in seinen privaten
Bereich eingedrungen ist, begibt er sich ins Wohnzimmer,
setzt sich auf das schwarze Ledersofa, stützt das Gesicht
in die Hände und beginnt zu weinen.

»Scheißtag«, sagt er laut, als er sich wieder etwas gefasst hat.

Eine Weile sitzt er einfach nur da, starrt ins Leere und geht in Gedanken noch einmal die Situation von heute Nachmittag durch. Er fragt sich, was passiert wäre, wenn Michael nicht just im richtigen Moment im Aufenthaltsraum aufgetaucht wäre. Er mag es sich gar nicht vorstellen. Obwohl Dario weiß, dass es so nicht weitergehen kann, schafft er es doch nicht, etwas zu ändern. Er hasst sich dafür, dass er das Leben nicht besser in den Griff kriegt, dafür, dass alles immer schiefläuft. Und auch dafür, dass er an seinem Geburtstag allein zu Hause sitzt und heult. Am liebsten würde er sich ins Bett legen, die Decke über den Kopf ziehen und warten, bis der Tag vorbei ist. Vielleicht wird er genau das tun: ins Bett gehen und erst morgen wieder aus seinem Schneckenhaus hervorkriechen.

Doch zunächst holt er aus dem Schrank im Arbeitszimmer die silberfarbene Geldkassette hervor. Er klaubt den Schlüssel aus seinem Geldbeutel und schließt sie auf. Vorsichtig nimmt er die Fotografien heraus und legt sie einzeln vor sich auf den Tisch. Es sind nicht viele, doch mehr hat er nicht. Jedes Jahr an seinem Geburtstag schaut er sie sich an, es ist längst ein Ritual geworden, daran hält er sich fest wie an so vielen anderen Ritualen, die das Leben für ihn erträglicher machen.

Fünf rechteckige Schwarz-Weiß-Aufnahmen, daneben eine Handvoll quadratische Fotos, die mal farbig waren und nun aussehen, als hätte sie jemand mit einem Sepia-Filter aufgenommen. Er betrachtet Bild für Bild, bei einem hält er besonders lange inne. Es ist eine Schwarz-Weiß-Aufnahme, ein Spiel mit Schatten und Licht. Dario streicht mit dem Zeigefinger sanft über das abgebildete Gesicht. Er schließt die Augen, seufzt schwer und fasst innerlich einen Entschluss: Er wird kündigen – und bevor er sich eine neue Arbeitsstelle sucht, wird er eine Auszeit nehmen und das tun, was er schon seit vielen Jahren tun will und immer wieder vor sich her geschoben hat. Vielleicht aus Angst, weil es manchmal einfacher ist, die Wahrheit nicht zu kennen. Doch das Warten heilt die Wunden nicht. Dario legt die Fotos zurück in die Kassette und versorgt sie wieder zuunterst im Schrank des Arbeitszimmers.

In dem Moment erklingt ein leises Pling aus seiner Tasche. Kein Signalton, den er auf Anhieb erkennt, das kann keine normale WhatsApp oder SMS sein. Er sucht sein Handy und sieht auf dem Display, dass über die Tinder-App eine Nachricht eingegangen ist. Das passiert selten genug – und wenn's dann mal passiert, natürlich in einem Augenblick wie diesem, wenn Dario alles andere als in Stimmung ist, sich mit einer Frau zu treffen. Aber es spielt keine Rolle, nach zu vielen Enttäuschungen hat er die Hoffnung eh aufgegeben, auf diesem Weg eine Freundin zu finden. Trotzdem neigt er zu einem gewissen Fatalismus; dass er just in diesem Moment der Einsamkeit eine Nachricht erhält, ist womöglich ein Zeichen. Auch ist seine Neugierde zu groß, um sie zu ignorieren. Entschlossen öffnet er die App.

Das Gesicht, das auf dem Display erscheint, kommt ihm sofort bekannt vor. Er erinnert sich, dass er ihr einen Like gegeben hat, gleichzeitig ist er sicher, dass er der Frau mit dem frechen Kurzhaarschnitt und dem neugierigen Blick auch schon mal im echten Leben begegnet ist. Doch er hat keine Ahnung, wo das gewesen sein könnte. Womöglich im Olmo-Laden, wo er manchmal Klamotten kauft? Nein, die Frau dort hat schwarze Haare, nicht rote. Der Name unter dem Foto sagt ihm nichts: Malou. Ihre Nachricht klingt nett, und sie ist direkt: Malou bittet um ein Date, heute Abend schon. Dario schüttelt unwillkürlich den Kopf. Einen schlechteren Tag hätte sie sich nicht aussuchen können. Er blickt auf die Uhr; es ist noch nicht ganz sechs, zeitlich wäre es also machbar, aber, nein, no way, er kann unmöglich in seiner üblen Stimmung zu einem Blind Date fahren. Dario klickt die Nachricht weg und legt das Telefon zur Seite. Bleibt sitzen. Denkt nach. Greift wieder zum Handy und öffnet die App erneut.

Hallo, Malou, danke für die Nachricht. Ich glaube, ich bin dir schon mal begegnet. Liebe Grüße, Herakles.

Er hält inne, löscht die letzten drei Worte, die er geschrieben hat, und ersetzt sie durch: *Herzlich, Dario.*

Im selben Moment, in dem Dario auf *Senden* klickt, realisiert er, dass er Malou gerade unbedacht einen der unmöglichsten Anmach-Sprüche geschrieben hat. Wahrscheinlich wird er nie wieder von ihr hören. Rasch tippt er eine zweite Nachricht an die Unbekannte, die ihm bekannt vorkommt.

Entschuldige, das klang jetzt wohl gerade ziemlich plump,

aber ich habe wirklich das Gefühl, dich vom Sehen her zu kennen.

Kaum hat er die Nachricht abgeschickt, bereut er sie schon wieder. Wahrscheinlich macht er damit alles nur noch schlimmer. Er hätte sich besser vorher in Ruhe eine gute Antwort zurechtgelegt, statt einfach draufloszuschreiben. Dario will gerade eine dritte Nachricht tippen, da ploppt eine Mitteilung von Malou auf.

Ja, originell geht anders, aber ich verzeihe dir. Dafür bezahlst du den Drink auf der Münsterplattform. Um acht?

Als ob es keine Widerrede gäbe, denkt Dario, doch gleichzeitig realisiert er, dass er gar nicht widersprechen will.

Okay, acht Uhr auf der Münsterplattform. Ich werde dich finden!

Kaum ist die Meldung weg, fragt sich Dario, ob das eine gute Idee ist – wahrscheinlich wäre die Option Bettdecke über dem Kopf die bessere gewesen.

Als Dario wenig später unter der Dusche steht, pfeift er eine Ohrwurm-Melodie vor sich hin, ohne sich dessen bewusst zu sein. Danach geht es ihm schon viel besser. Vielleicht, sagt er sich, wird das Date – anders als die vielen anderen zuvor – ja ausnahmsweise interessant oder sogar lustig werden. Womöglich wird er nun doch endlich der Frau seiner Träume begegnen, sie wird sich in ihn verlieben, und sie werden glücklich sein bis ans Ende ihrer Tage. Oder so … Auf jeden Fall wird ihm etwas Abwechslung guttun.

Es ist kurz nach sieben. In einer halben Stunde muss er los; es bleibt gerade noch genug Zeit, den ersten Schritt zu tun, um seinen Entschluss von heute Abend umzusetzen. Er geht rüber in die Küche, nimmt eine Rhabarber-Schorle aus dem Kühlschrank, setzt sich an den Tisch und klappt den Laptop auf. Dario öffnet das Dokument, an dem er seit einer gefühlten Ewigkeit arbeitet, das er mindestens schon hundertmal umgeschrieben und noch immer nicht fertiggestellt hat. Er löscht den ersten Satz und schreibt ihn noch einmal neu.

Mein Name ist Dario Forster. Ich brauche Eure Hilfe.

5.

Der Mann, der Malou gegenübersitzt, sieht verboten gut aus, doch leider scheint er den Mund nicht aufzukriegen. Wenn nicht sie redet, herrscht Schweigen. Das verspricht einmal mehr, ein langweiliger Abend zu werden. Malou fragt sich, warum sie sich das immer wieder antut. Die Ausbeute an interessanten Dates und aufregenden Nächten ist verglichen mit dem Aufwand, den sie dafür betreibt, mehr als bescheiden: Auf ein abwechslungsreiches und im besten Fall sogar bereicherndes Blind Date kommen etwa drei bis vier verschwendete Abende, an denen sie sich zusammenreißen muss, damit sie nicht einschläft. Trotz der miserablen Bilanz schreibt sie doch immer wieder Männer auf Tinder an, sie kann sich selbst nicht genau erklären, warum.

Malous Problem ist, dass sie zwar beziehungsfrei leben, aber nicht auf Sex verzichten will. Mit lockeren Affären hat es nie richtig hingehauen, weil sie nie lange locker blieben: Geht sie mehrmals mit dem gleichen Mann ins Bett, kann sie schon fast darauf wetten, dass entweder er sich oder sie sich verliebt, allerdings nie beide gleichzeitig. Und dann wird es sofort kompliziert. Darum bevorzugt sie One-Night-Stands. Doch so wie der Abend gerade läuft, sieht es auch heute danach aus, dass sie es sich besser allein bei sich zu Hause gemütlich gemacht oder sich mit einer ihrer Freundinnen getroffen hätte.

Mit den Freundinnen ist es aber auch so eine Sache: Die meisten von ihnen sind unflexibel geworden, seit sie Kinder haben. Und das verträgt sich nicht gut mit Malous Job. Sie muss zugeben, dass sie keine einfache Freundin ist; ihr Beruf geht immer vor, und sie kann nicht mehr zählen, wie viele Verabredungen sie hat absagen müssen oder, schlimmer noch, wie oft sie mitten während eines gemeinsamen Abendessens aufspringen und eine Freundin sitzen lassen musste, weil sie zu einem Einsatz gerufen wurde. So oft, dass sie lieber gar keine Verabredungen mehr trifft – weil die Chance groß ist, dass es dann doch nicht klappt. Darum bevorzugt Malou kurzfristige Treffen – was schwierig ist, weil die Leute meist einen vollen Terminkalender und dadurch jede Spontanität verloren haben. Zumindest das ist Dario, der ihr noch immer schweigend gegenübersitzt, hoch anzurechnen: Er hat spontan Zeit gehabt. Ein Punkt für ihn.

Vor Malou steht ein Glas Weißwein, Dario trinkt Bier. Sie stoßen an, doch mehr als ein Prosit ist ihm nicht zu entlocken. Es ist klar, dass Malou das Gespräch in Gang halten muss, wenn sie sich nicht den ganzen Abend gegenübersitzen wollen wie zwei stumme Fische.

»Du wohnst also auch in der Stadt?«

»Ja.«

Stille.

»Und du meinst, wir seien uns schon mal begegnet?«

»Ja, aber ich weiß nicht mehr, wo.«

Pause.

Hoffentlich, denkt Malou, habe ich ihn nicht irgendwann verhaftet. Sie studiert Darios Gesicht, doch es kommt ihr nicht bekannt vor. Auch er mustert sie aufmerksam und blinzelt nervös. Weit unter ihnen rauscht das Wasser der Aare, das im Schwellenmätteli über das Stauwehr hinabstürzt, hinter ihnen auf dem Rasen spielen Kinder vergnügt Fangen, an den Tischchen neben ihnen plaudern die Menschen angeregt miteinander. Hin und wieder bricht ein Lachen aus dem Stimmenteppich heraus. Alle scheinen sich zu amüsieren, während Malou langsam die Fragen ausgehen.

»Was arbeitest du denn so?« In der gleichen Sekunde, in der Malou den Satz ausspricht, realisiert sie, wie fantasielos er sich anhört.

»Ich arbeite in einem Heim für schwer erziehbare Jugendliche.«

So viele Worte am Stück sind ein neuer Rekord. Vielleicht, denkt Malou, wird das doch noch etwas. Womöglich ist er einfach schüchtern.

»Dann haben wir etwas gemeinsam; ich arbeite mit schwer erziehbaren Erwachsenen.«

»Was machst du genau?«

Endlich stellt er eine Frage – allerdings just jene, die Malou nicht gleich zu Beginn beantworten mag. Es gibt Männer, die finden es abenteuerlich, dass sie ein Bulle ist.

Es gibt andere, die stehen auf und verschwinden, sobald sie es erfahren.

»Nein, erzähl du.« Malou weicht aus. »Warum hast du den Job gewählt? Ich stelle mir die Arbeit schwierig vor.«

»Das ist sie auch!«

Auf einmal scheint ein anderer Mensch vor Malou zu sitzen. Die Worte sprudeln plötzlich aus Dario heraus, als hätte sie per Knopfdruck eine Schleuse geöffnet. Er erzählt ihr, dass er einen schrecklichen Tag hinter sich hat, dass er beinahe von zwei Jugendlichen verprügelt worden wäre und dass er sich die Frage stellt, ob er den Job aufgeben soll.

»Am Abend bist du mit den Nerven am Ende, und keiner dankt es dir.« Dario zuckt ratlos mit den Schultern.

»Warum hast du dich denn entschieden, in dem Heim zu arbeiten?«, hakt Malou nach.

»Ich weiß nicht.« Dario zögert. »Doch, eigentlich weiß ich es schon. Es ist wegen Anna.«

Malou atmet tief ein. Sie macht sich darauf gefasst, dass sie gleich eine unglückliche Liebesgeschichte zu hören bekommt. Auch das wäre nicht das erste Mal. Manche Männer verspüren aus unerklärlichen Gründen schon beim ersten Date den Drang, das ganze Drama zu schildern, das sie mit ihrer Ex-Partnerin erlebt haben. Wobei die Rollen *der* Schuldigen und *des* Unschuldigen sofort verteilt sind. Doch die erwartete Jammertriade folgt nicht, Dario schweigt.

»Wer ist Anna?«, fragt Malou darum vorsichtig nach.

»Anna ist meine Mutter, die mich verlassen hat, als

ich fünf war. Ich kam zunächst zu meiner Oma, die aber vier Jahre später verstarb. Danach bin ich in verschiedenen Heimen aufgewachsen und weiß daher, wie wichtig es ist, dass dort gute Betreuer arbeiten; deshalb bin ich Sozialpädagoge geworden. Aber die Arbeit frisst mich auf. Ich bin nicht sicher, wie lange ich das noch aushalte. Eigentlich habe ich mich heute Nachmittag entschieden zu kündigen.«

»Was meinst du mit: Sie hat dich verlassen?«

»Sie ist einfach verschwunden. Und ließ mich zurück. Genau heute vor dreißig Jahren.«

»Oh, das tut mir leid.« Jetzt ist es Malou, die nicht weiß, was sie sagen soll. Auf einmal erscheint ihr Dario nicht mehr langweilig. Er und seine Geschichte beginnen sie zu interessieren – vorausgesetzt, er sagt die Wahrheit und versucht nicht, sich mit einem erfundenen Familiendrama interessanter zu machen, als er tatsächlich ist.

»Wie ist sie denn verschwunden? Hat man nach ihr gesucht?«

»Ich war damals wie jeden Tag im Kinderhort. Anna, also meine Mutter, war alleinerziehend, meinen Vater habe ich nie gekannt. Es ist seltsam; ich habe kaum Erinnerungen an die Zeit, bevor sie wegging, aber an diesen Tag erinnere ich mich genau. Die Sonne schien. Vor dem Kinderhort war ein Planschbecken aufgestellt, es war hellblau mit roten Blumen drauf, und die Erzieherin hatte es mit Wasser gefüllt. Wir haben am Nachmittag im Garten mit den anderen Kindern meinen Geburtstag gefeiert. Nach dem Baden haben sie für mich *Happy Birthday* gesungen, ich habe mitgesungen, weil ich zu spät realisierte, dass ich nur zuhören sollte. Ich trug eine spitz zulaufende, goldene Papp-Mütze und durfte die fünf Kerzen auf der Schokoladentorte ausblasen. Dann hat jeder ein Stück bekommen. Ich weiß noch, wie ich dachte, dass dies der schönste Geburtstag meines Lebens sei. Und das Beste sollte erst noch folgen. Anna hatte versprochen, dass sie mich spätestens um sechs abholen würde und dass wir dann zusammen zu McDonald's zu einem Geburtstagsessen gehen würden. Wir waren sonst nie auswärts essen, das war etwas ganz Besonderes. Ich erinnere mich, wie ich voller Vorfreude ungeduldig auf sie gewartet habe, und weiß noch, wie ich erst wütend wurde, weil sie zu spät kam, dann traurig, weil ich meinte, sie habe mich vergessen, und wie ich schließlich Angst bekam, als ich die Unruhe der Hortleiterin spürte. Sie war es dann auch, die die Polizei anrief. Anna ist einfach nicht gekommen. Sie hat mich nie mehr abgeholt.«

Einen Moment lang schweigen sich Dario und Malou an. Zu bedrückend ist der Gedanke an den kleinen Jungen, der auf die Mutter wartet, die nicht mehr kommt.

»Hast du nicht eben gesagt, dass all das heute vor exakt dreißig Jahren geschehen ist?«, fragt Malou nach.

»Ja.«

»Dann ist heute dein Geburtstag?«

»Ja, aber ich feiere nicht. Weil Anna an diesem Tag verschwunden ist.«

»Verständlich. Die Polizei hat sie nie gefunden?«

»Nicht eine Spur. Auch ihr Fahrrad, mit dem sie zur

Arbeit gefahren ist und mit dem sie mich abgeholt hätte, blieb für immer verschwunden.«

Malou hat in den professionellen Modus gewechselt, sie möchte Dario am liebsten hundert Fragen stellen.

»Hatte deine Mutter damals einen Freund, der etwas mit ihrem Verschwinden zu tun gehabt haben könnte?«

»Ich kann mich an keinen Freund erinnern.«

»Und du weißt nicht, wer dein Vater ist?«

»Nein.«

»Hat die Polizei das nicht herausgefunden?«

»Ich weiß nicht einmal, ob sie nach ihm gesucht haben.«

»Der Name deiner Mutter war Anna?«

»Ja.«

»Und ihr Nachname?«

»Forster. Warum willst du das alles so genau wissen? Du klingst wie eine Polizistin.«

Malou zögert, dann rückt sie mit der Sprache heraus. »Ich bin Polizistin. Ich kann mir den Fall mal ansehen. Vielleicht finde ich die Akte im Archiv.«

»Echt jetzt, du bist Polizistin?«

»Ja, ich arbeite bei der Mordkommission.«

»Wow, das hätte ich nicht gedacht. Allerdings glaube ich nicht, dass meine Mutter ermordet worden ist«, sagt Dario. »Ich bin sogar sicher, dass sie noch lebt.«

»Warum?«, fragt Malou.

»Weil sie mir jedes Jahr eine Geburtstagskarte schickt.«

6.

Sie haben getrunken. Sie haben geredet. Dario hat Malou seine Geschichte erzählt und ihr gestanden, dass er sich heute nicht getraut hat, den Briefkasten zu leeren. Als ob man sich vor einer Geburtstagskarte fürchten könnte, denkt Malou. Doch genau das scheint der Fall zu sein. Darum sind sie nun hier: Malou hat Dario angeboten, den Briefkasten für ihn zu öffnen oder zumindest dabei zu sein, damit er das nicht allein tun muss. Zum einen, weil sie Dario wirklich helfen will, zum anderen, weil sie selbst unbedingt wissen möchte, ob er auch heute eine mysteriöse Karte erhalten hat wie all die anderen Jahre zuvor.

Dario schließt die Haustür auf, bleibt vor den Briefkästen stehen, starrt seinen an und scheint sich nicht überwinden zu können. Malou überlegt, wie es ihr in seiner Situation ergehen würde. Sie ist sicher, sie würde sich auf den Briefkasten stürzen.

»Soll ich?«, fragt Malou.

Dario nickt.

»Gibst du mir den Schlüssel?«

Er streckt ihr seinen Schlüsselbund hin, weist auf den

kleinsten Schlüssel, der daran befestigt ist. Malou greift nach ihm, öffnet den Briefkasten, zieht drei Kuverts heraus. Zwischen zwei Umschlägen steckt eine Postkarte. »Bingo!« Malous Kommentar hallt im leeren Treppenhaus wider.

Das Bild auf der Karte zeigt einen Vogel Strauß mit einem Jungtier auf einer staubig-roten Piste, beide Tiere sind von hinten fotografiert. Malou hört, dass Dario neben ihr den Atem anhält. Sie dreht die Karte um. Handgeschrieben. Fein säuberliche Schrift, ausschließlich Großbuchstaben. Nebst der Adresse steht da nur ein einziger Satz:

MAMA HAT DICH LIEB.

Malou schaudert. Womöglich hatte sie mit ihrer Einschätzung unrecht; sie hätte darauf gewettet, dass Anna tot ist. So lange kann niemand untertauchen, ohne sich irgendwann einmal zu verraten. Oder etwa doch? Malou studiert die Briefmarke: Sie stammt aus der Schweiz, abgestempelt wurde sie im Briefzentrum Härkingen, wie die meisten Postzustellungen, die in die gelben Briefkästen eingeworfen werden. Es ist ein Jammer, dass die lokalen Poststempel vor einigen Jahren abgeschafft worden sind; so lässt sich heute nicht mehr feststellen, wo ein Brief aufgegeben wurde, was die Polizeiarbeit erschwert.

Dario nimmt ihr die Karte aus der Hand, liest den Text, reicht sie ihr zurück.

»Bist du okay?«, fragt Malou.

»Geht schon. Kommst du noch rasch mit hoch?«

Das »rasch« dauert dann doch etwas länger. Während Dario in der Küche Gläser holt, betrachtet Malou das Wohnzimmer mit professionellem Blick: Hier lebt ein ordentlicher Mensch, alleinstehend, mit einem guten Geschmack für einen schlichten Stil. Geregeltes Einkommen, Dario muss nicht jede Münze zweimal umdrehen. Ein schwarzes Ledersofa, daneben eine Corbusier-Liege, ein schnörkelloser, schlichter Salontisch aus Glas. Ein hüfthohes Bücherregal an einer Wand, darüber eine übergroße Fotografie mit dem Konterfei eines Schimpansen. Kein Fernseher, doch Malou entdeckt einen fix installierten Beamer an der Decke. Rechts vom Sofa steht ein Zeitungsständer aus den Siebzigerjahren, neben der Küchentür ein Servierwagen aus derselben Epoche, der in eine Bar umfunktioniert worden ist. An den Etiketten der Flaschen ist zu erkennen, dass Dario ein Whisky-Liebhaber ist. Jetzt kehrt er allerdings mit einem Weißwein ins Wohnzimmer zurück, er stellt die Gläser auf den Tisch, zieht den Korken, schenkt Malou ein, entschuldigt sich noch einmal, holt etwas aus einem weiteren Zimmer und setzt sich dann neben sie aufs Sofa. Er stellt eine silberfarbene Kassette auf den Glastisch, schließt sie auf und holt einen Stapel Fotografien hervor. Bilder seiner Mutter. Er breitet sie vor ihnen aus.

»Das sind die einzigen Fotos, die ich von Anna habe.«

»Eine schöne Frau.«

Malou meint es ehrlich, auch wenn die Frisur der dazumal noch jungen Anna völlig aus der heutigen Zeit gefallen ist. Das schwarze Haar ist dauergewellt und wirkt viel zu voluminös für ihr Gesicht, das darunter fast verschwindet. Schmale Nase, große, dunkle Augen. Die Frau wirkt zart und zerbrechlich, sie strahlt etwas Unschuldiges aus. Man möchte sie instinktiv vor dem Bösen auf dieser Welt beschützen, denkt Malou. Sie beobachtet, wie Dario mit dem Finger zärtlich über eine der Fotografien streicht. Auf dem Bild hält Anna ein Baby auf dem Arm. Das Kind strahlt begeistert in die Kamera, die Mutter blickt liebevoll auf den Kleinen. Das muss Dario sein.

»Sie schreibt jedes Jahr dasselbe. Nur diesen einen Satz.«

Malou will erneut zur Karte greifen, die auf den Briefumschlägen liegt, besinnt sich aber eines Besseren.

»Bist du sicher, dass es ihre Handschrift ist?«

»Nein, ich kenne ihre Handschrift nicht. Wie sollte ich mich auch daran erinnern. Aber wer sonst würde mir die Karten schreiben?«

Jemand, der ihm Schmerz zufügen will? Malou spricht den Gedanken nicht aus. »Seit wann erhältst du die Geburtstagskarten?«

»Solange ich mich zurückerinnern kann. Bereits im Kinderheim habe ich welche bekommen.«

»Eigenartig«, murmelt Malou vor sich hin. »Ich könnte die Karte ins Labor mitnehmen und sie auf DNA-Spuren untersuchen lassen«, sagt sie etwas lauter. »Hast du ein Plastiktütchen, mit dem ich sie transportieren könnte?«

»Das würdest du tun?«

»Natürlich nur, wenn du willst.«

Dario zögert. »Was soll das bringen?«

»Wenn wir auf der Karte eine fremde DNA sichern, können wir feststellen, ob die Person, von der sie stammt, mit dir verwandt ist. Ob es deine Mutter ist ...«

»... dann wüssten wir, ob sie noch lebt!«

»Genau.«

»Und was, wenn sich keine fremde DNA-Spur finden lässt?«

»Dann wissen wir nicht mehr und nicht weniger als jetzt.«

»Aber es würde wohl bedeuten, dass sie nicht mehr lebt.«

»Nicht zwingend.«

»Ich bin nicht sicher, ob ich es wissen will.«

Erneut denkt Malou, dass sie in Darios Situation völlig anders handeln würde. Sie würde unbedingt wissen wollen, ob sich die DNA ihrer Mutter auf der Karte befindet.

»Warum nicht? Entweder sind wir nicht schlauer als heute, oder aber du kannst Zweifel ausräumen und erhältst Gewissheit, dass sie noch am Leben ist.«

»Einen Versuch wäre es wohl wert?« Darios Satz klingt wie eine Frage. Gleichzeitig erhebt er sich, geht in die Küche und kehrt mit einer durchsichtigen Plastiktüte zurück. »Passt das?«

Malou nickt. Sie stülpt sich die Tüte über die Hand, greift nach der Karte und zieht das Plastik darüber, sodass die Karte eingetütet ist und sie nicht noch mehr Spuren verwischen.

»Ich bin gespannt, ob wir etwas finden«, sagt Malou.

»Schließlich geht es hier um einen Cold Case, um ein nie geklärtes Verbrechen.«

»Vielleicht.«

»Vielleicht?«

»Vielleicht ist sie auch einfach weggegangen. Weil ich ihr zu viel wurde. Oder weil ihr das Leben zu viel wurde. Ich würde das sogar verstehen, mir geht es auch manchmal so, dann würde ich mich am liebsten in den nächsten Zug setzen und irgendwohin fahren, Hauptsache weit weg.«

Auch Malou kennt das Gefühl. »Hast du selbst auch schon nach Anna gesucht? Oder nach deinem Vater?«

Dario schüttelt den Kopf.

»Du hast gar nichts unternommen?«, hakt Malou nach.

»Früher dachte ich, dass die Polizei sie finden wird«, erklärt Dario. »Dann habe ich mehrere Anläufe unternommen, selbst einen Aufruf zu lancieren, in den sozialen Medien, auf Facebook. Der Text liegt schon seit Jahren bereit, ich hatte einfach noch nie den Mut dazu.«

»Was hast du denn zu verlieren?«

Dario schaut Malou an. Sie registriert, dass sein Bein ihr Bein berührt. Es ist ihr angenehm.

»Vielleicht hast du recht, vielleicht sollte ich es einfach tun.«

»Ich habe fast immer recht«, flüstert Malou mit einem Schmunzeln. »Und ich finde, du solltest es einfach tun.«

Dario lehnt sich nach vorn, Malou spürt seine Lippen auf ihrem Mund, eine Berührung, die kaum eine Berührung ist, ein schüchternes Antasten. Sie öffnet die Lippen, sucht seine Zunge, und sie beginnen sich zu küssen. Zuerst vorsichtig, dann gierig, als wären sie beide zu lange auf Entzug gewesen.

»Darf ich?«, fragt Dario flüsternd, als er beginnt, Malou aus ihrem Shirt zu schälen.

»Ich bitte darum«, flüstert sie zurück, während sie sich an seinem Hemd zu schaffen macht. Es fühlt sich gut an. *Er* fühlt sich gut an. Es verspricht, eine schöne Nacht zu werden.

7.

»Ich kann nicht bei dir bleiben ... ich kann nicht bei dir ...
ich kann nicht ...«

Das Echo der Stimme hallt in ihm wider, die Worte werden leiser und entfernen sich, während auch das Bild verblasst, bis nur noch die Umrisse der Frau zu erkennen
sind, die jung aussah, aber nicht mehr jung war. Anna.
Seine Mutter entgleitet ihm, er will nach ihr rufen, doch es
kommt kein Ton heraus, er hat seine Stimme verloren und
streckt verzweifelt die Arme nach ihr aus, doch er kann sie
nicht fassen, sie nicht erreichen, sie löst sich auf. Ist weg.

Dario schnellt hoch, sein Puls rast, die Bettwäsche ist
nass geschwitzt. Der Traum. Er kommt immer wieder
und findet nie ein gutes Ende. Dario lässt sich erschöpft
zurück ins Kissen fallen, da fällt ihm ein, dass er nicht allein ist. Bruchstückhaft kehrt die Erinnerung an die letzte
Nacht zurück; Malou und er auf dem Sofa, ihre Haut an
seiner, ihr Zungenpiercing in seinem Mund, wie aufre-
gend der Sex war und wie vertraut, obwohl sie sich gar
nicht kannten. Erst zurückhaltend und zärtlich, dann,
nachdem sie ins Schlafzimmer wechselten, leidenschaftlich und gleichzeitig verspielt.

Dario wird sofort wieder hart, wenn er daran denkt. Er dreht sich zur Seite, streckt den Arm aus, tastet nach Malou und öffnet die Augen. Die andere Betthälfte ist leer.

»Malou?«

Dario horcht in die Wohnung. Stille. Sie ist weg.

»Scheiße.«

Dabei hatte es sich so gut angefühlt. Er dreht sich zurück auf die andere Seite. Die Leuchtziffern seines Weckers zeigen ihm an, dass es kurz vor sieben ist. In zwei Minuten wird sich das Radio einschalten, um ihn aus dem Schlaf zu holen. Zu spät; der Traum ist dem Wecker zuvorgekommen. Dario setzt sich auf die Bettkante und fühlt sich, als hätte er die ganze Nacht auf einer Baustelle Ziegelsteine gestapelt. Er stöhnt leise auf und fragt sich, ob das nun das Leben ab fünfunddreißig ist; dass es einem nach einem sexuellen Abenteuer ergeht, als hätte man Schwerstarbeit verrichtet. Er steht auf und hört seine Knie knacken, gleichzeitig zwickt ihn sein Rücken, als hätte er noch eine Bestätigung dafür gebraucht.

Dario schlurft wie ein alter Mann in die Küche, doch sein Schritt beschleunigt sich sofort, als er auf dem Tisch einen Zettel liegen sieht. Eine schöne Handschrift, allerdings nicht ganz einfach zu entziffern.

Habe Karte mitgenommen, aber habe deine Nummer nicht. Darum hier meine.

Dann steht da eine Handynummer. Romantisch klingt zwar anders, aber: Er hat ihre Handynummer! Dario macht drei kleine Tanzschritte und dreht sich um sich selbst. Malous Handynummer! Das ist besser als nichts.

Sehr viel besser als nichts. Seine Laune verbessert sich auf einen Schlag um dreihundert Prozent. Er liest weiter. *Und: Gib dir einen Ruck und poste den Fahndungsaufruf auf Facebook. Du hast nichts zu verlieren. Malou.*

Dario muss lächeln. Im selben Augenblick weiß er, dass er es nun tun wird: Er wird sich endlich auf die Suche nach seiner Mutter begeben – sei es auch nur, um Malou zu gefallen, schließlich will er nicht als Feigling dastehen.

»Ich glaube, ich bin verliebt«, sagt Dario laut.

Am liebsten würde er seinen Gemütszustand sofort der gesamten Welt mitteilen, aber es fällt ihm niemand ein, dem er die Neuigkeit übermitteln könnte. Also richtet er die Worte an jene Person, zu der er immer spricht, wenn er allein ist: an Anna.

»Sie heißt Malou. Sie ist Polizistin, stell dir vor, eine Polizistin! Aber ich glaube, sie würde dir gefallen.«

Dario hält inne.

»Und vielleicht kann sie mir helfen, dich zu finden«, flüstert er leise in die Stille der Küche. Er wagt kaum, die Worte auszusprechen, weil sie zu gewaltig sind.

Dario brüht mit dem italienischen Espressokocher einen Kaffee auf, setzt sich mit der Tasse an den Küchentisch und schreibt eine To-do-Liste, was er heute erledigen will. Er notiert nur drei Punkte:

- *Michael anrufen*
- *Malou schreiben*
- *Aufruf posten*

Darunter kritzelt er noch einmal Malous Namen und zeichnet ein Herz darum. Dann übermalt er es, beschämt, als wäre er bei etwas Unanständigem ertappt worden. Er muss über sich selbst lachen: Zwar ist er gestern fünfunddreißig geworden, aber er führt sich auf, als wäre er fünfzehn. So könnte das Älterwerden doch noch Spaß machen.

Dario leert die Tasse mit drei Schlucken, danach greift er zum Handy und stellt Michaels Nummer ein. Es meldet sich nur der Anrufbeantworter. Dario ist es gerade recht.

»Hallo, Michael, Dario hier. Die Auseinandersetzung gestern hat mir doch mehr zugesetzt, als ich mir eingestehen wollte. Es geht mir nicht so gut, ich kann heute nicht kommen. Und ich wollte dich fragen, ob ich gleich ein paar Tage freinehmen kann. Du hattest recht, ich brauche eine Auszeit, ich schaffe das sonst nicht. Gib mir doch rasch Bescheid, wenn du meine Meldung hörst. Danke!«

Die Antwort folgt wenige Minuten später in Form einer Textnachricht.

Sorry, hatte gerade jemanden in der Leitung. Alles klar. Habe dich für drei Tage krankgeschrieben. Lass uns am Wochenende telefonieren. Gute Besserung!

Dario ist überrascht, wie groß seine Erleichterung darüber ist, dass er nicht ins Heim fahren muss. Nicht heute, nicht morgen und nicht übermorgen. Und dann ist Wochenende. Fünf Tage ohne Streit, ohne Gewalt, ohne Auseinandersetzungen. Ohne Stress. Es fühlt sich an, als hätte ihm jemand eine Last von der Schulter genommen. Eine Befreiung – und ein weiteres klares Zeichen dafür, dass er sich nach einem neuen Job umsehen sollte.

Doch zuerst will er seine To-do-Liste abarbeiten. Der

zweite Punkt ist der wichtigste. Er fügt Malous Nummer seiner Kontaktliste bei und stellt fest, dass er nicht mal ihren Nachnamen kennt. Überhaupt weiß er so gut wie gar nichts über die Frau, mit der er die letzte Nacht verbracht hat. Er war derjenige, der die ganze Zeit von sich erzählte. Von Malou weiß er einzig, dass sie Polizistin ist, Mordkommission. Falls das denn wirklich stimmt. Sie hätte ihm ebenso gut erzählen können, sie sei Astronautin bei der NASA – er kann es nicht nachprüfen. Verunsichert blickt er auf die Handynummer. Ob das wirklich ihre ist? Hoffentlich hat sie ihn nicht von A bis Z verarscht.

Nein, das kann nicht sein. Dann hätte sie sich gar nicht erst die Mühe gemacht, eine Nummer zu hinterlassen. Er kritzelt ein paar Varianten auf einen Zettel, bevor er ihr eine Nachricht tippt.

Liebe Malou. Danke fürs Zuhören und für die wunderschöne Nacht. Schade, dass du so früh gegangen bist. Ich würde dich gerne wiedersehen. Dario

Dario liest die Meldung noch einmal durch und fürchtet, dass der zweite Satz als Kritik aufgefasst werden könnte; daher löscht er ihn und schreibt das Ende der Nachricht neu.

Ich bin froh, dass wir uns begegnet sind. Bitte melde dich, wenn du die DNA-Ergebnisse hast. Lass uns das gerne mal wiederholen. Dario.

Er drückt auf *Senden.*

Die Nachricht geht beim Empfänger ein, das bedeutet, es ist keine Fantasienummer. Dario wartet einige Augenblicke, doch es sieht nicht danach aus, dass Malou die

Meldung liest. Enttäuscht legt er das Handy weg, geht hinüber in sein Arbeitszimmer, klappt den Laptop auf, fährt ihn hoch und öffnet das Dokument, an dem er zuletzt gearbeitet hat. Er nimmt hier und da noch ein paar Korrekturen vor, dann liest er den Text ein letztes Mal laut durch.

Liebe Freunde, Bekannte, Fremde und Mitmenschen,
mein Name ist Dario Forster. Ich brauche eure Hilfe: Ich suche meine leibliche Mutter, meinen leiblichen Vater und mögliche weitere Verwandte.
Meine Mutter heißt Anna Forster und gilt seit dem 2. Juli 1994 als vermisst. Sie verschwand an meinem fünften Geburtstag mitten in der Stadt Bern. Anna wurde am 14. September 1968 in Thun geboren. Meinen Vater habe ich nie kennengelernt; seinen Namen und seinen Geburtstag weiß ich nicht. Meine Mutter arbeitete als Verkäuferin in einer Coop-Filiale im Länggass-Quartier in Bern, die es heute nicht mehr gibt. Nach langjähriger Suche ohne Erfolg richte ich mich nun an euch: Kannte jemand meine Mutter Anna Forster? Erkennt sie jemand auf dem beigefügten Bild? (Es ist etwa dreißig Jahre alt.) Gibt es Freunde oder Verwandte, die sich an sie erinnern? Ich bin froh über jeden noch so kleinen Hinweis. Wenn jemand etwas weiß oder jemanden kennt, der etwas wissen könnte, nehmt bitte mit mir Kontakt auf. Und ganz wichtig: Bitte diesen Beitrag teilen. Ich möchte endlich meine Mutter finden oder jemanden, der weiß, was mit ihr passiert sein könnte.
Herzlichen Dank für eure Mithilfe.
Dario

Er kopiert den Text in seinen Facebook-Account und stellt die drei Fotografien dazu, die er dafür vorbereitet hat: Das schwarz-weiße Passbild seiner Mutter, das vom Ausweis stammt, ein verblasstes Farbfoto, auf dem sie ihn als Baby in den Armen hält, und zuletzt ein aktuelles Bild von sich selbst, in der Hoffnung, dass er seiner Mutter gleicht und jemandem die Ähnlichkeit auffallen könnte. Er atmet tief ein, dann klickt er auf *Posten*.

Dario starrt auf den Bildschirm. Zunächst passiert gar nichts. Dann wird der Beitrag ein erstes Mal geteilt. Ein zweites Mal, ein drittes und ein viertes Mal. Nach wenigen Minuten haben bereits zwölf Personen seinen Aufruf weitergeleitet. Jemand, den er nicht kennt, hat einen Kommentar geschrieben und wünscht ihm viel Glück bei der Suche. Dario sendet ein *Danke sehr!* zurück. Ein anderer hat ein Herzsymbol geschickt. Eine junge Frau schreibt ihm, sie hoffe, dass er seine Mutter finden werde. Dario will gerade antworten, doch schon kommen weitere Meldungen rein. Also beschränkt er sich darauf, sie zu liken. Er liest sich durch die Kommentare, die zwar wohlwollend, aber alle wenig hilfreich sind. Trotzdem ist er gerührt von der Anteilnahme, teils von Menschen, die er gar nicht kennt. Da zeigt ihm ein Signalton an, dass er eine Direktnachricht erhalten hat. Der Absender trägt den Nickname *Madness Total*.

Dario öffnet sie sofort.

Ich kenne jemanden, der deine Mutter kannte. Ruf an.

Darunter steht eine Telefonnummer.

8.

Malou schreckt hoch. Sie hat geträumt, irgendwas mit Sirenen, Blaulicht, eine Verfolgungsjagd ... Sie kann den Traum nicht mehr fassen. Auf einen Schlag ist sie überzeugt, dass sie verschlafen hat. Ein Blick auf den Wecker: halb neun. Verflucht. Warum hat sie ihn nicht gehört? Erst jetzt fällt ihr ein, dass sie den Wecker gar nicht gestellt hat. Weil sie heute Überstunden abbaut und frei hat, deshalb auch das späte respektive das frühe Nachhausekommen. Malou bleibt nie bis zum Frühstück, aus Prinzip und weil sie sich so manche Peinlichkeit ersparen kann. Ein Lover hat es mal als »Walk of Shame« bezeichnet, wenn man nach einer heißen Nacht seinem One-Night-Stand in der Küche bei Tageslicht begegnet. Malou kann dem nur zustimmen. Sie schleicht sich selbst dann mitten in der Nacht aus dem fremden Bett, wenn der Sex gut war. Gestern war er mehr als gut, vertraut, zärtlich und leidenschaftlich, Malou kann Dario noch immer auf ihrer Haut riechen. Trotzdem wird sie es nicht wiederholen, es wird bei diesem einen Mal bleiben.

Aber er hat ihre Nummer, fällt ihr ein, die rückt sie sonst nicht so schnell heraus. Malou fragt sich, ob es ein

Fehler war, ihm ihre Hilfe anzubieten. Doch sie konnte gar nicht anders. Zum einen ist sie zu sehr Polizistin, als dass sie einfach nichts tun könnte, wenn bei einem ungelösten Vermisstenfall alljährlich mysteriöse Geburtstagskarten verschickt werden. Zum anderen fühlt sie sich Dario verbunden. Denn auch sie kennt ihre biologischen Eltern nicht. Pa, der so sehr ihr Vater ist, wie es ein Vater nur sein kann, hat sie als Säugling adoptiert, gemeinsam mit seiner Frau, die jedoch vier Jahre später gestorben ist. An sie kann sich Malou nicht erinnern. Christian Löwenberg hat sie allein aufgezogen, und sie hätte sich keinen besseren Vater wünschen können. Womöglich ist es ihr deshalb wichtig, Dario zu helfen – weil auch sie sich wünschte, die Wahrheit über ihre Herkunft zu kennen.

Malou schüttelt die Gedanken ab, schält sich aus der Decke, begibt sich direkt ins Badezimmer, stellt sich unter die Dusche, um die vergangene Nacht wegzuspülen und wieder nur nach sich selbst zu riechen.

Danach wuschelt sie sich die kurzen Haare trocken, den Föhn braucht sie nicht, sie schminkt sich die Augen dezent, streckt ihrem Spiegelbild die Zunge raus, lässt das Piercing aufblitzen und entscheidet sich für die türkisfarbenen Ohrstecker, um einen Kontrast zu ihrem roten Haar zu setzen und das helle Blau ihrer Augen zu unterstreichen. Sie nickt zufrieden, begibt sich hinab in den zweiten Raum ihres Dreizimmerhäuschens, in dem ein langer Tisch mit sechs Stühlen, ein überfülltes Bücherregal an der einen und ein großes Terrarium an der anderen Wand stehen.

»Guten Morgen, Frederick«, begrüßt sie das Chamäleon, das eigentlich nicht ihr gehört. Doch Frederick lebt schon so lange bei ihr, dass er kaum mehr wegzudenken ist.

Er verdreht das linke Auge.

»Nein, Futter gibt es heute keines, du hast gestern eine doppelte Portion Heuschrecken verdrückt.« Malou greift zur Sprühflasche und bespritzt die Pflanzen im Terrarium mit Wasser. Frederick liebt es, die Blätter mit seiner langen Zunge abzulecken. Seine eigentliche Besitzerin ist eine Frau, die von ihrem Mann fast totgeschlagen worden ist. Sie wollte das Tier keinesfalls bei ihm zurücklassen, konnte es aber nicht mit ins Frauenhaus nehmen, in dem sie vor ihrem gewalttätigen Gatten Schutz suchte. Also bot Malou an, das Tier vorübergehend bei sich aufzunehmen. Die Frau zog schließlich in eine Einzimmerwohnung, in der keine Haustiere erlaubt sind. Darum hockt Frederick noch immer bei Malou, die ihn mittlerweile ins Herz geschlossen hat. Frederick hat, wie Malou findet, eine beruhigende Wirkung auf sie.

In der Küche checkt sie ihr Handy. Eine einzige Nachricht, sie stammt von Dario. Malou liest sie und fragt sich, ob er sich verliebt haben könnte. Sie beschließt, vorerst nicht zurückzuschreiben, sie wird sich bei ihm melden, sobald sie Neuigkeiten hat. Nach einer Tasse Kaffee und ein paar Haferflocken mit Beeren und Milch macht sich Malou auf den Weg zu ihrem Mechaniker, um Bruna abzuholen. Wenig später sitzt sie auf ihrer Vespa, die aussieht wie neu, und ist glücklich, wieder mit dem eigenen fahrbaren Untersatz unterwegs zu sein. Sie stellt Bruna auf dem Fahrradparkplatz vor dem Institut für Rechtsmedizin ab, klingelt beim Eingang und hält ihren Polizeiausweis vor die Kamera, worauf ihr sogleich ein Sirren anzeigt, dass sie die Tür öffnen kann. Sie findet die Rechtsmedizinerin Irena Jundt in ihrem Büro. Malou ist froh, dass sie sie nicht gerade bei einer Obduktion stört.

»Malou, schön, dich zu sehen.«

»Gleichfalls. Alles gut bei dir?«

»Alles bestens. Was führt dich her?«

Malou klaubt das Plastiksäckchen mit der Geburtstagskarte aus der Tasche.

»Könntest du die auf DNA-Spuren untersuchen? Meine Spur findest du in der Vergleichsdatenbank. Mich interessiert, ob sich eine weitere weibliche DNA-Spur auf der Karte befindet.«

Irena nimmt die Karte entgegen, dreht sie um und liest durch die Plastikhülle, was darauf geschrieben steht.

»›Mama hat dich lieb?‹«

»Die Mutter des Mannes, der die Karte erhalten hat, wird seit seinem fünften Geburtstag vermisst«, erläutert Malou. »Aber er erhält seither jedes Jahr eine Geburtstagskarte. Ich will wissen, ob sie wirklich von seiner Mutter stammt. Falls ihr eine weibliche Fremd-DNA findet, werde ich ihm zum Vergleich einen Wangenabstrich abnehmen.«

»Wie alt ist der Sohn heute?«

»Fünfunddreißig.«

»Ein Cold Case. Klingt nach einer seltsamen Geschichte. Ist es dringend?«

Natürlich ist es nicht dringend, denkt Malou, Anna wird seit dreißig Jahren vermisst. Dennoch möchte sie nicht tagelang auf das Ergebnis warten.

»Einigermaßen dringend.« Malou findet, das sei nur halb geschummelt.

»Ich kann dir morgen oder spätestens übermorgen Bescheid geben.«

»Danke, Irena.«

Zehn Minuten später steigt Malou im Polizeipräsidium die Treppen zu ihrem Büro hoch. Der alte Bau, das Treppenhaus, die langen Flure erinnern sie stets an das Schulhaus, in dem sie die ersten Klassen besucht hat. Der gleiche graue Linoleumboden, selbst der Geruch ist derselbe. Malou wundert sich über sich selbst; da hat sie endlich mal einen freien Tag, und dann taucht sie doch im Büro auf. Aber sie will nur rasch im System nachschauen, ob sie etwas zum Fall Anna finden kann. Dann ist sie sofort wieder weg.

Als Malou das Großraumbüro betritt, liegt es verlassen da. Alle scheinen außer Haus zu sein. Das ist meist kein gutes Zeichen, doch sie wäre bestimmt alarmiert worden, wenn es einen Großeinsatz gäbe. Malou setzt sich an den Computer, wartet, bis er hochgefahren ist, und gibt dann die Daten ein, die sie von Dario erhalten hat: Anna Forster, geboren am 14. September 1968, seit dem 2. Juli 1994 vermisst. Sofort ploppt ein Fenster auf, allerdings ist es nur ein Vermerk, dass eine Akte existiert. Abrufen kann Malou sie nicht, da sie nie digitalisiert worden ist. Also muss sie doch in die Katakomben hinabsteigen und in den Regalwänden nach den Unterlagen suchen. Die Zeiten, als sie einen hauseigenen Archivar beschäftigten, der solche Suchaufträge erledigte, sind vorbei – er ist vor langer Zeit irgendwelchen Sparmaßnahmen zum Opfer gefallen.

Das Archiv, in dem die Akten von alten Fällen in Papierform abgelegt sind, befindet sich im zweiten Untergeschoss des Polizeigebäudes. Während hier vor der Digitalisierung reger Betrieb geherrscht haben muss, wird es heute kaum mehr benutzt. Malou klappt den Riegel der schweren Eisentür hoch und betritt den Keller, der einst als Schutzbunker angelegt worden ist. Der Geruch von Staub, kaltem Beton und altem Papier schlägt ihr entgegen. Neben der Eingangstür liegt ein Registerbuch, in das sie sich eintragen muss. Alles so schön analog, denkt Malou und fühlt sich in vergangene Zeiten zurückversetzt. Mit ihrer Unterschrift bestätigt sie, dass sie keine Unterlagen missbräuchlich entfernen wird, wobei nicht klar definiert ist, was mit *missbräuchlich* genau gemeint ist.

Malou hat sich die Aktennummer des Falls Anna herausgeschrieben und hofft, dass sie das Dossier schnell finden wird. Sie gehört mit ihren knapp vierzig Jahren einer Generation an, die nicht mehr gewohnt ist, ohne Hilfe des Computers nach Nummern oder nach alphabetisch geordneten Dingen zu suchen. Auch braucht es nur einen schlampigen Kollegen, der etwas falsch zurückstellt, und schon droht die berühmte Suche nach der Nadel im Heuhaufen.

Sie blickt sich um. Vier Fünftel des etwa zwanzig Meter langen Kellerraums sind mit raumhohen Rollschränken vollgestellt, sogenannte fahrbare Schränke ohne Zwischenräume. An jeder Außenwand eines Regals befindet sich ein Drehrad, womit sich die Schränke mit einigem Kraftaufwand verschieben lassen, um einen Durchgang zu schaffen. Alles ist hier grau in grau, die Schränke, der Boden, die Wände, selbst die riesigen Belüftungsrohre an der Decke. Sie schaudert leicht. Obwohl es draußen um die sechsundzwanzig Grad warm ist, herrscht hier unten Kälte.

Malou sucht das Regal, das mit dem Buchstaben G beschriftet ist – der Fall Anna trägt die Aktennummer G-12 302. Als sie es findet, dreht sie am Rad, um sich einen Zugang zu verschaffen. Mit etwas Verzögerung setzt sich der Schrank in Bewegung, und eine Spalte öffnet sich.

Malou schlüpft hinein, sucht die Nummern, die mit der 12 beginnen, wird rasch fündig und geht die Aktenmappen den Zahlen nach durch. Sie sind alles andere als vollständig, immer wieder fehlen mehrere Nummern, sie hofft, dass die G-12 302 noch an ihrem Platz ist.

Plötzlich hört sie ein Geräusch.

Was war das? Ist jemand hereingekommen?

»Hallo?«, ruft Malou laut, um sich bemerkbar zu machen.

Keine Antwort. Sie muss sich getäuscht haben. Also wendet sie sich wieder den Aktenmappen zu, doch dann

vernimmt sie das Geräusch erneut, lauter jetzt, ein unde-
finierbares Rumoren.

Was zum Teufel ...?

»Ist da jemand?«, fragt Malou, etwas leiser jetzt.

Sie überlegt, ob die Schutzraumtür von innen geöffnet
werden kann, wenn jemand außen den Riegel vorschiebt.
Hier unten wird ihr nicht mal das Handy etwas nützen,
sollte sie aus Versehen eingeschlossen werden.

Oder mit Absicht.

Sie war sich sicher, dass sich niemand im Raum befand,
als sie ihn betrat. Jetzt ist sie es nicht mehr.

Bewegt sich das Regal?

Malous Herz schlägt sofort schneller. Wenn jetzt jemand am Drehrad dreht, wird sie zerquetscht wie eine
Fliege unter der Klatsche. Sie muss hier raus. Sie schaut
nach rechts zum Ende des schmalen Durchgangs zwischen den zwei Regalen, doch da ist niemand. Hektisch
sucht sie nach der Aktenmappe, G-12 298, G-12 300, G-12
302, sie hat sie! Hastig zieht sie die Mappe heraus und
rennt damit Richtung Ausgang. Am Ende des Ganges
schaut sie sich um. Da ist niemand. Erleichtert lehnt sie
sich mit dem Rücken gegen das Regal.

»Wirst du jetzt paranoid, oder was?«, fragt sie halblaut.

Da rumort es wieder. Das Geräusch kommt von oben
aus den Lüftungsrohren. Malou schüttelt über sich selbst
den Kopf. Sie ist doch sonst kein ängstlicher Mensch,
wahrscheinlich hat Sandro recht und sie ist einfach über-
arbeitet. Nach einem letzten Blick in den Raum schließt
sie die Schutzraumtür wieder ab und steigt die Treppe

hoch. Unterwegs stößt sie beinahe mit ihrem Chef zusammen.

»Was machst du hier?«, fragt er. »Ich dachte, du nimmst heute frei.«

Malou will gerade zu einer Erklärung ansetzen, doch Sandro lässt sie nicht zu Wort kommen.

»Aber gut, dass du da bist. Wir müssen reden. Kommst du rasch in mein Büro?«

Malou nickt und folgt Sandro in die obere Etage. Er wirkt schlecht gelaunt. Womöglich muss sie gleich eine Standpauke über sich ergehen lassen, weil sie Bruna auf dem Veloabstellplatz geparkt hat. In Sandros Büro angekommen, legt er eine Zeitung auf den Tisch und schlägt sie auf.

»Kannst du mir erklären, was das soll?«

Malou blickt auf das Bild. Es dauert einen Moment, bis sie realisiert, dass sie selbst darauf zu sehen ist: Sie hält einen Regenschirm über Ludwig, der eine Urne in den Händen trägt. Darüber steht in fetten Lettern: *Skandal! Polizistin gibt Attentäter das letzte Geleit.*

9.

Der Summton ertönt – verstummt – ertönt – verstummt. Dario lässt es lange klingeln, doch unter der Nummer geht niemand dran. Erneut liest er die Direktnachricht mit dem seltsamen Absender.

Ich kenne jemanden, der deine Mutter kannte. Ruf an.

Dario will das Telefon gerade enttäuscht auf den Tisch legen, da beginnt es in seiner Hand zu klingeln. Die Nummer, die das Display anzeigt, kennt er nicht, er geht trotzdem dran.

»Hallo?«

»Hier spricht Flo Bobst von der *Berner Zeitung*, bin ich mit Dario Forster verbunden?«

»Ja, der bin ich, aber ich bin bereits Abonnent, danke.« Dario hat weder Laune noch Zeit für Werbeanrufe.

»Ich bin nicht vom Abonnementdienst, ich bin Reporter. Ich habe Ihren Facebook-Post gelesen. Hätten Sie heute Nachmittag Zeit für ein Interview?«

»Sie wollen meine Geschichte bringen?«, fragt Dario überrascht.

»Ja, sofern Sie bereit sind, mir Ihre Geschichte zu erzählen. Bei uns werden Sie damit viele Leser erreichen.

Wir wären dann aber natürlich auch gerne dabei, wenn Sie Ihre Mutter finden.«

Der Journalist sagt es, als gebe es keinen Zweifel daran, dass Dario mit seiner Suche Erfolg haben wird. Er spürt, wie seine Hände vor Aufregung feucht werden. »Ja, ja klar, ich habe Zeit«, sagt er rasch. »Wann und wo?«

»Um halb zwei, bei Ihnen zu Hause?«

»Geht in Ordnung, ich werde da sein.«

Dario gibt dem Journalisten ohne zu zögern seine Adresse.

»Wir möchten gerne auch Fotos machen.«

»Das geht ebenfalls in Ordnung, kein Problem.«

Dario hat das Gespräch noch nicht beendet, da hört er ein leises Klopfen, das einen eingehenden Anruf anzeigt. »In dem Fall bis gleich«, sagt er rasch und nimmt den anderen Anruf entgegen. Erneut eine fremde Nummer. »Dario Forster.«

»Guten Tag, Herr Forster, hier spricht Flavia Da Silva von der Sendung Gesichter und Geschichten des Schweizer Fernsehens. Wir würden Sie gerne zu einem Gespräch einladen. Würde Ihnen Donnerstagabend passen, wir wären dann live auf Sendung?«

»Ja, Donnerstag sollte gehen.« Dario lässt sich nicht anmerken, dass er völlig überrumpelt ist.

»Dann melden Sie sich bitte um halb sechs beim Empfang des Fernsehstudios in Zürich. Sie werden dann in die Maske und danach ins Studio 8 gebracht«, sagt Flavia Da Silva. »Und bitte keine schwarze, gestreifte oder klein karierte Kleidung.«

»Wie lange wird das denn dauern?«

»Die Sendung beginnt um halb sieben, und wir haben eine Viertelstunde für das Gespräch.«

»Und es wird live gesendet?«

»Ja. Wir senden live, ist das ein Problem für Sie?«

»Nein, also, ich meine, ich glaube nicht.«

»Gut, dann sehen wir uns Donnerstag. Wir freuen uns auf Sie!«

Dario ist noch nicht überzeugt, dass die Freude auf Gegenseitigkeit beruht. Das Interview mit der Zeitung ist das eine, aber ein Auftritt im Schweizer Fernsehen, der live übertragen wird? Dario stand noch nie vor einer TV-Kamera, und er bezweifelt, dass er telegen ist. Auch hat er keine Ahnung, wie viele Menschen sich die Sendung anschauen werden. Wahrscheinlich viele. Ihm ist klar, dass er das tun muss. Denn je mehr Leute von seiner Geschichte erfahren, desto größer sind die Chancen auf einen Erfolg. Er kommt nicht umhin, über seinen Schatten zu springen, wenn er Anna wirklich finden will. Und das will er, oh ja, das will er, nichts wünscht er sich mehr, als seine Mutter lebend wiederzufinden.

Dario öffnet erneut seinen Facebook-Post und klatscht in die Hände, als er die Zahlen darunter sieht: Sein Aufruf wurde bereits über fünfhundert Mal geteilt, etwa siebenhundert Mal gelikt, und es sind schon sechsundfünfzig Kommentare eingegangen. Dario schießen Tränen in die Augen. Er ist überwältigt und fühlt sich gleichzeitig überfordert. Wie soll er das alles allein bewältigen? Als er die Hand auf die Tastatur legt, stellt er fest, dass sie zittert.

Er denkt an den Schmetterlingseffekt und fragt sich, ob dieser eine Facebook-Post der Flügelschlag sein könnte, der sein Leben komplett verändern wird. Was, wenn er mithilfe der vielen fremden Menschen tatsächlich seine Mutter findet?

»Was, wenn sie noch lebt?«, flüstert er leise.

Dario wünscht sich, Malou wäre hier. Sie war es, die ihn ermuntert hat, den Aufruf zu posten. Und sie ist Polizistin, sie weiß, wie er nun vorgehen muss. Er prüft rasch, ob sie seine Nachricht gelesen hat. Sieht danach aus; hinter dem Text stehen zwei blaue Häkchen. Geantwortet hat sie aber nicht. Dario beginnt, ihr eine weitere Nachricht zu schreiben, hält inne, löscht sie wieder. Nur nicht aufdringlich erscheinen. Er muss sich in Geduld üben – doch das war noch nie seine Stärke.

Dario öffnet im Messenger erneut die Direktnachricht, die er von *Madness Total* erhalten hat, und wählt noch einmal die angegebene Telefonnummer. Wieder lauscht er dem unterbrochenen Summton. Doch dieses Mal geht jemand dran.

»Ja?« Eine Männerstimme, eher tief, Dario kann nicht beurteilen, ob sie von einem jungen oder von einem älteren Mann stammt.

»Hier ist Dario Forster.«

»Dario.«

Mehr sagt der Mann nicht, was Dario zusätzlich verunsichert.

»Sie haben mir über Facebook eine Direktnachricht geschrieben?«, fragt er vorsichtig.

»Ja, das war ich.«

Wieder folgt eine Pause.

»Sie können mir weiterhelfen?«

»Sagen wir mal so: Ich kenne jemanden, der für dich interessant sein könnte.«

»Wer?«

»Ein Freund.«

»Warum?«

»Weil er deine Mutter kannte.«

Darios Puls beschleunigt sich augenblicklich.

»Wie meinen Sie das, wie kannte er meine Mutter? War er mit ihr befreundet?«

»Er kannte sie so gut, dass er dein Vater sein könnte.«

Jetzt ist es Dario, der schweigt. Sein Vater? Ob der Mann bloß blufft? Oder meint er das ernst? Spricht er wirklich von einem Freund oder vielleicht sogar von sich selbst? Dario weiß nichts über den Mann, mit dem er spricht, nicht einmal seinen richtigen Namen, einzig den nicht gerade vertrauenerweckenden Nickname kennt er: *Madness Total*. Auf einmal ist Dario sicher, dass er hier gerade verarscht wird.

»Hören Sie, ich kenne weder Ihren Namen, noch weiß ich, wer Sie sind. Jeder kann behaupten, sein Freund sei ein Freund meiner Mutter gewesen. Warum sollte ich Ihnen glauben?«

»Weil ich kein Lügner bin. Hör zu: Entweder glaubst du mir, oder du lässt es bleiben. Nicht mein Problem.«

»Warum denken Sie, dass Ihr Freund mit meiner Mutter befreundet war?«

»Weil ich sie zusammen getroffen habe. Sie waren ein Paar.«

»Sind Sie sicher, dass es meine Mutter war? Anna Forster?«

»Ich bin sicher. Ich habe sie auf dem Bild wiedererkannt. Und sie nannte sich Anna.«

»Haben Sie sie oft zusammen gesehen?«

»Nein, nur zwei- oder dreimal.«

»Wann war das?«

»Es muss über dreißig Jahre her sein.«

Einen Moment lang bleibt es still in der Leitung. Ob es stimmt, was der Mann behauptet? Kann man sich nach dreißig Jahren noch an ein Gesicht erinnern, das man nur zwei- oder dreimal gesehen hat.

»Warum erinnern Sie sich an ihr Gesicht?«

»Weil sie ausnehmend hübsch war und irgendwie …«

»Irgendwie was?«

»Unschuldig? Und ich erinnere mich, weil das alles in einer Zeit passierte, die nicht gut war.«

Dass die Zeit alles andere als gut war, kann Dario bestätigen. Womöglich spricht der Mann doch die Wahrheit. Warum sollte er ihn anlügen?

»Können Sie mir den Kontakt Ihres Freundes vermitteln, damit ich ihn direkt danach fragen kann?«, bittet Dario den Fremden.

»Nein, das kann ich nicht.«

»Warum nicht?«

»Mein Freund ist tot.«

Dario schließt die Augen.

»Das tut mir leid, was ist passiert?«

»Ein Motorradunfall.«

»Wann ist er gestorben?«

»Im gleichen Monat, in dem deine Mutter verschwand.«

10.

Es war kein Reh, das auf dem Bremgartenfriedhof nach Nahrung suchte, sondern ein Reporter der Boulevardzeitung *Blick*, der in einem Gebüsch gelauert und sie fotografiert hat. Malou hat keine Ahnung, wie er an die Information gelangte, dass der Attentäter Sascha Vogt an diesem Tag an diesem Ort um diese Zeit beerdigt wurde – aber irgendwie hat er es herausgefunden. Entweder der Fotograf selbst oder jemand auf der Redaktion hat sie erkannt und eine fette Schlagzeile daraus gebastelt.

»Scheiße!«, flucht sie laut.

»Was um Himmels willen hast du da gemacht?«, fragt Sandro.

Malou setzt sich seufzend auf einen Stuhl am Besprechungstisch. »Das ist eine längere Geschichte.«

Sie erzählt Sandro, dass sie schon als Kind ihren Vater zu Beerdigungen von Verstorbenen begleitet hat, die keine Angehörigen mehr hatten. Dass sie das noch heute tut, wenn der Friedhofsgärtner Ludwig sie anruft, weil keine Trauergäste zu erwarten sind, und dann immer eine kurze Grabrede hält, weil ihr Vater krank ist und das nicht mehr tun kann.

»Es ist ja wohl kaum verboten, jemandem das letzte Geleit zu geben, selbst dann nicht, wenn man Polizistin ist.«

»Aber warum ausgerechnet Vogt? Er ist ein Attentäter!« Sandro schaut Malou noch immer mit demselben verständnislosen Blick an.

Sie zuckt mit den Schultern. »Ich wusste nicht, um wen es sich handelte.«

»Bitte was? Du lässt eine Urne ins Grab und weißt nicht, wessen Asche sich darin befindet?«

Malou möchte ihren Chef korrigieren; nicht sie, sondern Ludwig hat die Urne ins Grab befördert. Sie hat nur ein paar Worte gesprochen und nicht einmal sehr nette. Aber sie lässt es bleiben.

»Doch, da wusste ich es dann schon, aber nicht im Voraus. Ludwig hat mir nicht gesagt, dass es um Vogt geht, als er mich anrief.«

»Es ist dir aber schon bewusst, dass es bei der Öffentlichkeit einen seltsamen Eindruck hinterlässt, wenn eine Polizistin einem Attentäter das letzte Geleit gibt ...«

»Ich konnte ja nicht ahnen, dass die Öffentlichkeit je davon erfahren würde! Ludwig hat Ort und Zeit der Beisetzung geheim gehalten.«

»Na, das ist ihm ja gut gelungen.« Sandro zieht die Zeitung, die noch immer aufgefaltet auf dem Tisch liegt, näher zu sich heran. »Hast du den Reporter denn nicht gesehen?«

»Ich dachte, es sei ein Tier, ein Reh vielleicht.«

»Malou ...« Sandro hebt in einer verzweifelten Geste die Hände, als wolle er einen Geist beschwören.

»Ich hab bloß ein Rascheln im Gebüsch gehört, er muss ein Monsterzoom benutzt haben.«

»Ich kann das so nicht stehen lassen.« Sandro tippt auf die Zeitung.

»Wie meinst du das?«

»Wir müssen mit einer Erklärung an die Öffentlichkeit gehen und uns entschuldigen. Und ich muss mit einer Maßnahme reagieren. Ich werde dich für eine kurze Zeit vom Dienst suspendieren. Nimm es nicht persönlich, aber wir müssen nach außen hin ein Zeichen setzen.«

»Echt jetzt?«, fragt Malou fassungslos. »Ich meine, ich war auf einer Beerdigung, ich habe niemanden im Dienst erschossen oder ...«

Malou bricht den Satz abrupt ab. Auf einen Schlag ist ihr bewusst, warum Sandro so krass reagiert: Weil eine Kollegin tatsächlich gerade jemanden im Dienst erschossen hat – was dem Ruf der Polizei nicht gerade dienlich ist.

»Wie lange ... ich meine ...«

»Zwei oder drei Wochen, bis die Sache vergessen ist. Betrachte es als bezahlten Urlaub.«

»Aber ...«

»Malou. Nein. Du musst zugeben: Das war nicht gerade sehr intelligent, was du da auf dem Friedhof gemacht hast. Vielleicht solltest du dir ein anderes Hobby suchen.«

Malou möchte widersprechen, sie holt Atem, überlegt es sich dann aber anders und akzeptiert Sandros Entscheidung. Widerstand würde nichts bringen. Sie verabschiedet sich mit knappen Worten und geht runter in ihr Büro, um die wichtigsten Dinge zu packen. Als sie das Polizeigebäude verlässt, nimmt sie zwei Stufen auf einmal, sie rennt beinahe, als könne sie nicht schnell genug hier rauskommen.

Wenig später fährt Malou auf Bruna Richtung Zentrum und flucht nonstop leise vor sich hin. Da spürt sie in ihrer Tasche das Handy vibrieren.

»Ich bin beurlaubt!«, ruft sie laut. »Unfreiwillig! Ich geh nicht dran!«

Plötzlich muss sie über sich selbst lachen, weil sie schmollt wie ein kleines Kind – statt wie eine Erwachsene das Beste aus der Situation zu machen. Malou beschließt, nicht direkt nach Hause zu fahren, sondern den Weg Richtung Altstadt einzuschlagen. Zu ihrer Überraschung findet sie hinter dem Münster einen freien Motorradparkplatz für Bruna. Im Pavillon in der einen Ecke der Münsterplattform bestellt sie sich einen Chai Latte und setzt sich damit an einen Tisch direkt an der Mauer, die hoch über dem Wehr der Aare liegt. Sie kann das Wasser des Flusses nicht nur hören, sondern auch riechen – nirgends riecht der Sommer wie in Bern. Malou klaubt einen Teil der Akten aus dem Rucksack, die das Polizeipräsidium eigentlich nicht hätten verlassen dürfen. Aber es ist schließlich nicht ihre Schuld, dass man sie nicht mehr in ihrem Büro arbeiten lässt und sie sie darum hat mitnehmen müssen, findet Malou – wohl wissend, dass ihr Chef Sandro das wohl etwas anders sähe.

Die Mappe staubt, als sie sie auf den Bistrotisch legt.

Malou fragt sich, wie lange sie niemand mehr in den Händen gehalten hat, und schlägt das Dossier vorsichtig auf, als erwartete sie, dass es in ihren Händen zerbröseln könnte.

Zuoberst liegt der Rapport des Polizisten, der die Vermisstenanzeige entgegengenommen hat. Der Anruf ging am 2. Juli 1994 um 19.10 Uhr bei der Telefonzentrale ein. Anruferin war die Kinderhort-Leiterin Dorothea Schmied. Sie meldete der Polizei, dass Anna Forster ihren Sohn Dario nicht abgeholt hatte.

SCHMIED Dorothea beschreibt die alleinerziehende FORS-TER Anna als zuverlässig, was die Betreuung ihres Sohnes anbelangt. Überdies war es der fünfte Geburtstag des Jungen: SCHMIED Dorothea hält es für ausgeschlossen, dass FORS-TER Anna Dario freiwillig nicht abgeholt hat. Sie ist überzeugt, dass ihr etwas zugestoßen sein muss.

Malou liest weiter, überfliegt die Liste der Krankenhäuser und Notaufnahmestellen, die nach der Meldung angerufen wurden. Nirgends war eine Frau eingeliefert worden, die auf die Beschreibung passte.

Als Malou die Seite umblättert, rutscht eine Schwarz-Weiß-Fotografie heraus, die Darios Mutter zeigt. Ein inszeniertes Bild. Anna posiert auf einem Stuhl, halb im Schatten, halb im Licht. Sie sieht noch hübscher aus als auf den Fotos, die Dario von ihr besitzt. Sie ist so jung, denkt Malou und sucht nach dem Geburtsdatum: Anna Forster war noch nicht ganz sechsundzwanzig Jahre alt, als sie verschwand. Kein Alter, in dem man freiwillig von einer Sekunde auf die andere untertaucht, überlegt Malou, erst recht nicht, wenn man ein kleines Kind hat – oder eben gerade doch, weil ihr das Leben als junge, alleinerziehende Mutter zu viel geworden ist? Weil sie auf sich allein gestellt war und die Belastung nicht länger ertrug? Malous Instinkt sagt ihr, dass Darios Mutter seit dreißig Jahren tot ist. Aber die Geburtstagskarten ...

Sie wendet sich wieder dem Bericht zu. Demnach arbeitete Anna Forster in einem Supermarkt in der Berner Länggasse, einer Filiale von Coop. Der dortige Filialleiter wurde als Zeuge befragt. Er sagte aus, dass Anna an jenem 2. Juli wie gewohnt zur Arbeit erschien. Aus Rücksicht darauf, dass sie zu Hause ein kleines Kind hatte, konnte sie jeden Tag dieselbe Schicht übernehmen: Neun bis siebzehn Uhr – über Mittag arbeitete sie bis auf eine Pause von zwanzig Minuten jeweils durch. Der Filialleiter, ein Mann namens Max Fritschi, gab an, dass er sich von Anna verabschiedet habe. Danach sei sie auf ihr Fahrrad gestiegen und davongefahren. Er scheint die letzte Person zu sein, die Anna lebend gesehen hat. Mit Ausnahme ihres Mörders, denkt Malou. Falls es einen Mörder gibt.

Sie holt ihr schwarzes Notizbüchlein aus der Tasche, blättert zur nächsten leeren Seite und setzt einen Titel: *DER FALL ANNA*. Darunter zeichnet sie einen Punkt und notiert ihre erste Bemerkung zu dem Fall, in dem sie nicht offiziell ermittelt, obwohl es sich in dem Moment genauso anfühlt: *Max Fritschi, letzter Zeuge, Annas Chef. Mögliche Affäre? Verdächtig?*

Malou betrachtet erneut die Fotografie, prägt sich Annas Gesichtszüge ein; sie will eine Vertrautheit aufbauen zwischen ihr und der Fremden. Das ist das Besondere an Vermisstenfällen: Man verbringt jeden Moment damit, eine Person kennenzulernen, die nicht da ist. »Was war dein Geheimnis?«, flüstert Malou kaum hörbar. In ihrem Job lernt man schnell, dass jeder und jede Geheimnisse hat. Manchmal kleine, manchmal große. Manche Geheimnisse können einen in Schwierigkeiten bringen. Die Aufgabe des Ermittlers ist es, diese Geheimnisse aufzudecken – denn meist hängen sie unmittelbar mit der Tat zusammen.

Malou sucht in den Akten nach einem Eintrag, ob Annas Fahrrad – grünes Damenrad, Marke Eiger – je gefunden worden ist; vergeblich. Sie öffnet auf dem Handy die Navigationsapp, trägt die Adresse des Supermarkts ein, die in den Akten verzeichnet ist, sowie jene der Kindertagesstätte. Die App zeigt ihr an, dass die Strecke mit dem Fahrrad in zwanzig Minuten zu bewältigen ist, wenn man an den teils stark befahrenen Hauptstraßen entlangfährt. Folgt man einer separaten Veloroute, sind es etwa fünfundzwanzig Minuten. Da fällt Malou ein, dass es Fahrradwege vor dreißig Jahren wohl noch nicht oder nicht in dem Maße gegeben hat. So oder so führte Annas Weg mitten durch innerstädtisches Gebiet. Es scheint Malou unmöglich, dass jemand am helllichten Tag mitten in der Stadt Bern an einer stark befahrenen Straße inklusive Fahrrad spurlos verschwindet.

»Oder hast du den viel längeren, dafür schöneren Weg durch den Bremgartenwald gewählt, um den gefährlichen Straßen auszuweichen?«, flüstert Malou. »Aber wolltest du an Darios Geburtstag nicht so schnell wie möglich beim Kinderhort sein? Vielleicht musstest du vorher noch etwas erledigen? Einen Geburtstagskuchen kaufen, weil du keine Zeit hattest, selbst einen zu backen?«

Es gibt tausend Möglichkeiten, denkt Malou. Ihr ist klar, dass die Kollegen damals weit weniger Chancen hatten, Annas letzten Weg nachzuzeichnen. Vor dreißig Jahren waren nicht an jeder Ecke Überwachungskameras installiert, und Dashcams in Lastwagen und Autos, die man auswerten konnte, waren Zukunftsmusik. *Spurlos* zu verschwinden war in den Neunzigerjahren um einiges leichter als heute.

Malou hofft, dass ihre Kollegin Irena Jundt bis morgen die DNA-Spuren auf Darios Geburtstagskarte ausgewertet hat. Dann werden sie schon etwas mehr wissen. Und erst dann wird sie sich wieder bei Dario melden.

In dem Moment, in dem Malou an Dario denkt, klingelt ihr Telefon. Sie ist sich sicher, dass er sie anruft. Doch es ist nicht Dario. Als sie die Nummer des Anrufers erkennt, beschleunigt sich ihr Puls augenblicklich.

»Malou Löwenberg hier. Ist etwas passiert?«, fragt sie, bevor sie ihr Gegenüber zu Wort kommen lässt.

»Frau Löwenberg, es tut mir leid, ich muss Ihnen mitteilen, dass wir Ihren Vater verloren haben.«

»Wie … was meinen sie mit ›verloren‹?«

»Wir können ihn nicht mehr finden.«

11.

Clemens Nowak.

Dario schreibt den Namen auf einen Notizzettel. So hieß der Freund des Mannes, mit dem er soeben telefoniert hat. Clemens Nowak, der angeblich ein Bekannter oder gar ein Liebhaber seiner Mutter gewesen sein soll – und der im gleichen Monat starb, in dem sie verschwunden ist. Bei einem Motorradunfall.

Dario weiß nicht, was er von der Geschichte halten, ja, ob er sie überhaupt glauben soll. Der Mann am Telefon hat keinen Beweis, keine Fotografie, nur eine Erinnerung an den Namen Anna und an ihr Gesicht. Das behauptet er zumindest. Es ist ebenso denkbar, dass er sich das alles nur ausgedacht hat, um sich wichtigzumachen, oder warum auch immer. Dario sucht in seinen eigenen Erinnerungen nach dem Namen Clemens. Ob er ihn als Kind einmal gehört hat? Gab es tatsächlich einen Mann in Annas Leben, einen Freund, der sie ausführte? Es ist so lange her. Er war noch nicht einmal fünf. Sosehr Dario es auch versucht, er kann sich nicht erinnern. An gar nichts; nicht daran, wie die Stimme seiner Mutter klang, nicht an ihren Geruch, nicht, wie es sich anfühlte, wenn sie ihn in die Arme nahm. Nicht, ob es einen Mann in ihrem Leben gab. Da ist nichts. Und es gibt niemanden, den er danach fragen kann. Seine Großmutter, Annas Mutter, starb an Krebs oder vielleicht auch an der Trauer in ihrem Herzen, da war er neun. Danach kam er ins Kinderheim. Er weiß, dass er seine Großmutter geliebt hat, daran erinnert er sich. Aber sie haben nicht viel über Anna geredet, weil es sie immer traurig machte.

Dario fährt seinen Laptop hoch und gibt den Namen Clemens Nowak in die Suchmaske ein. Er stößt auf den Leiter eines Männerchors, der diesen Namen trägt und sich noch immer des Lebens erfreut. Keine Online-Todesanzeige, nirgends ein Nachruf, auch keine Facebook-Seite, die an einen verstorbenen Clemens Nowak erinnert. Vor dreißig Jahren wurde anonymer gestorben als heute, denkt Dario.

Er muss irgendwie herausfinden, ob es einen Mann namens Clemens Nowak wirklich gegeben hat, ob er Anna gekannt und mit ihr verkehrt hatte und ob er tatsächlich kurz nach ihrem Verschwinden gestorben ist. Nur hat Dario keine Ahnung, wie er das anstellen soll.

In dem Moment schrillt die Türglocke. Dario schaut erschrocken auf die Uhr: schon halb zwei. Das muss der Journalist sein. Er hat die Zeit völlig vergessen.

Auf dem Weg zur Tür blickt Dario in den Spiegel und fährt sich mit der Hand durch die Haare, weil ihm bei seinem Anblick einfällt, dass nicht nur ein Journalist, sondern auch ein Fotograf vor seiner Wohnung steht. Er ärgert sich über sich selbst, dass er seine Zeit mit einer sinnlosen Internet-Suche nach einem Mann vertrödelt hat, von dem er nicht einmal weiß, ob er jemals existiert hat, statt sich auf die Fragen des Journalisten vorzubereiten. Er schimpft sich einen dilettantischen Anfänger. Aber daran lässt sich jetzt auch nichts mehr ändern.

Dario setzt ein freundliches Gesicht auf und öffnet die Tür. Vor ihm stehen zwei Männer, die ebenso freundlich zurückblicken.

»Guten Tag, Herr Forster. Mein Name ist Flo Bobst, das ist Matthias Felber, der Fotograf.«

Dario begrüßt die beiden Männer und bittet sie herein. Der Fotograf wirft ein paar prüfende Blicke ins Wohnzimmer, nickt, klappt ein Stativ auf und montiert darauf eine Studiolampe. Wenigstens scheinen die beiden Mitarbeiter der *Berner Zeitung* professionell vorzugehen – was man von ihm nicht behaupten kann. Dario ist auf einmal schrecklich nervös. Er setzt sich an den Tisch und knetet seine Hände.

»Es gibt keinen Grund, nervös zu sein«, beruhigt ihn Flo Bobst. »Wir reden einfach miteinander, ich transkribiere unser Gespräch und schicke Ihnen den Text anschließend zum Gegenlesen.«

Dario nickt.

»Und falls ich eine Frage stelle, die Sie nicht beantworten wollen, dann sagen Sie es einfach.«

Wieder nickt Dario.

»Sind Sie bereit?«

»Ich bin bereit.«

Flo Bobst räuspert sich, dann drückt er erst auf die Aufnahmetaste seines Diktiergeräts, anschließend aktiviert er die Sprachaufnahme auf seinem Handy.

»Doppelt hält besser. Lassen Sie uns beginnen: Herr Forster, wie alt waren Sie, als Ihre Mutter verschwand?«

»Ich war fünf. Sie verschwand an meinem fünften Geburtstag.«

»Und das ist jetzt wie lange her?«

»Ziemlich exakt dreißig Jahre.«

»Erinnern Sie sich an den Moment, als Sie begriffen haben, dass Ihre Mutter nicht mehr wiederkommen wird?«

»Das ist eine schwierige Frage. Natürlich war es bereits schlimm, als sie mich nicht im Kinderhort abholte. Ich wurde dann zu meiner Großmutter gebracht, wo ich bis zu deren Tod bleiben konnte. Aber ich habe als Kind immer daran geglaubt, dass meine Mutter eines Tages plötzlich wieder zur Tür hereinkommen wird.«

Dario hält inne. Eigentlich glaubt er das auch heute noch, selbst wenn der Gedanke irrational erscheinen mag. Aber warum sollte er die Hoffnung aufgeben, solange niemand weiß, was passiert ist? »Aber als Großmutter starb und ich in ein Kinderheim kam – da wurde mir schon bewusst, dass ich jetzt sehr allein bin.« Wie üblich, wenn er an sich selbst als Kind zurückdenkt, empfindet Dario Mitleid mit diesem kleinen Buben, der er damals war.

»Was wissen Sie über das Verschwinden Ihrer Mutter?«

Dario will gerade zu einer Antwort ansetzen, doch dann merkt er, dass er keine hat. Verzweifelt blickt er den Journalisten an.

»Verschwand sie in der Nacht, am Tag ...« Bobst versucht nachzuhelfen.

»Anna, also meine Mutter, fuhr wie jeden Tag mit dem Fahrrad zur Arbeit in einen kleinen Supermarkt. Am Abend sollte sie mich im Kinderhort abholen, aber das tat sie nicht. Ihre Sachen, die sie bei sich trug, und auch ihr Fahrrad wurden nie gefunden. Von meiner Mutter fehlt bis heute jede Spur.«

»Es gab nie einen Verdächtigen oder einen Fahndungsansatz?«

»Ich glaube nicht.«

Dario wird auf einen Schlag bewusst, wie wenig er weiß. Er hofft, dass Malou die Polizeiakte gefunden hat. Zum zweiten Mal an diesem Tag wünscht er sich, sie wäre hier.

»Hatte Ihre Mutter damals einen Freund?«

»Ich weiß nicht, ich dachte nein ...«

»Aber?«

Dario erzählt Flo Bobst vom seltsamen Anruf von heute Morgen. Von dem Mann, der behauptet, sein Freund sei ein Freund seiner Mutter gewesen. Und dass er angeblich bei einem Unfall verstorben sei.

»Der Mann hieß Clemens Nowak, aber ich weiß nicht, ob die Angaben stimmen oder ob sie frei erfunden sind.«

»Das klingt sehr interessant«, meint Bobst. »Sie müssen dem nachgehen.«

»Ich weiß aber nicht, wie.«

»Ich kann Ihnen dabei helfen. Zu dieser Zeit wurden die Zivilstandsnachrichten noch in den Zeitungen abgedruckt, Hochzeiten, Geburten wie auch Todesfälle. Wann ist Nowak gestorben?«

»Angeblich im selben Monat, als meine Mutter verschwand.«

Flo Bobst schaut auf seine Notizen. »Also Juli 1994?«

»Genau.«

Flo Bobst schreibt ein paar Stichworte auf. »Ich werde in unserem Archiv nachschauen, ob ich eine Todesmeldung finde. Vielleicht gab es sogar eine Kurznachricht über einen Motorradunfall. Einen Wohnort Nowaks nannte der Mann nicht?«

»Leider nein.«

»Ich schaue mal. Ich werde mich melden, wenn ich etwas finde.«

»Danke.«

»Fahren wir fort. Wie war es für Sie, mit der Tatsache aufzuwachsen, dass niemand weiß, was mit Ihrer Mutter passiert ist?«

»Ich habe sehr oft an sie gedacht, mich immer wieder gefragt, warum sie mich nicht abgeholt hat an jenem Abend. Was mit ihr passiert sein könnte. Wo sie sein könnte. Die Fragen sind nicht weniger geworden.«

»Jetzt haben Sie sich entschlossen, nach Ihrer Mutter zu suchen. Warum? Und warum erst jetzt?«

Weil ich eine Nacht mit einer Polizistin verbracht habe, die mir Mut gemacht hat, denkt Dario.

»Ich wollte schon lange mit der Suche beginnen. Dass ich jetzt den Schritt gewagt habe, hat womöglich etwas mit dem Älterwerden zu tun. Damit, dass man sich mehr

Gedanken über die eigenen Wurzeln macht, vielleicht auch über die Vergänglichkeit. Ich weiß es nicht genau. Das Bedürfnis, die Wahrheit zu kennen, ist auf jeden Fall gewachsen.«

»Glauben Sie denn, dass Ihre Mutter noch lebt?«

»Ja. Nein. Ich weiß es nicht. Doch, ich glaube, dass sie noch lebt.«

Dario erzählt dem Journalisten nichts von den Geburtstagskarten, die er Jahr für Jahr erhält, auf denen der gleiche kurze Text steht und von denen er glauben will, dass sie von seiner Mutter stammen. Er schafft es nicht, darüber zu reden. Vielleicht, weil es zu intim ist. Womöglich, weil die Karten sein einziger Hoffnungsschimmer sind, den er sich nicht zerstören lassen will.

»Aber selbst wenn sie nicht mehr leben sollte – vielleicht finde ich mit der Suchaktion meinen Vater oder die Familie meines Vaters, irgendwo muss ich doch noch Verwandte haben. Darum bin ich froh um jeden Hinweis.«

»Herr Forster, vielen Dank für das Gespräch.«

Auf Wunsch des Fotografen holt Dario nach dem Interview die Fotos seiner Mutter aus dem Schrank, damit er ihn beim Betrachten der Bilder fotografieren kann. Auch will er einige der Aufnahmen von Anna in der Zeitung abbilden. Das Posieren für den Fotografen nimmt viel mehr Zeit in Anspruch, als Dario erwartet hat. Als sie endlich fertig sind und er die Fotos von Anna zurück in die Geldkassette legt, schaltet Flo Bobst noch einmal das Diktiergerät ein.

»Herr Forster, ich möchte Sie doch noch etwas fragen.«

Dario hört dem Tonfall an, dass es keine gute Frage ist.

»In Ordnung.«

»Ich hoffe, dass die Frage nicht verletzend ist: Aber könnte es sein, dass Ihre Mutter als Prostituierte gearbeitet hat?«

»Nein, wie kommen Sie darauf? Anna hat in einem Supermarkt gearbeitet.«

»Und sie ist abends nicht mehr weggegangen, um zusätzliches Geld zu verdienen? Vielleicht hat sie Drogen genommen, und der Lohn reichte nicht aus?«

»Worauf wollen Sie hinaus? Warum diese Fragen?«

»Können Sie sie beantworten? Oder wollen Sie sie nicht beantworten?«

»Doch, ich will sie beantworten: Meine Mutter war Verkäuferin, keine Prostituierte. Und jetzt sagen Sie mir, warum Sie das wissen wollen.«

»Weil in den Neunzigerjahren mehrere drogenabhängige Prostituierte spurlos verschwunden sind. Ihre Mutter passt genau ins Schema.«

12.

Malou lässt ihren halb vollen Chai Latte stehen, packt die Akten in ihre Umhängetasche und eilt über die Münsterplattform zurück, vorbei an zwei spielenden Kindern, an einer Gruppe von Senioren, die die Kugeln beim Pétanque klirren lassen, an einer Frau, die auf einer Decke im Rasen liegt und ein Buch liest – vorbei an Menschen, deren Welt in diesem Moment in Ordnung und nicht gerade aus den Fugen geraten ist.

Ich muss Ihnen mitteilen, dass wir Ihren Vater verloren haben.

Seit der Diagnose fürchtet sich Malou vor genau diesem Satz. Weil er bedeutet, dass Pa etwas zugestoßen sein könnte. Aber auch, weil er die nächste Stufe seiner Krankheit einläutet. Sie erinnert sich noch zu gut an den Moment, als sie zum ersten Mal merkte, dass etwas nicht stimmen könnte. Pa hatte für sie gekocht, sie hielt sich draußen im Garten auf, und er wollte sie hereinrufen, sobald das Essen fertig war. Als sie das Wohnzimmer betrat, saß er erschüttert am angerichteten Tisch. Sie fragte ihn, warum er sie nicht gerufen habe, und er meinte: »Weil mir dein Name nicht eingefallen ist.«

»Malou«, hatte sie verwundert geantwortet. »Von Marie-Louise.« Als hätte sie in der Schule jemand nach ihrem Namen gefragt.

Sie hatten sich beide erschrocken angesehen, den Zwischenfall dann aber ganz allgemein dem Alter zugeschrieben, da könne man ja schon mal was vergessen. So wie sie zunächst auch die anderen Anzeichen mit seiner gelegentlichen Verwirrtheit abgetan hatte. Bis ihr bewusst wurde, dass auch diese Verwirrtheit ein Symptom seiner Alzheimererkrankung war. Dass er ständig Dinge verlegte und nicht wiederfand, dass ihm manchmal mitten im Satz ein Wort nicht einfiel und dass er immer öfter ihre Verabredungen vergaß – und dann zu überspielen versuchte, dass er sie vergessen hatte. Das war vor etwa drei Jahren. Irgendwann hatte sie während einer gemeinsamen Autofahrt gemerkt, dass er die Bedeutung der Verkehrsschilder nicht mehr kannte. Als sie mit ihm darüber reden wollte, dass er seinen Führerschein abgeben müsse, kam er ihr zuvor, indem er einen neuen, schnittigen BMW kaufte, den er sich eigentlich gar nicht leisten konnte. Dabei stand er früher nie auf protzige Wagen. Dann entdeckte sie per Zufall, dass er auf Facebook mit auffallend vielen auffallend jungen Frauen aus dem Osten befreundet war. Sie hatte sich zwar schäbig gefühlt, als sie sein Handy an sich genommen und seine Nachrichten überprüft hatte – dafür hatte sie herausgefunden, dass er mit etwa dreißig verschiedenen Damen regelmäßig chattete. Mindestens fünf von ihnen hatte er bereits die Heirat versprochen.

Malou war mit der Situation völlig überfordert gewesen und hatte sich Hilfe holen müssen. Vor einem Jahr ging es dann endgültig nicht mehr, was Pa zum Glück selbst noch eingesehen hat: Er ist aus seinem kleinen Reihenhäuschen aus- und in ein Heim für Demenzkranke gezogen. Dort wohnt er nun in einer Wohngruppe mit anderen Demenzkranken zusammen und wird rund um die Uhr betreut. Sollte rund um die Uhr betreut werden – trotzdem ist es ihm gelungen zu verschwinden.

Auf ihrer Fahrt mit Bruna quer durch die Stadt zerbricht sich Malou den Kopf darüber, wo ihr Vater sein könnte. Plötzlich reißt sie ein durchdringendes Schrillen aus ihren Gedanken, sie zieht mit aller Kraft an den Bremsen, gerät ins Rutschen und kann trotzdem gerade noch verhindern, dass sie unter einem Tram landet. Und darunter zerquetscht wird, denkt sie bitter, dann wäre sie ihrem Vater auch keine große Hilfe mehr. Sie muss sich zusammenreißen.

Das Wohnzentrum Zerebrum liegt an jenem Ende der Stadt, wo sich der Berner Hausberg Gurten erhebt. Von den Zimmern aus hat man eine wunderschöne Aussicht über die Stadt. Wenigstens etwas, woran sich die Bewohner erfreuen können, selbst wenn es nicht mehr viel Freude in ihrem Leben gibt. Als sich Malou am Empfang melden will, kommt ihr die Wohngruppenbetreuerin Margaretha schon entgegen. Sie ist aufgeregter als Malou selbst.

»Ich weiß nicht, wie das passieren konnte! Ich fürchte, er ist irgendwie hinausgelangt. Hier drinnen haben wir alles durchsucht. Er muss sich in einem geeigneten Moment am Empfang durchgeschlichen haben. Etwas anderes ist nicht denkbar. Es tut mir so schrecklich leid!«

»Machen Sie sich keine Gedanken.«

Malou legt Margaretha tröstend die Hand auf den Arm. Es mag an ihrem Beruf liegen, dass sie in Krisensituationen klar und rational bleibt und die Emotionen erst einmal hintanstellt. Sie will zunächst das Problem lösen – danach kann sie ihren Gefühlen noch immer freien Lauf lassen.

»Gibt es im Empfangsbereich eine Überwachungskamera?«, fragt Malou.

»Ja, vor dem Eingang.« Margaretha wird augenblicklich rot. »Ich habe nicht daran gedacht, die haben wir noch nicht überprüft.«

»Dann machen wir das mal.«

Malou und der Chef des Hausdienstes müssen nicht weit zurückspulen: Die Aufnahme der Überwachungskamera zeigt, dass vor exakt siebenundvierzig Minuten ein ordentlich gekleideter Mann mit Stock und Hut aus dem Haus spaziert ist, während die diensthabende Rezeptionistin gerade mit jemandem sprach.

»Vielleicht wollte er einfach spazieren gehen und hat nicht mehr zurückgefunden«, mutmaßt Margaretha. »Wir haben die Polizei bereits informiert. Sie wird eine Vermisstmeldung mit dem Hinweis auf schonendes Anhalten publizieren.«

»Sehr gut«, kommentiert Malou. Doch in Gedanken ist sie schon woanders: Sie versucht, sich in den Kopf ihres

Vaters hineinzuversetzen, der nie freiwillig spazieren gegangen ist. Wo also will er hin?

»Womöglich versucht er, zu unserem Haus zu gelangen«, vermutet Malou. »Ich fahre sofort hin. Bitte rufen Sie mich an, wenn Sie in der Zwischenzeit etwas hören.« Es gibt immer mal wieder einzelne Tage, an denen Pa er selbst ist. Vielleicht, denkt Malou, ist heute ein solcher Tag. Auf dem Film der Überwachungskamera hat er jedenfalls nicht verwirrt gewirkt, im Gegenteil, eher zielstrebig wie jemand, der genau weiß, wohin er will. Als Malou wenig später im Länggass-Quartier ankommt und in den Zeltweg einbiegt, kommen die Emotionen doch kurz hoch. Nicht so sehr wegen der Angst um ihren Vater, sondern weil sie ihren gesunden Vater so sehr vermisst. Den früheren Pa, der stark und immer für sie da war und der nicht einfach von einer Minute auf die andere verschwand. Sie stellt Bruna auf dem Gehsteig vor dem schmalen Reihenhaus ab, zieht den Helm aus und wischt sich die Tränen weg.

In ihrem Garten, der bis vor einem Jahr der Garten ihres Vaters war, ist niemand. Sie hat das Dreizimmerhäuschen übernommen, nachdem er ins Heim gezogen war.

»Pa?«, ruft Malou laut. »Pa, bist du da?«

Sie checkt die Haustür; verschlossen. Drinnen kann er nicht sein.

»Christian!« Sie versucht es mit dem Vornamen ihres Vaters. »Christian!«

Nichts. Malou setzt sich wieder auf Bruna, doch sie verharrt und fährt nicht los, da sie nicht weiß, wo sie noch suchen soll. Sie kann unmöglich die ganze Stadt abfahren, um nach ihrem Vater Ausschau zu halten. Er kann überall sein. »Denk nach!«, sagt sie laut zu sich selbst. Schließlich ist sie Polizistin. Es kann doch nicht sein, dass sie ihren eigenen Vater nicht mehr findet.

Der Hut!

Dass ihr das nicht vorher eingefallen ist. Vater hatte auf den Bildern der Überwachungskamera den Hut auf, den trug er fast nie – nur für besondere Anlässe. Zum Beispiel, wenn er jemandem einen wichtigen Besuch abstatten wollte. Doch wen sollte er besuchen wollen? Er hat praktisch all seine Freunde vergessen.

Aber er hat sich immer an seine Frau erinnert.

Malou setzt den Helm auf, startet Bruna und eilt los. Sie kennt die Strecke in- und auswendig. Aber dieses Mal will sie in der letzten Kurve nicht wieder den Asphalt küssen. Nur Minuten später stellt sie Bruna am Eingang des Bremgartenfriedhofs ab. Sie ist schon seit Jahren nicht mehr am Grab ihrer Adoptivmutter gewesen, als Kind aber hat sie ihren Vater oft bei seinen Besuchen begleitet. Im ersten Moment ist sie unsicher, ob sie es noch finden wird, doch dann erinnert sie sich an den Code, den Vater sie damals gelehrt hat: Rosen – rechts – sieben – rechts – sieben – links. Beim Torbogen, der mit Rosen überwuchert ist, muss sie den Weg rechts einschlagen, dann nach sieben Wegen wieder nach rechts und dann nach sieben Grabsteinen nach links.

Malou gelangt bis Rosen – rechts – sieben – rechts, dann sieht sie ihren Vater schon von Weitem. Er sitzt vor dem Grab seiner Frau und lehnt sich an die Rückseite des Grabsteins der nächsten Reihe. Malou verlangsamt ihren Schritt, sie hört, dass ihr Vater mit der Verstorbenen spricht, und will den intimen Moment nicht zerstören. Auf einmal schweigt ihr Vater und hält den Kopf gesenkt, als ob er beten würde. Malou wartet einige Minuten, dann macht sie sich bemerkbar.

»Pa?«

Ihr Vater blickt auf. »Malou, was machst du denn hier?« Er hat sie erkannt und sie mit dem richtigen Namen angesprochen. Tränen schießen Malou in die Augen.

»Das könnte ich dich fragen! Wir haben dich vermisst.«

»Ich musste an ihr Grab. Es ist doch ihr Todestag.«

Natürlich! Malou hat es völlig vergessen – und ihr an Alzheimer erkrankter Vater hat sich erinnert.

»Sie freut sich sicher sehr über deinen Besuch. Wollen wir nun zurück ins Heim gehen?«

»In welches Heim? Wir gehen nach Hause.«

»Dein Zuhause ist nun die Wohngruppe.«

»Was redest du da, Kind?« Malous Vater hält inne, blickt sie irritiert an. »Du bist doch mein Kind?«

»Ich bin Malou, deine Tochter.«

Ihr Vater erhebt sich, mühelos steht er auf und klopft sich die Kleidung ab. Äußerlich hat die Krankheit noch nicht viele Spuren hinterlassen.

»Ja, du warst immer meine Tochter, zum Glück wurdest du uns vor die Tür gelegt.«

Zwar hatten Pa und seine Frau Malou ordentlich adoptiert, doch der Weg dahin war ungewöhnlich: Jemand hatte sie als Säugling mitten in der Nacht in einem Korb vor der Haustür ihres Vaters ausgesetzt, der damals gleich neben der Kirche gewohnt hatte. Ihr Vater machte oft Scherze darüber, dass der unbekannte Absender das Kind wahrscheinlich dem Pfarrer bringen wollte und sich bloß in der Tür geirrt hatte – was sich im Nachhinein für alle als großes Glück erwies.

»Und danach bist du der beste Vater gewesen, den man sich vorstellen kann.« Malou legt den Arm um die Schultern des alten Mannes. Gemeinsam gehen sie den Weg zurück zum Friedhofstor.

»Ich habe zumindest versucht, dir ein guter Vater zu sein. Aber ich habe dir nie von dem Brief erzählt.«

»Von welchem Brief?«

»Weil ich dich nicht verlieren wollte.«

»Pa, von welchem Brief sprichst du?«

»Der Brief deiner Mutter. Im Korb.«

»Meiner *leiblichen* Mutter?«

Ihr Vater macht einen Fehltritt, Malou stützt ihn, nichts passiert. Er schaut sie verwundert an.

»Sind Sie … wer sind Sie?«

»Ich bin Malou, deine Tochter.«

»Meine Tochter? Bitte bringen Sie mich nach Hause.«

»Pa, von welchem Brief hast du eben gesprochen?«

»Brief? Ich weiß von keinem Brief.«

Er ist wieder weg, denkt Malou entmutigt.

»Wir werden ein Taxi nehmen.«

»Wohin gehen wir?«, fragt ihr Vater. »Und wer sind Sie noch mal?«

13.

Die Nacht draußen ist pechschwarz. Kein Mond weit und breit. Auch bläst kein Wind. Wüsste man es nicht besser, könnte man meinen, jemand habe die Zeit angehalten und die Welt in einen finsteren Pausenmodus versetzt. Doch in einer Wohnung im dritten Stock eines Mehrfamilienhauses im Berner Kirchenfeldquartier brennt noch Licht. Der Computerscreen wirft einen blauen Schein auf Darios Gesicht. An Schlaf ist nicht zu denken. Die letzte Bemerkung des Journalisten Flo Bobst treibt ihn um. Dario ist zwar kein Experte, was Internetrecherchen anbelangt, aber er wird auch so rasch fündig. Ein paar Stichwörter genügen – Prostituierte, Mord, verschwunden, Straßenstrich –, und schon spuckt ihm die Suchmaschine eine ganze Liste von Links aus. Einer davon führt zur Webseite eines True-Crime-Podcasts, der den Fällen um die verschwundenen Sexarbeiterinnen nachgegangen ist. Demnach verschwanden zwischen 1989 und 1997 sieben junge Frauen, die regelmäßig oder gelegentlich auf dem Berner Straßenstrich anschaffen gingen.

Darum die Frage von Flo Bobst, denkt Dario. Er greift

zum Whisky-Glas und nimmt einen Schluck; Lagavulin, Single Malt. Eine angenehme Wärme breitet sich in seiner Kehle aus und kriecht hinab in seinen Bauch. Er will nicht lesen, was da steht, und tut es doch. Als er runterscrollt, stößt er auf einige Fotos zu den Verbrechen. Polizisten, die anscheinend um ein Opfer herumstehen, das am Boden liegt, der Anblick der Leiche wird von den Beinen der Beamten nur halb verdeckt. Eine Pressekonferenz, bei der über eines der Verbrechen informiert wird. Porträtaufnahmen von zwei Opfern. Darios Herz setzt einen Schlag lang aus, als er die Bilder der Frauen betrachtet: schwarzes Haar, dunkle Augen, gleicher Typ wie seine Mutter. Aber Anna sieht auf den wenigen Fotos, die er von ihr hat, trotzdem ganz anders aus: gesünder, weniger verlebt, auch glücklicher. Anna strahlte eine innere Schönheit aus, die diesen beiden Frauen verloren gegangen zu sein scheint. Dennoch ... Dario liest weiter. Nur eine der vermissten Frauen wurde ermordet aufgefunden. Ihre Leiche lag in einem Waldstück. Von allen anderen fehlt bis heute jede Spur.

Wie bei Anna.

Kein Wunder brachte Flo Bobst Anna mit den verschwundenen Prostituierten in Verbindung. Aber diese Verbindung gibt es nicht. Oder doch? Kriegt ein noch nicht mal fünfjähriges Kind alles mit, was im Erwachsenenleben eines Elternteils passiert? Wohl kaum. Und warum hat Anna nie jemandem erzählt, wer sein Vater ist? Weil es ein Freier war? Dario hat eine vage Erinnerung daran, dass er bereits vor Annas Verschwinden hin und wieder bei der Oma übernachtet hat. Weil seine Mutter am Abend ausging.

»Wo bist du gewesen in diesen Nächten?«, flüstert Dario leise. »Bist du ... nein, ich kann mir nicht vorstellen, dass du als Prostituierte anschaffen warst, das kann doch nicht sein. Warst du bei einem Freund? Bei Clemens Nowak?«

Aber wenn es einen Freund gab – warum hat sie ihn dann nie mit nach Hause gebracht?

»Oder hast du das? Und ich weiß es bloß nicht mehr?«

Dario würde viel dafür geben, wenn er die Erinnerung an seine ersten fünf Lebensjahre aus seinem Gehirn hervorklauben könnte. Er ist sicher, dass sie irgendwo da drin noch existieren, er kommt einfach nicht an sie ran. Es ist zum Verzweifeln. Dario wünscht sich, er könnte sich an seine Mutter erinnern.

*

Zur gleichen Zeit, zwei Kilometer weiter nördlich in derselben Stadt, brennt auch in einem kleinen Reihenhaus noch Licht. Malou treiben ebenfalls die Gedanken an ihre Mutter um. Gab es einen Brief, den Pa ihr ein Leben lang verschwiegen hat? Hat ihre Mutter ihr ein paar Zeilen hinterlassen? Und diese zusammen mit ihr in den Korb gelegt?

Es ist möglich, dass die Worte ihres Vaters sinnlos daherfabuliert waren. Oder dass er von etwas ganz anderem sprach, das überhaupt nichts mit ihr zu tun hat. Aber

Malou wird das Gefühl nicht los, dass er klar war in dem Moment, in dem er den Brief erwähnte.

Pa hatte ihr schon früh erklärt, dass er nicht ihr biologischer Vater war und es für ihn keinen Unterschied machte. Als sie ein kleines Mädchen war, erzählte er ihr immer das Märchen von der großherzigen Frau, die ihm als Geschenk ein Baby vor die Tür gelegt hatte. In dem Märchen hieß die Frau Alma Mater, und sie war eine Heldin, die durch die Welt zog und nur gute Taten vollbrachte. Darum hatte sie Pa das Mädchen geschenkt, das, wie sich zum Schluss des Märchens herausstellte, Malou selbst war.

Als Malou älter wurde und begann, Fragen zu stellen, hat er ihr die wahre Geschichte erzählt: Dass die Mutter sie aus irgendwelchen Gründen nicht habe behalten können und wohl gemeint habe, dass im Haus neben der Kirche der Pfarrer wohnte. Und so habe sie in ihrer Not das Kind dem vermeintlichen Pfarrer vor die Tür gelegt, hinter der in Wahrheit aber der Bestatter lebte. Als Findelkind konnten auch die Adoptionsbehörden ihr keine Antworten auf die Fragen nach ihrer Herkunft liefern. Die Eltern hatten nichts zurückgelassen. Sie wollten nicht, dass sie je gefunden wurden.

So lautet zumindest die Geschichte, die Malous Vater ihr geschildert hatte, wieder und wieder, und die sie als Wahrheit akzeptiert hat. Doch plötzlich ist sie nicht mehr sicher, die Wahrheit hat Risse bekommen.

Ein Brief. Malou holt ihr schwarzes Notizbuch aus der Tasche, schlägt es auf der letzten Seite auf und beginnt zu schreiben.

Hat meine Mutter einen Brief für mich oder meine Adoptiv-
eltern hinterlassen?

Wer außer meinem Vater weiß davon – die Adoptionsbe-
hörde? Ludwig?

Existiert der Brief noch?

Und in Großbuchstaben fügt sie hinzu: WO IST DER
BRIEF MEINER LEIBLICHEN MUTTER?

Sie unterstreicht die letzte Frage. Ein Brief ihrer Mutter würde alles ändern, denkt Malou. Warum sagte Pa ihr das ausgerechnet jetzt? Weil er wusste, dass es einer seiner letzten klaren Momente sein könnte und es danach zu spät wäre? Und was hat Pa mit dem Brief gemacht? Ihn weggeschmissen? Oder ihn aufbewahrt, damit sie ihn nach seinem Tode finden würde?

Als Pa vor einem Jahr ins Wohnzentrum Zerebrum ziehen musste, hat sie fast alle seine Sachen weggegeben. Es hat ihr fast das Herz gebrochen, dass er alles zurücklassen musste, selbst seine Lieblingsvitrine hat er nicht mitnehmen können, weil in seinem neuen Zimmer der Platz dafür fehlte. Wie seltsam es ist, dass wir ein Leben lang meinen, unser Besitz sei wichtig und ohne gehe es nicht – und wenn das Leben sich dem Ende zuneigt, bleibt uns doch nichts anderes übrig, als alles loszulassen. Die Vitrine hat Malou behalten, als Andenken und ihrem Vater zuliebe. Aber sonst hat sie die Wohnung mit ihren eigenen Sachen neu eingerichtet. Allein der Entschluss, in das Haus zu ziehen, in dem zuvor ihr Vater lebte, ist ihr nicht leichtgefallen. Doch schon aus finanziellen Gründen war es zu verlockend gewesen. Darum wohnt sie jetzt hier, während ihr Vater in einem Zimmer im Heim für Demenzkranke sitzt und sich meist nicht einmal mehr an den Namen seiner Tochter erinnert.

Die persönlichen Unterlagen, alte Verträge und Buchhaltungen, amtliche Dokumente und all den anderen Kram hat Malou vor einem Jahr in Kartonkisten verpackt und auf dem Dachboden verstaut. Sie hat damals gedacht, sie würde in der nächsten Woche oder bestimmt im nächsten Monat alles ansehen und aussortieren. Doch sie hat diese letzte Aufräumarbeit immer wieder vor sich her geschoben. Jetzt aber sitzt sie vor der ersten der prall gefüllten Kisten und blättert die Dokumente durch, die sich in einem langen Leben angesammelt haben: Rechnungen und Versicherungspolicen, Lohnbescheide und Rezepte, Garantien für einen Föhn und für ein Mikrowellengerät, Partituren von Mozarts *Requiem*, das Vater wohl im Kirchenchor gesungen hat, ein Gutschein für ein Wochenende in einem Thermalbad, der vor dreizehn Jahren abgelaufen ist. Doch eines findet Malou nicht: einen Brief ihrer Mutter.

*

Etwa vierhundert Kilometer weit weg, in einem anderen Land, in einer größeren Stadt, die ebenso an einem Fluss liegt, denkt eine weitere Frau in einer schlaflosen Nacht an ihre Mutter. Isabel liegt in ihrem Mansardenzimmer im Dachgeschoss eines Münchner Altstadtbaus im Bett. Das Fenster steht weit offen, die Geräusche der Nachtgänger dringen hinauf ins Zimmer, doch Isabel hört sie nicht. In ihrem Kopfhörer besingt David Bowie einen sterbenden Seemann im Hafen von Amsterdam. Bowie war der Lieblingssänger ihrer Mutter, und jetzt ist es auch ihrer.

Isabel liegt auf dem Rücken, das Handy in der Hand, sie scrollt auf dem Display nach unten und liest wohl zum zehnten Mal den Facebook-Post eines ihr unbekannten Mannes, der so oft geteilt wurde, dass er bis in ihre Timeline gelangt ist. Dario, ein Schweizer, sucht darin nach seiner Mutter, die vor dreißig Jahren verschwunden ist. An seinem fünften Geburtstag.

Drei Mal hat Isabel zu einer Antwort angesetzt, und drei Mal wieder alles gelöscht. Jetzt beschließt sie trotzdem, ihm zu schreiben.

Lieber Dario. Ich bin Isabel aus München. Ich habe deinen Post gelesen. Das mit deiner Mutter tut mir leid. Ich schreibe dir, weil ...

Die richtigen Worte wollen ihr nicht einfallen. Überhaupt findet sie es plötzlich eine schlechte Idee, ihm zu schreiben. Isabel drückt die Delete-Taste und löscht Buchstaben um Buchstaben, löscht den ganzen Text. Schließlich klickt sie die Facebook-App weg. Weil sie sich fragt, was das Ganze bringen soll. Weil sie sich sagt, dass sie sich bloß wieder schmerzhaft in falschen Hoffnungen verliert. Weil sie denkt, dass das alles nur ein voll krasser Zufall ist. Mehr nicht.

Sie legt das Handy weg. Löscht das Licht. Schließt die Augen und findet doch lange keinen Schlaf.

Auf dem Nachttisch neben ihrem Bett steht in einem schlichten goldenen Rahmen die Fotografie ihrer Mutter. Knapp sechzehn Jahre sind vergangen, seit Isabel sie zum letzten Mal gesehen hat. Das war an ihrem fünften Geburtstag.

14.

Malou schlägt die Augen auf. Schreckt hoch. Blickt auf den Wecker. Zehn Uhr! Drei beschleunigte Herzschläge später sinkt sie zurück ins Kissen. Sie hat nicht verschlafen, sie ist immer noch beurlaubt. Vielleicht sollte sie mal mit einem Psychologen darüber reden, warum sie jedes Mal von der Panik übermannt wird, zu spät zu kommen, selbst wenn sie nirgends zu spät kommen kann. Sie schafft es einfach nicht, entspannt aufzuwachen. Ihr zweiter Gedanke gehört ihrem Vater; zum Glück hat sie ihn gestern so rasch wiedergefunden. Und dann denkt sie an den Brief ihrer Mutter, den es vielleicht gibt, vielleicht aber auch nicht. Malou wünschte sich, sie könnte wieder arbeiten, mit Freuden würde sie einen hoch komplizierten Fall lösen oder einen gefährlichen Täter jagen – alles ist besser, als sich mit sich selbst beschäftigen zu müssen. Während der Arbeit erscheint ihr das eigene Leben weniger kompliziert. Wahrscheinlich, weil sie dann keine Zeit hat, darüber nachzudenken.

Malou hangelt nach ihrem Handy auf dem Nachttisch, sieht, dass fünf Mails und eine WhatsApp reingekommen sind. Letztere stammt von Dario, er hat sie mitten in der Nacht angeschrieben, sie ist also nicht die Einzige, die erst in den frühen Morgenstunden Schlaf gefunden hat. Die Nachricht kann warten, Malou hat ein dringenderes Bedürfnis, als sie zu lesen: Ihre Blase lässt kein längeres Herumlümmeln im Bett zu. Also schlurft sie ins Bad, geht aufs Klo, stellt sich auch gleich unter die Dusche, um den schweren Kopf wach zu kriegen. Früher hat sie es besser weggesteckt, wenn sie erst in der Morgendämmerung ins Bett ging. Sie bindet das Badetuch um, schlendert an Fredericks Terrarium vorbei – von ihm ist nichts zu sehen –, öffnet die Haustür und bückt sich nach der Zeitung. Von der Frontseite blickt ihr Dario entgegen, der Anblick des Fotos durchfährt Malou wie ein Déjà-vu von vorletzter Nacht: Dario mit einer silbernen Geldkassette und mehreren Fotos seiner Mutter vor sich.

Auf der Suche nach der Mutter, lautet der Titel der Geschichte. Malou setzt sich noch immer halb nackt an den Esstisch und überfliegt den Text; darin steht nichts, was sie nicht schon weiß. Erst ganz am Schluss erfährt sie doch noch etwas Neues: Bei Dario hat sich jemand gemeldet, der möglicherweise seinen Vater kennen könnte. Offensichtlich hat der Aufruf auf Facebook bereits Wirkung gezeigt. Hoffentlich ist es niemand, der Dario falsche Hoffnungen macht, denkt Malou unwillkürlich. Sie erinnert sich an seine Nachricht und holt das Handy, um sie zu lesen.

Guten Morgen, Malou. Hast du schon etwas von einer möglichen DNA-Spur auf der Karte gehört? Hier tut sich gerade einiges. Magst du heute mit mir mittagessen? Ich würde mich sehr freuen, dich zu sehen. Herzlich, Dario.

Die DNA-Spur. Die hat Malou im gestrigen Tohuwabohu total vergessen. Sie checkt die Mails und sieht, dass Irena ihr bereits geschrieben hat. Doch die Nachricht ist enttäuschend: Es wurde einzig eine verwertbare DNA-Spur auf der Geburtstagskarte gefunden, sie stammt von einem Mann. Ansonsten konnte Irena nur Mischprofile sichern, die nicht mehr klar zu trennen und einer Person zuzuweisen sind. Die Postkarte ist auf ihrem Weg zum Empfänger wohl durch zu viele Hände gegangen. Also keine DNA von Darios Mutter und somit auch kein Beweis dafür, dass sie noch lebt. Das hätte Malou zwar überrascht, aber es hätte die Sache umso spannender gemacht. Malou schreibt Irena umgehend zurück und bittet sie zu prüfen, ob das männliche DNA-Profil in der nationalen Datenbank CODIS verzeichnet ist. Vielleicht stammt es vom Täter – oder aber von Dario. Es ist zwar nicht gerade die noble Art, damit womöglich ihren letzten One-Night-Stand in der Verbrecherkartei nachzuschlagen, aber es kann sicher nicht schaden.

Malou entscheidet sich, Dario die Nachricht, dass keine Spuren seiner Mutter gefunden worden sind, persönlich zu überbringen. Sie schreibt ihm, dass sie sich gerne über Mittag treffen können, und schlägt die Café-Bar Nocciolato vor, der kleine Italiener an der Bundesgasse. Bevor sie die WhatsApp sendet, zögert sie kurz, weil ihr bewusst ist, dass sie gerade gegen eines ihrer Prinzipien verstößt: Sie trifft sich in der Regel nach einem One-Night-Stand kein zweites Mal mit dem gleichen Mann. Doch dann drückt sie auf *Senden*. Das hier ist etwas anderes, sagt sie sich, das hier ist eher beruflich.

Als müsste sie ihren Worten Nachdruck verleihen, ruft Malou ihren Teamkollegen Bernard an, der erst mal eine Schimpftirade vom Stapel lässt. Nicht etwa über Malou, weil sie sich auf dem Friedhof von einem Paparazzo hat erwischen lassen, sondern über ihren gemeinsamen Chef Sandro, der sie wegen einer solchen Lappalie beurlaubt hat.

»Ich weiß nicht, was in ihn gefahren ist«, sagt Bernard. »Seit der Sache mit Bettina erkenne ich ihn kaum wieder. Er hat plötzlich so sehr Angst, dass wir einen Fehler machen könnten, dass er uns fast nicht mehr handeln lässt. So kann das nicht weitergehen.«

Malou verspürt das Bedürfnis, Sandro zu verteidigen, sie weiß, wie sehr ihn die Geschichte um Bettina mitgenommen hat, aber sie lässt es bleiben. Stattdessen bedankt sie sich bei Bernard für die Unterstützung. Sie findet sich darin bestätigt, dass ihre Beurlaubung völlig übertrieben ist.

»Bernard, lass es gut sein«, sagt sie schließlich. »Es ist mir gerade recht, etwas Zeit zu haben, ich bin da nämlich privat an einem Cold Case dran.«

»Warum bin ich nicht überrascht, dass du trotzdem arbeitest, selbst wenn du mal gar nicht arbeiten müsstest?« Bernard lacht.

»Ich wollte dich um einen Gefallen bitten.« Malou versucht, auf den Punkt zu kommen.

»Auch das kommt in dem Fall nicht aus heiterem Himmel.«

»Könntest du für mich eine VICLAS-Suche machen? Ich habe von zu Hause aus keinen Zugriff auf das Analysesystem.«

»Du suchst nach einem Serientäter?«, fragt Bernard überrascht.

»Das weiß ich noch nicht – aber ich will es herausfinden.«

Und dafür braucht sie das »Violent Crime Linkage Analysis System«, die Datenbank für Fallanalysen – hier werden nicht die genetischen Spuren der Täter verglichen, sondern ihre psychologischen Spuren: Es wird nach Parallelen in den Vorgehensweisen bei Taten gesucht, um herauszufinden, ob mehrere Delikte dem gleichen Täter zuzuschreiben sind.

»Rück mal die Stichwörter raus, mit denen ich suchen soll.«

»Danke. Gib mal Folgendes ein …«

»Moment, ich muss mich erst einloggen.«

»Bist du so weit?«

»Ja.«

»Okay. Tatzeit: 2. Juli 1994, später Nachmittag, Abend. Status: Vermisst. Opfer: Weiblich, 25 Jahre alt, zierliche Person, schwarze Haare, Verkäuferin in einem Coop-Supermarkt, ledig und alleinerziehende Mutter. Verschwunden in der Stadt Bern.«

Malou hört Bernard tippen.

»Mehr hast du nicht?«, fragt er.

»Nein, leider nicht.«

»Okay. Es wird ein paar Minuten dauern. Ich rufe dich zurück.«

Malou vertreibt sich die Wartezeit damit, indem sie sich um Frederick kümmert, der sich irgendwo in den Pflanzenblättern versteckt hält. Sie holt draußen im Garten die Box mit den Fruchtfliegen – während andere verzweifelt versuchen, diese loszuwerden, züchtet Malou die kleinen Viecher. Sie stellt die Box in Fredericks Terrarium, öffnet die kleine Luke, die sie selbst gebastelt hat, und wartet, bis einige der Fliegen den Weg nach draußen gefunden haben. Wobei der Weg nach draußen für sie nicht die Freiheit bedeutet, sondern den direkten Weg in den Tod. Malou verschließt die Klappe, entfernt die Box, schließt auch das Terrarium und wartet. Sie erkennt den perfekt getarnten Frederick erst in dem Moment, als seine Zunge blitzschnell hervorschießt und eine der Fliegen schnappt, bevor sie ebenso schnell in seinem Maul verschwindet.

»Guten Appetit«, wünscht Malou.

Da klingelt das Telefon.

»Hallo, Malou, hier Bernard.«

»Haben wir einen Treffer?«, fragt Malou sofort.

»Ein Treffer ist gut … das System hat mir fast zwei Dutzend Treffer angezeigt. Es hat mir praktisch alle ungeklärten Frauenmorde der letzten Jahrzehnte angegeben, die Suchwörter sind zu unspezifisch. Allerdings gibt es da eine Auffälligkeit.«

»Und die wäre?« Malou mag Bernard als Arbeitskollegen, aber er funktioniert immer einen Tick langsamer als sie. Darum hat sie oft das Gefühl, dass sie ihm jede Information einzeln entlocken muss.

»In den Jahren vor und nach 1994 sind in Bern mehrere Prostituierte verschwunden oder ermordet worden.« Malou erinnert sich. Die Fälle hatten für Schlagzeilen gesorgt. Sie selbst war damals erst ein Teenager gewesen, aber sie hatten später an der Polizeischule darüber gesprochen.

»Der Jack the Ripper von Bern«, kommentiert sie.

»Meines Wissens wurde er nie gefasst?«

»Nein, ich glaube nicht. Arbeitete Anna Forster auf dem Strich?«

»Nein. Das heißt, ich bin nicht sicher. Ich muss nachfragen.«

»Die Prostituiertenmorde verzeichnen die höchste Trefferquote zu deinem Fall. Wahrscheinlich wegen der Haare.«

»Wegen der Haare?«

»Alle verschwundenen Frauen vom Straßenstrich waren schwarzhaarig. Eine wurde ermordet aufgefunden, alle anderen gelten bis heute als vermisst. Ich schicke dir die Ergebnisse per Mail.«

»Danke, Bernard, das hilft mir möglicherweise schon weiter.«

»Es gibt noch etliche weitere Treffer zu verschwundenen Frauen. Die meisten stammen aber aus anderen Kantonen.«

»Schick mir bitte alles, was du hast.«

Noch während Malou auf Bernards Mail wartet, öffnet

sie die Homepage ihres eigenen Arbeitgebers und klickt unter dem Kapitel *Fahndungsaufrufe und Vermisste* auf das Feld *Vermisste Personen*. Sie pfeift leise zwischen den Zähnen hindurch, als sich die Seite lädt. Einige der Prostituierten, die seit den Neunzigerjahren vermisst sind und bis heute nicht gefunden wurden, sehen Anna zum Verwechseln ähnlich.

15.

Dario ist schon zwanzig Minuten zu früh in der Café-Bar an der Bundesgasse. Er hat eines der Tischchen draußen auf dem Gehsteig ergattert und trinkt einen Caffè Coretto, um sich zu beruhigen. Er kann es kaum erwarten, Malou wiederzusehen. Zum einen, weil er ihr einiges zu erzählen hat, zum andern, weil er sich nach ihr sehnt. Es ist zwar erst zwei Tage her, dass sie eine Nacht zusammen verbracht haben – die Wirkung des sexbedingten Serotonin- und Dopamin-Cocktails, der einem zuweilen Liebe vorgaukelt, wo gar keine Liebe ist, hält wohl noch an –, trotzdem ist sich Dario sicher, dass es hier um mehr geht. Er ist hin und weg von Malou, und das wäre er bestimmt auch, wenn sie nicht miteinander im Bett gelandet wären.

Vor ihm auf dem Tisch liegt die *Berner Zeitung*, und zwar mit der Frontseite nach unten, weil darauf sein Konterfei zu sehen ist. Er studiert die Kurznachrichten auf der letzten Seite; es sind ausschließlich schlechte Neuigkeiten, doch während ihn sonst das Zeitunglesen oft deprimiert, kann ihm das alles heute nichts anhaben. Gleich wird Malou hier sein, nichts kann seine gute Laune verderben. In dem Moment klingelt sein Telefon. Verflucht, denkt Dario, plötzlich überzeugt, dass Malou ihm gleich mitteilen wird, dass sie doch nicht kommen kann. Als er sieht, dass es nicht ihre Nummer ist, atmet er erleichtert auf.

»Hier Flo Bobst«, meldet sich der Reporter der *Berner Zeitung*. »Ich habe Ihnen versprochen, dass ich in den Todesfallverzeichnissen in unserem Archiv nach Clemens Nowak suchen werde.«

»Haben Sie etwas gefunden?«

»Ja. Haben Sie etwas zum Schreiben?«

»Einen Moment.«

Dario kramt einen Kugelschreiber aus dem Seitenfach seiner Tasche und nutzt die Papierserviette als Notizzettel.

»Ich bin bereit.«

»Also: Clemens Nowak aus Frutigen, Bern, verstorben am 18. Juli 1994, geboren am 17. September 1965, Sohn von Theo und Ruth Nowak, geborene Schachtler.«

»Der Mann, der mich angerufen hat, hat also die Wahrheit gesagt«, kommentiert Dario.

»Zumindest was den Namen und den Todeszeitpunkt anbelangt. Und ich habe noch etwas.«

Flo Bobst erzählt Dario, dass er in der Zeitung vom 20. Juli 1994 auf eine Unfallmeldung gestoßen ist, die passen könnte.

»Da steht, dass am Abend des 18. Juli ein Motorradfahrer etwas außerhalb der Stadt Bern von der Straße abgekommen und in eine Hauswand geprallt sei und dass er sich dabei tödliche Verletzungen zugezogen habe.«

»Können Sie mir den Artikel mailen?«, fragt Dario.

»Ich habe ihn nicht in digitaler Form ... aber ich kann ihn abfotografieren und Ihnen das Foto schicken.«

»Das wäre super. Danke für Ihre Bemühungen.«

»Was fangen Sie jetzt mit der Information an? Ich würde Sie gern bei Ihren weiteren Recherchen begleiten.«

»Ich weiß es noch nicht.« Das ist nicht mal gelogen. Dario hat keine Ahnung, was er als Nächstes tun soll.

»Er könnte immerhin Ihr Vater sein. Wir könnten die Eltern des Verstorbenen gemeinsam aufsuchen, falls sie noch leben.«

»Ich ...« Dario zögert. »Ich muss zuerst darüber nachdenken.«

»Selbstverständlich. Bitte rufen Sie mich an, wenn Sie sich entschieden haben.«

Dario verspricht dem Journalisten, sich zu melden.

»Worüber musst du zuerst nachdenken?«, fragt Malou, die plötzlich vor ihm steht, als er das Gespräch beendet.

Dario erhebt sich, um sie zu begrüßen, und stößt dabei unglücklich gegen den Bistrotisch. Er kann gerade noch verhindern, dass die Kaffeetasse umkippt, und fühlt sich dennoch wie der größte Tollpatsch. Auch Malou greift instinktiv nach der Tasse, sodass sich ihre Hände berühren.

Dario lacht verlegen, doch Malou scheint es nicht einmal bemerkt zu haben. Sie begrüßen sich mit einer kurzen Umarmung.

»Entschuldige die Verspätung.« Sie greift nach der Zeitung. »Ich habe gesehen, dass du einen stolzen Auftritt hattest. Gab es schon Reaktionen?«

Hastig nimmt Dario Malou die Zeitung aus der Hand und dreht sie wieder um. Er erzählt ihr, dass sich nicht nur der Zeitungsreporter gemeldet hat, sondern auch das Schweizer Fernsehen, weshalb er noch heute Nachmittag nach Zürich ins Studio fahren muss, und dass er über die Sozialen Medien Hunderte von Nachrichten erhalten hat. »Viele wünschen mir einfach Glück bei der Suche, manche aber glauben, dass sie mir weiterhelfen können. Ich bin ehrlich gesagt etwas überfordert und habe noch nicht alles gelesen. Ein Hinweis könnte allerdings wichtig sein.«

»Ich hol uns erst etwas zu essen, und dann erzählst du mir alles.« Malou stellt ihre Tasche auf den Stuhl. »Es gibt hier leckere Arancini, die Reisbällchen aus Sizilien. Soll ich dir auch so eines bringen?«

»Gerne.« Dario lässt sich nicht anmerken, dass er – trotz seines italienischen Vornamens – noch nie im Leben ein Arancino gegessen hat und sich auch nichts Genaues darunter vorstellen kann.

»Behältst du meine Tasche im Auge?«

»Klar.«

Als Malou mit zwei Tellern mit zwei seltsam geformten braunen Dingern darauf zurückkehrt, ist Dario erst skeptisch, nach der ersten Gabel nickt er aber anerkennend. Dann berichtet er Malou von dem Telefonat mit dem Mann, der sich anonym bei ihm gemeldet hat.

»Er sagte mir, sein Freund Clemens Nowak sei mit meiner Mutter liiert gewesen. Der Zeitungsjournalist hat das hier über ihn herausgefunden.«

Dario zeigt Malou seine Notiz.

»Clemens Nowak ist tot?«, fragt Malou, nachdem sie die Zeilen gelesen hat.

»Leider ja.«

»Seltsam – er ist kurz nach deiner Mutter gestorben. Bist du sicher, dass er sie gekannt hat?«

»Nein, und ich weiß auch nicht, wie ich das herausfinden könnte.«

»Indem du seine Verwandten aufsuchst«, schlägt Malou vor.

»Das hat der Journalist auch gesagt.«

»Aber?«

»Wie finde ich die?«

»Ich kann mal schauen, ob ich sie in unserem Personenverzeichnis finde. Weißt du, woran Clemens gestorben ist?«

»Ein Motorradunfall.« Dario greift nach dem Handy, sieht, dass Flo Bobst das Foto des Artikels bereits geschickt hat, und zeigt ihn Malou, die ihn aufmerksam liest.

»Seltsam, ich kenne die Strecke. Nicht gerade eine unfallträchtige Straße. Vielleicht war es ein Suizid.«

»Ein Suizid?«

»Ich meine, womöglich wollte er verunfallen, weil er etwas mit dem Tod deiner Mutter zu schaffen hatte.«

Dario schaut Malou überrascht an. An diese Möglichkeit hat er nicht gedacht. Vielleicht, weil in seinem Kopf seine Mutter nicht tot ist.

»Ich habe leider eine nicht so gute Nachricht«, fährt

Malou fort. »Auf der Geburtstagskarte fand sich keine Fremd-DNA einer Frau. Das bringt uns also nicht weiter.« Dario versucht, sich seine Enttäuschung nicht anmerken zu lassen.

»Dafür habe ich etwas anderes herausgefunden«, sagt Malou. »Ist es möglich, dass deine Mutter als Prostituierte gearbeitet hat?«

»Das hat mich der Journalist auch gefragt.«

»Und was hast du geantwortet?«

»Dass ich mir das nicht vorstellen kann.«

»Aber als fünfjähriger Knirps hättest du das wohl gar nicht mitbekommen.«

»Schon klar. Aber ich glaube trotzdem nicht, dass meine Mutter eine Prostituierte war. Das war nie ein Thema, auch meine Großmutter hat nie so etwas erwähnt.«

Wobei Großmutter sowieso fast nie über Anna gesprochen hat, schiebt er in Gedanken nach.

»Dario, ich muss dir was sagen.«

Darios Puls beschleunigt sich sofort. Er schaut Malou erwartungsvoll an.

»Ich bin angefixt.« Sie lächelt.

»Ich auch!«, sagt Dario etwas zu laut.

»Nein, ich meine: Ich will der Sache nachgehen«, präzisiert Malou.

Dario flucht innerlich. Er hat wirklich geglaubt, Malou spreche von ihm und nicht vom Fall seiner Mutter. »Wie meinst du das?«, fragt er vorsichtig nach. »Angefixt als Polizistin oder als Detektivin? Soll ich dich engagieren?«

Malou muss lachen. »Nein, ich bin keine Privatdetektivin. Es handelt sich um einen ungeklärten Kriminalfall. Mit der Geburtstagskarte hat er eine aktuelle Relevanz. Und ich bin im Moment beurlaubt. Wenn ich schon offiziell nicht arbeiten darf, kann ich mich wenigstens inoffiziell um einen Fall kümmern, für den ich sonst keine Zeit finden würde.«

»Warum bist du beurlaubt?«

Mit so wenigen Worten wie möglich und so vielen wie nötig erzählt Malou Dario von ihrem ehrenamtlichen Einsatz auf dem Friedhof, der es bis in die Boulevardpresse geschafft hat, und von der Reaktion ihres Chefs.

»Du besuchst wirklich die Begräbnisse von Menschen, die keine Angehörigen haben?«, hakt Dario nach.

»Ja, schon lange.«

»Malou, du bist großartig.«

»Danke, aber das ist keine große Sache.«

Ein kurzes Schweigen entsteht zwischen den beiden. Dario sucht nach den richtigen Worten und findet sie nicht.

»Und was machen wir jetzt?«, fragt er schließlich.

»Ich kümmere mich um die Prostituiertenmorde und versuche, die Adressen der Eltern von Clemens Nowak herauszufinden. Und du hast deinen Auftritt im Fernsehen. Sobald ich mehr über Nowaks Familie weiß, können wir dieser Spur nachgehen.«

»Wann sehen wir uns wieder?«

»Wenn es etwas Neues gibt.«

Malou klingt wie eine Polizeichefin, die ihrem Mitarbeiter Anweisungen gibt. Verliebtheit hört sich anders an, denkt Dario. Doch wenn sie gar kein Interesse an ihm hätte, würde sie ihm bestimmt nicht helfen.

»Von mir aus können wir uns gerne morgen wieder treffen.«

»Dario, nicht, dass wir uns falsch verstehen: Es geht hier ausschließlich um eine, sagen wir mal, geschäftliche Beziehung. Mehr wird daraus nicht werden.«

»Okay.«

Dario überspielt seine Enttäuschung. Was nicht ist, so hofft er, kann vielleicht noch werden. Er muss sich nur etwas einfallen lassen.

16.

Hoffentlich hat er sich nicht verliebt, denkt Malou, als sie, wieder zu Hause, auf ihrem Laptop die Sendung *Gesichter und Geschichten* schaut, von deren Existenz sie bis zum heutigen Tag nichts geahnt hat. Sie mag Dario, aber mehr nicht. Und mehr wäre auch sofort kompliziert. Doch sein Schicksal hat ihren kriminalistischen Jagdinstinkt geweckt, und zwar aus zwei Gründen: Zum einen, weil es sich um ein Verbrechen handelt, das nicht gelöst werden konnte, zum anderen wegen der Geburtstagskarte. Entweder treibt hier eine Person ein gemeines Spiel mit Dario, indem sie ihn an seinem Geburtstag auf niederträchtige Art und Weise an seine Mutter erinnert, oder aber die Person, die diese Karten schreibt, weiß etwas über das Verschwinden von Anna oder hat sogar etwas damit zu tun. Malou fällt ein, dass sie von Irena noch keine Info zum Abgleich der DNA-Spur auf der Karte mit der CODIS-Datenbank erhalten hat. Sie schickt ihr rasch eine WhatsApp und erhält umgehend Antwort: *Kein Treffer.*

Mist, denkt Malou. Sie blickt auf den Bildschirm: Das Studiogespräch mit Dario ist zu Ende, der Sender blendet noch einige Bilder der verschwundenen Anna ein, dann folgt ein Beitrag über die neue Liebesbeziehung einer Schlagersängerin, von der Malou noch nie etwas gehört hat. Sie klickt die Sendung weg und loggt sich in das kantonale Einwohnerregister ein, auf das die Polizei Zugriff hat. Sie tippt erst den Namen des Vaters – Theo Nowak – ein, doch einen solchen findet sie nicht in der Kartei. Also versucht sie es mit der Mutter: Ruth Nowak. Drei Einträge ploppen auf, darunter eine Ruth Nowak-Schachtler, wohnhaft in der Stadt Bern. Sie googelt die Adresse und sieht, dass es sich um eine Senioren-Wohnsiedlung handeln muss, im elektronischen Telefonbuch findet sich auch Ruth Nowaks Festnetznummer. Sie schickt die Angaben per WhatsApp umgehend an Dario weiter. In dem Moment, in dem sie die Nachricht sendet, fällt ihr ein, dass er wohl noch immer im Fernsehstudio sitzt. Hoffentlich hat er das Telefon in der Garderobe gelassen.

Malou wendet sich dem anderen Teil der Recherche zu: den Prostituiertenmorden. Sie stößt auf einen Podcast, der sich mit den ungeklärten Verbrechen befasst hat, und erfährt, dass es damals durchaus einen Verdächtigen gegeben hat. Bruno B., so erzählt der Moderator, wurde wegen Mordes an einer Prostituierten im Jahr 1996 zu sechzehn Jahren Freiheitsstrafe verurteilt. Wenn man dem Journalisten Glauben schenken kann, wurde Bruno B. auch in anderen Fällen als Täter in Betracht gezogen, es konnten ihm aber keine weiteren Delikte nachgewiesen werden.

Malou blickt auf die Uhr; es ist erst sieben. Sie kennt zwei Personen, die damals Polizisten waren, mittlerweile aber pensioniert sind. Als Erstes versucht sie es bei Max Hugentobler, mit dem sie unmittelbar nach der Polizeischule zusammengearbeitet hat und der für sie weit mehr war als ein Arbeitskollege: Von niemandem sonst hat sie so viel über ihren Beruf gelernt wie von ihm. Es ist so oder so an der Zeit, sich wieder einmal bei ihm zu melden.

»Malou, wie schön, dass es dich noch gibt!«, ruft Hugentobler, als er ihren Anruf entgegennimmt.

»Danke gleichfalls.«

»Wie kann ich dir helfen?«

Malou fühlt sich sofort ertappt. Aber wie Hugentobler hält auch sie nicht viel von überflüssigem Small Talk, darum kommt sie gleich zur Sache.

»Ich arbeite an einem Cold Case. In diesem Zusammenhang interessiere ich mich für einen gewissen Bruno B., der wegen eines Prostituiertenmordes im Jahre 1996 verurteilt worden ist.«

»Bruno Bärtschi. Natürlich erinnere ich mich an ihn. Ich habe ihn stundenlang verhört und doch nicht die ganze Wahrheit aus ihm rausgekriegt. Gehst du den ungelösten Morden nach? Na, dann mal viel Glück …«

»Jein. Es geht um eine andere Frau, die ebenfalls in dieser Zeit vermisst gemeldet wurde. Anna Forster. Sagt dir der Name etwas?«

»Nein, mit dem Fall war ich nicht betraut. Soweit ich mich erinnern kann, ist mir der Name nie begegnet. Aber weißt du, was? Ich koche gerade, komm doch rasch vorbei, dann erzähle ich dir bei einem Abendessen alles, was ich über die Morde von damals weiß.«

Malou lässt sich nicht zweimal bitten. Sie pflückt draußen im Garten rasch ein paar Himbeeren, um nicht mit leeren Händen bei Max aufzukreuzen, dann setzt sie sich auf Bruna und fährt quer durch die Stadt und über den Fluss ins Breitenrainquartier.

Keine Viertelstunde später klingelt sie an der Tür eines Reihenhauses, das schon bessere Zeiten gesehen hat. Der Verputz bröckelt an mehreren Stellen, Risse zeichnen Blitze auf die Fassade. Malou vernimmt hinter der Tür erst ein Rumpeln, dann das Klimpern von Schlüsseln, und schließlich steht Max Hugentobler vor ihr, mit braun gebrannter Glatze und in einer Kochschürze, die mit ihren Streifen seinen runden Bauch ordentlich zur Geltung bringt.

»Gut siehst du aus!«, sagt Malou, und sie meint es ehrlich, so entspannt hat er im Dienst nie gewirkt.

»Als Pensionär lässt sich gut leben, komm rein.«

Malou ist nicht zum ersten Mal hier, aber seit dem letzten Mal hat sich das Material, das sich in der Wohnung sammelt, noch vermehrt. Weil die Regale überfüllt sind, säumen Bücherstapel die Wände, weitere Bücher türmen sich auf dem Fernsehtisch, auf den Fenstersimsen, auf den Stühlen, auf der Waschmaschine, es müssen Hunderte sein. Malou wundert sich, wann Max all das lesen will. Zuoberst auf einem der Bücherstapel schläft zufrieden ein rotgetigerter Kater, an dessen Namen sie sich nicht erinnert.

»Hätte ich gewusst, dass ich heute Besuch kriege, hätte ich etwas Aufwendigeres gekocht. Ich hoffe, du magst Kartoffelgratin mit Gemüse, dazu gibt es einen frischen Blattsalat«, sagt Max in der Küche, während er das Essen anrichtet.

In den nächsten zwanzig Minuten verschlingt eine Person das Gratin, während die andere redet: Max Hugentobler berichtet Malou von den Frauen, die während der Neunzigerjahre vom Straßenstrich verschwanden, von der einen Leiche, die gefunden wurde, und vom Verdacht, der auf einen Landwirt namens Bruno Bärtschi fiel.

»Wir konnten die Handydaten einer der verschwundenen Frauen zurückverfolgen, weil das für heutige Zeiten völlig veraltete Gerät immer wieder versuchte, eine SMS an eine nicht vergebene Nummer zu verschicken. Die letzten Signale stammten aus einer abgelegenen Umgebung – wo ein aktenkundiger Landwirt wohnte, der schon einmal gegenüber einer Prostituierten gewalttätig geworden war.« Hugentoblers Augen glänzen, während er erzählt, fast so, als befände er sich wieder mitten in den Ermittlungen. »Wir hatten so gut wie nichts gegen ihn in der Hand. Erst als wieder eine Frau verschwand, erhielten wir die Bewilligung, seinen Hof zu durchsuchen.«

»Und?«, fragt Malou ungeduldig.

»Wir fanden eine vergrabene Leiche.«

»Bingo. War er auch für die anderen Morde verantwortlich?«

»Wir haben nichts gefunden, das darauf hindeutete ...«

»Aber?«

»Mein Bauchgefühl sagt mir, dass das nicht sein einziges Opfer war.«

Malou weiß, dass auf Max Hugentoblers Bauchgefühl Verlass ist, er hat nur selten falschgelegen. Sie sucht nach ihrem Handy, in dem sie einige Bilder von Anna Forster gespeichert hat, und legt das Gerät vor Max auf den Tisch.

»Diese Frau ist am 2. Juli 1994 verschwunden. Kommt dir ihr Gesicht bekannt vor?«

Max studiert die Bilder und schüttelt den Kopf.

»Ging sie auf den Strich?«

»Ich glaube nicht, aber ich bin nicht sicher.«

»Ihr Name war auf jeden Fall nicht in unserem Dossier. Aber wenn du mehr wissen willst, weiß ich jemanden, den du fragen kannst.«

Jetzt greift auch Hugentobler zum Handy, er muss eine Weile suchen, bis er fündig wird.

»Hier, Claudia Schütz. Die Sozialarbeiterin führte damals den Straßen-Bus auf dem Strich, sie kannte alle Frauen, die zu dieser Zeit dort anschafften.«

Malou bedankt sich und schreibt die Nummer in ihr schwarzes Büchlein.

»Oder du fragst ihn selbst«, fährt Max fort.

»Wen?«

»Den Bärtschi.«

»Du weißt, wo er jetzt ist?«

»Ja, er ist nach seiner Entlassung aus dem Knast auf seinen Bauernhof zurückgekehrt, in seinem Heimatdorf Heimiswil. Soweit ich weiß, ist er immer noch dort.«

»Und du meinst, ich soll ihm einen Besuch abstatten?«

»Wenn es nichts bringt, schadet es bestimmt auch nicht.«

Malou nickt.

»Aber bitte fahr da nicht alleine hin.«

17.

Dario schwimmt. Befindet er sich im Wasser, ist er ganz er selbst. Nur wenige Kraulzüge, und er hat den Rhythmus gefunden. Drei Züge, atmen rechts, drei Züge, atmen links, drei Züge, atmen rechts, wenden. Schwimmen ist seine Meditation und wirksamer als jede Stunde beim Psychotherapeuten. Als er jünger war, hat er an Wettkämpfen teilgenommen. Er war gut, sogar sehr gut, aber um den Sport professionell zu betreiben, dafür hat es dann doch nicht gereicht. Ein weiterer Traum, der unerfüllt geblieben ist.

Drei Züge, atmen rechts, drei Züge, atmen links. Er hat die ganze Bahn für sich allein, besser könnte es nicht sein. Wenn er beim Atmen die Augen öffnet, sieht er auf der einen Seite des Beckens hoch über sich das Bundeshaus; auf der anderen Seite fließt unerschütterlich die Aare, der grünblaue Strom, der seit Jahrhunderten das Wasser von den Bergen ins Mittelland trägt, Tag für Tag, ungeachtet dessen, dass die Welt von einer Krise in die nächste schlittert.

Während Dario im Marzilibad seine Bahnen zieht, drehen seine Gedanken Runden. Es ist so viel passiert in den letzten Tagen. Die Begegnung mit Malou, die Geburtstagskarte, die vielen Nachrichten nach seinem Aufruf, die Interviews mit den Journalisten. Was ist er nervös gewesen, gestern im Fernsehstudio, als plötzlich der Countdown rückwärts gezählt wurde und die Moderatorin ihr bezauberndstes Strahlen aufsetzte, um die Zuschauer zu begrüßen, und dann sofort in einen ernsten Tonfall wechselte, um den Studio-Gast anzukündigen: den Mann, der nach seiner Mutter sucht, die seit seinem fünften Geburtstag verschwunden ist. Dario wurde auf einen Schlag bewusst, wie viele Menschen jetzt in dem Moment in ihren Stuben TV schauen und ihm zuhören, und er hat sich prompt bei der ersten Antwort verhaspelt. Zum Glück lief es nach zwei, drei Sätzen besser, aber wohlfühlte er sich nicht im Scheinwerferlicht mit den drei Kameras um sich herum. Hoffentlich wird es etwas bringen.

Drei Züge, atmen rechts, drei Züge, atmen links. Darios Gedanken wandern zu Malous Nachricht, die er gestern nach der Sendung gelesen hat: Sie hat ihm die Adresse von Nowaks Mutter geschickt, die, falls etwas an der These dran ist, seine Großmutter väterlicherseits sein könnte. Allein die Vorstellung, der Frau zu begegnen, versetzt ihn in Angst: Weil es sein könnte, dass sie nicht seine Großmutter ist, obwohl er sich wünschte, dass es so wäre. Oder dass sich herausstellt, dass sie tatsächlich seine Großmutter ist, und er sich wünschte, dass es nicht so wäre. Warum nur ist das Leben so kompliziert? Drei Züge, atmen links, drei Züge, atmen rechts. Er wird sie trotzdem aufsuchen, er ist schon zu weit gegangen, um umzukehren. Es gibt kein Zurück.

Dario stoppt am Ende des Beckens, stemmt sich hoch, setzt sich auf den Beckenrand. Er atmet heftig, er ist zu schnell geschwommen.

»Du hier, um diese Zeit?« Eddy klopft ihm zur Begrüßung auf die Schulter.

Er ist einer der Bademeister hier, sie kennen sich seit ein paar Jahren. Dario geht meistens abends kurz vor Betriebsschluss schwimmen. Wenn sich das Bad leert, schwimmt Eddy manchmal ein paar Bahnen mit, hin und wieder gehen sie anschließend etwas miteinander trinken oder sie schauen sich gemeinsam ein Fußballspiel an. Obwohl Eddy etliche Jahre älter ist, haben sie sich auf Anhieb gut verstanden.

»Ich habe ein paar Tage frei.« Dario nimmt Badekappe und Schwimmbrille ab. »Und ich habe gerade viel im Kopf, es hat gutgetan, ihn durchzulüften.«

»Das kann ich mir vorstellen. Ich habe dich gestern im TV gesehen. Und in der Zeitung warst du auch. Ich wusste nicht, dass du nach deiner Mutter suchst.«

»Es ist nur ein Versuch.«

Eddy streckt Dario die Hand hin, der zieht sich daran hoch, steht auf und fährt sich mit der Hand kurz durchs schwarze Haar.

»Hat sich schon etwas ergeben?«

»Vielleicht. Ich weiß es noch nicht, wir werden sehen.«

»Ich wünsche dir auf jeden Fall viel Glück.«

»Danke, Eddy.«

Dario zieht sich um, wirft einen Blick in den Spiegel und macht sich dann auf zur Adresse, die ihm Malou angegeben hat: Ruth Nowak wohnt ganz in der Nähe, auf der anderen Seite des Flusses. Er darf nicht länger darüber nachdenken, ob er sie aufsuchen soll oder nicht – er wird es jetzt einfach tun.

Dario findet die Adresse auf Anhieb. Es ist eine moderne Überbauung, die aus kleinen Apartments besteht; eine dieser Alterssiedlungen, in der die Seniorinnen und Senioren zwar noch selbstständig in einer eigenen Wohnung leben, es unter dem gleichen Dach aber auch Angebote wie gemeinsamer Mittagstisch und einen Pflegedienst gibt. Dario schätzt, dass die Frau auf die achtzig zugehen muss. Er begibt sich in den Innenhof, auf den einige der Wohnungen ausgerichtet sind, und entdeckt den Namen *Ruth Nowak* an einem Türschild zu einer Wohnung im Erdgeschoss. Er zögert kurz. »Nicht nachdenken, tun«, flüstert er und drückt auf die Klingel.

Er hört im Inneren der Wohnung ein Läuten. Darauf folgt Stille. Dario beginnt zu schwitzen, eine kleine Schweißperle drückt sich über seiner linken Augenbraue aus der Stirn, er wischt sie weg, doch auch seine Hände sind feucht. Was, wenn Ruth Nowak ihm ähnlichsieht? Und was soll er ihr überhaupt sagen? Entschuldigen Sie die Störung, aber Ihr toter Sohn könnte mein Vater sein? Einmal mehr schimpft Dario mit sich selbst. Es wäre wohl doch besser gewesen, zunächst nachzudenken und erst danach auf die Türklingel zu drücken. Doch drinnen regt sich nichts. Dario atmet auf und wendet sich ab. Einerseits ist er froh, dass er wieder gehen kann, gleichzeitig ist er enttäuscht, dass er einmal mehr gegen Wände anrennt und nicht weiterkommt. So ergeht es ihm immer wieder in seinem Leben: Gerade wenn es danach aussieht, dass es vorwärtsgeht, wird er plötzlich ausgebremst. Und dann baut sich vor ihm erneut eine Wand auf, die nicht überwindbar scheint. Dario verlässt die Siedlung durch das Haupttor, da fällt ihm ein, dass er Frau Nowak wenigstens eine Nachricht hinterlassen könnte. Vielleicht ist es einfacher, schriftlich zu fragen, ob sie sich an die Freundinnen ihres verstorbenen Sohnes erinnert – und ob er ihr Enkel sein könnte. Dario geht zurück zur Wohnung und blickt sich nach ihrem Briefkasten um. Er findet ihn und stellt fest, dass es schwierig wird, dort einen Zettel reinzustecken: Der Briefkasten ist vollgestopft mit Zeitungen und Werbematerial. Auf jeden Fall ist er schon lange nicht mehr geleert worden. Vielleicht ist Frau Nowak verreist, denkt Dario, es gibt durchaus rüstige Achtzigjährige, die noch unternehmungslustig sind. Aber hätte sich dann nicht ein Nachbar um die Post gekümmert? Plötzlich setzt sich ein anderer Gedanke bei Dario fest: Sie könnte gestürzt sein und seit Tagen hilflos in ihrer Wohnung liegen. Allerdings sollte das in einer Senioren-Siedlung wohl jemandem aufgefallen sein, sagt sich Dario. Und was, wenn nicht?

Er drückt erneut auf die Türklingel, etwas länger jetzt. Wieder hört er die Glocke drinnen schrillen, doch sonst regt sich nichts. Er versucht, durch das Fenster neben dem Eingang in die Wohnung zu spähen, aber er sieht nichts als einen dicken, zugezogenen Vorhang. Also geht Dario um die Hausecke herum, um nachzuschauen, ob er auf der anderen Seite einen Blick hinein erhaschen kann. Fehlanzeige: Die Wohnung verfügt zwar über eine Terrasse, doch darum herum ist als Sichtschutz eine hohe Hecke gepflanzt. Er blickt sich um. Er könnte einfach wieder gehen, wie das wohl jeder andere tun würde. Wahrscheinlich ist Frau Nowak wirklich bloß verreist. Doch Dario kriegt das Bild einer alten, verletzten Frau nicht aus dem Kopf, die am Boden liegt und verzweifelt auf Hilfe hofft. Er schaut sich noch einmal um – die Siedlung wirkt an diesem schwülheißen Mittag wie ausgestorben –, also setzt er kurz entschlossen zu einem Sprung über die Hecke an. Doch er kommt nicht weit genug, sondern wird unsanft von den Ästen gebremst.

»Autsch!«

Die Zweige zwicken ihn in Bauch und Brust. Er blickt hinab und sieht, dass auf Kniehöhe die Schlaufe seiner kurzen Hose an einem Ast hängen geblieben ist. Er zerrt an seinem Bein, doch er kann sie nicht lösen, sondern rutscht stattdessen noch tiefer in die Hecke hinein. Er zappelt wie ein Käfer auf dem Rücken und versucht, sich herauszuwinden, doch das macht alles nur noch schlimmer.

»Was machen Sie in unserer Hecke?« Die Männerstimme ist aus dem Nichts aufgetaucht.

Dario spürt, dass ihm das Blut in den Kopf schießt, gleichzeitig ist er froh, in seiner misslichen Lage nicht mehr allein zu sein.

»Ich komme nicht mehr raus! Können Sie mir helfen?«

»Das ist nicht die Antwort auf meine Frage.«

Der Mann, der zu Dario hochschaut, wie er da zusammengefaltet mitten im Busch liegt, hat einen bauschigen weißen Bart und imposante Augenbrauen, die er in die Höhe gezogen hat, als hätte er gerade ein seltsames Tier gefunden und frage sich, um was es sich dabei handeln könnte.

»Meine Hose hat sich verhakt.«

»Die Jugend von heute«, brummelt der Alte.

Er zwickt den Ast ab, löst die Schlaufe der Hose und streckt Dario die Hand hin, die dieser dankbar ergreift. Der Senior zieht ihn mit einem überraschend kräftigen Ruck aus dem Busch und lässt seine Hand nicht wieder los.

»Sind Sie ein Einbrecher?«, fragt er, ohne den Griff zu lockern.

»Nein, nein, ich bin kein Einbrecher, ich wollte Ruth Nowak besuchen.«

»Der Eingang ist aber auf der anderen Seite. Und die Türklingel auch.«

»Ich weiß, ich habe ja geklingelt, aber es hat niemand geöffnet. Darum wollte ich nachschauen, ob alles in Ordnung ist.«

Erst jetzt lässt der alte Mann Darios Hand los. Doch sein Blick bleibt skeptisch. Dario klopft sich die Hose ab.

»Nichts ist in Ordnung«, sagt der Mann, der Dario nun auch die Schultern und den Rücken abklopft, damit er die letzten Blätter loswird.

»Wie meinen Sie das?«

»Sind Sie mit Ruth Nowak verwandt?«

»Nein. Ich bin ein …«, Dario stockt kurz, »… ein Bekannter.«

»Es tut mir leid.«

Dario will nicht hören, was der Mann gleich sagen wird.

»Ruth Nowak ist vor drei Wochen verstorben.«

»Nein!«

»Das Herz. Mein Beileid.«

Dario fragt sich, warum auf dieser Erde in diesem Leben immer alles gegen ihn ist und er nicht einmal Glück haben kann. Nur ein einziges Mal! Jetzt, da er endlich eine mögliche Spur zu seiner Mutter gefunden hat, ist er zu spät gekommen.

18.

Auf Bruna fühlt sich die Fahrt von Bern nach Heimiswil an wie eine kleine Weltreise. Es sind zwar nur etwa dreißig Kilometer, doch die alte Dame unter Malous Gesäß ist nicht mehr für solch lange Ausfahrten geeignet. Und nun geht es auch noch seit einigen Minuten steil den Berg hoch. Bruna rumpelt und hustet, sodass Malou nicht sicher ist, ob die Vespa nicht den Geist aufgibt, bevor sie ihr Ziel erreicht haben. Die schmale Straße schlängelt sich dem Berghang entlang, rechts von Malou ragt der Sandsteinfels in die Höhe, auf der anderen Seite geht es steil den Wald hinab, weit und breit kein Haus, nicht der beste Ort für eine Panne.

»Bruna, du schaffst das«, raunt Malou ihrer Vespa aufmunternd zu, während sie versucht, sich so leicht wie möglich zu machen und ihr Gewicht nach vorne zu verlagern, damit Bruna es den Berg hoch schafft. Endlich gelangt sie aus dem Wald hinaus, vereinzelte Häuser am Wegrand versprechen Zivilisation. Sie ignoriert die Abzweigung, die rechts hinab nach Heimiswil führt, und fährt weiter die Straße hoch. Der Hof von Bruno Bärtschi liegt etwas abgelegen oberhalb des Dorfes. Auf den runden Hügeln wechseln sich Wiesen und Wald ab. Über dem Gras flimmert die Luft vor Hitze. Malou fährt über eine Anhöhe, die den Blick auf die Alpen frei gibt: Eiger, Mönch und Jungfrau ragen in das Blau des Himmels. Die Welt hier oben sieht aus, als sei die Zeit vor einigen Jahren stillgestanden. Malou stoppt bei einem Landgasthof, um sich nach der langen Fahrt eine Pause zu gönnen, bevor sie bei dem verurteilten Mörder an die Tür klopft.

Als sie den Helm absetzt, brummt ihr Telefon. Es ist Dario. Malou zögert, doch die Neugier siegt, und sie geht dran.

»Hallo, Malou, hier ist Dario.«

»Ich weiß. Hast du mit Ruth Nowak sprechen können?«

»Nein, ich bin zu spät gekommen.«

»Wie meinst du das?«

»Sie ist vor drei Wochen gestorben.«

»Mist.« So viel zur Aktualität des Einwohnerregisters, denkt Malou verärgert. »Hast du mit jemandem gesprochen, der sie kannte?«

»Mit einem Nachbarn.«

»Dario, das tut mir leid. Aber ihr Tod bedeutet nicht, dass alles vergebens war. Womöglich hatte Clemens Nowak Geschwister. Wusste der Nachbar, ob es eine Tochter oder einen anderen Sohn gibt?«

»Ich habe vergessen, danach zu fragen«, gibt Dario zu.

»Mist«, wiederholt Malou.

»Soll ich noch einmal hinfahren und bei den Nachbarn klingeln?«

»Nein, lass mich erst nachdenken.«

Als Malou nach Ruth Nowaks Adresse gesucht hat, fiel ihr auf, dass sie in einer Senioren-Wohnsiedlung lebte. Wenn sie sich richtig erinnert, stand da auch eine Telefonnummer des Anbieters.

»Ich habe eine Idee«, sagt Malou. »Ich melde mich.«

Malou checkt in den alten WhatsApp-Nachrichten die Adresse, die sie Dario geschickt hat, kopiert sie und gibt sie ins elektronische Telefonbuch ein. Unter der Adresse erscheinen mehrere Einträge. Einer lautet: Seniorenwohnungen Berneck. Malou tippt auf die Nummer, die darunter steht.

»Seniorenwohnungen Berneck, Siegenthaler«, meldet sich eine junge Frauenstimme.

Aus einem unbestimmten Impuls heraus entscheidet sich Malou, es mit der Wahrheit nicht allzu genau zu nehmen.

»Guten Tag, hier Malou Löwenberg, Kantonspolizei Bern. Uns wurde vom Bestattungsamt ein Todesfall in Ihrer Siedlung gemeldet, Ruth Nowak. Sie ist vor drei Wochen gestorben.«

»Lassen Sie mich nachschauen«, sagt die junge Frau. »Ja, das ist richtig.«

»Wurde die Wohnung bereits geräumt?«

»Nein, sie wird erst Ende des Monats aufgelöst.«

»Können Sie mir sagen, wer die Räumung und die Wohnungsübergabe organisiert? Ich muss dringend mit der Person Kontakt aufnehmen.«

»Warum, ist etwas nicht in Ordnung?«

»Aus ermittlungstaktischen Gründen kann ich Ihnen leider keine Fragen beantworten. Können Sie mir den Namen der Person nennen?«

»Einen Moment.« Malou hört das Rascheln von Papier. Falls Ruth Nowak keine Angehörigen mehr hat, wird der Anruf gar nichts bringen. Einen Versuch ist es aber wert. »Das ist Ruth Nowaks Tochter Celine Nowak. Sie wohnt im Berner Mattenquartier.«

Die junge Frau gibt Malou Anschrift und Telefonnummer durch, sie kritzelt sie rasch in ihr Notizbuch. Dann verabschiedet sie sich von ihrer Helferin und ballt kurz die Hand. Das war einfacher als gedacht. Dann schreibt sie Dario eine Nachricht, in der sie ihm Name und Adresse der Schwester von Clemens Nowak mitteilt, und begibt sich hinüber zum Gasthof. Als sie eintreten will, stößt sie heftig gegen die Tür: Geschlossen, obwohl vor dem Haus auf einem Schild *Geöffnet* steht. Malou schüttelt den Kopf, streicht ihren Erfrischungsdrink vom Programm und steigt wieder auf Bruna, um zum Bauernhof von Bärtschi zu fahren. Bruno Bärtschi, der mindestens eine Prostituierte ermordet hat. Malou hat zunächst versucht, Claudia Schütz zu erreichen, die ehemalige Sozialarbeiterin, die in einem Straßen-Bus auf dem Strich die Prostituierten betreute. Doch die Nummer, die Max ihr angegeben hat, ist nicht mehr gültig. Darum ist der Landwirt, der regelmäßig auf dem Strich verkehrte, ihre einzige Hoffnung, einen Schritt weiterzukommen. Malou fährt erneut durch ein Waldstück, dann erreicht sie eine Lichtung und sieht den Hof schon von Weitem. Sie hält an. Er liegt einsam da. Einzig eine Scheune etwas weiter hinten auf dem Gelände ist zu sehen, sie sieht aus, als ob sie mal gebrannt hätte. Der Hof macht einen heruntergekommenen und verlassenen Eindruck. In den Fenstern stehen leere Blumentöpfe, die Scheiben wirken taub, der Garten ist verwahrlost. Es ist kein Laut zu vernehmen, keine Geräusche von Tieren, nichts. Kaum zu glauben, dass sich hier überhaupt ein lebendes Wesen aufhalten soll. Würde man einen schaurigen Drehplatz für einen Horrorfilm suchen, wäre man hier am richtigen Ort.

Bitte fahr da nicht alleine hin.

Sie erinnert sich an die Worte von Max und wünscht sich, sie hätte auf ihn gehört. Sie hätte Dario fragen können, ob er mitkommt. Sie ist sicher, dass er sie begleitet hätte. Aber dafür ist es jetzt zu spät. Malou tadelt sich selbst, dass sie stets das Gefühl hat, alles allein besser hinzukriegen. Nicht einmal ihre Waffe hat sie dabei.

»Reiß dich zusammen«, sagt sie zu sich selbst.

Schließlich trifft sie nicht zum ersten Mal auf einen Mörder. Und dieser hier hat sein Delikt vor fast dreißig Jahren begangen, er hat die Strafe abgesessen und muss mittlerweile ein alter Mann sein. Malou gibt wieder Gas und fährt auf den Platz vor dem Bauernhaus. Als sie den Helm absetzt und Bruna auf den Ständer hievt, sieht sie, dass sich hinter einem staubverhangenen Fenster der Vorhang bewegt.

Der Mann, der kurz darauf die Tür öffnet, ist leicht untersetzt, etwa zwischen siebzig und achtzig Jahre alt, aber immer noch von kräftiger Statur. Er mustert Malou mit kritischem Blick.

»Sie sehen zwar nicht aus wie ein Bulle, aber ich bin sicher, dass Sie trotzdem einer sind«, sagt er mit einer Stimme, die klingt, als ob er tagelang nicht geredet hätte.

Malou nickt, verstaut den Helm, geht auf Bärtschi zu und reicht ihm die Hand, ohne sich anmerken zu lassen, dass ihr das widerstrebt.

»Malou Löwenberg, Kantonspolizei Bern.«

»Wusste ich es doch.«

»Aber ich bin in einer privaten Angelegenheit hier. Können wir uns kurz unterhalten?« Malou weist auf die Bank, die neben der Eingangstür steht.

»Kommen Sie herein.« Bärtschi tritt einen Schritt zurück.

Die Tür führt direkt in die Küche, wie das vielen Bauernhöfen eigen ist. Der Raum ist düster, durch die schmutzigen Fensterscheiben dringt kaum Licht herein. Über dem Tisch hängen Fliegenfallen, gelbe, lange Streifen, an denen tote Insekten kleben. Sie bewegen sich leicht im Durchzug, sodass es scheint, als ob sie noch lebten. Auf der Lehne der eingebauten Sitzbank stehen in billigen Rahmen Bilder des Malers Albert Anker, sie sehen aus, als hätte sie vor langer Zeit jemand aus einem Magazin herausgeschnitten. Alles hier wirkt schmutzig und klebrig, sogar die gehäkelte Decke auf der Sitzbank. Malou setzt sich auf den Stuhl.

»Kaffee?«

»Nein, danke.«

Bärtschi hievt sich hinter den Tisch auf die Bank.

»Ich habe selten Besuch.«

Das hätte er nicht zu betonen brauchen, denkt Malou. Es ist offensichtlich, dass Bärtschi hier einsam und zurückgezogen lebt, aus bestimmten Gründen. In einem kleinen Dorf wie diesem weiß wahrscheinlich jedes Kind, was Bärtschi getan hat.

»Was verschafft mir die Ehre?«, fährt Bärtschi fort. »Ist mal wieder eine Leiche gefunden worden und Sie denken, dass ich das gewesen sein könnte?« Er verfällt in ein Lachen, an dem nichts echt zu sein scheint.

»Ich bin hier, weil ich auf der Suche nach einer Frau bin, die seit 1994 vermisst wird.«

»Und da dachten Sie, fragen wir doch einfach mal den Bärtschi, vielleicht hat der sie ja umgebracht.«

Jetzt lacht er nicht mehr. Es liegt etwas in seinem Blick, das Malou nicht deuten kann. Unwillkürlich rutscht sie mit dem Stuhl etwas zurück.

»Darum bin ich nicht hier«, sagt sie, obwohl sie ihn tatsächlich genau das am liebsten fragen würde. »Ich habe ein Bild der Vermissten mitgebracht. Sie suchten damals regelmäßig den Straßenstrich auf. Ich möchte wissen, ob Sie die Frau jemals dort gesehen haben.«

»Mädchen, wissen Sie, wie lange das her ist?«

Malou hasst es, wenn jemand *Mädchen* zu ihr sagt, schluckt den Ärger aber runter. Stattdessen greift sie in ihre Tasche und holt die Fotos von Anna hervor, die sie zu Hause ausgedruckt hat. Sie legt die Bilder vor Bärtschi auf den Tisch.

»Kennen Sie die Frau? Sie heißt Anna.«

Bärtschi starrt auf die Fotografien, mustert das Gesicht der Frau, von der niemand weiß, was mit ihr geschehen ist, während Malou ihrerseits die Mimik Bärtschis studiert. Aber da ist nichts; sie sieht ihm nicht an, was in seinem Kopf vorgeht. Er könnte genauso gut einen Stein anstarren. Malou erträgt die Stille kaum.

»Die kenn ich nicht«, sagt Bärtschi nach einer gefühlten Ewigkeit. »Auf jeden Fall nicht, dass ich mich an die erinnern könnte. Aber Sie müssen wissen, die Mädchen haben oft Perücken getragen und waren stark geschminkt – aber die hier sieht mir nicht danach aus.«

»Sind Sie sicher?«

»Nichts ist sicher. Wie sollte ich mir auch sicher sein? Alle anderen wissen ja alles besser als ich. Ich weiß nicht einmal, was damals geschehen ist. Ihr alle, auch all die Leute hier, ihr behauptet einfach, ich hätte jemanden getötet, aber ich – ich weiß das nicht mehr. Kann sein, dass ich es getan habe, kann sein, dass ich es nicht war. Kann sein, dass ich diese Frau schon gesehen habe, kann sein, dass ich ihr nie begegnet bin. Wer weiß schon, was ist.«

»Sie wurden damals wegen des Mordes an Renate Berger verurteilt.«

»Und ich habe dafür jahrelang gebüßt. Obwohl sie mir nicht beweisen konnten, dass ich es getan habe. Ich weiß einzig, dass die Frau auf einmal tot war und dass ich sie wegschaffen musste.«

»Man hatte Sie damals in Verdacht, auch andere Frauen getötet zu haben.«

Bärtschi schaut Malou schweigend an, mit einem Blick, den sie in Alarmbereitschaft versetzt. Sofort richten sich ihre Nackenhaare auf. Jeder einzelne Muskel in ihrem Körper ist angespannt, sie möchte nur noch eines: raus hier. Ruhig bleiben, sagt sie innerlich zu sich selbst.

»Und was, wenn es so gewesen wäre?« Bärtschi flüstert mehr, als dass er spricht.

»Ist es denn so gewesen? Haben Sie weitere Frauen getötet?«

Wieder bleibt es still. So still, wie Stille kaum sein kann, als ob die Welt draußen nicht mehr existierte. Kein Vogel, der zwitschert, kein Flugzeug am Himmel, kein Laub, das im Wind raschelt. Totenstille.

»Kann sein – kann aber auch nicht sein.«

Bärtschi setzt ein Grinsen auf. Ein Eckzahn fehlt ihm, ein vorderer Schneidezahn ist gelblich verfärbt. Malou nimmt die Details überscharf wahr. All ihre Sinne sind hellwach und auf die Gefahr fokussiert. Trotzdem ist sie nicht schnell genug. Wie ein Blitz schießt Bärtschis Arm nach vorn, er packt sie grob am Handgelenk und drückt mit eisernem Griff zu.

»Keine Frau ist vor mir sicher!« Er bläst Malou seinen bitteren Atem ins Gesicht, der nach Bier und altem Tabak stinkt.

19.

Dario versucht bereits zum dritten Mal, Malou anzurufen, doch sie geht nicht dran. Sie hat das letzte Gespräch abrupt beendet und ihm kurz darauf Celine Nowaks Adresse geschickt, doch seither ist sie nicht mehr zu erreichen. Er wollte ihr vorschlagen, Clemens Nowaks Schwester gemeinsam aufzusuchen. Nach seinem blamablen Auftritt von heute Mittag ist er verunsichert. Malou wüsste bestimmt, wie er vorgehen und die Frau ansprechen sollte. Doch da sie unerreichbar ist, beschließt er, den Besuch bei Celine Nowak auf später zu verschieben. Stattdessen will er das tun, von dem er weiß, dass es das Richtige ist und dass er es genau jetzt machen muss, weil ihn sonst womöglich der Mut verlässt. Er fährt mit dem Tram aus dem Stadtzentrum hinaus nach Bern Bümpliz, wo das Heim für verhaltensauffällige Jugendliche liegt, in dem er arbeitet. Noch arbeitet – aber eigentlich nicht mehr arbeiten mag. Er muss mit seinem Teamleiter Michael reden, denn so kann es nicht weitergehen.

Als er die Tür mit seinem Badge aufschließt, dröhnt ihm schon im Treppenhaus Lärm entgegen. Dario ignoriert das Geschrei, das aus dem Aufenthaltsraum dringt, und begibt sich direkt zu Michaels Büro, das ein Stockwerk höher liegt. Die Tür ist nur angelehnt, Dario klopft trotzdem an.

»Dario, ich habe nicht vor Montag mit dir gerechnet.«

»Ich bin eigentlich gar nicht hier, auf jeden Fall nicht, um zu arbeiten.«

Michaels linke Augenbraue schnellt in die Höhe, und Dario meint in seiner Mimik zu erkennen, dass er schon ahnt, was folgen wird.

»Setz dich. Ich höre.«

»Du hast es mir am Dienstag selbst gesagt: Ich brauche eine Pause. Und ich bin mir nicht mal mehr sicher, ob das reicht. Wahrscheinlich wäre es besser, wenn ich kündige.«

»Du willst kündigen?«

»Der Job frisst mich auf. Was zur Folge hat, dass ich ihn nicht mehr im Griff habe. Das hat die Situation am Dienstag ja eindrücklich gezeigt. Darum ist es wohl besser, wenn ich gehe.«

»Findest du das nicht ein bisschen überstürzt? Ich schätze dich als Mitarbeiter und will dich nicht verlieren. Wie wäre es mit einer Auszeit? Ich gewähre dir einen unbezahlten Urlaub, ein Monat, von mir aus auch zwei Monate.«

»Ich weiß nicht …« Dario blickt Michael zweifelnd an.

»Nimm dir Zeit zum Nachdenken. Nach einer Auszeit sieht vielleicht alles wieder anders aus.«

Womöglich hat Michael recht, denkt Dario. Und vor allem: Womit soll er sonst sein Geld verdienen? Er hat ja nichts anderes gelernt.

»Einverstanden. Kann ich vier Wochen freinehmen, und dann schauen wir weiter?«

»In Ordnung. Ich bin froh, dass du nicht wegen dieser einen Szene gleich den Bettel hinschmeißt. Ab wann möchtest du den unbezahlten Urlaub beziehen?«

»Am liebsten ab sofort.«

»Dario ...«

»Du kannst Karsten fragen, ob er für mich einspringt, er will schon lange sein Pensum aufstocken.«

»Okay, dann mach ich das, hat schließlich keinen Sinn, wenn du dich hierher zwingst.« Michael blickt Dario an. »Hat dein Wunsch nach einer Auszeit auch etwas mit der Suche nach deiner Mutter zu tun?«

»Du hast es in der Zeitung gelesen?«

»Der Artikel war nicht zu übersehen.«

»Es hat nichts damit zu tun.« Noch während Dario den Satz ausspricht, fragt er sich, ob das stimmt. Weil die Suche nach seiner Mutter ein Stück weit auch eine Suche nach ihm selbst ist, nach seiner Identität, die auf Wurzeln basiert, die er nicht kennt.

»Ich wünsche dir auf jeden Fall viel Glück und gute Erholung. Ich bin sicher, in einem Monat sieht die Welt schon wieder anders aus.«

»Danke, Michael.«

Die beiden Männer stehen auf und geben sich die Hand.

Als Dario das Heim verlässt, fühlt er sich so leicht und so frei wie seit Jahrzehnten nicht mehr. Er fährt mit der S-Bahn zurück in die Stadt. Am Hauptbahnhof angekommen, beschließt er, zu Fuß durch die Altstadt ins Mattenquartier zu schlendern und doch bei Celine Nowak vorbeizugehen. Das Schicksal wird entscheiden, ob sie zu Hause ist oder nicht. Auf dem Weg dahin überlegt er sich genau, wie er sich vorstellen und was er sie fragen wird. Allerdings geht er im Kopf so viele verschiedene Varianten durch, dass er am Schluss überhaupt nicht mehr weiß, was er sagen soll. Nun, er wird es einfach versuchen. Schließlich ist er heute schon einmal über seinen Schatten gesprungen. Doch dieses Mal nimmt er sich vor, auf Klettereinsätze zu verzichten.

Das Mattenquartier unten an der Aare liegt schon im Schatten der Altstadthäuser, die sich hoch über dem Fluss aneinanderdrängen. Dario ist an der Adresse angekommen, die ihm Malou geschickt hat. Er steht vor einem Altbau, an dem alles schief zu sein scheint; die Balken, das Dach, die Eingangstür. Das Gebäude wirkt auf ihn wie ein Hexenhäuschen. Falls hier eine Hexe wohnen sollte, hofft Dario, dass es wenigstens eine der guten ist.

Die Haustür unten ist nicht abgeschlossen, die Briefkästen befinden sich im Inneren des Treppenhauses. Hinter der Tür führt ein langer Gang geradeaus zu einer Holztreppe, deren Stufen ausgetreten und ebenso schief sind wie der Rest des Hauses. Dario steigt in den ersten Stock hoch. Hier wohnt ein A. Vonlanthen. Auf der zweiten Etage ist die Klingel mit R. Amore angeschrieben. Im dritten Stock ist er richtig. Er klingelt bei Celine Nowak, doch nichts passiert. Erst da sieht er den Zettel, der an der Tür klebt: *Klopfen!* Also klopft er an die alte Holztür, in die in der oberen Hälfte zwei verzierte Milchglassscheiben eingelassen sind, durch die man nicht hindurchblicken kann.

»Komme!«, ruft eine Stimme, und ein Schatten erscheint hinter den Scheiben.

Die Frau, die die Tür öffnet, beginnt zu sprechen, noch bevor Dario seinen einstudierten Satz zum Besten geben kann.

»Dario! Ich darf doch Dario sagen? Ich habe gedacht, dass du eines Tages vor meiner Tür stehen wirst.«

Sie macht einen Schritt zurück und bittet ihn hinein.

20.

Alles passiert sekundenschnell. Malou springt vom Stuhl auf, der hinter ihr zu Boden kracht, dreht ihr Handgelenk mit einem Ruck um neunzig Grad und kann es so Bärtschis Griff entwinden. Sie reißt sich los und stößt im selben Augenblick mit aller Kraft den schweren Tisch nach hinten, sodass der Kerl nicht von der Sitzbank aufstehen kann. Sie will sich gerade auf ihn stürzen, um ihn auf der Bank in Seitenlage oder besser noch in Bauchlage zu bringen und ihn zu fixieren, als Bärtschi in ein Kichern ausbricht.

»Hab ich Ihnen Angst eingejagt!«, schreit er schrill und scheint sich nicht mehr einzukriegen.

Malou verharrt in der Bewegung und versucht, die Situation einzuschätzen: Ist Bärtschi gefährlich oder tut er nur so? Auf jeden Fall ist er völlig durchgeknallt. Bärtschi kippt hysterisch kichernd auf der Bank zur Seite und hält sich den Bauch. Malou findet es alles andere als lustig.

»Ich gehe«, sagt sie bestimmt, greift zur Tasche, macht drei Schritte rückwärts bis zur Tür, stößt sie auf, geht nach draußen und schlägt die Tür wieder hinter sich zu. So ruhig wie möglich begibt sie sich zu Bruna, belässt den

Helm im Topcase-Koffer, sitzt auf und betätigt den Kick-starter, doch der Motor stottert nur.

»Scheiße. Bitte nicht jetzt, lass mich nicht im Stich, bitte spring an«, flüstert Malou.

Sie kickt noch einmal. Bruna hustet, doch der Motor stirbt gleich wieder ab. In dem Moment öffnet sich die Tür. Bärtschi steht breitbeinig da, die Hände auf die Hüfte gestützt, noch immer dieses irre Grinsen im Gesicht. Malou möchte ihn anbrüllen, in dem Moment hasst sie den Kerl, hasst ihn dafür, dass er sie in diese Lage gebracht hat, dafür, dass er ein widerliches Arschloch ist, der Frauen benutzt und ermordet hat. Doch sie schweigt. Fokussieren, sagt sie sich, ruhig bleiben. Bärtschi macht einen Schritt nach vorne, noch trennen sie vier oder fünf Meter, nicht viel. Erneut kickt sie Bruna an.

Yesss! Der Motor läuft. Malou will einfach nur davonrasen, sie will keinen Blick zurückwerfen, doch sie kann nicht anders, sie wendet den Kopf noch einmal um.

»Arschloch!«, ruft sie laut, dann dreht sie das Gas auf. Jetzt ist sie diejenige, die hysterisch lacht, weil die Erleichterung riesig ist, dass sie diesen schrecklichen Ort mit diesem grässlichen Menschen hinter sich lassen kann.

Auf der Fahrt über die kurvenreiche Straße zurück ins Tal und dann durchs flache Mittelland Richtung Bern beruhigt sich ihr Puls langsam. Sie geht die Situation von gerade eben im Kopf noch einmal durch. Obwohl sie stets das Gefühl hatte, über eine ausgezeichnete Menschenkenntnis zu verfügen, kann sie Bruno Bärtschi nicht fassen. Sie kann nicht einschätzen, ob er noch immer gefährlich oder bloß ein durchgeknallter Irrer ist, der sich auf ihre Kosten amüsiert hat. Auch kann sie nicht beurteilen, ob er nur einmal gemordet hat – oder ob er der smarte Serienkiller ist, dessen übrige Opfer nie gefunden worden sind. Sie holt sich auch seine Reaktion auf Annas Foto ins Gedächtnis zurück, wobei man eigentlich nicht von Reaktion sprechen kann: Da war nichts. Nicht das kleinste Zucken in seinem Gesicht, keine Bewegung der Hände, nichts. Entweder ist er ein verdammt guter Schauspieler oder er hat Anna wirklich noch nie in seinem Leben gesehen. Frustriert stellt Malou fest, dass sie keinen Schritt weiter ist als vor diesem schrecklichen Ausflug aufs Land. Hoffentlich hat Dario bei seiner Recherche um Clemens Nowak etwas herausfinden können.

Als Malou in die Stadt hineinfährt, hängt die Sonne tief am Himmel und taucht die Gipfel der Berge in ein warmes Orange. Sie schlägt nicht die Richtung ein, die direkt nach Hause führen würde, sondern fährt zum Wohnzentrum Zerebrum. Dort angekommen, winkt sie der Frau hinter dem Empfang zu und begibt sich direkt zur Wohngruppe ihres Vaters.

Die Wohngemeinschaften im Demenzzentrum sind nach Berufs- und Gesellschaftsgruppen geordnet. Es gibt die Wohngruppe für die Upper-Class-Ladies, eine für Künstlerinnen und Künstler, die Esoterikgruppe, die Intellektuellen und jene der Handwerker, welcher ihr Vater zugeteilt worden ist. Der Gedanke dahinter ist, dass sich im normalen Leben die reiche Dame lieber mit der anderen reichen Dame an den Tisch setzt als mit dem Bauarbeiter, getreu dem Motto: Gleich und gleich gesellt sich gern. Doch Malou fragt sich, ob das überhaupt noch einen Unterschied macht, wenn man sich nicht mehr daran erinnert, wer man einmal war. Sie klingelt an der Tür zur Wohnung, in der ihr Vater mit seinen Leidensgenossen lebt. Die Betreuerin Margaretha öffnet die Tür.

»Frau Löwenberg, schön, dass Sie da sind.«

»Wie geht es ihm?«

»Er hat seinen kleinen Ausflug gut verarbeitet respektive er hat ihn wohl schon wieder vergessen. Sie finden Christian im Innenhof.«

Margaretha sagt es mit einem warmen Lächeln, doch Malou versetzt der Gedanke daran, dass Pa schon wieder vergessen hat, was erst gerade war, noch immer einen Stich ins Herz.

Sie grüßt die zwei älteren Herren, Manfred und Urs, die an einem Tisch sitzen und ein Brettspiel spielen, das Malou nicht kennt, und geht an ihnen vorbei zur Tür, die auf die Terrasse führt. Die Siedlung ist gebaut wie ein kleines Dorf – mit dem Unterschied, dass alle Wohnungen und Einrichtungen gegen einen großzügigen Innenhof ausgerichtet sind, der durch die Bauten abgeschlossen ist, sodass es daraus kein Entkommen gibt – was aber auf den ersten Blick nicht auffällt. Der einzige Zugang ist der Eingang beim Empfang, doch dass dieser eine Schwachstelle sein kann, hat sich erst vor ein paar Tagen gezeigt.

Ihr Vater sitzt in einem Lehnstuhl mit dem Rücken zu Malou. Sie atmet einmal tief ein, hofft, dass er sie erkennen wird, und legt die Hand auf seine Schulter.

»Guten Abend, Pa.«

Ihr Vater dreht sich um, schaut ihr ins Gesicht, nickt bedächtig.

»Sylvia.«

Sylvia war Pas Frau. Malou lässt sich ihre Enttäuschung nicht anmerken.

»Wie geht es dir heute?«

»Es geht gut, danke. Nur der Rücken zwickt. Das kommt von den schweren Särgen.«

Er erinnert sich daran, dass er als Bestatter Särge transportiert hat – aber an seine Tochter erinnert er sich nicht. Malou weiß, dass sie das nicht persönlich nehmen darf, dass genau das Teil der Krankheit ist, trotzdem schmerzt es sie.

»Gut, dass du jetzt mehr Ruhe hast.«

Malou zögert, sie will etwas sagen, es wäre ein Versuch, doch gleichzeitig fühlt sie sich schlecht dabei. Sie zieht einen zweiten Stuhl heran, setzt sich neben ihren Vater und gibt sich einen Ruck.

»Hast du etwas von Malou gehört? Geht es ihr gut?«, fragt sie schließlich.

»Malou?«

»Unsere Tochter«, sagt Malou vorsichtig. Wenn er denkt, sie sei seine Frau, spricht er vielleicht mit ihr über den Brief.

»Ah ja, Malou. Natürlich.«

Malou ist nicht sicher, ob er sich erinnert oder nur so tut, als ob sie ihm wieder eingefallen wäre.

»Wir hätten es Malou erzählen sollen.«

Malou hat ein schlechtes Gewissen, ihrem Vater etwas vorzuspielen, um sich Informationen zu erschleichen. Doch sie tröstet sich damit, dass er von sich aus von dem Brief erzählen wollte – ihm blieb einzig nicht genug Zeit, bevor das Vergessen ihn wieder gefangen nahm.

»Ja, wir hätten es ihr erzählen sollen«, bestätigt ihr Vater.

»Den Brief, den wir damals erhalten haben, hast du den aufbewahrt?«

»Wie meinst du das? Ich habe doch nichts weggeschmissen.«

»Christian, wo ist der Brief von Malous Mutter?«

»Ich habe immer alles aufbewahrt. Mein ganzes Leben habe ich aufbewahrt.«

»Und wo hast du den Brief hingetan?« Malou muss sich zwingen, ruhig zu bleiben.

»Welchen Brief?«

»Den Brief von Malous Mutter.«

»Wer ist Malou?«

»Unsere Tochter.«

Vater, der die ganze Zeit geradeaus in den Garten geblickt hat, wendet sich wieder Malou zu, studiert sie eingehend. Sie glaubt, in seinen Augen ein Erkennen aufblitzen zu sehen.

»Sind Sie die neue Betreuerin?«, fragt er plötzlich.

Malou schießen Tränen in die Augen. »Ja«, sagt sie schließlich. »Ja.«

Sie legt die Hand auf jene ihres Vaters und streichelt sie sanft. Sie denkt an ihre leiblichen Eltern, die sie nie gekannt hat, und dass sie nun auch ihren eigentlichen Vater verliert, weil er sich unfreiwillig in eine andere Welt zurückzieht. Wie sehr sie ihn vermisst!

Auf dem Nachhauseweg fragt sich Malou, warum sie Dario bei der Suche nach seiner Mutter hilft, anstatt sich mit einem Buch im Marzilibad in die Sonne zu legen und die unerwartete Freizeit zu genießen. Ganz gewiss würde sie sich besser erholen, wenn sie während ihrer Beurlaubung nicht mögliche Serienmörder besuchen würde. Als sie in den Zeltweg einbiegt, kommt sie zu dem Schluss, dass ihre Hilfe vielleicht mehr mit ihr selbst zu tun hat, als sie sich das eingestehen will. Womöglich will sie, dass Dario seine Mutter findet, weil dann auch sie wieder hoffen kann, eines Tages ihre Eltern zu finden. Früher dachte sie, dass sie das gar nicht will. Es war ihr nicht wichtig, weil es nichts geändert hätte. Jetzt aber, da sie sich mehr und mehr von Pa verabschieden muss, wächst der Wunsch, ihre leibliche Mutter und ihren leiblichen Vater zu kennen. Denn wenn Pa nicht mehr da sein wird – dann ist sie ganz allein. Obwohl es irgendwo da draußen vielleicht noch jemanden gibt, mit dem sie zumindest genetisch verbunden ist. Wenn sie nicht alle längst gestorben sind.

21.

Die Frau, die vor Dario in der Tür steht und ihn mit einer Geste hereinbittet, trägt einen bunten Rock, um die hennafarbenen Haare hat sie ein kobaltblaues Tuch geschlungen, und am Hals trägt sie eine Kette, deren Anhänger aussieht wie ein großer schwarzer Käfer. Die Falten in ihrem Gesicht lassen sie schön und weise wirken. Zuvorderst auf der Nasenspitze sitzt eine winzige Lesebrille. Celine Nowak ist Dario auf Anhieb sympathisch, und wenn er wählen könnte, ob sie seine Tante sein soll, würde er sofort Ja sagen.

»Eigentlich wollte ich mich bei dir melden, als ich den Artikel in der *Berner Zeitung* gelesen habe«, erklärt sie, bevor Dario zu Wort kommt. »Aber ich bin nicht dazu gekommen, ich hatte einfach zu viel um die Ohren. Aber schön, dass du jetzt da bist, bitte nimm Platz.«

Ehe Dario es sich versieht, sitzt er auf einem Stuhl an einem Tisch in einem Zimmer, das eher aussieht wie ein Kunstatelier als eine Wohnstube.

»Wie hast du mich gefunden?«, fragt Celine, während sie in der offenen Küche einen Krug mit Wasser füllt, bevor sie einige Limetten-Schnitze und frische Pfefferminzblätter beifügt. »Warte, ich komm gleich«, fährt sie fort, ohne eine Antwort abzuwarten. Sie stellt den Krug und zwei Gläser auf den Tisch, schenkt ein, dann setzt sie sich und studiert Darios Gesicht. »Als ich dich das letzte Mal gesehen habe, warst du etwa vier Jahre alt. Anna wäre stolz, wenn sie sähe, was aus dir geworden ist.«

»Sie kennen mich?«, fragt Dario überrascht.

»Sag du zu mir«, bittet Celine. »Und *kennen* ist ein großes Wort. Ich war mit Anna befreundet. Aber sag nun, wie hast du mich gefunden?«

Dario erzählt zum dritten Mal die Geschichte von der Direktnachricht auf Facebook, vom Telefonat mit dem unbekannten Mann und dass der ihm den Namen Clemens Nowak genannt hat.

»Clemens.« Es passiert etwas mit Celines Augen, als sie den Namen ihres Bruders ausspricht. Als würden sie sich dunkler verfärben.

»Wie, sagtest du, lautet der Facebook-Name des Mannes, *Total Madness*?«, fragt Celine nach, und erneut wartet sie Darios Antwort nicht ab. »Das muss Fred sein. Clemens spielte mit ihm in einer Jugendband, die diesen Namen trug. Hab ihn seit Jahren nicht mehr gesehen, das Letzte, das ich von ihm hörte, war, dass er wegen Corona nach Costa Rica auswandern wollte. Aber wie es aussieht, ist er wieder zurück.«

Dario merkt, dass Celine einen Kommentar anfügen will, doch sie überlegt es sich anders.

»Und dann hast du herausgefunden, dass ich Clemens' Schwester bin.«

Dario ist es etwas peinlich, aber er erzählt Celine, dass er den Namen ihrer Mutter erfahren und dort vergebens geklingelt hat. Er spricht ihr sein Beileid aus.

»Danke«, sagt Celine. »Du merkst gar nicht, wie die Zeit vergeht und wie du älter wirst und – zack – plötzlich bist du die Einzige, die von der Familie noch übrig bleibt.«

Dario denkt, dass er seit Großmutters Tod, also seit seinem neunten Lebensjahr, der Einzige seiner Familie ist. Doch er korrigiert seinen Gedanken; vielleicht gibt es noch jemanden, vielleicht sogar die Frau, die vor ihm sitzt.

»Celine, darf ich dich etwas fragen?«

»Nur zu, darum bist du ja wohl hier.«

»War Clemens wirklich Annas Freund?«

»Ja, sie waren kurz zusammen. Ich meine ...«

Dario wartet, doch Celine bleibt still, sie scheint mit ihren Gedanken auf einmal ganz woanders zu sein. Er studiert ihr Gesicht und glaubt, in der Form ihrer Augenbrauen eine Ähnlichkeit zu erkennen. Oder ist es die Nase?

»Der Mann, Fred, sagte, Clemens könnte mein Vater sein«, meint Dario vorsichtig. »Dann wärst du meine Tante.«

Unvermittelt lacht Celine laut auf, doch sie wird gleich wieder ernst.

»Entschuldige, aber Fred hat einfach eine überbordende Fantasie.«

Dario ist enttäuscht und gleichzeitig überrascht, wie

sehr. Die Enttäuschung fühlt sich an wie ein kleiner Schmerz im Herzen.

»Warum bist du dir so sicher?«, fragt er nach.

»Anna kannte Clemens noch nicht, als du zur Welt kamst. Sie hat ihn durch mich kennengelernt. Anna und ich arbeiteten im gleichen Supermarkt. Sie war immer dort, für mich war es ein Nebenjob, um mich als Künstlerin finanziell über Wasser zu halten.«

Celine weist mit einer Hand in den Raum. Erst jetzt fallen Dario die Skulpturen auf, die wie eine kleine Armee von lang gezogenen Wächtern um sie herum versammelt sind. Figuren, die einerseits an Werke von Alberto Giacometti erinnern, andererseits an Schnitzereien aus Afrika. Schön, aber gleichzeitig auch eher düster und traurig.

»Wie war Anna?«, fragt Dario. »Was für ein Mensch war meine Mutter?« Außer seiner Großmutter hat er noch nie jemanden getroffen, der Anna persönlich kannte.

»Sie war ...« Celine zögert, nimmt einen Schluck Limonade. »Ich mochte sie sehr«, fährt sie schließlich fort. »Sie war eine grundehrliche, muntere und nette Freundin, die aber auch eine sehr ernste Seite hatte. Manchmal konnte man mit ihr lachen wie mit niemandem sonst, sie hatte einen herrlichen Humor und einen scharfen Verstand, doch dann gab es Momente, in denen sich ein Schatten über sie legte und sie sich zurückzog.«

»Sie war traurig?«

»Sie war enttäuscht vom Leben, das ihr so viel versprochen hatte und sie dann hinterging.«

»Wie meinst du das?«

»Sie war clever, sie hätte studieren können, sie wollte die Welt entdecken – stattdessen stand sie Tag für Tag in einem kleinen Supermarkt, weil sie dich und sich selbst irgendwie durchbringen musste. Dein Vater hatte ja schnell das Weite gesucht. Sie hatte es in dieser Zeit nicht leicht als alleinerziehende Mutter.« Celine blickt Dario an. »Aber sie hat dich geliebt. Über alles.«

»Wenn dein Bruder nicht mein Vater war, weißt du, wer es sonst sein könnte?«

»Nein, tut mir leid. Du warst schon auf der Welt, als ich sie kennenlernte. Sie hat nie über deinen Vater geredet. Ich habe sie ein-, zweimal nach ihm gefragt, aber sie ist immer ausgewichen. Ich habe sie nie zusammen mit einem Freund gesehen – bis auf Clemens. Er war der erste Mann, den sie in den drei, vier Jahren, in denen ich sie kannte, näher an sich ranließ.«

»Hat sie …« Dario sucht nach den richtigen Worten. »Ist es möglich, dass Anna als Prostituierte zusätzliches Geld verdiente?«

»Wie kommst du denn darauf?«

»Weil zu dieser Zeit mehrere Prostituierte verschwunden sind. Vielleicht war sie eine von ihnen. Womöglich hat sie darum nie verraten, wer mein Vater war.«

»Nein, ich denke, das hätte ich gewusst. Aber das Leben lehrt einen, dass man jemanden nie richtig kennt.«

»Vielleicht ist ihr gar nichts passiert und sie ist von sich aus weggegangen.«

»Sie hätte dich nicht allein zurückgelassen.«

»Dann geh bitte rasch zu meinem Schreibtisch und öffne die linke Schublade mit den Hängeregistern.«

Malou schaut den alten Männern zu, die in ihr Pétanque-Spiel vertieft sind. Sie wirken immer so sorglos, dass sie zu beneiden sind.

»Was brauchst du genau?«, fragt Bernard.

»Das Dossier, das mit Nathalie beschriftet ist.«

»Ja, ich hab's hier.«

»Könntest du das in einen Umschlag stecken und zu mir nach Hause schicken lassen?«

»In Ordnung. Dann musst du mir aber verraten, wo dein Zuhause ist.«

»Zeltweg 10, 3012 Bern.«

»Das liegt beinahe auf meinem Nachhauseweg, ich bring dir das Dossier nach Feierabend vorbei oder werfe es in deinen Briefkasten, falls du nicht da bist.«

»Bernard, du bist ein Schatz.«

»Weiß ich doch. Hoffentlich bis bald. Weißt du schon, wann du wieder hier bist?«

»Nein, Sandro hat sich noch nicht gemeldet. Aber ich kann mich nicht über Langeweile beklagen.«

»Dann ist ja gut. Bis später.«

»Bis später.«

Malou klickt den Anruf weg, jetzt ist sie schon einige Minuten über der Zeit, noch einmal blickt sie zu den Tischen hinüber, von Dario keine Spur.

Sie dreht sich um, um die Tasche von Brunas Sattel zu nehmen, und erstarrt mitten in der Bewegung.

Sie ist weg.

»Scheiße!«, ruft Malou ungläubig. Sie macht drei Schritte auf Bruna zu, schaut hinter die Vespa, überzeugt, dass die Tasche runtergefallen sein muss. Es ist doch nicht möglich, dass jemand mitten am Tag nur wenige Meter hinter ihrem Rücken ihre Tasche klaut, sie hat sich doch nur rasch umgedreht.

Doch die Tasche ist weg. Mit all ihren Bankkarten, Ausweisen und Schlüsseln – und dem schwarzen Notizbuch.

23.

Darios T-Shirt klebt unangenehm an seinem Körper, er ist schweißnass, das Gesicht gerötet. Obwohl er gerannt ist, kommt er fast eine Viertelstunde zu spät. Er ist erleichtert, als er Malou neben dem Bistro an die Mauer gelehnt stehen sieht, das Handy am Ohr. Sie ist noch da. Als sie ihn heraneilen sieht, beendet sie das Gespräch.

»Entschuldige die Verspätung.« Dario ist völlig außer Atem. Er sieht sofort, dass etwas nicht in Ordnung ist.

»Was ist passiert?«

»Du glaubst nicht, was passiert ist!«

Sie reden gleichzeitig los, sodass kein Wort zu verstehen ist.

»Was ist passiert?«, wiederholt Dario.

»Irgendein Arsch hat meine Tasche geklaut!«

»Was? Jetzt? Wo?«

»Dahinten, bei den Motorradparkplätzen.« Malou weist mit der Hand Richtung Münster.

»Wie konnte dir jemand die Tasche klauen? Bist du verletzt?«

»Ich hatte sie auf Bruna abgestellt und mich kurz umgedreht, da war sie weg.«

»*Bruna?*«

»Meine Vespa.«

Sie gibt Gegenständen Namen, denkt Dario irritiert. »Bist du sicher, dass sie jemand gestohlen hat und du sie nicht einfach verloren hast?«

»Natürlich bin ich sicher.« Malous Ärger richtet sich jetzt gegen Dario.

Er hebt abwehrend die Hände, um zu signalisieren, dass es nicht sein Fehler ist. Er findet es nicht sonderlich schlau, die Tasche auf den Roller zu stellen und ihr dann den Rücken zuzuwenden, aber er hütet sich, etwas in der Richtung zu sagen. Es ist nicht der richtige Moment.

»Was war denn in der Tasche drin?«

»Alles. Meine Schlüssel, mein Geldbeutel, alles.«

»Außer dein Telefon.«

»Bitte was?«

»Wenigstens hast du dein Handy noch.« Dario weist auf ihre Hand, in der das Handy immer noch liegt.

»Ja, stimmt. Zum Glück.«

»Lass uns auf den Ärger erst einmal etwas trinken«, schlägt Dario vor.

»Du musst mich aber einladen, ich habe kein Geld.«

»Mach ich doch. Hast du die Kreditkarten schon sperren lassen?«

»Ja, das habe ich eben getan.«

»Dann kann der Dieb nicht viel mit deiner Tasche anfangen. Ich hol uns was.«

Dario hat Malou nicht gefragt, was sie trinken will, daher entscheidet er sich für etwas Stärkeres, um ihre Nerven zu beruhigen. Er bestellt zwei Caipirinhas, obwohl es noch nicht mal fünf Uhr ist. Eigentlich trinkt Dario nie vor fünf Uhr abends Alkohol. Aber heute macht er eine Ausnahme. Seit er Malou begegnet ist, scheint er ein Prinzip nach dem anderen über Bord zu werfen. Als er die beiden Drinks vor ihr auf den Tisch stellt, hat sie nichts dagegen einzuwenden. Noch bevor sie miteinander anstoßen, nimmt sie einen großen Schluck.

»Ich fühl mich wie der größte Trottel – sich als Polizistin so dämlich beklauen zu lassen ...«

»Das kann jedem passieren«, tröstet sie Dario, obwohl er gerade erst dasselbe gedacht hat. »Hier in Bern rechne ich auch nicht mit Taschendieben. Wir sind wohl zu verwöhnt, darum werden wir unvorsichtig.«

»Aber eigentlich sind wir hier, weil du Neuigkeiten hast.«

Dario ist froh, dass Malou den Faden aufnimmt. »Allerdings. Ich habe gestern die Schwester von Clemens Nowak aufgesucht, Celine. Sie wohnt hier ganz in der Nähe, im Mattenquartier.«

»Ich weiß.«

Dario fällt ein, dass Malou ihm die Adresse gegeben hat.

»Das Wichtigste zuerst: Clemens ist nicht mein Vater, er hat Anna erst Jahre nach meiner Geburt kennengelernt.«

»Hattest du gehofft, dass er dein Vater ist?«

»Ich glaube schon. Celine wäre auf jeden Fall eine tolle Tante. Sie war mit Anna befreundet, und sie war es auch, die ihren Bruder Clemens mit meiner Mutter bekannt gemacht hat.«

»Woher kannte Celine Anna?«

»Sie arbeiteten im gleichen Supermarkt.«

»War Clemens mit Anna zusammen, in der Zeit, als sie verschwand?«

»Ja.«

»Das macht ihn verdächtig.«

»Warum?«

»Weil in fast neunzig Prozent der Fälle von Gewalt gegen Frauen der Partner oder der Ex-Partner der Täter ist.«

»Warte, ich bin noch nicht fertig. Sie waren erst ein paar Monate zusammen, als Anna verschwand. Und drei Wochen später ist Clemens gestorben.«

»Bei einem Motorradunfall, das sagtest du schon.«

»Nein, eben nicht!«

»Woran starb er dann?«

»Er starb schon bei einem Motorradunfall, aber seine Schwester ist sicher, dass er getötet worden ist.«

Dario erkennt in Malous Blick, dass sie skeptisch ist.

»Wie kommt sie darauf?«

»Es gab auf der Straße keine Bremsspuren.«

»Das hat noch nicht viel zu bedeuten.«

»Sie sagt, es sei auf einer geraden Strecke passiert, die Clemens oft gefahren sei, es habe keinen Grund gegeben, an jener Stelle von der Straße abzukommen, keine Kurve, nichts. Er aber zog plötzlich ohne zu bremsen nach rechts, fuhr über einen Vorplatz und knallte gegen eine Hauswand.«

»Klingt in meinen Ohren eher nach einem Suizid. Vielleicht, weil er Annas Tod nicht verkraftet hat, vielleicht, weil er ihren Tod verursacht hat«, mutmaßt Malou.

Möglicherweise hat sie recht. Dario fragt sich, ob er zu leichtgläubig auf Celines Geschichte reagiert hat. Vielleicht neigen Angehörige immer dazu, jemandem für den Tod eines geliebten Menschen die Schuld geben zu wollen, selbst wenn es keinen Schuldigen gibt.

»Celine glaubt, dass jemand ihren Bruder mit dem Auto von der Straße gedrängt hat«, fügt er trotzdem an.

»Kann sie das beweisen? Gibt es Zeugen?«

»Nein.«

»Spuren am Unfallort? Am Motorrad?«

»Ich glaube nicht.«

»Dario, jeder kann so etwas behaupten, das heißt noch lange nicht, dass es stimmt. Gerade Angehörige sind nicht immer objektiv.«

»Okay. Aber es gibt einen Verdacht. Und der Verdacht könnte wichtig sein.«

»Könnte – muss aber nicht.«

Dario merkt Malou an, dass sie mit ihren Gedanken nicht mehr bei seinem Thema ist.

»Soll ich einen Schlüsselservice anrufen und dich nach Hause bringen?«, fragt er deshalb.

»Danke. Ich habe im Garten einen Ersatzschlüssel versteckt, ich komme also rein. Aber könntest du mir etwas Geld leihen, damit ich mir ein Tramticket kaufen kann?«

»Natürlich. Ich kann dir auch mehr geben, du musst ja vielleicht auch noch was einkaufen, bevor deine Ersatzkarten geliefert sind.«

»Das wäre supernett.«

Dario schlägt Malou vor, gemeinsam zum nächsten Geldautomaten zu gehen, den sie nicht lange suchen müssen.

»Hier.« Dario hält Malou zweihundert Franken hin.

»Reicht das? Du kannst sie mir irgendwann zurückgeben.«

»Danke.«

»Hast du heute Abend schon was vor? Ich könnte für uns kochen. Als Wiedergutmachung für die ganzen Scherereien. Irgendwie fühle ich mich schuldig: Wenn wir nicht hier verabredet gewesen wären, wäre deine Tasche nicht gestohlen worden.«

»Ich habe schon was vor«, antwortet Malou knapp.

Er hört ihr an, dass es eine Ausrede ist.

»Mach's gut«, sagt sie etwas versöhnlicher.

»Bis bald.«

Dario schaut Malou nach. Bevor sie in der Menschenmenge unter den Lauben der Altstadtgassen verschwindet, setzt auch er sich in Bewegung.

24.

Eins, zwei, drei, vier, fünf, sechs, sieben, acht. Malou hebelt den achten Stein des gepflasterten Gartenwegs heraus, darunter liegt der versteckte Schlüssel. Ihr Vater hat diesen Pflasterstein ausgewählt, als das hier noch sein Zuhause war. Er hat sich immer Eselsbrücken aus Zahlen gebastelt. Malou hat am 8. Juli Geburtstag, also versteckte er ihn unter dem achten Stein am Wegrand, von der Haustür aus gezählt. Malou hebt den Schlüssel auf, er ist voller Erde, sie muss ihn zuerst reinigen, bevor sie ihn benutzen kann. Ein Glück, dass ihr Vater immer für Notsituationen gewappnet war.

Im Wohnzimmer begrüßt sie Frederick, der einen uninteressierten Eindruck macht. Selbst als sie die Pflanzenblätter in seinem Terrarium mit Wasser besprüht, bewegt er sich keinen Millimeter. Er scheint schlechter Laune zu sein. Das passt; auch Malou ist noch immer übellaunig. Sie könnte sich selbst zehn Mal ohrfeigen, weil sie dumm genug war, die Tasche auf ihrer Vespa stehen zu lassen und sich in ihrem Telefongespräch zu verlieren. Verfluchter Mist! Sie setzt sich an den Küchentisch, klappt den Laptop auf, um auch ihre Ausweise als verloren zu melden, nachdem sie die Bankkarten bereits hat sperren lassen. Am meisten ärgert sie der Aufwand, den der feige Taschendieb ihr beschert: Sie muss neue Schlüssel besorgen, eine neue Identitätskarte erstellen lassen, und einen neuen Polizeiausweis braucht sie auch, wie peinlich ist das denn, dass sie den als gestohlen melden muss.

Als sie alles erledigt hat, ist ihr Ärger nicht verraucht, im Gegenteil. Also beschließt sie, eine Runde laufen zu gehen, solange es draußen noch hell ist. Weil sie sich Gesellschaft wünscht, um sich den Frust von der Seele zu reden, greift sie zum Handy und schreibt ihrer Freundin und regelmäßigen Laufpartnerin Franziska eine Nachricht.

Feierabendrunde?

Die Antwort folgt umgehend.

Super Idee, treffen wir uns auf ein Glas im Adriano's?, fragt Franziska zurück.

Nicht saufen! Laufen!

Malou muss über das Missverständnis lachen.

Ah so! Leider nein, ich bleib beim Wein, habe mir den Fuß verknackst.

Mist, denkt Malou, heute läuft aber auch gar nichts so, wie sie es gerne hätte.

Gute Besserung. Und Cheers! Auf ein andermal.

Malou sendet die Nachricht, zieht sich um, schnürt ihre Joggingschuhe, schließt hinter sich ab, steckt den Schlüssel in die winzige Tasche vorne am Saum ihrer Laufhose und hofft inständig, dass sie jetzt nicht auch noch den Notschlüssel verliert. Heute würde sie nichts mehr überraschen.

Sie trabt zügig los, schon nach wenigen Minuten erreicht sie den Bremgartenwald. Hier hat sie ihre fixen Routen, die kurze, die mittellange und die lange. Malou entscheidet sich für die mittlere. In ihren Kopfhörern dröhnt überlaut der Song *New Born*. Hört sie beim Joggen *Muse*, fühlt sich Malou wie auf Drogen. Dann fliegt sie mehr, als dass sie rennt. Auch macht es ihren Kopf angenehm leer. Es gibt nur noch die Musik, ihren regelmäßigen Atem und ihre Beine, die wie eine Maschine funktionieren und sie tapfer durch den Wald tragen. Malou rennt und rennt und rennt und realisiert auf einmal, dass es schon ziemlich dunkel ist. Die Sonne klebt bereits am Horizont und wirft die letzten Strahlen durch die Lücken zwischen den Baumstämmen. Sie hätte die Stirnlampe mitnehmen sollen. Zu spät. Malou entscheidet sich für eine Abkürzung. Sie muss sich auf den Boden konzentrieren, weil die Wurzeln und Steine auf dem Waldweg in dem schummrigen Licht kaum mehr auszumachen sind. An einer Weggabelung stoppt Malou unvermittelt, weil sie die Orientierung verloren hat. Sie hätte es wissen müssen; Abkürzungen sind nie eine gute Idee, weil sie leider mit einem miserablen Orientierungssinn ausgestattet ist. Rechts oder links? Das letzte Lied auf ihrer Playlist verstummt, Malou hört stattdessen den Abendgesang einer Amsel, die hoch über ihr im Geäst sitzt. Und dann hört sie noch etwas; ein Rascheln, ganz nah. Sie schnellt herum.

Da ist nichts. Hinter ihr liegt still der dunkle Wald. Malou klaubt die Kopfhörer aus den Ohren. Ganz ruhig steht sie da und lauscht und hört nichts außer die leisen

Geräusche, die in jedem Wald zu Hause sind. Sie fragt sich, warum sie so nervös ist, sie ist doch sonst nicht so. Malou stopft die Kopfhörer in die kleine Hosentasche, entscheidet sich für den Weg rechts und setzt sich wieder in Bewegung. Nach etwa fünf Minuten erkennt sie im schwachen Licht an einem Baum einen gelben Pfeil, der eine der offiziellen Laufrouten anzeigt. Wenigstens kann sie sich jetzt wieder orientieren. Sie zieht das Tempo an, bald wird sie kaum mehr genug sehen. Warum bloß hat sie nicht daran gedacht, die Lampe mitzunehmen? Plötzlich hört Malou hinter sich erneut ein Geräusch, sie schaut sich um, ohne langsamer zu werden. Da ist niemand, sie muss sich getäuscht haben, sagt sie zu sich selbst, doch ihr Puls hämmert jetzt, nicht bloß wegen der Anstrengung. Sie liefert sich einen Wettlauf gegen die Zeit respektive gegen die hereinbrechende Finsternis, und sie wird das diffuse Gefühl nicht los, dass sie nicht allein ist. Da hört sie die Autos auf der Straße, dreihundert Meter trennen sie noch vom Waldrand, schon sieht sie am Ende des Weges das Licht einer Straßenlaterne. Als Malou aus dem Wald auf den Gehsteig der angrenzenden Straße tritt, hält sie erleichtert inne, um durchzuatmen. Sie keucht und ringt nach Luft. Bestimmt hat sie einen neuen Streckenrekord hingelegt. Erst jetzt fühlt sie sich wieder sicher. Malou fragt sich, was das eben gewesen sein soll. Sie fürchtet sich sonst nie beim Joggen. Doch wenn die Finsternis den Tag vertreibt, verwandelt sich der Wald in einen düsteren Ort, mit langen Schatten und verwirrenden Geräuschen.

Langsam trabt Malou der Straße entlang zurück nach Hause. Als sie wenig später in den Zeltweg einbiegt, hat sich ihr Puls beruhigt. Sie öffnet das Gartentor, pflückt beim Vorbeigehen eine Handvoll Himbeeren und steckt sie direkt in den Mund. Sie klaubt erst die Kopfhörer, dann den Schlüssel aus der Tasche am Saum ihrer Jogginghose und steckt ihn ins Schloss, dreht ihn um und knallt unsanft gegen die Tür. Sie ist noch immer abgeschlossen.

»Was zum Teufel …«, flucht Malou leise.

Sie steckt den Schlüssel erneut ins Schloss, dreht ihn noch einmal um, jetzt öffnet sich auch die Tür. Malou steht im Flur, blickt auf den Schlüssel in ihrer Hand und fragt sich, ob sie tatsächlich zwei Mal abgeschlossen hat, bevor sie laufen ging. Sie kann sich nicht daran erinnern.

Vorsichtig horcht sie in das Haus hinein. Stille. Zum zweiten Mal innerhalb von wenigen Tagen fragt sich Malou, ob sie langsam paranoid wird. Sie fragt sich, ob sie das Ganze einfach vergessen soll, besinnt sich aber anders, begibt sich in die Küche, entnimmt der Schublade unter dem Kühlschrank ihre Waffe und betritt zuerst das Wohnzimmer. Dort befindet sich niemand außer Frederick, der sie mit einem Auge lange anschaut. Malou geht zurück in den Flur, steigt langsam die Treppe hoch, schaut sich im Arbeitszimmer und dann im Schlafzimmer um. Niemand da. Als sie wieder hinabsteigt, schüttelt sie über sich selbst den Kopf. Malou will gerade die Waffe an ihrem Platz verstauen, als sie an der Tür ein Geräusch vernimmt. Blitzschnell duckt sie sich, prescht durch den Flur zum Eingang, reißt die Tür auf und die Waffe hoch.

»Ho, ho, ho!« Bernard hat einen Arm schon oben, weil er gerade klopfen wollte, nun hebt er auch den zweiten über seinen Kopf. »Was ist denn mit dir los?«

Malou lässt die Waffe sinken und lehnt sich mit dem Rücken gegen die Wand des Flurs.

»Entschuldige.«

Kurz schließt sie die Augen, atmet einmal tief durch. Dann bittet sie Bernard herein und legt die Waffe weg.

»So herzlich habe ich mir den Empfang nicht vorgestellt.« Bernard grinst verunsichert. »Bist du in Ordnung?«

»Ja, alles gut. Mir wurde heute die Tasche geklaut. Und ich bin etwas nervös, ich weiß nicht genau, warum. Aber alles gut.«

»In der Tasche waren deine Schlüssel drin?«

»Ja, und die Bankkarten. Und der Polizeiausweis.«

»Irgendein Ausweis, auf dem deine Adresse steht?«

Malou schüttelt den Kopf.

»Bist du sicher, dass du nichts in der Tasche hattest, das mit deiner Adresse versehen ist? Einen Briefumschlag oder sonst was?«

»Nein, da war nichts drin. Der Dieb hat zwar meinen Namen, aber meine Adresse ist nirgends verzeichnet.«

»Gut. Sonst würde ich dir dringend raten, die Schlösser auszuwechseln.«

»Ich denk darüber nach, danke.«

»Hier.« Bernard reicht Malou das Hängeregister aus

ihrem Schreibtisch, das ihr Vorgänger dort verstaut hatte.
»Der Fall Nathalie. Ist eine ziemlich alte Geschichte. Was
willst du damit?«

»Das ist eine ziemlich lange Geschichte.«

Malou trägt noch immer ihre nass geschwitzte Jogging-
kleidung, sie ist ausgepowert und will nur noch eines: in
sehr heißem Wasser in der Badewanne sitzen.

»Ich erzähle sie dir ein andermal«, vertröstet sie Bernard. »Ich brauch jetzt erst mal ein Bad, ich bin gerade
vom Laufen zurück.«

»Du bist sicher, dass alles in Ordnung ist?« Bernard
nickt Richtung Regal, auf dem Malous Waffe liegt.

»Ja, alles in Ordnung. Ich brauche bloß mal eine Pause.«

»Gut. Aber falls du Hilfe brauchst, meldest du dich?«

»Ja, mach ich.«

»Versprochen?«

»Versprochen.«

Malou ist froh, als sie hinter Bernard die Tür schließen kann. Sie will allein sein. In Momenten wie diesen
verträgt sie andere Menschen nicht so gut. Im Bad sucht
sie sich ein Schaumbad heraus, eines, auf dem vielver-
sprechend *wohltuend entspannend* auf der Packung steht,
und lässt das Wasser ein. Doch noch bevor Malou in die
Wanne steigt, schlägt sie das Dossier auf, das auf dem
Esstisch liegt. Sie überfliegt den ersten Rapport; Nathalie Kipfer, verschwunden am 7. August 2016, als sie mit
Freundinnen und den Kindern im Wald spielte. Malou
erinnert sich, dass sie in Ramons Handnotizen etwas gelesen hat, ein Stichwort, das sie nicht mehr abrufen kann,

von dem sie nur noch weiß, dass es später eine Assoziation weckte, die sie nicht fassen konnte. Sie liest die Stichworte noch einmal durch, die Ramon auf einem einfachen Blatt Papier aufgeschrieben hat.

Alleinerziehend

Keine Fahrzeugspuren

Keine Parallelen

Spürhunde eingesetzt?

Das ist es alles nicht. Malou liest weiter, und dann stößt sie auf das Wort, nach dem sie in ihrer Erinnerung vergeblich gesucht hatte: *Kindergeburtstag.*

»Wart ihr im Wald, weil ihr einen Kindergeburtstag gefeiert habt?«, flüstert Malou leise, während sie die Fotografie der vermissten Nathalie betrachtet. »War es vielleicht sogar dein Kind, das Geburtstag hatte?«

25.

Es ist schon Nacht geworden, als Dario nach Hause kommt. Er hat den Abend allein verbracht, mit sich und seinen Gedanken. Es ist nicht einfacher geworden, seit er sich auf die Suche nach Anna gemacht hat und nach möglichen weiteren Verwandten. Er hat unterschätzt, dass damit alles noch einmal hochkommt, und vor allem: wie heftig. Es war zwar immer da gewesen, immer ein Teil von ihm; diese Ungewissheit über das Schicksal seiner Mutter, die Unkenntnis, wer sein Vater ist, diese Leere, die ihn umgibt, seit so langer Zeit. Aber er hat sich in den letzten Jahren gut damit arrangieren können: Er hatte seine Vergangenheit und das Familiendrama in einer Schublade weit hinten in seinem Bewusstsein verstaut und sie gut abgeschlossen, sodass die ganze Geschichte ihm nichts anhaben konnte. Doch nun hat er mit einem einzigen Facebook-Post die Schublade weit herausgerissen, und alles ist wieder da. Jeder, der ihn kennt, spricht ihn darauf an. Vorher wusste niemand Bescheid, weil er so gut darüber geschwiegen hatte. Jetzt aber schreit ihm sein Schicksal täglich ins Gesicht. War es das wert? Wenn er wenigstens einen Hinweis erhalten hätte, der ihn zu Anna führen würde. Aber er hat einzig Annas Bekannte Celine gefunden, die ihm nicht viel über das Umfeld seiner Mutter erzählen konnte. Und ihr Bruder, der Annas Freund gewesen war, ist tot. Nüchtern betrachtet hat er noch keine einzige Spur, die ihn der Wahrheit näher bringt.

Dario betritt das Treppenhaus und öffnet seinen Briefkasten, ohne zu zögern. Er entnimmt ihm die Zeitung und die Stromrechnung, das ist die einzige Post. Im dritten Stockwerk angekommen, schließt er die Tür auf, betritt den Flur seiner Wohnung, stellt die Tasche auf den Stuhl, der neben der Garderobe steht. Dann vollführt er das immer gleiche Ritual; er prüft jedes Zimmer darauf, dass niemand da ist und keiner da war. Er kann gar nicht anders, es ist zwanghaft. Aber alles ist gut, nichts ist aus der Ordnung geraten, da war niemand. Er ist allein.

Dario öffnet den Kühlschrank, auch hier ist alles ordentlich sortiert, er greift nach dem Käse und dem Trockenfleisch, drapiert beides sorgfältig auf einen Teller, ergänzt das Arrangement mit etwas Senf aus dem Glas, schneidet sich dazu zwei Scheiben Brot und setzt sich mit seinem improvisierten Abendessen im Arbeitszimmer an den Schreibtisch. Er fährt den Computer hoch, um sich während des Essens durch die vielen Kommentare und Nachrichten zu scrollen, die er immer noch nicht alle gelesen hat. Und täglich kommen neue herein.

Es nehmen unglaublich viele Menschen Anteil an seinem Schicksal und wollen seine Suche unterstützen, doch konkrete Hinweise sucht Dario auch jetzt vergebens. Als er den leeren Teller wegschiebt, ist er nicht weiter als zuvor. Dario blickt auf die Uhr oben rechts auf dem Monitor, fast schon Mitternacht. Er will den Computer gerade herunterfahren, da blinkt im Messenger eine neue Direktnachricht auf. Sie stammt von einer jungen Frau. Dario beginnt zu lesen.

Lieber Dario, ich bin Isabel aus München. Ich habe deinen Post gelesen. Das mit deiner Mutter tut mir leid. Ich habe sehr lange überlegt, ob ich mich bei dir melden soll. Um ehrlich zu sein: Ich habe eine Scheißangst davor, dir zu schreiben, weil es mir im Moment gerade gut geht, und ich fürchte, dass sich das ändern könnte, wenn ich mit dir Kontakt aufnehme. Also nicht deinetwegen. Sondern wegen der ganzen Sache. Weil, wenn ich darüber rede oder auch nur darüber schreibe, alles wieder hochkommt. Aber eigentlich ist es schon zu spät: Auch wenn ich dir nicht schreiben würde, würde ich die ganze Zeit daran denken, dass ich dir schreiben sollte, und somit ist mein Kopf bereits wieder gefangen von der Geschichte, von der ich wünschte, dass sie nicht so viel Platz einnehmen würde in meinem Leben. Und darum schreibe ich dir nun trotzdem, weil es irgendwie nicht anders geht. Aber ich will mir nicht wieder falsche Hoffnungen machen und ich will auch dir keine falschen Hoffnungen machen. Wahrscheinlich hat es auch gar nichts zu bedeuten. Ich denke, dass es einer dieser makabren Zufälle ist, die das Leben immer wieder für einen bereithält. Aber wenn ich nicht schreibe, lässt es mich nicht los, darum: Auch ich vermisse meine Mutter. Sie ist vor sechzehn Jahren verschwunden. An meinem fünften Geburtstag.

Dario zuckt zurück, als hätte er sich die Finger an seiner Tastatur verbrannt.

»Das kann nicht sein«, flüstert er.

Ein zweites Kind, das an seinem fünften Geburtstag seine Mutter verliert und nicht weiß, was mit ihr passiert ist – ist seine Geschichte auch ihre Geschichte?

»Nein«, sagt Dario laut.

Isabel wohnt in Deutschland. Ihre Mutter gilt erst seit sechzehn Jahren als vermisst, nicht seit dreißig. Es muss ein, wie sie schreibt, makabrer Zufall sein. Dario rückt mit dem Stuhl wieder näher zum Schreibtisch und wendet sich erneut dem Text zu.

Als ich gelesen habe, dass auch deine Mutter an deinem fünften Geburtstag verschwunden ist, war ich erst mal sprachlos.

Das kann Dario nachvollziehen, es geht ihm ebenso.

Aber mittlerweile bin ich nach vielem Nachdenken zum Schluss gekommen, dass die beiden Fälle – ich hasse es, im Zusammenhang mit meiner Mutter von einem »Fall« zu reden – also, dass die Schicksale unserer Mütter nichts miteinander zu tun haben können. Und doch bleibt ein Zweifel. Und dieser Zweifel lässt mich dir schreiben. Du musst mir nicht antworten, wer, wenn nicht ich, würde das besser verstehen. Aber wenn dieser krasse Zufall auch bei dir ein seltsames Gefühl auslöst, dann könnten wir uns vielleicht mal unterhalten. Wenn nicht, dann hoffe ich von ganzem Herzen, dass du deine Mutter findest oder zumindest in Erfahrung bringen kannst, was mit ihr passiert

ist. Oder dass du sonst jemanden von deiner Familie aufspüren
kannst. Ich wünsche dir viel Glück.

Herzlich, Isabel

Dario steht auf, geht rüber ins Wohnzimmer, nimmt
eine Flasche Lagavulin aus dem Barwagen, holt sich ein
Whiskyglas und füllt es bis zur Hälfte. Er nimmt einen
Schluck, verharrt regungslos, beruhigt sich. Dann geht
er erneut ins Arbeitszimmer und schreibt Isabel zurück.

Liebe Isabel. Danke für deine Nachricht. Bist du noch wach?

Isabel ist noch wach, und sie schickt Dario umgehend
ihre Skype-Adresse. Er muss sich überwinden, die völlig
unbekannte junge Frau anzurufen. Schon immer hatte
er Mühe, mit Fremden zu telefonieren. Per Skype mit
Bild mit einer Unbekannten verbunden zu sein, macht
es nicht einfacher, im Gegenteil. Er nimmt noch einmal
einen Schluck, fühlt den Alkohol, der ihn wärmt, der ihn
weich macht und mutig.

Nach drei Mal klingeln erscheint Isabel auf seinem
Bildschirm.

»Guten Abend«, sagt Dario unbeholfen.

»Hallo, Dario. Man kann fast schon sagen, guten Morgen.«

»Entschuldige die späte Störung.«

»Ich war es ja eigentlich, die so spät gestört hat. Aber
ich kann eh nicht schlafen.«

Nach dieser Nachricht hätte auch er nicht mehr schlafen können, denkt Dario. Schon nach den wenigen Sätzen Isabels fühlt er sich weniger gehemmt. Sie wirkt so unbeschwert, dass es ihm leichtfällt zu reden.

»Ich habe deine Zeilen gelesen, und ich bin, ehrlich gesagt, auch gerade ein wenig sprachlos. Aber ich gebe dir recht, es muss nichts zu bedeuten haben. Es liegt eine große Zeitspanne dazwischen, zwischen ...«

»... zwischen dem Verschwinden unserer Mütter«, vollendet Isabel den Satz.

»Ja. Und auch eine gewisse geografische Distanz.«

»Sogar eine Landesgrenze.«

»Genau. Die Wahrscheinlichkeit, dass die zwei ... Fälle ...«

»Die zwei Schicksale ...«

»Die zwei Schicksale miteinander zu tun haben, erachte ich als sehr gering.«

»Wahrscheinlich ist es ein voll krasser Zufall, das mit dem fünften Geburtstag.«

»Das denke ich auch.«

Nachdem sich Dario und Isabel mehrere Gründe dafür geliefert haben, dass ihre Geschichten nichts miteinander zu tun haben können, sind beide einen Moment lang still. Dario betrachtet das Gesicht der jungen Frau. Sie ist hübsch, aber gleichzeitig sieht sie aus, wie fast alle Frauen in dem Alter aussehen: Sie könnte in einer Feierabendsoap mitspielen, und wenn sie aus der Rolle rausgewachsen wäre und durch jemand anderes ersetzt würde, würde es kaum jemand bemerken. Das Haar trägt sie glatt und lang, es ist dunkelblond. Ihre Nase ist schmal und klein, die Augen braun, alles ist wohlproportioniert und ebenmäßig, schön, aber es ist nichts Eigenwilliges, nichts Markantes in ihren Zügen zu erkennen. Aber vielleicht liegt das auch daran, dass es mitten in der Nacht ist, dass sie beinahe im Dunkeln sitzt und die Übertragung per Skype die Konturen verschluckt.

»Hast du noch mit ihr feiern können?«, fragt Isabel.

Dario versteht nicht auf Anhieb, wovon sie spricht.

»Deinen fünften Geburtstag. Oder verschwand sie, bevor ihr gefeiert habt?«

»Bevor wir feiern konnten. Sie wollte mich im Kinderhort abholen und ist nicht gekommen.«

»Wir haben wenigstens noch feiern können. Sie war weg, als ich am nächsten Morgen aufwachte. Als ich in ihr Zimmer nachschauen ging, war ihr Bett gemacht. Ich war ganz allein und konnte mir nicht erklären, warum Mama nicht da war. Also habe ich auf sie gewartet. Erst am Abend ist eine Freundin von ihr bei uns vorbeigekommen, weil sie sie nicht erreichen konnte und sich Sorgen machte. Sie hat mich dann gefunden.«

Dario schließt die Augen, stellt sich die langen Stunden vor, in denen das kleine Mädchen auf die Mutter gewartet hat. Es muss ihm wie eine Unendlichkeit vorgekommen sein. Er war wenigstens nicht allein gewesen.

»Das tut mir leid. Deine Mutter war also auch alleinerziehend?«

»Ja.«

»Was ist mit deinem Vater?«

»Ich weiß nicht, wer mein Vater ist.«

Schweigen. Dario und Isabel schauen sich auf dem jeweiligen Screen an, fast fünfhundert Kilometer voneinander getrennt, und doch sind sie sich in diesem Augenblick unfassbar nah.

»Genau wie bei mir«, sagt Dario.

»Genau wie bei dir«, sagt Isabel.

»Auch das kann Zufall sein.«

»Und was, wenn es keiner ist?«

26.

Malou ist gestern Abend nach ihrem Bad ins Bett gesunken, sie war sofort weg und hat die ganze Nacht durchgeschlafen wie ein Stein. Selbst wenn sie den Wecker gestellt hätte, hätte sie ihn heute Morgen wohl nicht gehört. Dafür fühlt sie sich wie ein neuer Mensch. Ihre Nervosität ist weg. Sie weiß nicht, was in den letzten Tagen mit ihr los war, aber wahrscheinlich muss sie sich einfach etwas mehr Zeit für sich selbst nehmen. Malou greift zum Handy, schaltet den Ruhemodus aus und sieht, dass Dario schon versucht hat, sie zu erreichen. Sie wird ihn später zurückrufen.

Vielleicht ist es ein Fehler, sich so sehr in diesen Fall hineinzuknien, überlegt Malou. Aber sie kann nicht anders. Es gibt Kollegen bei der Polizei, die nennen sie den Pitbull – wenn sie sich mal in einen Fall verbissen hat, lässt sie nicht mehr los. Malou aber findet, das stimmt so nicht. Sie ist nicht verbissen, sie ist bloß hartnäckig, weil sie es schlecht erträgt zu verlieren – und sie fühlt sich als Verliererin, wenn sie ein Rätsel nicht lösen kann. Aber sie muss versuchen, nebst der Arbeit auch wieder etwas mehr Platz für Privates zu schaffen. Sonst reibt sie sich zu sehr auf und ihr Nervenkostüm wird immer dünner, das darf nicht passieren. Darum nimmt Malou sich vor, heute wirklich mal ein Buch zu lesen und sich dazu im Marzilibad in die Sonne zu legen.

Vorher will sie aber etwas anderes erledigen. Sie schlägt das Dossier auf, das ihr Bernard vorbeigebracht hat. Malou muss beinahe lachen, wenn sie an gestern Abend zurückdenkt: Wie sie die Pistole auf ihren Arbeitskollegen richtete, der wie ein verschrecktes Huhn vor ihrer Tür stand, an die er gerade klopfen wollte. Er wird sie jetzt wohl endgültig für einen Freak halten.

Malou liest sich durch die Kopien, die Ramon von den Akten gemacht hat, und stößt dabei rasch auf die Aussagen der Angehörigen des Opfers, in diesem Fall sind es die Eltern: Herbert und Eva Kipfer. Hinter den Namen hat Ramon eine Telefonnummer notiert. Einmal mehr fragt sich Malou, warum ihr verstorbener Ex-Kollege in dem Fall ermittelt hat.

Sie will die Nummer gerade wählen, da hält sie inne. Für sie ist es nur ein Telefonat, aber Malou weiß aus Erfahrung, was ihr Anruf auslösen kann: Sobald sie sich als Polizistin zu erkennen gibt, weckt sie bei den Angehörigen unwillkürlich Angst und Hoffnung: Angst davor, dass die Leiche ihrer Tochter entdeckt worden ist – und die Hoffnung, dass sie vielleicht lebendig gefunden werden konnte. Wobei bei Langzeit-Vermissten das Auffinden der Leiche oft auch eine Erleichterung bringt, weil die Ungewissheit für die Angehörigen nach all den Jahren ein Ende findet und sie endlich trauern und abschließen können. Doch Malous Anruf bedeutet weder das eine noch das andere, und er wird die Eltern dennoch erneut mit ihrem Schmerz konfrontieren. Sie greift trotzdem zum Telefon. Denn wenn sie immer so denken würde, könnte sie ja gar nicht mehr ermitteln.

Malou muss nicht lange warten, bis ein Mann ihren Anruf entgegennimmt.

»Kipfer am Apparat.«

»Spreche ich mit Herbert Kipfer?«, fragt Malou nach, um sicherzugehen, dass sie mit Nathalies Vater verbunden ist.

»Ja, das bin ich. Und wer sind Sie?«

»Mein Name ist Malou Löwenberg, ich arbeite für die Kantonspolizei Bern, aber ich rufe nicht an, weil es etwas Neues zu Nathalie gibt.«

Malou hört Herbert Kipfer am anderen Ende der Leitung schwer atmen.

»Ich ermittle in einem anderen Fall und wäre Ihnen dankbar, wenn ich Ihnen ein paar Fragen stellen könnte«, fährt sie fort.

»Am Telefon?«, fragt Herbert Kipfer knapp.

»Ich kann auch vorbeikommen, falls Ihnen das lieber ist. Aber ich habe nur eine einzige Frage.«

»Dann fragen Sie.«

»Ihre Tochter Nathalie ... hatte sie ein Kind?«

Herbert Kipfer bleibt unangenehm still, sodass sich Malou sofort fragt, ob sie etwas Falsches gesagt hat.

»Ja. Sie hatte ein Kind. Einen Sohn«, antwortet er schließlich.

»Ist er … wie alt war der Sohn, als Nathalie verschwand?«

»Warum wollen Sie das wissen?«

»Weil ich in einem anderen Fall ermittle, in dem eine Frau seit dem fünften Geburtstag ihres Sohnes vermisst wird. Den Akten habe ich entnommen, dass Nathalie möglicherweise bei einer Geburtstagsfeier verschwunden ist, darum …«

»Frau Löwenberg, ich möchte nicht …«

Malou wartet, doch Herbert Kipfer spricht nicht weiter.

»Ist alles in Ordnung?«, fragt sie nach einem Moment.

»Ich möchte … Aber nicht am Telefon. Könnten Sie vorbeikommen?«

Herbert Kipfer nennt Malou seine Adresse, und sie sagt sofort zu, auch wenn sie unter *sich mehr Zeit für sich selbst nehmen* etwas anderes versteht, als am Sonntag quer durch den Kanton Bern zu fahren. Herbert Kipfer wohnt in Grindelwald, einem Dorf hoch oben in den Bergen. Eine Fahrt, die Malou Bruna nicht zumuten kann. Darum will sie ihre Vespa bei der Polizeizentrale gegen einen der zivilen Dienstwagen eintauschen, die ihr für Einsätze zur Verfügung stehen – Beurlaubung hin oder her, wird schon keiner merken.

Als sie sich am Empfang meldet, ist sie froh, dass Daniel hinter dem Schalter steht, den sie schon lange kennt. Sie schildert ihm, dass ihre Tasche inklusive sämtlicher Ausweise und Karten gestohlen worden ist, also lässt er ihren alten Zugangsbadge sperren und händigt ihr einen neuen aus.

»Soll ich dir auch gerade einen neuen Polizeiausweis bestellen?«, fragt Daniel.

»Danke, das wäre toll.«

»Morgen, spätestens übermorgen solltest du ihn kriegen.«

»Du bist ein Schatz.«

Wie erwartet stellt Daniel keine Fragen, als Malou nach einem Dienstwagen verlangt, sondern reicht ihr umgehend einen der Autoschlüssel, der zu einem Audi passt. Während der Fahrt erst über die Autobahn den Bergen entgegen, dann dem lang gezogenen Thunersee entlang, der wie ein blauer Teppich vor den Alpen liegt, fragt sie sich, was Herbert Kipfer ihr nicht am Telefon sagen wollte. Was könnte so wichtig sein, dass er persönlich mit ihr darüber reden will? Sie erreicht Interlaken, die kleine Stadt, die zwischen zwei Seen eingeklemmt ist. Hier hat Nathalie gelebt, hier ist sie verschwunden. Malou lässt den Ort links liegen und biegt rechts ab, um erst ins Tal hinein- und dann nach Grindelwald hochzufahren. Sie hat alle Fensterscheiben des Wagens geöffnet und genießt die frische Luft hier oben. Viel zu selten kommt sie raus aus der Stadt. Auch das sollte sie ändern.

Herbert Kipfer wohnt in einem Holzchalet etwas außerhalb des Dorfkerns. Schon vom Parkplatz aus ist Malou von der Aussicht beeindruckt, wenngleich die Landschaft auch etwas Beengendes hat; überall, wo man hinschaut, ragen Berge in den Himmel. Obwohl erst früher Nachmittag ist, droht die Sonne schon bald hinter einer Felswand zu verschwinden.

Bevor Malou auf die Klingel drücken kann, öffnet sich die Tür. Herbert Kipfer sieht ganz anders aus, als sie es nach dem Telefonat erwartet hat. Sie hat sich einen verschlossenen, eher kleinen, abweisenden Mann vorgestellt. Doch Herbert Kipfer wirkt auf Anhieb sympathisch. Er ist wohl um die sechzig, aber sein Körper ist durchtrainiert, das Gesicht unter dem vollen, weißen Haarschopf braun gebrannt. Er trägt einen buschigen Schnauz unter einer etwas knorpligen Nase und seine Augen leuchten hell und freundlich. Doch Malou sieht darin gleichzeitig die Trauer aufblitzen. Seine Hand ist rau und riesig, denkt Malou, als sie sich die Hände schütteln.

»Danke, dass Sie den Weg extra auf sich genommen haben«, sagt er.

»Danke, dass Sie bereit sind, mit mir zu reden.«

»Nachdem Sie mir gesagt haben … aber kommen Sie doch erst mal rein. Möchten Sie etwas trinken? Ich habe frischen Pfefferminztee gemacht.«

Dankend nimmt Malou an. Sie setzt sich an den Esstisch in der einfach eingerichteten Stube, während Kipfer den Tee und einen Teller mit Keksen aus der Küche holt.

»Sie sagten, Sie ermitteln in einem anderen Vermisstenfall.« Er füllt die beiden Tassen fast randvoll.

»Ja, es geht um Anna Forster. Sie wird seit dreißig Jahren vermisst.«

»Und sie verschwand am fünften Geburtstag ihres Kindes?« Kipfer schiebt den Teller mit den Keksen näher zu Malou.

»Ja, ihres Sohnes Dario. Es fehlt bis heute jede Spur von ihr.«

»Ich habe Sie nicht einfach so zum Vergnügen hergebeten.« Kipfer setzt sich, blickt Malou an und wartet einen Moment, bis er weiterspricht. »Auch Nathalie verschwand am fünften Geburtstag ihres Sohnes. Aber ich weiß nicht, ob das etwas zu bedeuten hat. Wissen Sie es, bedeutet es etwas?«

Malou ist auf einen Schlag hellwach, als hätte sie gerade einen Stromstoß erhalten. Doch das lässt sie sich nicht anmerken.

»Nein. Ich weiß nicht, ob es etwas bedeutet. Noch nicht. Es kann Zufall sein – aber es könnte auch auf einen Zusammenhang der beiden Fälle hinweisen. Nathalies Sohn, lebt er bei seinem Vater? Er muss jetzt ...«

»Nein«, unterbricht Herbert Kipfer sie barsch. »Er ist nicht ... Jonas ...«

Auf einmal füllen sich seine Augen mit Tränen. Malou fühlt sich schrecklich, dass sie in seinen Wunden wühlt.

»Wir müssen nicht ...«

»Geht schon in Ordnung. Es ist einfach nicht leicht.« Herbert Kipfer klaubt ein Taschentuch aus der Hosentasche und schnäuzt sich. »Wissen Sie, wir hier in den Bergen haben einen anderen Bezug zum Tod als die Menschen in der Stadt. Er ist uns näher. Gegenwärtiger. Jeder von uns war am Berg schon mal in Gefahr, jeder hat Freunde verloren. Steinschlag, Felsrutsch, Hochwasser ... die Natur ist unberechenbar. Mit all dem können wir leben. Aber es ist etwas ganz anderes, wenn einem das Liebste auf der Welt böswillig durch einen Menschen genommen wird. Damit kann ich nicht umgehen, und ich bin auch nicht bereit, es zu akzeptieren.«

Herbert Kipfer ringt mit sich, es fällt ihm offensichtlich schwer weiterzusprechen. Malou schweigt und wartet.

»Nathalies Verschwinden hatte verheerende Folgen.« Kipfers Stimme klingt auf einmal müde. »Nur zwei Jahre später ist Jonas während eines Ferienlagers in einem Fluss ertrunken. Wäre Nathalie noch hier gewesen, hätten wir ihn nicht dorthin geschickt.«

»Das tut mir sehr leid.«

»Jonas lebte damals bei mir und meiner Frau Eva. Eva hat Jonas' Tod nicht überwunden. Sie ist neun Monate später von einer Wanderung nicht zurückgekehrt. Die Polizei sagt, sie sei in einem Steilhang ausgerutscht, aber ich weiß, dass sie gesprungen ist. Sie tat es auf diese Weise, um es uns leichter zu machen, weil wir so an einen Unfall glauben konnten. Aber es war keiner.«

Malou ist erschüttert. Es gibt keine Worte, die hier Trost spenden könnten.

»Das tut mir leid«, wiederholt sie.

»Wäre Nathalie nicht verschwunden, wäre Jonas nicht in dieses Lager gefahren, und dann würde auch meine Frau heute noch leben. Der Mensch, der meiner Tochter etwas angetan hat, hat meine gesamte Familie auf dem Gewissen. Darum habe ich Sie hergebeten. Wenn auch nur die geringste Möglichkeit besteht, dass Nathalies Verschwinden mit dem Fall von Anna Forster zusammenhängt, wenn es eine winzige Chance gibt, den Täter doch noch zu finden, dann bitte ich Sie: Finden Sie ihn! Er darf nicht ungestraft damit davonkommen. Bitte finden Sie ihn!«

»Ich werde es versuchen.« Malou spürt Gänsehaut auf ihren Armen. Sie hat noch nie jemandem versprochen, dass sie einen Fall lösen wird – weil sie keine Versprechen macht, von denen sie nicht weiß, ob sie sie halten kann. »Ich werde mein Bestes geben, das verspreche ich Ihnen.«

»Möchten Sie ihre Sachen sehen? Ich habe die meisten ihrer persönlichen Gegenstände aufbewahrt. Ich wollte sie nicht wegschmeißen, weil ich Angst hatte, dass ich dabei vielleicht einen Hinweis zerstören könnte, den wir nur noch nicht gefunden haben.«

»Ja, gerne, wenn es keine Umstände macht.«

»Kommen Sie.«

Malou folgt Herbert Kipfer ins obere Stockwerk in ein Arbeitszimmer. Er öffnet unter der Dachschräge eine Schranktür, die in einen Stauraum führt, und zieht drei große Kisten heraus. Malou denkt unweigerlich an die Kisten ihres Vaters, in denen sie gerade erst nach einem Brief gesucht hat. Auch in den Kisten mit Nathalies Hinterlassenschaft finden sich vor allem Papiere.

»Darf ich?«, fragt Malou.

»Ich bitte Sie darum.«

Gemeinsam gehen Malou und Herbert Kipfer die Unterlagen durch. Malou stößt auf die Geburtsanzeige von Jonas. Sie klappt die Karte auf, liest den Text und sucht vergebens nach dem Namen des Vaters.

»Was ist mit Jonas' Vater?«, fragt sie.

»Das ist auch ein trauriges Thema. Nathalie hat mit uns nicht darüber gesprochen. Wir wussten, dass sie einen Freund hatte. Aber sie hat ihn nie mit nach Hause gebracht. Irgendwann vor der Geburt hat sie die Beziehung beendet. Nathalie sagte, der Mann habe es nicht verdient, Jonas' Vater zu sein, und hat ihn nie wieder erwähnt. Ich weiß nicht, was zwischen den beiden vorgefallen ist.«

Vater unbekannt, denkt Malou, wie bei Dario. Sie öffnet eine Schuhschachtel mit alten Fotos. Es sind vor allem Kinderbilder von Jonas. Dazwischen findet sie mehrere Aufnahmen der jungen Nathalie, die sich mit Freundinnen in einen Fotoautomaten gequetscht und Grimassen geschnitten hat. Herbert Kipfer muss lächeln, als er sie sieht. Dann eine Schwarz-Weiß-Serie mit einer ernsten, etwas älteren Nathalie, die für einen Fotografen posiert. Eine Ultraschallaufnahme des ungeborenen Kindes. Und die Aufnahme eines Blitzers bei einer Geschwindigkeitskontrolle. Elf Stundenkilometer zu schnell. Malou schaut sich die Aufnahme genauer an. Die Frau am Steuer könnte Nathalie sein, neben ihr sitzt ein Mann mit einer sportlichen Fliegerbrille.

»Kennen Sie den Mann?«

Herbert Kipfer schüttelt den Kopf.

»Könnte das Jonas' Vater sein?«

»Ich weiß es nicht. Steht da irgendwo ein Datum?«

»12. November 2015.«

»Dann wäre es theoretisch möglich.«

»Schauen Sie sich sein Gesicht bitte genau an.«

»Ich erkenne den Mann auf dem Bild nicht.«

Malou blättert weiter, da erstarrt sie mitten in der Bewegung. Sie greift nach einer Postkarte, die eine Löwin zeigt, die in der Savanne auf einem toten Baumstamm liegt. Hinter dem Muttertier kraxelt ein junger Löwe hoch. Malou wendet die Karte, der Text darauf ist in Großbuchstaben verfasst, es ist nur ein einziger Satz.

MAMA HAT DICH LIEB.

27.

Malou hat die Postkarte spurensicher eingepackt, sich von Herbert Kipfer verabschiedet, mit dem Versprechen, sich zu melden, und jetzt braust sie über die Autobahn zurück nach Bern. Sie muss sich zwingen, sich an die Höchstgeschwindigkeit zu halten. Die Gedanken rattern durch ihren Kopf, so schnell, dass sie sie nicht sortieren kann.

Die Postkarte – Löwin mit Katzenbaby – Mutter- mit Jungtier – Vogel Strauß mit einem Küken – Mama hat dich lieb – die gleiche Schrift – der gleiche Täter? – Groß-buchstaben – fünfter Geburtstag – Jonas – Dario – Anna – Nathalie – zwei Vermisste – ein Fall? – ein toter Freund – ein totes Kind – zu viele Tote – der gleiche Täter?

Jonas Kipfer hat die Geburtstagskarte nie gesehen. Sein Großvater Herbert hat sie dem Jungen nicht gezeigt, weil er wusste, dass sie nicht von dessen Mutter stammt. Es war nicht deren Schrift. Also keine falsche Hoffnung, nur Ärger: Herbert Kipfer hat Malou erzählt, wie wütend er wurde, als er die Karte im Briefkasten fand, weil ihm so-fort klar war, dass hier jemand ein übles Spiel mit der Fa-milie trieb, die auf der Suche nach der verlorenen Tochter war. Anders als andere Angehörige hat Vater Kipfer schon früh die Hoffnung aufgegeben, dass die Tochter lebend gefunden werden kann. Zu seltsam und diffus ist ihr Verschwinden. Auch war er sich sicher, dass Nathalie Jonas niemals freiwillig verlassen hätte. Darum hat er die Karte, die Jonas zum sechsten Geburtstag erhielt, weggeschmissen, jene, die er zum siebten Geburtstag im Briefkasten fand, hat er in eine der Kisten gelegt. Und jetzt ist die Karte auf dem Weg zur Spurensicherung. Eine dritte Karte hat es nie gegeben, weil Jonas vor seinem achten Geburtstag in einem Fluss ertrunken ist.

Ein Unfall?, fragt sich Malou. Nachdem auch Annas Freund durch einen Unfall gestorben ist? Zu viele Zufälle.

Das Schicksal kann ein verdammtes Arschloch sein, denkt Malou. Zuerst verschwindet die Tochter, dann ertrinkt der Enkel, und die Ehefrau nimmt sich wegen des gebrochenen Herzens das Leben.

»Fuck!« Malou schlägt mit der Handfläche gegen das Steuerrad. Und gleich noch einmal. »Fuck!«

Ihr ist klar, was jetzt zu tun ist. Sie müssen die Fallakten wieder öffnen. Es besteht ein Zusammenhang zwischen den beiden Vermisstenfällen. Sie müssen bei beiden Fällen noch einmal bei null anfangen. Das bedeutet: Die Vorgeschichten beider Taten ausleuchten und alle Ereignisse im Leben der Frauen in einem chronologischen Ablauf festhalten. Wo gibt es Gemeinsamkeiten? Ist es möglich, dass die beiden Opfer sich kannten – oder hatten sie einen gemeinsamen Bekannten? Was führten sie für Beziehungen, mit wem, wann, wie lange? Wer weiß etwas über ihre Freunde, über die möglichen Väter der Kinder? Malou muss an die Briefe der beiden Opfer und an die Mails und Nachrichten von Nathalie herankommen, sofern sie noch vorhanden sind, sie will mit jedem reden, der einen Bezug zu den beiden Frauen hatte. Was haben die Ermittler von einst übersehen? Gibt es Spuren, die damals noch nicht ausgewertet werden konnten oder wurden? Fast bei jeder Tat gibt es Mitwisser. Praktisch jeder Täter vertraut sich irgendwann jemandem an. Diese Person muss Malou finden. Vielleicht gibt es jemanden, der früher geschwiegen hat und heute reden würde.

Malous Gedanken überschlagen sich. Ihr ist klar, dass sie das alles nicht allein machen kann. Nimmt man die Ermittlungen in einem Cold Case wieder auf, können sie zu einem Erfolg führen – doch es ist wahrscheinlicher, dass sie in einem kostspieligen Misserfolg enden, das ist Malou bewusst. Denn die Zeit ist der größte Feind der Polizei. Je länger ein Delikt zurückliegt, desto geringer die Chance, dass es noch geklärt werden kann. Wer einen Cold Case lösen will, braucht ein gutes Team. Malou muss mit Sandro reden. Am liebsten würde sie ihn sofort anrufen, doch sie weiß, dass ihn ihr Anruf an seinem freien Sonntag ärgern würde, und sie braucht einen gut gelaunten Chef, um ihn davon zu überzeugen, zwei Cold Cases aufzugreifen. Also muss sie bis morgen warten.

Malou fährt mit dem schnittigen Audi in die Tiefgarage unter dem Polizeipräsidium, begibt sich nach draußen und steigt die Treppe hoch zum Veloabstellplatz, auf dem sie Bruna geparkt hat.

Als sie um die Ecke biegt, steht Sandro neben ihrer Vespa und schließt sein Mountainbike ab. Sie schauen sich überrascht an und beginnen gleichzeitig zu sprechen.

»Gut, dass ich dich treffe.«

»Gut, dass du da bist.«

Sie müssen lachen.

»Ich wollte dich sowieso anrufen«, sagt Sandro. »Die Wogen haben sich geglättet, das Medienecho auf deinen unschönen Auftritt auf dem Friedhof war kleiner als erwartet. Und wir haben einen neuen Fall. Kannst du morgen wieder einsteigen?«

Das ist ziemlich genau das Gegenteil von dem, was Malou von Sandro hören wollte. Sie will keinen neuen Fall – sie hat schon zwei Fälle.

»Das ist jetzt gerade ungünstig …«, erwidert sie.

»Warum, hast du etwa Urlaub gebucht?«

»Nein, aber ich bin selbst an einem Fall dran, den wir unbedingt wieder aufnehmen müssen.«

»Dein Cold Case aus Ramons Schublade?«

Malou hört Sandros Stimme an, dass sie auf Gegenwehr stoßen wird, egal, was sie vorbringen kann.

»Hör zu, ich bin da auf etwas gestoßen. Es gibt zwei Vermisstenfälle, bei denen die Frauen just am fünften Geburtstag ihres Kindes verschwunden sind.«

»Wie lange ist das her?«

»Anna Forster verschwand vor dreißig, Nathalie Kipfer vor acht Jahren.«

»Den ersten Fall kannst du schon mal vergessen, Mord verjährt nach dreißig Jahren.«

»Woher willst du wissen, wann und ob sie getötet worden ist? Und der zweite Fall hängt mit dem ersten zusammen. Ich gehe davon aus, dass es derselbe Täter war.«

»Die Geburtstage der Kinder können auch ein Zufall sein. Wo verschwanden die Frauen?«

»Anna mitten in der Stadt Bern, Nathalie in einem Wald bei Interlaken.«

Malou registriert, dass Sandros linke Augenbraue in die Höhe schnellt. Kein gutes Zeichen. Sie kann sich vorstellen, was er gerade denkt.

»In einem Wald bei Interlaken? Vielleicht ist sie einen Abhang hinuntergestürzt und wurde einfach nie gefunden. Die Landschaft dort ist ruppig und wild.«

»Die Kinder der beiden Frauen haben nach deren Verschwinden Geburtstagskarten erhalten.« Malou spielt ihren größten Trumpf aus in diesem Überzeugungskampf. »Auf beiden Karten stand: ›Mama hat dich lieb‹, in Großbuchstaben, dieselbe Schrift.«

»Wie makaber ist das denn?«

»Es ist vor allem ein weiterer Hinweis, dass es derselbe Täter sein muss.«

»Oder ein kranker Idiot, der sich am Leid einer Familie aufgeilt und es mit der geschmacklosen Karte noch vergrößert. Womöglich hat er in der Zeitung davon gelesen.«

»Und woher wusste der, wann die Kinder Geburtstag haben? Ich denke, dass der Täter die Karten schrieb.«

»Malou, ich weiß deinen Eifer zu schätzen, aber auch

der zweite Fall liegt schon acht Jahre zurück. Selbst wenn es der gleiche Täter sein sollte: Es ist eine Herkulesaufgabe, neue Spuren zu finden, und fast unmöglich, den Fall noch zu lösen. Vor allem wären die Ermittlungen zeitaufwendig. Und Zeit haben wir nicht.«

»Sandro, ich habe mit dem Vater der vermissten Nathalie gesprochen. Er hat seine gesamte Familie verloren, Nathalies Sohn ist zwei Jahre nach dem Verschwinden verunglückt, und seine Frau hat sich das Leben genommen. Er will, dass der Täter, der ihm das angetan hat, bestraft wird. Ich habe ihm versprochen, mich darum zu kümmern.«

»Was hast du? Malou, wir können keine Versprechungen machen. Wir sind Polizisten, keine Zauberer.«

»Lass es mich wenigstens versuchen. Ich verzichte auch auf ein Team. Gib mir einen Monat Zeit, und wenn ich nichts herausfinde, lasse ich es bleiben.«

»Einen Monat? Malou, das geht nicht. Nach dem Ausfall von Bettina brauche ich dich mehr denn je im Team. Wir haben einen neuen Fall von häuslicher Gewalt. Ein Mann hat seine Frau halb totgeschlagen, doch sie liegt schwer verletzt im Spital und sagt, dass er das nicht gewesen sei. Wir müssen das Gegenteil beweisen. Kannst du dich dem Fall morgen annehmen?«

Malou spürt Ärger in sich hochsteigen. Es soll sich jemand anderes um den prügelnden Ehemann kümmern, sie will den oder die Mörder von Anna und Nathalie finden. Sie will Herbert Kipfer und auch Dario dabei helfen, die Wahrheit zu erfahren. Darum ist sie Polizistin geworden: Um den Menschen zu helfen, denen Unrecht angetan wurde – und um die Menschen zu überführen, die dafür verantwortlich sind, ganz egal, wie lange die Fälle zurückliegen. Nur will ihr Chef nicht so, wie sie will.

»Sandro ...«

»Malou, ich meine es ernst. Wenn wir irgendwann Zeit finden, kannst du dich um die Cold Cases kümmern.«

Irgendwann ist Malou zu spät. Doch sie schweigt und nickt nur.

»Okay, ich geh jetzt.«

»Wir sehen uns morgen.«

»Okay.«

Malou setzt den Helm auf, kickt Bruna an.

»Und Malou ...«

Sie wendet den Kopf noch einmal Sandro zu.

»Das hier ist übrigens kein Abstellplatz für Mopeds, sondern für ...«

28.

Den Schluss des Satzes ihres Chefs hat Malou nicht mehr gehört, sie hat Gas gegeben und ihn einfach stehen gelassen. Nie zuvor ist sie so wütend auf Sandro gewesen. In Momenten wie diesen, wenn sie an ihrem Beruf oder an einem Fall verzweifelte, gab es bisher eine Person, an die sie sich wenden konnte – und die immer eine Lösung bereit hatte. Nicht umsonst lautete Bettinas Spitzname im Team *The brain*, sie wusste immer auf alles eine Antwort. Wie sehr sie sie gerade vermisst! Malou wünschte, sie könnte sich mit Bettina austauschen. Sie ist sich sicher, dass sie ihr weiterhelfen könnte.

Kann. Dass sie mir weiterhelfen kann.

Malou weiß nicht, woher der Gedanke kommt, aber sie realisiert im gleichen Moment, dass er stimmt. Bettina ist schließlich nicht gestorben; sie befindet sich im vorzeitigen Strafvollzug, weil sie zugegeben hat, auf einen Attentäter geschossen zu haben. Dank ihrem Geständnis sitzt sie nicht länger in Untersuchungshaft, in der rigide Vorgaben gelten, sondern wurde bereits vor dem Prozess in den ordentlichen Vollzug verlegt – das heißt, Malou kann sie im Gefängnis besuchen.

Malou bremst an der nächsten Kreuzung, fährt auf einen Gehsteig, klaubt ihr Handy hervor und googelt nach den Besuchszeiten der Justizvollzugsanstalt Hindelbank. Immer sonntags, von 15 bis 17 Uhr, das passt. Nur steht da auch, dass Gesuche für Besuche vierzehn Tage im Voraus eingereicht werden müssen. Das passt nicht. Aber Malou ist mit der Direktorin des Gefängnisses befreundet, sie muss ihr nur irgendwie klarmachen, dass es dringend ist. Bis sie dort ist, wird ihr bestimmt eine Ausrede einfallen. Malou wendet und fährt in die entgegengesetzte Richtung zur Stadt hinaus.

Der Weg zur Strafanstalt, die einst ein Schlossgut war und deren Herzstück immer noch wie eines aussieht, führt über eine Wiese mitten durch eine liebliche Landschaft. Dass hier Mörderinnen und Betrügerinnen weggesperrt werden, scheint nicht zu der Szenerie zu passen: Das Böse mitten in der heilen Welt. Wobei man das mit der heilen Welt eh vergessen kann, denkt Malou.

Sie stellt Bruna auf einen Parkplatz, der eigentlich für Autos gedacht ist. Sie klingelt am Eingang, blickt in die Kamera, mit einem metallenen Sirren öffnet sich die Tür. Die Frau, die am Empfang hinter der Scheibe sitzt, kennt Malou nicht. Es wäre auch zu schön gewesen. Erst jetzt fällt ihr ein, dass sie ihren Polizeiausweis gar nicht vorzeigen kann – weil sie noch keinen neuen hat. Um sich auszuweisen, kann sie einzig eine Fotografie ihres Reisepasses vorlegen, die sie auf dem Handy gespeichert hat.

»Guten Tag, mein Name ist Malou Löwenberg, Leib und Leben Kantonspolizei Bern«, sagt sie zu der Frau.

»Und leider kann ich Ihnen meinen Polizeiausweis nicht vorlegen, weil mir gestern meine Tasche gestohlen worden ist, mit allem drin.«

Malou ist sich bewusst, wie billig ihre Ausrede klingt. Sie hält ihr Handy mit der Fotografie des Passes an die Scheibe.

»Aber ich bin eine gute Freundin von Verena Studer, der Direktorin, vielleicht könnten Sie sie kurz anrufen und sich das bestätigen lassen.«

»Guten Tag, Frau Löwenberg«, sagt die Vollzugsangestellte, als Malou sie zu Wort kommen lässt. »Wollen Sie mir nicht zuerst sagen, warum Sie hier sind?«

»Ich möchte Bettina Flückiger besuchen, meine ... meine Ex-Kollegin.« Malou hat sich auf der Fahrt hierher zurechtgelegt, was sie sagen will. »Ich führe weitere Ermittlungen in der Incel-Szene durch, dem grässlichen Club der Frauenhasser, denen der Attentäter Sascha Vogt angehörte. Ich brauche dringend Informationen, über die einzig Bettina verfügt. Deshalb müsste ich sie unbedingt sprechen.«

»Das sollte kein Problem sein, Sie können hier dieses Formular ausfüllen.«

Eine Klappe öffnet sich, die Frau schiebt einen Papierbogen unten durch. Malou starrt sie perplex an; mit so wenig Gegenwehr hat sie nicht gerechnet.

»Sie wollen nicht bei Verena Studer nachfragen und meine Personalien bestätigen lassen?«

»Frau Löwenberg, ich weiß, wer Sie sind, Ihr Bild war in der Zeitung.«

Malou spürt, wie ihr das Blut in den Kopf schießt. Ohne

eine weitere Bemerkung füllt sie das Formular aus, legt es in das Schubfach und schiebt es zur Frau zurück. Bevor sie durch eine Schleuse eingelassen wird, muss Malou einem Vollzugsbeamten alle mitgebrachten Gegenstände abgeben und durch einen Metalldetektor treten, dann wird sie von ihm in den Besucherbereich geführt.

»Wir bringen Frau Flückiger gleich zu Ihnen«, sagt er zu Malou, nachdem er ihr einen Platz an einem Zweiertisch zugewiesen hat.

Das *gleich* zieht sich eine Weile hin. Malou studiert die Menschen um sich herum. Es gibt fünf weitere Tische, vier davon sind besetzt. Mutter und Tochter, denkt sie bei zwei Frauen, die rechts von ihr leise miteinander sprechen. Wobei vor allem die ältere Besucherin eindringlich auf die Insassin einredet. Links von Malou hält ein junger Mann die Hand einer noch jüngeren Frau, die Tränen in den Augen hat. Sie ist bestimmt noch keine zwanzig. Schicksale, denkt Malou.

»Malou! Du hier!«

Malou hört die Freude in Bettinas Stimme, doch als sie aufblickt und das Gesicht ihrer Freundin sieht, erschrickt sie innerlich, versucht aber, sich nichts anmerken zu lassen. Bettina, die auch als Frau noch immer aussah wie das gesunde Mädchen vom Land, mit stets leicht geröteten, vollen Wangen und strahlenden Augen, wirkt auf einmal grau und fahl. Als hätte ihr jemand alle Farben entzogen. Abgenommen hat sie auch. Sie, die immer kräftig war wie ein Mann, wirkt auf einmal zerbrechlich. Nach so kurzer Zeit.

»Bettina, wie geht es dir?«, fragt Malou.

»Wie soll es mir schon gehen? Beschissen. Aber es ist, wie es ist. Ich habe mich bewusst für diesen Weg entschieden, mit allen Konsequenzen, und ich bin bereit, ihn zu gehen. Was bleibt mir auch anderes übrig?« Bettina lacht bitter. »Ich bin einfach wahnsinnig müde. Wenn ich nicht arbeite, schlafe ich die ganze Zeit, als müsste ich den verpassten Schlaf von all den Jahren im Dienst nachholen.«

»Wir vermissen dich sehr.«

»Ich vermisse euch auch.«

»Warum ...«

»Pscht.« Bettina legt ihre Hand auf jene von Malou. »Lass uns nicht darüber sprechen. Ich bin dessen müde. Ich habe es getan. Es war für mich das Richtige. Fertig. Morgen startet der Prozess, es wird eine anstrengende Woche sein, aber danach ist es dann gut, danach habe ich Ruhe.«

»Morgen schon?«

»Ja. Kannst du kommen?«

»Ich versuche es.«

Malou hasst sich dafür, dass sie so sehr auf ihre eigenen Probleme fixiert war und Bettinas Gerichtsverhandlung völlig vergessen hat.

»Aber erzähl du, wie geht es euch, was steht an, habt ihr viel Arbeit, woran ermittelst du gerade?«

Auf einmal klingt die neue, graue Bettina wieder wie die alte Bettina.

»Um ehrlich zu sein – wegen meiner Ermittlung bin ich hier«, gibt Malou zu. »Ich brauche *The brain* – allein komm ich nicht weiter, und Sandro schaltet auf stur und will mich nicht mal ermitteln lassen.«

»Erzähl.«

Malou fängt ganz am Anfang an, beim Blind Date mit Dario, sie erzählt seine und Annas Geschichte, sie schildert Bettina ihren Besuch bei Nathalies Vater, wie sie die Karte dort gefunden hat und dass darauf in gleicher Handschrift derselbe Text stand wie auf der Geburtstagskarte von Dario.

»Ich glaube, wir haben es in beiden Fällen mit demselben Täter zu tun. Und er ist noch immer auf freiem Fuß«, schließt Malou.

»Es könnte aber auch sein, dass hier irgendein Irrer den Angehörigen schreibt, um ihnen Schmerz zuzufügen«, wendet Bettina ein. »Psychoterror.«

»Das ist auch Sandros Argument. Aber beide Frauen verschwanden just am fünften Geburtstag ihrer Söhne – und diese erhalten später die Geburtstagskarten angeblich im Namen ihrer Mutter ...«

»Du hast recht. Zu viele Zufälle. Sieht danach aus, als hätte sich der Täter gezielt alleinerziehende Mütter ausgesucht und sie am fünften Geburtstag der Kinder umgebracht. Nur: Warum sollte er das tun?« Bettina erwartet keine Antwort, sondern überlegt laut weiter. »Vielleicht geht es ihm gar nicht so sehr um die Tötung der Mutter, sondern darum, einem Kind die Mutter zu nehmen. Vielleicht soll das Kind das Opfer sein, die Mutter ist sozusagen nur der Kollateralschaden.«

»Daran habe ich noch gar nicht gedacht. Das würde

vielleicht auch die Karten erklären, die die Kinder erhalten haben. Dann wäre tatsächlich der Täter der Absender.«

»Und Sandro ist nicht bereit, die Fälle wieder zu öffnen?«, fragt Bettina.

»Er sagt, wir hätten keine Zeit für Cold Cases. Die Fälle lägen zu weit zurück, und die Chance, sie noch zu klären, sei zu gering. Ich soll mich nun um eine Frau kümmern, die von ihrem Gatten fast getötet wurde, die aber behauptet, dass es nicht ihr Gatte war.«

Bettina macht ein Gesicht, wie nur sie ein Gesicht machen kann.

»Ich sehe das Problem. Natürlich haben die aktuellen Fälle Priorität – aber du hast eine neue Spur.«

»Eben.«

Während Malou mit Bettina über den Fall diskutiert, vergisst sie auf einmal, wo sie sich befindet, dass sie eine Besucherin im Frauenknast ist und Bettina die Frau hinter Gittern. Es fühlt sich viel mehr so an wie früher, wenn sie gemeinsam in einem Fall ermittelt haben.

»Ich will diese Fälle lösen. Ich will den Angehörigen Antworten liefern. Dafür bin ich Polizistin geworden. Aber Sandro lässt mich nicht. Was würdest du an meiner Stelle tun?«, fragt Malou.

»Ich bin nicht sicher, ob ich die richtige Ansprechperson für diese Frage bin.« Erneut muss Bettina lachen, aber dieses Mal klingt es nicht bitter, sondern herzlich. »Meine letzte Entscheidung hat mich nicht nur meinen Job gekostet, sondern mich ins Gefängnis gebracht. Aber weißt du was? Ich bereue sie nicht. Ich finde auch heute noch, dass ich das einzig Richtige getan habe. Nicht im moralischen Sinne – aber für mich. Wie hätte ich sonst weiterleben sollen?«

Jetzt greift Malou nach Bettinas Hand und hält sie fest. Sie bewundert ihre Kollegin für ihre Stärke – sie selbst hätte sie nicht.

»Ich verstehe dich.« Malou flüstert plötzlich, sie will nicht, dass man sie hört. Sie zweifelt nicht daran, dass jemand sie beobachtet. »Ehrlich gesagt, seit das passiert ist, seit du hier drin bist, habe ich zum ersten Mal Zweifel an meinem Beruf. Manchmal erscheint er mir so sinnlos, weil nach dem Verbrechen immer gleich ein nächstes Verbrechen folgt, wir rennen ständig allen hinterher und können doch nichts verhindern. Und Gerechtigkeit …«, Malou verwirft die Hände, »Gerechtigkeit können wir erst recht nicht schaffen.«

»Ach, Malou, was ist schon Gerechtigkeit? Aber hör auf deine innere Stimme. Wenn du Sandro nicht überzeugen kannst, würde ich mir überlegen, Urlaub zu nehmen und privat zu ermitteln. So wie ich dich kenne, wird dich der Fall sonst nicht mehr loslassen.«

»Das ist zu befürchten.«

»Halte mich auf dem Laufenden, ich helfe dir gerne. Leider ist die Besuchszeit schon um. Aber es hat gutgetan, mit dir zu reden. Danke, dass du hergekommen bist.«

»Danke, dass du mir zugehört hast. Und viel Glück morgen. Ich versuche, da zu sein.«

Als Malou das Gefängnis durch die Schleuse verlässt,

ist sie unendlich erleichtert, dass sie wieder draußen ist und nicht dort drinnen bleiben muss. Wenig später treibt sie Bruna zu Höchstleistungen an, braust über die Landstraßen zurück in die Stadt und fühlt sich so frei wie selten zuvor. Wieder zu Hause, stellt sie ihre Vespa vor dem Gartentor ab. Obwohl Sonntag ist, öffnet sie aus lauter Gewohnheit den Briefkasten, er ist leer; dann begibt sie sich zur Haustür, steckt den Schlüssel ins Schloss, dreht ihn einmal um und verharrt in der Bewegung. Die Tür ist erneut doppelt abgeschlossen, doch dieses Mal ist Malou zu hundert Prozent sicher, dass sie den Schlüssel nur einmal umgedreht hat, als sie das Haus verlassen hat. Sie hat darauf geachtet. Es muss jemand hier gewesen sein. Sofort tritt Malou von der Tür weg und presst sich mit dem Rücken gegen die Hauswand. Oder es ist immer noch jemand da. Und falls einer da drin ist, hat er wahrscheinlich ihre Waffe.

29.

Dario ist sauer. Malou hat den ganzen Tag nicht geantwortet, dabei hatte er ihr unbedingt von seinem nächtlichen Skype-Gespräch erzählen wollen. Von Isabel und ihrer verschwundenen Mutter. Malou hat versprochen, ihm zu helfen, aber kaum ist Wochenende, taucht sie ab und lässt ihn links liegen. Verflucht! Selten hat er sich so sehr um eine Frau bemüht, und noch seltener war es so schwierig, Erfolg zu haben. Aber womöglich ist es genau das, was ihn an Malou reizt; dass ihr Herz nicht einfach zu gewinnen ist. Gleichzeitig war sich Dario noch nie so sicher, dass er jemanden haben wollte. Malou ist all das, was er sich von einer Partnerin wünscht: intelligent, cool, schön, stark, unerschrocken, selbstständig, sportlich. Etwas mehr Humor könnte sie haben, aber dass sie nicht gerade übersprüht vor Witz, mag auch an dem ernsten Thema liegen, das sie verbindet. Dario muss zugeben, dass der Fall Anna bislang das einzige Thema überhaupt ist, das ihn und Malou verbindet, abgesehen von dieser einen Nacht, der sie allerdings nicht viel Bedeutung zuzumessen scheint. Aber Dario wird alles daransetzen, das zu ändern. Er muss sich nur etwas einfallen lassen, wie er Malou für sich gewinnen kann.

Die Gedanken haben ihn den ganzen Tag umgetrieben – jene an Malou und jene an eine einundzwanzigjährige Frau aus München, deren Mutter an ihrem fünften Geburtstag verschwunden ist. Und die ihren Vater nicht kennt. Zweimal die gleiche Geschichte, und doch gibt es Unterschiede.

Eigentlich hätte Dario sich gewünscht, heute Abend mit Malou essen zu gehen. Aber die Frau macht sich ja gerade rar. Darum hat er beim Inder ein Tandoori-Chicken geholt. Er kippt den Reis und das Fleisch aus der Plastikbox auf einen Teller, holt Gabel und Messer aus der Schublade und ein Bier aus dem Kühlschrank, nimmt alles mit hinüber in die Wohnstube und setzt sich damit an den Esstisch. Dann kehrt er noch einmal zurück in die Küche, zupft ein paar Blätter seines Basilikum-Sträußchens ab, obwohl er keine Ahnung hat, ob das zu Tandoori passt, und streut sie über sein Menü, das jetzt beinahe aussieht wie selbst gekocht.

Während des Essens studiert Dario die Notizen, die er sich gestern während des Skype-Gesprächs mit Isabel gemacht hat. Ihre Mutter Karina gilt seit dem 27. April 2008 als vermisst, oder seit dem 28. April, so genau weiß man es nicht. Am Abend war sie noch da, am Morgen war sie weg, und die kleine Isabel harrte stundenlang allein in der Wohnung aus, darauf hoffend, dass die Mutter nach Hause kommt. Aber sie kam nicht. Isabel wurde am 27. April 2008 fünf Jahre alt, ihre Mutter war vierzig. Sie war wie Anna Verkäuferin, allerdings arbeitete sie in einem Modegeschäft in der Münchner Innenstadt. Laut Isabel fand die Polizei keine Spuren, die auf ein Verbrechen hindeuteten: Es war niemand in die Wohnung eingebrochen; sie war unverschlossen, als Karinas Freundin am Abend vorbeikam, um nach ihr zu sehen. Auch ist nichts entwendet worden: Karinas Mobiltelefon und ihr Geldbeutel wurden in ihrem Schlafzimmer gefunden. Sie war also kaum spätnachts noch ausgegangen, folgert Dario, sonst hätte sie beides mitgenommen. Isabel hat ihm erzählt, dass die Polizei am Ende davon ausging, dass ihre Mutter die Wohnung freiwillig verlassen hätte und sich dann wohl das Leben genommen habe. Sie sei »in den Fluss gegangen«, hätten sie gesagt. Aber Isabel will das nicht glauben. Weil dies bedeutete, dass ihre Mutter sie mit Absicht zurück- und alleingelassen hätte.

Isabel ist bei ihren Großeltern mütterlicherseits aufgewachsen, sie ist erst vor einem Jahr dort ausgezogen. Wenigstens hat sie noch eine Familie, denkt Dario. Auf einmal wünschte er sich, dass Celine Nowak doch mit ihm verwandt wäre. Es fühlt sich trotz allem verdammt einsam an, ganz allein auf der Welt zu sein.

Dario schiebt das nur zur Hälfte gegessene Tandoori-Chicken von sich weg, greift zum Handy, prüft zum gefühlt zwanzigsten Mal, ob sich Malou gemeldet hat. Hat sie nicht.

Dario hat Isabel gefragt, ob er ihre Kontaktdaten der Polizistin, die ihm helfe, weitergeben dürfe. Sie war damit einverstanden. Nur müsste er Malou dafür endlich mal erreichen.

In dem Moment klingelt das Telefon. Enttäuscht stellt Dario fest, dass nicht Malou anruft, sondern Flo Bobst. Er wundert sich, was der Journalist am Sonntagabend von ihm will, und zögert, den Anruf anzunehmen. Irgendwie wird ihm das alles zu viel. Doch die Neugier obsiegt; er geht trotzdem dran.

»Forster.«

»Herr Forster, hier Flo Bobst. Wie geht es Ihnen?«

»Danke, gut.«

Dario wartet. Bobst muss einen Grund haben, warum er sich meldet.

»Haben Sie von der Geschichte in Waldshut-Tiengen gehört?«

»Nein, wovon sprechen Sie?«

»Es muss nichts zu bedeuten haben. Aber ich habe unwillkürlich an Sie gedacht und an Ihre Mutter.«

»Was ist passiert?«

Flo Bobst erzählt Dario, was er gerade eben selbst aus den Medien erfahren hat. Die Staatsanwaltschaft Waldshut-Tiengen hat am Nachmittag eine Pressekonferenz gegeben. Demnach hatte ein Ehepaar am Freitag eine Autopanne, im Wagen befand sich außer ihnen eine verletzte Frau. Das Paar hatte zunächst ein Taxi gerufen, dessen Fahrer bestellte jedoch umgehend einen Krankenwagen nach, weil er realisierte, wie schwer die Frau verletzt war. Im Spital informierten die Ärzte sofort die Polizei, als sie die Art der Verletzungen sahen; es war offensichtlich, dass die Frau misshandelt worden war.

»Jetzt hat eine Durchsuchung ergeben, dass im Haus

des Ehepaars weitere Frauen gequält und wahrscheinlich getötet worden sind«, berichtet Flo Bobst. »Die Ermittler sind auf die sterblichen Überreste von mindestens drei Frauen gestoßen.«

Dario schließt kurz die Augen. *Sterbliche Überreste.*

»Sie meinen ... weiß man, wann das passiert sein soll?«

»Nein, das weiß man noch nicht. Aber offenbar gaben sich die Eheleute als Geschwister aus. Der Ehemann lockte mit Kontaktanzeigen Frauen ins Haus, und wenn sie ihn besuchten, wurden sie zu Tode gefoltert. Es sei aber auch möglich, dass das Horrorpaar weitere Frauen entführt habe.«

»Wo, sagten Sie noch mal, ist das alles passiert?«

»In Waldshut-Tiengen, das liegt in Deutschland, aber sehr nahe an der Schweizer Grenze.«

Deutschland, denkt Dario, doch er erzählt Bobst nichts von Isabel, nichts von dem Gespräch und dem vagen Verdacht, dass ihre Geschichten etwas miteinander zu tun haben könnten. In ihm sträubt sich alles dagegen, den Gedanken zuzulassen, dass der Kriminalfall von einem quälenden Ehepaar in einem Folterhaus irgendetwas mit seiner Mutter zu schaffen haben könnte. Das ist zu groß, zu schrecklich, zu unvorstellbar, das bringt er nicht in seinen Kopf hinein.

»Ich finde, Sie sollten sich bei der Polizei Waldshut melden, damit ein DNA-Abgleich vorgenommen werden kann, um festzustellen, ob eines der Opfer mit Ihnen verwandt ist«, fährt Flo Bobst fort. Er sagt es in einem Tonfall, als ob er Dario vorschlagen würde, im Supermarkt eine Schachtel Pralinen kaufen zu gehen. Doch so einfach ist das nicht.

»Ich kann das nicht«, sagt Dario.

»Ich könnte alles für Sie in die Wege leiten und Sie dabei begleiten.«

»Nein, es tut mir leid, ich kann das nicht.«

Ohne sich zu verabschieden, klickt Dario den Anruf weg. Er stützt das Gesicht in die Hände und beginnt zu weinen.

30.

Malou steht seit gefühlten zehn Minuten reglos an der Wand und fragt sich, ob sie sich gerade lächerlich macht. Vielleicht hat sie bloß das Gefühl, sich eingeprägt zu haben, dass sie den Schlüssel nur einmal umgedreht hat. Vielleicht war das gestern gewesen, als sie extra darauf geachtet hat. Womöglich hat sie heute den Schlüssel selbst zweimal umgedreht.

Von drinnen ist kein Laut zu vernehmen. Malou stellt sich vor, dass der Einbrecher in der genau gleichen Position wie sie an einer Wand steht, um kein Geräusch zu verursachen. Ob er die Waffe in der untersten Schublade in der Küche gefunden hat? Der Einbrecher, so viel ist klar, muss dieselbe Person wie der Taschendieb sein, denn sonst hätte er keinen Schlüssel. Demnach weiß er auch, dass die Besitzerin der Tasche Polizistin ist, weil da ihr Polizeiausweis drin war. Nur eines geht Malou nicht in den Kopf: Woher kennt der Kerl ihre Adresse? Vielleicht hat er sie verfolgt, zunächst auf die Münsterplattform, dort hat er sie und Dario beobachtet, danach hat er sich einfach an sie drangehängt, als sie nach Hause ging. Sie hat nicht darauf geachtet, ob ihr jemand folgte. Und dann musste er nur darauf warten, dass sie das Haus verlässt.

Oder aber es war kein Zufall, dass er ihre Tasche gestohlen hat. Der Diebstahl könnte ebenso gut gezielt erfolgt sein, weil es jemand auf sie abgesehen hat. Womöglich ist es jemand, der ihretwegen ins Gefängnis gewandert ist und jetzt, nach seiner Entlassung, Rache üben will. Er hat auf den perfekten Moment gewartet, um ihr die Tasche zu stehlen, um sich Zugang zu ihrem Haus zu verschaffen. Und jetzt will er sie überraschen. Vor ihrem inneren Auge sieht Malou den Täter an ihrem Küchentisch sitzen, die Waffe in der Hand, darauf wartend, dass sie zur Tür hereinkommt.

Oder es ist gar keiner da, sie hat unbedacht den Schlüssel selbst zweimal im Schloss umgedreht und bildet sich das alles nur ein. Es ist zum Verzweifeln, Malou weiß nicht, was sie tun soll.

Aber etwas muss sie machen, sie kann nicht die ganze Nacht hier unentschlossen stehen bleiben. Also greift sie zum Handy und ruft die erste Person an, die ihr einfällt: Bernard. Nach dreimaligem Klingeln geht er dran.

»Malou, es reißt langsam ein, es ist Sonntagabend, ich bin nicht im Büro, und ich habe keine Zeit, um dir einen weiteren Gefallen zu tun.«

»Bernard, ich brauche Hilfe«, flüstert Malou.

»Ha! Das kann jeder sagen!«

»Ich meine es ernst.« Malou wagt kaum zu sprechen.

»Malou, wo bist du?« Bernard klingt auf einen Schlag alarmiert.

»Vor meinem Haus. Es ist jemand drin. Der Taschendieb. Meine Schlüssel. Meine Waffe ist drinnen.«

»Ich komme. Rühr dich nicht vom Fleck.«

Malou nickt, obwohl Bernard es nicht sehen kann. Und lauscht. Und wartet.

Es dauert eine gefühlte Ewigkeit, bis sie einen Wagen hört, der etwa drei Häuser entfernt hält. Das muss Bernard sein. Kurz darauf sieht sie, wie er geduckt dem Gartenzaun folgt, über das Tor springt und sich ihr und der Haustür von der Seite her nähert, sodass er vom Wohnzimmer aus nicht zu sehen ist. Noch drei Schritte, dann drückt er sich neben sie an die Wand und zieht seine Waffe.

»Einen schönen guten Abend«, flüstert er ironisch, seine Mimik aber verrät, dass er angespannt und hellwach ist. »Ist die Tür jetzt offen?« Er weist mit dem Kinn Richtung Schlüssel.

Malou nickt.

»Wo bewahrst du die Waffe auf?«

»Küche, Schublade unter dem Kühlschrank.«

»Na, dann geh ich jetzt mal da rein.«

Bernard quetscht sich an Malou vorbei, sie tauschen den Platz, sodass nun er direkt neben der Tür steht. Mit einer schnellen Bewegung stößt er sie auf, gleichzeitig reißt er die Waffe hoch. Er macht drei Schritte in den Flur hinein – leer –, sichert rechts das Wohnzimmer – leer –, zurück in den Flur, links liegt die Küchentür. Er stößt sie auf, zielt nach links, nach rechts. Leer. Er dreht sich um, behält die Tür im Blick, macht zwei Schritte rückwärts zum Kühlschrank, öffnet die Schublade darunter. Sieht Malous Waffe da liegen. Atmet aus. Doch bevor er Entwarnung gibt, begibt er sich nach oben, wo Malous Büro und das Schlafzimmer liegt. Auch hier ist niemand.

»Malou, dein ungebetener Gast ist schon wieder ausgeflogen«, ruft er, während er die Waffe wegsteckt und die Treppe wieder hinuntersteigt. »Hier ist alles sauber.«

Malou betritt das Haus und sieht sich um. Nichts ist anders als sonst. Keine Unordnung, keine herausgerissenen Schubladen, alles an seinem Platz.

»Falls überhaupt jemand hier gewesen ist«, fügt Bernard an.

Malou lässt sich im Wohnzimmer auf das Sofa fallen, auf einmal fühlt sie sich schrecklich erschöpft.

»Bernard, danke. Danke, dass du sofort gekommen bist.«

»Du hast die Schlösser nicht ausgewechselt?«

»Nein, ich …«

»Mach das. Du bist mit den Nerven ja völlig am Ende. Was ist bloß los mit dir?«

»Ich weiß auch nicht. Es tut mir leid. Ich war sicher, dass ich den Schlüssel nur einmal umgedreht habe, und als ich nach Hause kam, war zweimal abgeschlossen.«

»Bist du dir da hundertprozentig sicher?«

Malou zögert. »Zu fünfundachtzig Prozent.«

»Kriege ich wenigstens etwas zu trinken?« Bernard sagt es mit einem Grinsen.

»Entschuldige, natürlich.«

Malou begibt sich in die Küche, öffnet den Kühlschrank, blickt auf die drei Dosen Bier, die da liegen, die Flasche Weißwein und den Champagner, den sie sich für morgen vorsorglich gekauft hat. Morgen ist ihr Geburtstag, in der Regel feiert sie den zwar nicht groß, aber man kann nie wissen, plötzlich ist einem doch nach Feiern zumute. Zum Beispiel gerade jetzt, weil nach dem Schrecken die Gefahr gebannt ist und sie ihren Geburtstag noch erleben wird. Kurz entschlossen greift sie zur Champagnerflasche, holt zwei Gläser und stellt sie vor Bernard auf den Tisch.

»Lass uns anstoßen. Es ist zwar noch etwas zu früh, aber in ein paar Stunden ist mein Geburtstag, und besser zu früh als gar nicht.«

Sie öffnet die Flasche mit einem Knall und füllt rasch die Gläser mit dem sprudelnden Champagner.

»Aber gratulieren werde ich erst morgen, sonst bringt es Unglück«, sagt Bernard, als sie anstoßen. Er nimmt einen großen Schluck. »Sandro hat angekündigt, dass du morgen wieder zur Arbeit kommst.«

»Nein, ich komme nicht. Ich werde Sandro bitten, mir eine Woche Urlaub zu geben.« Malou ist selbst überrascht, dass sie das sagt, denn eigentlich hat sie sich noch gar nicht entschieden. »Ich schaue mir den Gerichtsprozess von Bettina an. Ich glaube, es tut ihr gut, wenn jemand von uns da ist. Sandro wird kaum etwas dagegen einzuwenden haben.«

Malou erzählt Bernard von ihrem Besuch im Frauengefängnis und wie froh sie war, danach nach Hause fahren zu dürfen. Sie sprechen über Bettina, über den anstehenden Prozess, keiner der beiden wagt eine Prognose, zu wie vielen Jahren Freiheitsstrafe sie verurteilt werden wird. Als Malou auf die Uhr blickt, merkt sie, wie schnell die Zeit verflogen ist. Und wie rasch sich die Flasche geleert hat.

»Ich muss morgen früh raus. Die Verhandlung beginnt um acht«, sagt Malou.

Bernard hat sich schon erhoben. »Bist du sicher, dass du in Ordnung bist?«

»Ja, alles wieder gut. Entschuldige, hysterische Reaktionen sind sonst nicht so meine Art.«

»Du warst nicht hysterisch. Du warst bloß vorsichtig.« Malou begleitet Bernard zur Tür.

»Und noch etwas: Bitte lass das Schloss auswechseln.«

»Versprochen.«

»Gute Nacht.«

»Gute Nacht.«

Als Malou wenig später ins Bett geht, ist sie auf einmal sicher, dass niemand da gewesen ist. Dass sie überreagiert hat. Der Taschendieb kann nicht wissen, wo sie wohnt. Sie muss wieder ruhiger werden. Sie will ... Sie führt den Gedanken nicht zu Ende, der Schlaf ist schneller. Es wird eine traumlose, ruhige Nacht.

»Mist«, sagt Malou laut, als der Wecker läutet. Sie hat das Gefühl, dass sie stundenlang weiterschlafen könnte. Die Augenlider wiegen schwer, ihr Schädel brummt, sie ist verkatert. Zu viel Champagner auf leeren Magen. Malou greift zum Handy. Obwohl es erst sieben Uhr ist, hat sie bereits vier Meldungen mit Geburtstagsgratulationen erhalten. Gerade kommt eine weitere herein; der Bruder ihres Vaters wünscht ihr alles Gute. Pa, denkt Malou, sie will ihn heute nach der Gerichtsverhandlung besuchen. Sie steht auf, geht hinunter ins Wohnzimmer, schaut zum Tisch, sieht, was darauf steht, und begreift es im ersten Moment nicht, zögert, und dann denkt sie: Bernard, wie hat er das jetzt wieder angestellt? In der leeren Champagner Flasche steckt eine weiße Lilie. Malou geht näher ran, sieht die Karte, die an die Flasche angelehnt ist. Hält inne. Eine Schimpansenmutter mit ihrem Baby. Malous Puls beschleunigt sich. Hastig sieht sie sich um. Dann greift sie zur Karte, wendet sie – leer, da steht nichts. In dem Moment fällt aus der Klappkarte ein gefaltetes Blatt Papier zu Boden. Malou bückt sich, greift danach, faltet es auf. Auf dem Papier steht nur ein einziger Satz geschrieben.

MAMA LIEBT DICH.

31.

Dario träumt, dass er schwimmt. Drei Züge, atmen rechts, drei Züge, atmen links. Er befindet sich in einem Hallenbad, aber außer ihm ist keiner da, es ist ganz leer. Es gibt nur ihn und die Bahn und das Wasser, das ihn trägt. Doch plötzlich bricht ein Alarm aus, ein Schrillen, erst hört er es dumpf, weil sein Kopf unter Wasser ist, dann taucht er auf und das Geräusch wird unerträglich. Er stoppt, schaut sich um, draußen, hinter der hohen Glasscheibe, sieht er den Bademeister Eddy mit den Händen fuchteln, sein Mund steht offen, er schreit etwas, das Dario nicht hört, der Sirenenalarm ist zu laut. Doch ihm ist augenblicklich klar, dass er aus dem Wasser muss. Nur raus hier, und zwar schnell.

Dario schreckt hoch. Er ist in Sicherheit, nicht im Hallenbad, sondern in seinem Bett, doch obwohl er wach ist, hängt er noch im Traum fest. Auch das Schrillen ist noch da. Träge wird ihm bewusst, dass es kein Sirenenalarm ist, sondern sein Telefon. Er greift nach dem Handy auf dem Nachttisch und stellt überrascht fest, dass Malou anruft. Die Uhr zeigt erst zehn nach sieben an. Mit einem bangen Gefühl geht er dran.

»Malou, ist etwas passiert?«, fragt er, bevor sie zu Wort kommt.

»Ja, bei mir ist eingebrochen worden.«

Ihre Stimme klingt anders als sonst, denkt Dario. »Was sagst du da?«

»Der Einbrecher hat eine Karte hinterlassen. Mit einem ähnlichen Text. Die Person, die dir die Karte geschickt hat, muss mir nachgestellt haben.«

»Moment, warte, das geht mir zu schnell, was für eine Karte?«

Malou wiederholt noch einmal fast die gleichen Worte. Dario schüttelt den Kopf, um ihn wachzukriegen. Er hat nicht viel geschlafen letzte Nacht.

»Der Taschendieb«, folgert er nach Malous Ausführungen. »Denkst du, dass der Taschendieb bei dir eingestiegen ist?«

»Wahrscheinlich. Es ist keine Tür aufgebrochen, und er hat meinen Schlüssel. Dario, hattest du in den letzten Tagen das Gefühl, dass du beobachtet worden bist?«

Dario hat ständig das Gefühl, dass er beobachtet wird. Er hat täglich Angst, dass jemand in seiner Wohnung gewesen sein könnte. Schon sein ganzes Leben lang fühlt er sich verfolgt. Doch das sagt er Malou nicht. Weil er weiß, wonach das klingen würde; nach einer psychischen Störung.

»Ich habe nichts bemerkt«, meint Dario knapp. »Malou, was genau steht auf der Karte?«

»Mama liebt dich.«

»Das ist nicht der gleiche Text.«

»Das Motiv zeigt einen Schimpansen mit einem Jungtier. Tiermama mit Baby. Wie bei dir.«

»Von deiner Mutter kann die Karte nicht sein?«, fragt Dario.

Malou schweigt.

»Malou?«

»Ich kenne meine Mutter nicht. Und nein, sie kann es nicht gewesen sein, undenkbar.«

»Du kennst deine Mutter nicht? Das hast du mir gar nicht erzählt.«

»Ich rede nicht darüber.«

Wieder legt sich eine Stille zwischen die beiden, bis Dario sie bricht.

»Ist es denn auch eine Geburtstagskarte? Malou, hast du heute Geburtstag?«

»Ja.«

»Gratuliere.« Dario ist unsicher, ob es angebracht ist, Malou in dieser Situation zu gratulieren. »Es tut mir leid, dass das passiert ist. Es ist mein Fehler. Wenn du mich nicht getroffen hättest, wäre das nie geschehen. Ich weiß nicht, wer uns Schaden zufügen will, ich kann mir nicht vorstellen, warum du jetzt plötzlich eine solche Karte erhältst. Soll ich bei dir vorbeikommen? Es ist nicht gut, wenn du jetzt allein bist.«

»Danke, das ist lieb, aber ich muss gleich los. Ich wollte dich nur rasch informieren. Und warnen. Bitte achte darauf, ob dich jemand beobachtet.«

»Können wir uns heute treffen? Lass uns essen gehen, ich lade dich ein, schließlich ist heute dein Geburtstag.«

»Okay, danke. Dann können wir die ganze Sache besprechen. Um sieben?«

»Ich reserviere uns was und melde mich.«

»Danke. Bis später.«

»Und Malou …«

»Ja?«

»Bitte pass auf dich auf.«

»Immer.«

Dario legt das Handy weg, springt aus dem Bett, macht ein paar Tanzschritte und dudelt einen albernen Ohrwurm, weil ihm grad nichts anderes einfällt. Er hat ein Date, er sieht Malou wieder, er kann sie zu einem Geburtstagsessen einladen. Das wird ein guter Tag. Natürlich ist der Grund für das unerwartete gemeinsame Abendessen alles andere als erfreulich, aber das ist ihm in diesem Moment so was von egal. Das Wichtigste ist, dass er Malou wiedersieht. Was auch immer passieren mag – er wird sie beschützen.

Dario stellt sich unter die Dusche, rasiert sich, putzt sich die Zähne und summt ohne Unterlass vor sich hin. Er schlüpft in Shorts, T-Shirt und Flip-Flops, um rasch die Zeitung aus dem Briefkasten zu holen. Kurz darauf setzt er sich auf seinen Sessel auf dem Balkon, der bereits von der Sonne beschienen wird, und schlägt sie auf. Wie üblich versucht er, die schlimmsten Nachrichten zu ignorieren, er will sich die gute Laune nicht verderben lassen, doch dann stößt er auf einen Artikel, den er nicht überblättern kann:

Das Horrorhaus in Waldshut-Tiengen

Dario liest den Text, den Flo Bobst geschrieben hat, und entnimmt ihm Details über das Verbrechen, die er lieber nicht erfahren würde. Bobst schreibt, dass die Polizei mittlerweile von einem Dutzend Opfern ausgehe. Im Haus des Ehepaars, das Frauen wie Sklaven gehalten, gequält und getötet hat, wurden in einer Fotokamera Aufnahmen von fünfzehn Frauen gefunden, teils bekleidet, teils nackt.

Dario will das alles nicht lesen, tut es aber doch. Der Artikel lässt eine furchtbare Erinnerung in ihm hochkommen. Er war noch ein Teenager, als er sich mit Freunden aus dem Heim den Film *Das Schweigen der Lämmer* angeschaut hat. Die Szene mit der Frau, die in einem Loch im Keller des Entführers gefangen saß und versuchte, dessen Hund anzulocken, hat sich unauslöschlich in seinem Gehirn eingebrannt. Er hatte aufgeschrien und war aus dem Zimmer gerannt. Weil er sich vorgestellt hatte, dass das seine Mutter sein könnte. Dass sie von einem Irren entführt worden ist und irgendwo in einem Loch in einem Keller sitzt, ohne dass ihr jemand zu Hilfe kommt. Der Gedanke hatte ihn zerstört und tut es noch immer, so wie auch die Geschichte über dieses schreckliche Haus von Waldshut-Tiengen ihn wieder hinabziehen will in den dunklen Schlund in seinem Inneren, den er nur zu gut kennt und aus dem es kaum mehr ein Entkommen gibt.

Dario liest trotzdem weiter. Flo Bobst hat für den

Artikel den Medienchef der Berner Polizei interviewt. Er fragte ihn, ob die Tatsache, dass so nah an der Schweizer Grenze mehrere Frauen zu Tode gekommen seien, auch bei der hiesigen Polizei neue Ermittlungen auslöse. Der Pressesprecher erklärt, dass die Polizei auf die Angaben aus Deutschland warte und anschließend prüfen werde, ob man in einzelnen Fällen von vermissten Frauen die Ermittlungen wieder aufnehme. Bobst bohrte weiter und wollte wissen, wie weit die ersten Taten zurückliegen, die dem Ehepaar zugeordnet werden. »Das wissen wir noch nicht, es ist von ›mehreren Jahren‹ die Rede. Wann die ersten Delikte begangen worden sind, werden die weiteren Ermittlungen zeigen«, lautet die Antwort. Bobst hakte nach, ob auch der Fall Anna Forster mit den Opfern in Deutschland in Verbindung gebracht werden könnte. »Ich mache keine Angaben zu Einzelfällen«, so der Pressesprecher. »Wir müssen die weiteren Ermittlungen abwarten.«

Dario starrt auf das Foto neben dem Artikel. Es zeigt ein Ehepaar, das in Handschellen aus einem Haus geführt wird. Die Gesichter sind gepixelt. Er googelt auf dem Handy nach dem Ehepaar mit dem Horrorhaus und stößt bald auf deutsche Onlinemedien, die das Paar beim Namen nennen und ihre Gesichter unverpixelt zeigen: Mareike und Helmut Hübner. Ein leicht korpulenter Mann Mitte sechzig, eher ungepflegt und unrasiert, und eine unscheinbare Frau im geblümten Rock und mit einer Rundschnittfrisur. Beide sehen völlig normal aus. Sie könnten ebenso gut Darios Nachbarn sein. Wie ist es möglich, dass diese zwei Menschen in ihrem Keller Frauen zu Tode gefoltert haben?, wundert er sich. Und dann stellt Dario die Frage, die er selbst nicht hören will: »Anna, warst du eines ihrer Opfer?«

32.

Als Malou Bruna vor dem Berner Amtshaus auf dem Ve-
loparkplatz abstellt, sieht sie den Volksauflauf schon von
Weitem: Unter der Treppe des Sandsteinbaus, in dem sich
das Gericht befindet, haben sich Journalisten und Kame-
raleute versammelt, um möglichst einen Blick auf die
Beschuldigte zu erhaschen oder gar ein Bild von ihr zu
schießen. Als ob sie nicht genau wüssten, dass die Ange-
klagten direkt ins unterirdische Parkhaus gefahren und
von dort aus durch die Hintertür in den Gerichtssaal gebracht werden. Nicht nur sind Dutzende Medienleute gekommen, es ist auch mehr Publikum da als üblich. Es
scheint ein wahres Volksvergnügen zu sein, wenn sich
eine Polizistin vor Gericht verantworten muss.

Wenn eine von uns vor Gericht steht, denkt Malou.

Sie hat ein dumpfes Gefühl im Bauch. Bettina tut ihr
leid. Sie mag sich gar nicht vorstellen, was morgen alles über sie in der Zeitung stehen wird. Und die vielen
Schaulustigen ... Personen jeden Alters, die an einem
Montag nichts anderes zu tun haben, als sich am Schicksal ihrer Exkollegin zu ergötzen. Wahrscheinlich musste
man sich frühzeitig anmelden, so groß ist der Andrang.

Zum Glück kennt man Malou hier, sodass sie bestimmt noch einen Platz im Gerichtssaal kriegt. Sie wird sagen, dass sie Bettina unterstützt, und das ist nicht einmal gelogen. Wie erwartet hat Malou keine Probleme, eingelassen zu werden. Doch dann muss sie mit all den anderen vor der Tür warten, die in den großen Assisensaal führt. Der Beginn der Verhandlung verzögert sich aus unbekannten Gründen. Malou mustert gerade die Menschen um sich herum und fragt sich, ob das ältere Ehepaar gleich bei der Tür Bettinas Eltern sein könnten, als ihr Handy klingelt: Sandro. Ihn hat sie völlig vergessen.

»Malou, wo steckst du?« Sandro klingt nicht gerade freundlich.

»Auch dir einen guten Morgen«, kontert Malou. »Es tut mir leid, ich wollte dir gestern Bescheid geben, dass ich heute nicht komme. Das heißt, ich möchte die ganze Woche nicht kommen. Ich nehme Urlaub, ich will Bettina bei Gericht zur Seite stehen.«

»Du bist bei Gericht?«

»Ja, es geht gleich los.«

»Okay. Also gut. Ich schau, wem ich den Fall übertragen kann. Malou …«

»Ja?«

»Grüß Bettina von mir, wenn du die Gelegenheit dazu erhältst.«

»Mach ich. Danke, Sandro.«

Malou wusste, dass er keine Einwände haben würde, wenn sie ihm sagt, wo sie sich gerade befindet. Sie blickt auf die Uhr; schon Viertel nach acht. Warum dauert das so lange, bis sie hineingelassen werden? Das Nichtstun zwingt Malou, sich Gedanken über ihren unerwünschten nächtlichen Besucher zu machen. Heute Mittag wird sie den Schlüsselservice anrufen, sie braucht ein neues Schloss an der Haustür. So oder so muss sie sich überlegen, ob sie nicht ein paar Tage auswärts übernachten sollte. Auf den ersten Blick scheint klar, dass der Taschendieb der Einbrecher war. Er ist der Einzige, der einen Schlüssel zu ihrem Haus hat, er muss ihr gefolgt sein, um herauszufinden, wo sie wohnt, und er ist im Besitz ihrer Identitätskarte, deshalb kennt er auch ihr Geburtsdatum. Und vor allem: Er muss sie mit Dario zusammen gesehen haben – nur so lässt sich die Geburtstagskarte mit dem beinah identischen Text erklären. Er muss wissen, dass Dario diese Karten erhält.

Aber warum tut jemand so etwas?

Malou fürchtet, die Antwort auf die Frage zu kennen: Derjenige, der die Karte geschrieben hat, ist mit großer Wahrscheinlichkeit dieselbe Person, die den Kindern der vermissten Frauen die Karten schrieb – er ist vielleicht der Täter. Er muss Dario beobachtet haben – und plötzlich tauchte sie in dessen Leben auf und begann zu ermitteln. Die Karte soll eine Warnung sein. Wer auch immer sie geschrieben hat, will ihr Angst einjagen. Malou schaudert bei dem Gedanken, dass sich vielleicht ein Serienmörder in ihrem Haus aufgehalten hat, während sie schlief, ein Serienmörder, der seit Jahren Frauen tötet, ohne dass jemand etwas von ihm weiß. Und doch: Egal, wie sie es dreht und wendet, etwas geht bei ihrer Theorie nicht auf. Wie konnte er ahnen, dass auch sie ihre Mutter vermisst? Das weiß kaum jemand.

Plötzlich geht ein Ruck durch die Wartenden. Die Tür zum Assisensaal öffnet sich und der Raum füllt sich umgehend, kein einziger Stuhl bleibt unbesetzt. Malou findet es deplatziert, dass in dem prachtvollen Saal, der an ein Schlosszimmer erinnert, über Verbrechen geurteilt wird, dass hier unter Fresken, Stuckaturen und Kronleuchtern Lebenswege brutal aufeinanderprallen und über Schicksale entschieden wird. Ein Raunen geht durch den Saal, als sich die Nebentür öffnet und Bettina hereingeführt wird. Wenigstens, denkt Malou, haben sie auf Fußfesseln und Handschellen verzichtet. Bettina geht aufrecht, sie blickt ins Publikum, nickt Malou mit einem Lächeln zu, fast so, als müsse sie ihre Kollegin aufmuntern und nicht umgekehrt. Bettina, die starke Bettina, die nie Schwäche zeigt, denkt Malou.

Nachdem der Richter die Anklageschrift verlesen hat, befragt er Bettina zunächst zu ihrer Person und zu ihrem beruflichen Werdegang. Malou hört die Journalisten hinter sich eifrig in die Tasten hauen. Dann beginnt er mit seinen Fragen zum Tathergang. Der Richter hat eine ruhige, sonore Stimme, er unterhält sich mit Bettina, als befänden sie sich an einem anderen Ort, in einer anderen Situation, allein und ohne all die Zuschauer. Malou ist ihm dankbar dafür, dass er Bettina die ganze Geschichte erzählen lässt, dass er mit seinen Fragen bei jener Nacht beginnt, in der in der Frauendisco in Bern so viele Frauen ihr Leben verloren haben, weil ein junger, hassgetriebener Mann wahllos um sich geschossen hat. Bettina erzählt, wie sie den Amoklauf erlebte und dass ihre Lebenspartnerin Petra getroffen wurde. Sie berichtet vom Überlebenskampf ihrer Freundin, vom langen Bangen und von ihrem Erfolg, als sie den Attentäter in seinem Versteck aufspürte und quasi im Alleingang festnahm. Und dann erzählt sie, wie sie abgedrückt hat. Sie versucht gar nicht erst, Notwehr geltend zu machen.

»Was ging Ihnen durch den Kopf, als Sie auf Sascha Vogt geschossen haben?«, fragt der Richter.

»Ich wollte ihn töten. Er hat sich sein Recht auf das Leben verspielt. Ich habe auf ihn geschossen, weil es für mich das einzig Richtige war, das ich tun konnte. Ich musste es tun, es ging nicht anders, und ich bereue nichts.«

Malou schreckt zusammen; ein lautes, eigenartiges Klagen übertönt Bettinas letzte Worte, es folgt ein dumpfes Rumpeln. Unwillkürlich blickt Malou zur Tür, doch die ist geschlossen. Ihr ist im ersten Moment nicht klar, woher das Geräusch kam. Doch dann registriert sie, dass hinter dem Tisch der Anklage eine Person fehlt. Auf einmal sind alle totenstill, selbst das Tastengeklimper ist verstummt, einzig ein leises Schluchzen ist zu hören. Malou erhebt sich, reckt den Kopf und sieht, dass die Staatsanwältin von ihrem Stuhl gefallen ist und zusammengekrümmt unter dem Tisch liegt. Sie fragt sich, ob sie von etwas getroffen worden ist. Ein lauter Knall lässt Malou erneut zusammenfahren. Der Richter hat mit dem Hammer auf das Pult geschlagen.

»Die Verhandlung ist unterbrochen. Wir brauchen den Rettungsdienst.«

33.

Als Malou neun Stunden später die kleine Terrasse am Ende der Kornhausbrücke betritt, die während der Sommermonate zum Restaurant Ringgenberg Park umgewandelt ist, sitzt Dario bereits am reservierten Tisch. Doch Malou schafft es nicht bis zu ihm. Jemand zupft sie vorher beim Vorbeigehen am Ärmel.

»Malou, du hier?«

Es ist Sandro, der sich mit seiner Freundin Milla für das gleiche Lokal entschieden hat. Bern ist eindeutig zu klein, wenn man seinem Chef aus dem Weg gehen will.

»Gut, dass ich dich sehe, muss ja heute was los gewesen sein im Gericht.«

Malou begrüßt Sandro mit einem Nicken und schüttelt Milla die Hand. Sie haben sich noch nicht oft, aber schon einige Male gesehen. Jeder im Polizeikorps weiß, dass die Freundin des Chefs TV-Reporterin ist und dass man vorsichtig sein muss, was man vor ihr sagt.

»Ja, die Verhandlung ist bis auf Weiteres vertagt, es muss ein neuer Termin angesetzt werden.«

»Stimmt es, dass die Staatsanwältin einen Nervenzusammenbruch erlitten hat?«

»Ja, das hat der Richter nach einer Pause bekannt gegeben. Sie lag plötzlich schluchzend unter dem Tisch. Ich weiß nicht, was der Auslöser war, es war eine sehr seltsame Situation.«

»Hoffentlich wird sie bald wieder gesund; wenn sich ein neuer Staatsanwalt einarbeiten muss, kann es ewig dauern, bis es zu einem neuen Prozess kommt. Wie geht es Bettina?«

»Sie ist okay. Sie wird das schaffen. Auf jeden Fall wirkte sie stark und unerschütterlich wie üblich.«

Malou erzählt Sandro nichts von ihrem Besuch im Frauengefängnis, sie will die Unterhaltung nicht unnötig in die Länge ziehen, auch will sie vermeiden, dass Sandro ihre zusätzliche Urlaubswoche anspricht. Doch so weit kommt es nicht.

»Dahinten winkt jemand, du wirst erwartet«, sagt Sandro mit einem Blick an ihr vorbei. »Guten Appetit.«

»Danke, gleichfalls.«

Zum Glück hat Dario einen Tisch ausgewählt, der weit genug von Sandro und Milla entfernt ist, sodass sie ihr Gespräch nicht mit anhören können. Malou begrüßt Dario mit einer Umarmung. Sie lässt sich auf den Stuhl fallen und ist froh, dass sie einfach nur hier sitzen kann und nichts mehr tun muss. Der Tag war emotional anstrengend. Erholung sieht anders aus. Nachdem der Richter gegen Mittag verkündet hatte, dass das Verfahren nicht fortgeführt werden kann, hat sie sich um eine neue Identitätskarte gekümmert und den Polizeiausweis abgeholt. Dann hat sie den Schlüsselservice damit beauftragt, das

Schloss auszuwechseln, was aber erst morgen Vormittag geschehen wird, und sie hat die Geburtstagskarten – diejenige an Jonas, die sie von Herbert Kipfer erhalten hat, sowie diejenige, die sie in ihrem Wohnzimmer gefunden hat – zur Spurensicherung ins Labor gebracht. Zurück zu Hause hatte sie Post von ihrer Bank, die neuen Kreditkarten waren da – langsam fühlt sie sich wieder wie ein vollkommener Mensch. Anschließend hat Malou das getan, was sie schon so lange mal wieder hätte tun sollen: Sie hat ein Buch aus dem Regal genommen und sich auf einer Bank im Rosengarten hoch über der Stadt in die Sonne gesetzt. Sozusagen als kleines Geburtstagsgeschenk an sich selbst.

Malou und Dario sind in die Speisekarten vertieft. Dario entscheidet sich für ein Tatar, Malou nimmt das Gleiche, das vor Milla auf dem Tisch gestanden hat; heißer Ziegenkäse auf Linsensalat. Sie legt die Karte zur Seite.

»Es ist einiges passiert«, meint Dario.

»Das kannst du laut sagen.«

»Erzähl von dem Einbrecher.«

Malou berichtet Dario, was sich gestern Abend und heute Morgen bei ihr zu Hause abgespielt hat. Dass die Tür doppelt abgeschlossen war, dass ihr Kollege Bernard anrückte, um sicherzustellen, dass sich niemand im Haus befand, dass sie noch etwas getrunken haben und dass am nächsten Morgen eine Lilie in der leeren Champagnerflasche steckte – und die Karte davorstand.

Als hätte sie das Stichwort aufgeschnappt, bringt die Kellnerin in dem Moment zwei Gläser Champagner, die

Dario bereits im Voraus geordert haben muss. Malou und Dario bestellen den Hauptgang plus eine Flasche Rotwein, einen Spanier.

»Auf deinen Geburtstag.« Dario hebt das Glas.

»Danke. Ich glaube, dass dies mein bislang seltsamster Geburtstag war.«

Sie stoßen an.

»Ich denke auch, dass der Taschendieb der Einbrecher sein muss«, meint Dario. »Dass aber der Taschendieb dieselbe Person ist, die mir seit Jahren Geburtstagskarten schickt, dass sie uns beobachtet und dich verfolgt hat – das geht mir nicht in den Kopf. Das klingt zu abstrus, das passiert vielleicht im Krimi, aber doch nicht im wahren Leben.«

»Das wahre Leben ist meist viel krasser und verworrener und auch brutaler, als sich das die Krimiautoren ausdenken können«, kontert Malou.

»Ist es nicht denkbar, dass dir jemand einen geschmacklosen Streich gespielt hat, jemand, dem du von meinem Fall erzählt hast?«

»Nein, wer sollte so etwas tun?« Malou hält inne und überlegt, wem sie von den seltsamen Geburtstagskarten erzählt hat. Ihr Blick wandert hinüber zu Sandros Tisch. Nebst Sandro hat sie nur mit Bettina darüber gesprochen. Beide kommen nicht infrage.

»Dieser Bernard. Der wusste doch auch, dass du Geburtstag hast. Ihr habt ja darauf angestoßen.«

»Ja.«

»Hast du ihm von den Karten erzählt?«

»Nein, ich glaube nicht.« Sie war betrunken, sie weiß zwar, dass sie Bernard von dem Fall berichtet hat, doch sie erinnert sich nicht, ob sie die Geburtstagskarten erwähnt hat. »Aber ich bin mir nicht sicher.«

»Vielleicht wollte er dir einen Streich spielen.«

»Das wäre allerdings einer der ganz üblen Sorte.«

In dem Moment bringt die Kellnerin das Essen und schenkt den Wein ein. Obwohl Malou sich nicht vorstellen kann, dass Bernard so etwas tun würde, lässt sie der Gedanke doch nicht ganz los. Er ist manchmal zu Späßen aufgelegt, die sie nicht halb so lustig findet wie er. Aber wenn er sie erschrecken wollte, hätte er heute bestimmt mit einem schlechten Gewissen nachgefragt, ob sie okay sei. Oder ist es möglich, dass eine andere Absicht dahinterstand? Wollte er sie ängstigen, damit sie ihn einmal mehr um Hilfe bittet? Möchte er etwa mehr sein als nur ein beruflicher Kollege? Bernard hätte ihr das Dossier auch einfach per Post zustellen können – doch er wollte es persönlich bei ihr vorbeibringen. Warum? Es wäre nicht das erste Mal, dass sich ein Kollege in sie verguckt. Und er wäre nicht der erste Stalker in ihrem Leben. Aber nein, nicht Bernard, sagt sich Malou. Sie schiebt ein Stück Ziegenkäse in den Mund und den Gedanken weg.

»Ich habe etwas herausgefunden.« Malou will das Thema wechseln und wieder auf den eigentlichen Fall zu sprechen kommen. »Ich bin auf die Spur gestoßen, nach der wir gesucht haben.«

Sie erzählt Dario von Nathalie Kipfer, die ebenso wie

Anna spurlos verschwunden ist, von ihrem Besuch bei deren Vater, von Jonas und von der Geburtstagskarte.

»Nein!« Dario starrt Malou erschüttert an

»Auf der Karte stand derselbe Text.«

»Das kann nicht wahr sein!«

»Es ist dieselbe Handschrift.«

Dario schlägt mit der Handfläche auf den Tisch, sodass es knallt, und beißt sich auf die Lippen. Malou fährt erschrocken zusammen. Sie blickt zu Sandros Tisch und sieht, dass er zu ihnen herüberschaut.

»Entschuldige«, flüstert Dario.

Er hält den Kopf gesenkt, Malou erkennt dennoch, dass er Tränen in den Augen hat.

»Bist du okay?«

»Es ist nur ... das ist wohl endgültig der Beweis, dass die Karten nicht von meiner Mutter stammen.«

»Es tut mir leid.«

»Hast du die Karte mitgenommen?«

»Ja, sie ist bereits im Labor, um sie auf Spuren zu untersuchen, aber ich habe sie abfotografiert.«

Malou zeigt Dario das Foto des Textes.

»Du hast recht. Die gleiche Handschrift. Scheiße.«

Dario muss eigentlich bewusst gewesen sein, dass nicht seine Mutter ihm die Karten geschickt hat. Aber das Herz will einen manchmal Dinge glauben lassen, die der Vernunft widersprechen. Es tut Malou leid, dass sie gerade ein großes Stück Hoffnung getötet hat.

»Denkst du, der Absender ist der Täter?«, fragt Dario. »Die Person, die mir Anna genommen hat?«

»Ganz ehrlich? Ich glaube, ja.«

»Ich habe auch etwas herausgefunden.« Dario sticht mit der Gabel in seinem Tatar herum. Der Appetit scheint ihm vergangen zu sein.

»Erzähl.«

»Bei mir hat sich eine junge Frau gemeldet. Isabel, einundzwanzig, aus München.« Dario nimmt einen Schluck des Rotweins und räuspert sich. »Ihre Mutter ist vor sechzehn Jahren verschwunden.«

»An ihrem fünften Geburtstag?«

»An ihrem fünften Geburtstag.«

»Heilandsack«, entfährt es Malou.

34.

Obwohl das Thema schwierig war, war es ein schöner Abend. Und obwohl er traurig ist, fühlt er sich dennoch glücklich. Dario kennt sich mit sich selbst nicht mehr aus, zu viele und zu intensive Gefühle in zu kurzer Zeit bringen ihn an seine Grenzen. Gleichzeitig möchte er in diesem Moment am liebsten die Zeit anhalten.

Über ihnen lässt der Wind die Blätter wispern, die Stimmen vergnügter Menschen dringen vom Kornhausplatz herüber, ein Tram rattert in den Schienen, es riecht nach warmem Asphalt und nach Sommer. Die Probleme der Welt sind übertüncht von der friedlichen Stimmung in der Stadt. Es ist noch immer angenehm warm, obwohl die Nacht schon da ist. Die Laternen im Park legen einen orangegelben Schein auf Malous Gesicht. Ihr frecher roter Kurzhaarschopf, die klaren blauen Augen, das schmale Kinn, die hohen Wangenknochen. Sie ist wunderschön. Dario will mehr. Mehr von ihr.

»Danke für den wunderbaren Abend.« Er möchte nach Malous Hand greifen, doch er traut sich nicht.

»Danke dir. Und danke für die Einladung.«

»Gerne. Und was machen wir jetzt?«

»Jetzt gehen wir nach Hause.«

Sie sagt es in diesem nüchternen Tonfall, den er an ihr nicht mag. Weil sie dann so unpersönlich klingt und unehrlich, unehrlich zu sich selbst.

»Hast du denn das Türschloss schon auswechseln lassen?«

»Morgen, sie kommen am Vormittag vorbei.«

»Dann kannst du nicht zu dir nach Hause gehen. Das ist zu gefährlich.«

»Ich habe mir überlegt, irgendwo ein Zimmer zu nehmen.«

»Das brauchst du nicht.« Jetzt legt Dario doch seine Hand auf ihre. »Du kannst zu mir kommen.«

Malou zieht die Hand nicht weg und schaut ihm in die Augen. Er erkennt an ihrem Blick, dass sie nicht mehr ganz nüchtern ist – und dass sie seinen Vorschlag in Erwägung zieht.

»Ich kann auch auf dem Sofa schlafen«, schiebt er rasch nach. »Ich schwöre, dass ich die Finger von dir lasse.«

Dario lässt Malous Hand wieder los. Er spürt ihr Zögern und kann es nicht nachvollziehen. Nicht nach diesem Abend, an dem sie sich so nahegekommen sind, näher als je zuvor.

»Wenn du willst, werde ich die ganze Nacht an warmen Ziegenkäse denken, damit ich nicht auf lüsterne Gedanken komme.«

Jetzt muss Malou lachen. Dario grinst und freut sich, dass er sie zum Lachen gebracht hat.

»Du bist lustig. Ich nehme das Angebot gerne an. Aber

ich schlafe auf dem Sofa, ich will dir nicht dein Bett stehlen.«

»Papperlapapp, darüber reden wir noch. Lass uns gehen.«

Dario legt ein paar Münzen als Trinkgeld auf den Tisch und erhebt sich. Das Restaurant hat sich geleert, sie gehören zu den letzten Gästen. Malou lässt ihre Vespa stehen und sie machen sich zu Fuß auf den Weg zu Darios Wohnung. Erneut muss er sich zwingen, Malou nicht an die Hand zu nehmen. Es würde sich für ihn richtig anfühlen, aber er ist nicht sicher, ob sie so viel Nähe zuließe. Sie hängen beide schweigend ihren eigenen Gedanken nach.

Kaum sind sie in der Wohnung angekommen, lässt sich Malou auf sein Sofa fallen.

»Was für ein Tag!«

Wem sagst du das, denkt Dario. Die letzten Tage fühlen sich an wie Monate, zu viel ist in der kurzen Zeit passiert.

»Darf ich dir noch einen Schlummertrunk servieren? Ein guter Whisky ist der perfekte Abschluss für einen ereignisreichen Geburtstag.«

Dario gibt Malou gar nicht erst die Gelegenheit zu widersprechen. Er greift nach der Flasche mit dem Hibiki, holt zwei Gläser und füllt sie halb voll.

»Cheers.« Malou hebt das Glas.

»Cheers. Auf dich.«

Dario betrachtet Malou, die die Augen schließt, als sie den Whisky auf ihrer Zunge und in ihrem Gaumen seinen Geschmack entfalten lässt. Als sie sie wieder öffnet, beginnt sie auf einmal zu erzählen.

»Die Karte … obwohl ich genau weiß, dass sie etwas mit dir und deiner vermissten Mutter zu tun haben muss, hat sie doch etwas in mir ausgelöst …«

»Weil auch du nicht weißt, wo deine Mutter ist?«

»Als ich den Text las, stand alles in mir drin still, als wäre mir das Blut in den Adern gefroren – weil die Hoffnung so viel größer ist als jede Vernunft. Obwohl ich wusste, dass es nicht möglich ist, war plötzlich der Gedanke da: Was, wenn die Karte doch von meiner Mutter stammt?«

»Ich weiß genau, wie sich das anfühlt.«

Dario möchte Malou nach ihrer Mutter fragen. Aber sie hat ihm am Telefon gesagt, dass sie nicht darüber redet. Er zögert erst, gibt sich dann aber einen Ruck.

»Du bist bei Adoptiveltern aufgewachsen?«

»Beim besten Adoptivvater, den man sich vorstellen kann.« Malou hebt erneut das Glas. »Auf Pa.«

Dario sieht eine Träne auf Malous Wange. Sie wischt sie nicht weg.

»Er hat mich in einem Korb vor seiner Haustür gefunden und mich angenommen wie eine eigene Tochter.«

Malou berichtet Dario, dass sie noch ein Säugling war, kaum auf der Welt, als sie von ihren Eltern ausgesetzt worden ist. Er hört ihr aufmerksam zu, ohne sie zu unterbrechen. Es scheint, als hätte Malou gerade ihre eigene Schutzmauer durchbrochen.

»Wahrscheinlich dachten sie, im Haus neben der Kirche wohne der Pfarrer – dabei war es das Haus des Bestatters.« Ein Lächeln voller Erinnerungen legt sich auf

Malous Gesicht, doch es verschwindet so rasch, wie es gekommen ist. »Meine Adoptivmutter ist früh gestorben, ich erinnere mich nicht an sie. Aber Pa war danach doppelt für mich da.«

»Hast du nie nach deinen leiblichen Eltern gesucht?«

»Doch. Als Teenager hatte ich eine Phase, die wohl jeder kennt; ich fand Pa spießig und das Leben langweilig. Ich konnte nicht schnell genug erwachsen werden und war doch noch ein Kind. Und dann hatte ich das Gefühl: Bestimmt wäre das andere Leben das bessere gewesen, das Leben bei meinen leiblichen Eltern. Vielleicht hätte ich einen freakigen Hippie-Vater und eine glamouröse, wunderschöne und unerschrockene Mutter. Weißt du, was ich meine?«

Dario nickt.

»Die Sehnsucht einer Teenagerin, die das Leben einen Moment lang scheiße findet und denkt: Es gäbe vielleicht noch eine bessere Option«, fährt Malou fort. »Und dann stellt man sich die Frage erst recht: Wer bin ich eigentlich? Wo ist das Puzzlestück, das fehlt?«

Dario weiß nur zu gut, wovon Malou spricht. Wie oft hat er sich ein Leben ausgemalt, in dem er als normales Kind bei seiner Mutter aufgewachsen wäre. Wie viel einfacher alles gewesen wäre. Es schien ihm, als lägen all seine Probleme immer in ihrem Verschwinden begründet. Und er stellte sich vor, wie er sie eines Tages wiederfinden würde und alles auf einen Schlag gut wäre. Doch er hat sie nie gefunden. Und es wurde nie alles gut.

»Aber auch du hast vergebens nach dem fehlenden

Puzzlestück gesucht.« Dario stellt keine Frage. Es ist eine Feststellung.

»Als ich achtzehn war, habe ich mich bei der Adoptionsbehörde gemeldet, weil jedes adoptierte Kind Anspruch auf Auskunft über die Identität seiner leiblichen Eltern hat, sobald es volljährig ist. Nur: Sie wussten nichts. Sie haben die Geschichte bestätigt, die mein Vater mir erzählt hat: Meine Eltern hatten mich in einem Korb vor seine Tür gelegt und keine Nachricht, keinen Hinweis hinterlassen.«

Malou holt Atem, als wollte sie noch etwas anfügen. Doch dann schweigt sie, greift zum Glas und nimmt einen Schluck vom Hibiki.

»Und heute? Möchtest du immer noch wissen, wer deine leiblichen Eltern sind?«

»Ja, ich würde sie gerne kennenlernen. Und ich möchte sie fragen, warum sie mich weggegeben haben.«

Während Malou spricht, streichelt Dario erst ihre Hand, dann ihren Unterarm, und als sie ihre Geschichte beendet hat, fragt er sie, ob er sie küssen dürfe.

»Weil du es bist«, antwortet Malou und lacht. »Und weil ich etwas betrunken bin.«

So kommt es, dass weder Malou noch Dario auf dem Sofa schlafen, sondern dass sie in Darios Bett miteinander schlafen. Für Dario ist es ganz anders als beim letzten Mal, als er Malou noch nicht kannte. Sein Begehren ist unersättlich, er kann nicht aufhören, Malous Haut zu streicheln und sie einzuatmen und ihren Körper zu liebkosen, bis sie sich ganz weich anfühlt und er sich in ihr verliert.

Später, als sie neben ihm wegdämmert, hält er ihre Hand. Er schwört sich, sie nicht mehr loszulassen und selbst nicht einzuschlafen, um noch wach zu sein, wenn sie aufwacht. Er würde es nicht ertragen, wenn sie sich wieder ohne ein Wort aus seinem Bett und seiner Wohnung schleichen würde.

Doch als Dario Stunden später aus dem Schlaf hochschreckt, ist Malou weg.

35.

Die Stadt erwacht gerade erst, als Malou durch die Lauben zurück zum Kornhausplatz spaziert, um ihre Vespa zu holen. Sie liebt diese halb verschlafene, alltägliche Aufbruchstimmung: Die Sonne züngelt erst schüchtern in die Gassen hinein und wirft noch lange Schatten, Ladenbesitzer ziehen die Rollladen hoch, Waren werden angeliefert, jemand fegt den Boden vor dem Geschäft, um die Spuren der Nacht wegzuspülen und den Tag neu anzufangen. Kurz vor dem Kornhausplatz prallt Malou um ein Haar mit einem blinden Mann zusammen, dessen Blindenhund ein forsches Tempo angeschlagen hat. Sie kann ihm im letzten Moment ausweichen und geht zu ihrem Roller hinüber, der aus den vielen abgestellten Fahrrädern heraussticht. Bruna hustet, als Malou sie ankickt, fast so, als wäre sie beleidigt, dass sie sie allein hat stehen lassen. Doch beim zweiten Anlauf springt sie an.

Als Malou wenig später in den Zeltweg einbiegt, überkommt sie ein banges Gefühl. Gut, dass heute der Schlüsseldienst kommt. In ihrem Zuhause will sie sich sicher fühlen, wenigstens dort. Die Tür ist nur einmal abgeschlossen. Malou betritt das Haus und ist im ersten

Moment sicher, dass niemand da gewesen ist. Sie bildet sich ein, dass sie es spüren würde, wenn jemand eingedrungen wäre. Gleichzeitig ist ihr klar, dass sie das letzte Mal, als der Fremde da war, seelenruhig geschlafen hat. Von wegen Bauchgefühl und so … Sie schaudert bei dem Gedanken, dass er ihr womöglich dabei zugesehen hat.

Nachdem Malou Frederick einen guten Tag gewünscht und ihn mit einer lebenden Heuschrecke beglückt hat, schreibt sie als Erstes Isabel aus München eine WhatsApp. Dario hat ihr die Handynummer gegeben, aber sie weiß nicht einmal, wie die Frau mit Nachnamen heißt. Malou will unbedingt mit ihr sprechen, noch besser wäre es, sie zu treffen. Sie braucht Fotos, Briefe, Nachrichten, alles, was aus dem Leben der vermissten Mutter noch vorhanden ist. Denn falls Isabels Mutter nach Anna und Nathalie das dritte Opfer ist, das am fünften Geburtstag des eigenen Kindes verschwunden ist … spätestens dann ist klar, dass hier ein Serientäter am Werk war. Malou will diesen Fall lösen. Sie wird Sandro beweisen, dass er falschliegt: Selbst wenn die Delikte weit zurückliegen, dürfen sie nicht einfach liegen bleiben.

Isabel antwortet per WhatsApp, dass sie erreichbar ist, und Malou ruft sie unverzüglich an.

»Isabel«, meldet sich eine Frau, die sehr jung klingt, fast wie ein Kind.

»Hier ist Malou Löwenberg. Danke, dass Sie so schnell reagiert haben. Dario hat Ihnen ja erzählt, dass ich in der Sache ermittle. Darf ich Ihnen einige Fragen stellen?«

»Klar, nur zu«, meint Isabel.

»Entschuldigen Sie, dass ich Sie damit geradezu überfalle, aber es ist sehr wichtig: Haben Sie nach dem Verschwinden Ihrer Mutter seltsame Geburtstagskarten erhalten?«

Das Schweigen am anderen Ende der Leitung verrät Malou die Antwort, bevor sie sie zu hören kriegt.

»Woher wissen Sie das?«, fragt Isabel schließlich zurück.

»Stand auf den Karten jeweils: Mama hat dich lieb?«

»Ja. Hat Dario etwa auch …?«

»Zeigten die Karten Tiere, eine Mutter mit ihrem Jungtier?«

»Ja, immer.«

»Frau …«

»Sagen Sie einfach Isabel.«

»Isabel, ich weiß, es ist lange her, dass Ihre Mutter verschwunden ist. Haben Sie noch persönliche Gegenstände von ihr? Bilder, Briefe? Und haben Sie die anonymen Geburtstagskarten aufbewahrt?«

»Ja, einige sollten noch da sein. Bei meinen Großeltern stehen in meinem früheren Kinderzimmer Kartons mit Dingen, die sie nicht wegwerfen wollten.«

»Kann ich mir die ansehen?«

»Ich denke schon. Wann?«

»Zum Beispiel heute noch?«

»In Ordnung, ich bin zu Hause und muss lernen, ich rufe meine Großeltern an und gebe ihnen Bescheid, dass wir heute vorbeikommen. Wann können Sie denn etwa hier sein?«

»Einen Moment.«

Malou checkt rasch den Online-Fahrplan, viereinhalb Stunden dauert die Fahrt mit dem Zug nach München. Wenn sie jenen um halb elf erwischt, kann sie um drei Uhr nachmittags dort sein. »Ich habe einen Zug, der um vier nach drei am Hauptbahnhof München ankommt.« »Passt, ich hole Sie ab.«

Im Zug nach München hat Malou endlich Zeit, die Akte zum Fall Anna eingehend zu studieren. Die Kollegen, die die Ermittlungen geführt haben, kennt sie nicht, die waren wohl bereits nicht mehr im Dienst, als sie bei der Kripo angefangen hat. Malou liest sich durch die Protokolle: Die Befragung von Annas Mutter, von Annas Chef Max Fritschi, von Darios Kinderhortleiterin, von einer Arbeitskollegin namens Helene Fischbach, die mit ihr an jenem Tag zusammengearbeitet hat, und von Clemens Nowak, Annas damaligem Freund. Sie schaut auf das Datum: Nowak wurde erst eine Woche nach Annas Verschwinden befragt – und zehn Tage später war er selbst tot. Der Rapport auf dem bereits vergilbten Blatt Papier, mit Schreibmaschine verfasst, ist äußerst knapp gehalten. Es handelt sich nicht um ein wörtliches Protokoll, sondern um eine Zusammenfassung des Beamten, der Nowak befragt hat.

Die Auskunftsperson NOWAK Clemens sagt, er habe eine harmonische Beziehung mit FORSTER Anna geführt, es habe keine Streitigkeiten gegeben. Sie habe zwar unter der Belastung von Arbeit und Kinderbetreuung gelitten, sei aber ein fröhlicher Mensch gewesen. Anzeichen einer möglichen Depression will er nicht erkannt haben, einen Suizid kann er sich nicht vorstellen. Auch eine »Flucht« aus dem alltäglichen Leben schließt NOWAK aus, Anna liebe ihren Sohn FORSTER Dario abgöttisch und würde ihn nie allein zurücklassen. NOWAK Clemens behauptet sogar, FORSTER Anna hätte ihren Sohn im Falle eines Suizides eher mit in den Tod genommen, als ihn allein zurückzulassen. NOWAK Clemens hat FORSTER Anna letztmals am 30. Juni 1994 gesehen, bei FORSTER Anna zu Hause. Er hatte sie besucht, nachdem ihr Sohn eingeschlafen war. In der Zeit zwischen 17.00 Uhr und 18.30 Uhr am 2. Juli 1994 gibt NOWAK Clemens an, mit seinem Freund OBRIST Patrick in der Aare schwimmen gegangen zu sein. OBRIST Patrick wurde vom Unterzeichnenden kontaktiert. Er erinnerte sich, mit NOWAK Clemens schwimmen gegangen zu sein, aber er konnte nicht mehr mit absoluter Sicherheit sagen, ob es am 1., am 2. oder am 3. Juli war, da er jeden Abend in der Aare zu schwimmen pflegt. (Anmerkung des Unterzeichnenden: Es herrschte während der ganzen Woche sonniges Wetter.) Somit ist das Alibi von NOWAK Clemens nicht bestätigt. Wenngleich gesagt werden muss, dass es für NOWAK Clemens aufgrund des Vertrauensverhältnisses ein Leichtes wäre, FORSTER Anna zu entführen, zeichnet sich kein Motiv ab, warum er das getan haben sollte. Sein Leumund ist sauber. Er ist noch nie als gewalttätig aufgefallen oder straffällig geworden.

Mehr steht da nicht. Auch die anderen Protokolle bringen Malou keinen Schritt weiter. Nachdem sie die magere

Aktenlage zum Fall Anna studiert hat, zieht sie zwei Schlüsse. Erstens: Niemand scheint sich erklären zu können, warum Anna Forster von einer Sekunde auf die andere verschwunden ist. Zweitens: Die Ermittlungen der Polizei waren nicht gerade umfangreich. Nicht einmal, dass Dario nach Annas Verschwinden jedes Jahr eine anonyme Geburtstagskarte erhalten hat, ist erwähnt. Sie greift nach dem Klarsichtmäppchen mit den Fotografien und blättert sie durch. Die wenigen Bilder von Anna hat sie bereits gesehen. Da stößt sie auf eine herausgerissene Katalogseite, auf der ein gelbes Damenrad der Marke Eiger abgebildet ist. Darunter ist von Hand notiert, dass Annas Fahrrad grün gewesen sei. Heute, denkt Malou, wäre das alte Modell ein Hipster-Fahrrad, wofür man viel Geld hinblättern müsste. Das bringt sie auf eine Idee. Sie öffnet auf dem Handy den Internetbrowser und gibt die Suchbegriffe *Vintage – Fahrrad – Eiger* ein und erhält sofort mehrere Angebote, um alte Räder zu ersteigern oder zu kaufen. Es sind fast ausschließlich Herrenfahrräder. Doch sie stößt auch auf drei Damenfahrräder, eines ist gelb, eines dunkelblau und das dritte ist grün. Wie Annas Fahrrad. Malou erinnert sich, dass man früher in der Schweiz für die Fahrräder Velonummernschilder brauchte, wobei man jeweils die Rahmennummer angeben musste, wenn man die Plakette kaufte. Sie fragt sich, ob die Möglichkeit besteht, dass die Rahmennummer von Annas Velo noch irgendwo notiert ist. Doch selbst wenn; die Wahrscheinlichkeit, dass ausgerechnet jetzt nach dreißig Jahren das Fahrrad verkauft wird, das Anna damals gefahren hat, liegt wohl bei weniger als null. Trotzdem schreibt sich Malou die Adresse des Secondhandladens heraus, bei dem das Rad zu kaufen ist.

Sie blickt vom Handy hoch und realisiert, dass der Zug gleich in München ankommt. Hastig packt sie die Akten ein. Sie hat keine Ahnung, wie sie Isabel am Hauptbahnhof finden soll. Sie weiß nicht einmal, wie die junge Frau aussieht und ob es einen allgemeinen Treffpunkt gibt. Auf dem Bahnsteig schreibt sie ihr eine Nachricht, dass sie gerade angekommen sei. Isabel antwortet, sie sei gleich da, Malou solle beim Rubenbauer Würstel-Stand auf sie warten. Sie schaut sich um, doch sie sieht keinen Würstel-Stand, also marschiert sie aufs Geratewohl los, was sich nicht als gute Idee erweist: Der Bahnhof ist eine einzige Baustelle, und auf einmal steht sie draußen auf der Straße und hat die Orientierung verloren.

»Sie müssen Frau Löwenberg sein«, sagt in dem Moment eine junge Frau mit langen dunkelblonden Haaren. »Ich bin Isabel.«

»Wie haben Sie mich erkannt?« Malou ist perplex. Sie legt Wert darauf, dass man ihr die Polizistin nicht ansieht; sowohl Haarfarbe, Haarschnitt, Zungenpiercing wie auch ihre Kleidung passen nicht ins gängige Schema ihrer Kolleginnen.

»Weil Sie so verloren dastehen«, antwortet Isabel. »Und weil Sie aussehen wie eine Schweizer Polizistin.«

36.

»Wir nehmen die U-Bahn«, sagt Isabel.

Malou ist froh, dass die junge Frau das Zepter übernimmt. Sie war zwar schon mehrmals in München, aber das waren immer geschäftliche Aufenthalte: Anreise – Taxi – Sitzung – Abendessen – Hotel – Abreise. Einmal musste sie im NSU-Prozess als Zeugin vor Gericht aussagen, weil eine der Waffen der rechtsextremen Terrorgruppe in der Schweiz erworben wurde. Malou kennt nicht viel mehr von der Stadt als den Marienplatz, das Oberlandesgericht und die Fußgängerzone in der Nähe des Hauptbahnhofs mit den vielen Einkaufsläden. Doch sie erinnert sich, dass sie jedes Mal beeindruckt war von den breiten Straßen, von der Weite, die durch die großzügige Bauweise geschaffen worden ist. Ganz anders als in der Schweiz, wo ihr immer alles klein und eng erscheint.

Isabel hat für Malou bereits eine Fahrkarte gekauft, sie nehmen erst die U5 und steigen dann in die U3 um. Wie in allen U-Bahnen, in denen Malou bisher gesessen hat, scheinen die Menschen in den Wagen gelangweilt und grau zu sein. Bis sich die Wagentüren öffnen und ihnen wie auf Knopfdruck wieder Leben eingehaucht wird.

Die Fahrt zieht sich in die Länge. Malou drängt darauf, Isabel Fragen zu stellen, doch sie will das Thema nicht mitten unter all den Leuten anreißen. Also bleiben sie beim unverbindlichen Small Talk. Malou erzählt Isabel, wo sie arbeitet und dass sie Dario bei der Suche nach seiner Mutter hilft.

»Sind Sie Darios Freundin?«

Isabels direkte Art hat etwas Kindliches, das Malou an sie selbst erinnert, in früheren Jahren. Überhaupt kommt ihr Isabel jünger vor, als sie tatsächlich ist; als wäre es dem Mädchen in ihr entgangen, dass sie inzwischen erwachsen geworden ist.

»Ich bin ...« Malou zögert. »Ich bin eine Freundin.«

Sie fragt sich, was sie für Dario ist – und was er ihr bedeutet. Sie hat sich zwar vorgenommen, sich nicht in ihn zu verlieben – aber sie ist sich nicht mehr sicher, ob ihr das auch gelingen wird. Auf jeden Fall geht es längst nicht mehr nur um Sex. Affäre, Flirt, Friend with benefit oder gar Partner ... zumindest am Anfang muss ihrer Meinung nach nicht alles klar definiert sein. Früher oder später wird sie sich diesen Fragen aber wohl stellen müssen.

»Fürstenried-West«, verkündet eine Frauenstimme aus dem Lautsprecher.

»Hier müssen wir raus.«

Kaum öffnet sich die Wagentür, steuert Isabel zielstrebig auf einen der Ausgänge zu. Über eine Treppe gelangen sie nach oben ans Tageslicht. Links rauscht der Straßenverkehr an ihnen vorbei, zu ihrer Rechten liegt ein Platz, auf dem etwas unmotiviert ein überdimensionierter

Pflasterstein herumsteht. Malou erkennt, dass es sich bei dem Steinbrocken um einen Brunnen handelt, in dessen Mitte eine gemeißelte Treppe ins Nirgendwo führt.

»Das ist übrigens der Schweizer Platz«, sagt Isabel.

Malou blickt sie überrascht an.

»Kein Witz. Den Brunnen nennen wir den Schweizer Klotz. Und dort hinten hat es eine Apotheke mit dem Namen Tell, das war doch ein Schweizer Freiheitskämpfer, der mit dem Apfel.«

Der Legende nach, denkt Malou, kein Mensch weiß, ob die Geschichte wirklich stimmt.

»Warum heißt der Platz Schweizer Platz?«

»Keine Ahnung, da müssen Sie Wikipedia fragen. Meine Großeltern wohnen etwas weiter hinten an der Graubündenerstraße, es sind nur etwa vier, fünf Minuten bis zu ihrem Haus.«

»Graubündenerstraße?« Malou muss lachen. »So heißt bei uns ein Kanton.«

»Wirklich?«, fragt Isabel, aber sie klingt nicht sehr interessiert. »Ich war noch nie in der Schweiz. Soll ja ziemlich teuer sein.«

Sie überqueren die Straße und biegen in einen Seitenweg ein, der Malou entfernt an den Zeltweg erinnert. Auch hier reihen sich kleine Häuser aneinander, viereckige Boxen, Wand an Wand. Doch diese Häuser müssen viel später gebaut worden sein als Vaters Arbeiterhäuschen aus dem letzten Jahrzehnt des 19. Jahrhunderts. Sie verfügen nicht über halb so viel Charme, denkt Malou.

Isabel steuert das Haus mit der Nummer 5 an. Noch bevor sie die Tür erreichen, wird sie von einer älteren Frau geöffnet. Isabels Großmutter wird hinter dem Fenster gestanden und auf sie gewartet haben. Die Frau, die sich als Agnes Wagner vorstellt, ist etwa achtzig, und trotz des großen Altersunterschieds ist die Ähnlichkeit mit Isabel augenfällig; dieselbe unaufgeregte Schönheit, dasselbe glatte, lange Haar, mit dem Unterschied, dass jenes der Großmutter schlohweiß ist. Agnes Wagner bittet Malou ins Wohnzimmer, wo bereits Tee aus einer Kanne dampft.

»Guten Tag«, brummt in dem Moment eine tiefe Männerstimme.

Malou fährt erschrocken zusammen; sie hat den Mann, der in einem Lehnstuhl in einer Ecke sitzt, zuerst gar nicht gesehen.

»Das ist Klaus, mein Mann«, sagt Agnes Wagner.

»Guten Tag. Ich entschuldige mich für die Störung. Danke, dass ich so spontan bei Ihnen vorbeikommen durfte.«

»Sie stören doch nicht. Isabel sagt, Sie seien eine Polizistin aus der Schweiz.«

Während Klaus Wagner in seinem Stuhl sitzen bleibt, setzen sich die drei Frauen an den Tisch. Malou erzählt dem alten Ehepaar und Isabel, warum sie hier ist. Und warum sie ihnen nach all den Jahren womöglich die gleichen Fragen über die vermisste Karina stellen wird, die sie schon beantwortet haben.

»Diese Anna ist also auch am fünften Geburtstag ihres Kindes verschwunden?«, brummelt Klaus Wagner im Hintergrund.

»Aber das muss nichts zu bedeuten haben«, wägt seine Frau Agnes ab.

»Lass das doch die Polizistin beurteilen, ob das etwas zu bedeuten hat«, entgegnet ihr Ehemann.

»Die Polizistin kann das ja wohl kaum schon sagen, wenn sie erst daran ist, uns Fragen zu stellen.«

Vielleicht könntet ihr die Polizistin mal selbst zu Wort kommen lassen, denkt Malou.

»Die Polizistin ist hier, um das herauszufinden.« Isabel blinzelt heftig, sodass ihre Augenbrauen zucken und sich ihre Stirn in Falten legt. Sie scheint nervös zu sein und ist nicht mehr so locker wie zuvor in der U-Bahn.

Malou räuspert sich. »Genau, darum bin ich hier. Wobei ich Ihnen sagen muss, dass ich schon jetzt davon ausgehe, dass das Verschwinden von Anna Forster und das Verschwinden Ihrer Tochter Karina zusammenhängen.«

Agnes Wagner schlägt mit der Hand auf den Tisch. »Heißt das, dass Sie Karina vielleicht doch noch finden können?«

»Das hat sie nicht gesagt«, brummelt Klaus Wagner.

»Aber das ist ein neuer Hinweis – und neue Hinweise führen manchmal zum Täter!« Agnes Wagner hört sich jetzt trotzig an.

»Du hast zu viel Aktenzeichen XY geschaut«, brummelt es aus dem Sessel heraus.

Malou und Isabel tauschen einen Blick.

»Ich weiß nicht, ob ich den Fall aufklären kann«, gibt Malou zu.

»Siehst du!«, meint Klaus Wagner.

»Aber es ist richtig, es ist ein neuer Hinweis. Und es ist nicht der einzige. In der Schweiz gibt es nebst Anna einen weiteren Fall, in dem eine Frau am fünften Geburtstag ihres Kindes verschwunden ist«, erzählt Malou.

»Siehst du?« Agnes Wagner zeigt mit dem Finger auf ihren Mann, bevor sie sich wieder Malou zuwendet. »Das ist ja schrecklich! Denken Sie, Karina wurde von einem Serientäter ...«

»Ist es möglich, dass Mama noch lebt?« Isabel fällt ihrer Großmutter ins Wort. Wieder dieses nervöse Blinzeln.

»Ich weiß es nicht. Ich will Ihnen keine falschen Hoffnungen machen, aber ich brauche Ihre Hilfe. Isabel hat mir erzählt, dass sie nach dem Verschwinden von Karina zu ihrem Geburtstag seltsame Karten bekommen hat. Auch Dario, der Sohn von Anna, erhält solche Karten. Bis heute.«

»Heilige Mutter Maria!«, ruft Agnes Wagner laut.

»Beruhige dich«, brummt Klaus Wagner.

»Oma, hast du die Karten noch, die ich erhalten habe?«, fragt Isabel.

»Ja, die müssen oben bei den Sachen sein.«

Klaus Wagner bleibt in seinem Sessel sitzen, er ist nicht mehr gut auf den Beinen, wie seine Frau Malou verrät. Also steigen nur die drei Frauen in den ersten Stock hoch zu Isabels früherem Zimmer. Bis auf das Bett und ein Regal sind keine Möbel zurückgeblieben, an der Wand hängt verlassen ein Poster von Billie Eilish. Agnes Wagner nimmt eine Schachtel aus dem Regal und beginnt darin zu blättern.

»Darf ich?«, fragt Malou und zieht sich Schutzhandschuhe über.

Agnes Wagner reicht ihr die Schachtel. Sie enthält Postkarten, die mit Kinderschrift geschrieben sind, Fotografien, die Isabel in unterschiedlichem Alter zeigen.

»Wissen Sie, wer Isabels Vater ist?«, fragt Malou Agnes Wagner.

»Wir kennen ihn nicht«, antwortet Isabel.

»Karina hat uns nie miteinander bekannt gemacht«, sagt Agnes.

»Sie haben sich vor meiner Geburt getrennt«, erklärt Isabel.

»Ich glaube, er hieß Felix, aber die Beziehung hat nicht funktioniert«, ergänzt Agnes.

»Sie dauerte nur einige Wochen«, fügt Isabel an.

»Wissen Sie, Karina war in einem Alter, in dem sich manche Frauen unbedingt ein Kind wünschen, weil die biologische Uhr tickt. Als sie schwanger war, hat er die Beziehung beendet. Nicht auf eine gute Art. Sie hat sich bewusst entschieden, das Kind allein großzuziehen, sie hat nie Alimente verlangt, sie wollte es so«, erzählt Agnes Wagner.

»Und er hat keine Vaterschaftsansprüche geltend gemacht?«

»Nein, nie.« Isabels Tonfall ist anzuhören, dass sie nicht gut auf ihren unbekannten Vater zu sprechen ist.

»Wissen Sie, wo dieser … Felix jetzt lebt?«

»Nein. Wir wissen nichts über ihn, und er weiß nichts über uns.«

Malou wendet sich wieder der Kiste zu und blättert weiter. Bei einer Schwarz-Weiß-Fotografie von Karina hält sie inne. Karina sitzt auf einem Schemel, ein Bein angezogen, das andere lässig von sich gestreckt. Der Fotograf hat so geschickt mit Licht und Schatten gespielt, dass man im ersten Moment glaubt, das Gesicht im Profil zu sehen, dabei ist es von vorne aufgenommen. Das Bild weckt bei Malou eine Assoziation. Sie macht mit dem Handy eine Aufnahme der Fotografie und blättert weiter. Und stoppt erneut: Schon als sie die Kartenmotive erblickt, weiß sie, dass sie gefunden hat, wonach sie suchte.

Ein Pinguin, der mit seinem Küken übers Eis spaziert. Eine Elefantenkuh mit ihrem Kalb, das die Ohren so weit von sich spreizt, als wolle es davonfliegen. Ein Känguru mit einem Jungtier im Beutel. Ein Giraffenjunges, dessen Mutter den Kopf zu ihm hinunterstreckt. Malou holt ihr neues Notizbuch aus der Tasche – es ist knallrot, schwarz war ausverkauft – und schreibt sich auf, dass sie herausfinden will, wo man diese Postkarten kaufen kann.

»Wir haben nicht alle behalten. Am Anfang haben wir sie immer direkt weggeschmissen«, sagt Agnes Wagner.

Malou dreht die erste Karte um.

MAMA HAT DICH LIEB.

Sie ist nicht überrascht. Auch auf den anderen Karten steht der gleiche Text, in derselben Handschrift. Sieben Karten sind mit einer Schweizer Briefmarke frankiert, eine trägt eine deutsche.

»Wissen Sie noch, welche in welchem Jahr gekommen ist?«, fragt Malou, während sie versucht, das Datum der Poststempel zu entziffern.

»Die mit den Giraffen war die letzte, die mit den Kängurus die vorletzte.«

Malou merkt, wie nahe Isabel die ganze Sache geht. Dass sie so genau weiß, wann sie welche Karte erhalten hat, zeigt, wie sehr es sie beschäftigt hat. Vielleicht, weil auch sie innerlich hofft, dass die Karten von ihrer Mutter stammen.

Malou dreht die Karte mit den Giraffen um. »Das ist die gleiche Handschrift wie auf den Postkarten, die Dario erhalten hat.« Und dieselbe Schrift von der Faltkarte, die ihr der Einbrecher hinterlassen hat, schiebt sie in Gedanken nach und sieht sich die Schweizer Briefmarke genauer an. Sie wurde im Verteilzentrum Härkingen abgestempelt, damit kommt sie also nicht weiter. Sie schaut die Karte mit den Elefanten genauer an, die bereits etwas vergilbt ist. Sie trägt einen anderen Poststempel. Die Marke wurde 2012 in der Stadt Bern abgestempelt: *3000 Bern 6, Kirchenfeld*, kann Malou entziffern. Sie sucht nach der Postkarte mit der deutschen Briefmarke. Sie wurde 2019 in Konstanz abgestempelt.

»Darf ich die Postkarten mitnehmen?«, fragt Malou.

»Ja, natürlich.« Agnes und Isabel antworten gleichzeitig.

Als Malou die anderen Postkarten und Fotografien wieder in der Schachtel versorgt, hält sie bei der Schwarz-Weiß-Aufnahme von Karina erneut inne. Sie holt die

Akten aus ihrer Tasche und sucht nach der Fotografie von Anna. Da ist sie: Anna auf einem Stuhl, halb im Licht, halb im Schatten, ebenfalls in Schwarz-Weiß. Ein Schattenspiel. Nicht genau gleich, aber doch sehr ähnlich.

»Wissen Sie, wer dieses Foto von Karina gemacht hat?«, fragt sie Agnes Wagner.

»Nein, das weiß ich nicht.«

Malou wendet die Fotografie von Anna, studiert die Rückseite, fährt mit dem Finger über das Papier, um die Beschaffenheit zu spüren. Sie dreht das Bild von Karina um, streicht auch hier mit dem Finger darüber, es fühlt sich zumindest für Malou gleich an. Da sieht sie, dass ganz unten in der Ecke von Hand etwas geschrieben steht, die Bleistiftschrift ist fast schon verblasst. Malou braucht mehr Licht. Sie greift zum Handy und schaltet die integrierte Taschenlampe ein.

Es ist ein Name, der da steht: *Manuel*.

37.

»Blanc am Apparat, Kantonspolizei Bern, guten Tag, Herr Forster.«

Darios Herz schlägt augenblicklich schneller. Er kann sich selbst nicht erklären, warum, aber er wird immer nervös, wenn er mit der Polizei zu tun hat. Das heißt, wenn er mit einem Polizisten zu schaffen hat, der im Dienst ist. Bei Malou ist das natürlich etwas anderes. Auch bei ihr wird er mitunter nervös, aber aus anderen Gründen.

»Guten Tag«, presst Dario hervor.

»Ich melde mich bei Ihnen, weil wir uns im Zusammenhang mit einem Verbrechen in Deutschland alte Vermisstenfälle noch einmal näher anschauen.«

Das Horrorhaus, denkt Dario.

»Darum wollte ich Sie fragen, ob ich bei Ihnen vorbeikommen und einen DNA-Abstrich vornehmen kann, es ist reine Routine, wir denken nicht, dass das Verschwinden Ihrer Mutter mit dem Fall zu tun hat.«

Dario fragt sich, ob Malou ihrem Kollegen gesagt hat, er solle sich bei ihm melden.

»Wozu brauchen Sie mein DNA-Profil?«, erkundigt er sich, obwohl er die Antwort schon kennt.

»Es wurden die sterblichen Überreste von mehreren Frauen gefunden. Da der Tatort nahe an der Schweizer Grenze liegt, haben uns die deutschen Kollegen gebeten, DNA-Proben aller vermissten Frauen in der Schweiz oder von deren Verwandten zu schicken. Es tut mir leid, Sie damit konfrontieren zu müssen, es ist eine Sache von fünf Minuten.«

Eine Sache von fünf Minuten. Dario muss beinahe laut lachen. Vielleicht für den Polizisten. Für ihn bedeutet es eine neue Ungewissheit, tagelanges Bangen, ob es einen Treffer gibt oder nicht. Aber dennoch ist klar, dass er sich dem Prozedere stellen wird.

»Sie können vorbeikommen, ich bin zu Hause.« Dario findet selbst, dass er sich müde anhört.

»In Ordnung, ich bin in einer halben Stunde bei Ihnen.«

Dario wundert sich kurz, dass der Polizist ihn nicht nach seiner Adresse fragt. Da fällt ihm ein, dass die Polizei sowieso weiß, wo er wohnt.

Auf die Minute genau eine halbe Stunde später schrillt Darios Klingel. Er schrickt unmerklich zusammen, als er sieht, wer vor seiner Tür steht. Der Polizist ist unverschämt gut gebaut und wirkt ausgesprochen sympathisch, was Dario sofort misstrauisch macht. Er bittet Blanc herein und bietet ihm ein Glas Wasser an.

»Nein, danke. Ich will Sie wirklich nicht lange belästigen, es tut mir leid, dass ich Sie überhaupt damit behelligen muss. Bei uns ist ein Rechtshilfeersuchen aus Deutschland eingegangen, darum der ganze Aufwand.

Es ist nicht mehr als Routine, aber es ist mir bewusst, dass es für die Betroffenen schmerzlich sein kann, wieder mit dem Verlust konfrontiert zu werden.«

»Ist schon okay. Tun Sie, was Sie tun müssen.«

»Danke für Ihr Verständnis.«

Dario schaut dem Mann dabei zu, wie er sich Handschuhe überzieht und das DNA-Kit auspackt; ein steril verpackter Wattestab, ein kleiner Plastikbehälter – all das erinnert Dario an die zahllosen Covid-Tests, die er in den letzten Jahren gemacht hat.

»Hat Malou Löwenberg Sie zu mir geschickt?«, fragt er, während Blanc den Wattestab aus der Papierhülle zieht.

»Nein. Aber sie hat mir erzählt, dass sie Ihnen bei der Suche nach Ihrer Mutter hilft.«

Dario schweigt. In seinem Kopf überschlagen sich die Gedanken.

»Ist Ihr Name etwa *Bernard* Blanc?«

»Ja, korrekt. Sie hat von mir erzählt?« Bernard schaut auf und Dario direkt in die Augen. »Na, dann hoffentlich nur Gutes. Können Sie bitte den Mund weit öffnen?«

Dario macht den Mund auf, spürt das Wattestäbchen auf der Innenseite der linken Wange. Bernard, denkt er. Der Mann, der bei Malou zu Hause war, der mit ihr Champagner in der Nacht vor ihrem Geburtstag getrunken hat. *Bei ihr zu Hause.* Er spürt das Stäbchen auf der Innenseite der rechten Wange. Ihn hat Malou noch nie zu sich nach Hause eingeladen. Dario weiß nicht, wo das heftige Gefühl herkommt; eine Kombination aus Wut und Eifersucht und Hass auf diesen Mann steigt in ihm hoch. Unvermittelt beißt er die Zähne zusammen.

Bernard zuckt erschrocken zurück. Das Wattestäbchen steckt zwischen Darios Zähnen fest, das andere Ende hält Bernard noch immer mit zwei Fingern. Um ein Haar hätte Dario ihn gebissen. Einen Moment lang verharren sie in dieser Position, Gesicht vor Gesicht, in unangenehmer Nähe. Beide sind zu überrascht, um adäquat zu reagieren. Sie starren sich in die Augen.

»Ist alles in Ordnung?«, fragt Bernard vorsichtig.

Dario grunzt etwas Unverständliches.

»Herr Forster, können Sie den Mund bitte wieder öffnen?« Bernard ruckelt leicht am Stäbchen.

Dario öffnet den Mund, Bernard zieht den Wattestab schnell heraus und blickt sein Gegenüber irritiert an.

»Entschuldigung«, murmelt Dario.

»Habe ich Ihnen wehgetan?« Bernard klingt verunsichert.

»Nein, alles in Ordnung. Es war nichts, ich war nur gerade … in Gedanken.«

»Kein Problem.«

Dario erträgt die Nettigkeit dieses Mannes nicht. Er will nicht, dass Malou gut aussehende *und* nette Arbeitskollegen hat, mit denen sie sich privat bei sich zu Hause trifft. Die Vorstellung ist unerträglich.

Bernard steckt das Wattestäbchen vorsichtig in ein Plastikröhrchen und versorgt auch das andere Material, dann räuspert er sich und steht auf.

»Das war's schon. Sie erhalten in den nächsten drei

Tagen Bescheid. Aber wie gesagt: Wir gehen nicht davon aus, dass Ihre Mutter von dem Kriminalfall in Deutschland betroffen ist. Dafür liegt ihr Verschwinden zu weit zurück.«

Dario ist froh, als er sich von Bernard Blanc verabschieden kann. Sein Gefühlsausbruch ist ihm peinlich, normalerweise hat er sich besser im Griff. Als er die Tür hinter dem Polizisten geschlossen hat, lehnt er sich mit dem Rücken dagegen und gleitet langsam zu Boden. Was für ein Scheißleben, denkt Dario und wünscht sich auf einmal, er wäre auch so groß gewachsen und selbstbewusst und freundlich wie Bernard, der jeden Arbeitstag mit Malou verbringen darf.

Dario weiß nicht, wie lange er mit dem Rücken an die Tür gelehnt im Flur gesessen hat. Eine halbe Stunde oder eine Stunde oder vielleicht länger. Es ist später Nachmittag, als er sich aufrafft, sich die Schuhe anzieht, rausgeht. Er will jemandem einen Besuch abstatten. Er hat Fragen. Und er weiß, wer ihm die vielleicht beantworten kann.

38.

»Alles in Ordnung bei Ihnen?«

Malou legt Isabel eine Hand auf die Schulter. Auf der Fahrt mit der U-Bahn zurück zum Hauptbahnhof war die junge Frau still und nachdenklich, der Besuch bei den Großeltern und die Konfrontation mit der Vergangenheit hat ihr offensichtlich zugesetzt. Malou hat ein schlechtes Gewissen, obwohl sie weiß, dass sie das einzig Richtige getan hat. Sie ist einen großen Schritt weitergekommen.

»Geht schon«, antwortet Isabel. »Ich wusste in dem Moment, in dem ich Dario schrieb, dass es schwierig werden würde. Aber ich denke, es war wichtig.«

»Ja, es war sehr wichtig. Danke, dass Sie sich gemeldet haben. Sie sind eine starke Persönlichkeit.«

»Werden Sie sie finden?«

»Ich weiß es nicht. Aber ich werde mir Mühe geben.«

»Danke.«

Malou verabschiedet sich mit einer kurzen Umarmung von Isabel, eine Nähe, die sie in ihrem Job sonst nie zulässt, aber dieser Fall hier fühlt sich längst nicht mehr an wie ein Job, er ist viel mehr als das. Sie steigt in den Zug, es ist kurz vor sieben, sie wird erst um Mitternacht in

Bern ankommen. Malou wird die Zeit nutzen, um eine Mindmap zu erstellen. Sie will die neuen Erkenntnisse mit allem in Zusammenhang bringen, was sie bisher in Erfahrung gebracht hat.

Doch vorher checkt sie ihre Nachrichten. Das Handy zeigt ihr mehrere unbeantwortete Anrufe einer ihr unbekannten Nummer an. Sie hört die Mailbox ab und schlägt sich mit der Hand an die Stirn: der Schlüsseldienst, sie hat ihn total vergessen. Er konnte nicht ins Haus – und offenbar hat sie ihm nicht gesagt, dass es um das Schloss der Haustür geht. Auf jeden Fall ist er unverrichteter Dinge wieder abgezogen. Für einen Rückruf ist es jetzt zu spät, er hat ihr angekündigt, dass er morgen wiederkommen würde. Malou wägt ab, ob sie es riskieren soll, in dem Haus zu schlafen, zu dem ein Fremder einen Schlüssel hat – und entscheidet sich dagegen. Ob sie Dario fragen soll, ob sie zu ihm kommen könne? Nein, sie will ihm keine falschen Hoffnungen machen. Ihre Freundinnen und Freunde in der Stadt mag sie ebenfalls nicht fragen, ob sie am späten Abend bei ihnen aufkreuzen kann; sie hat keine Lust auf eine Nacht auf einem Sofa oder in einem Kinderzimmer, das sie sich mit dem Nachwuchs teilen müsste. Also bucht sie über eine App ein Hotelzimmer in Bern. Sicher ist sicher – in ihrem eigenen Bett würde sie wahrscheinlich die ganze Nacht kein Auge zutun.

Malou liest die anderen Meldungen; Sandro, der nachfragt, wann er wieder mit ihr rechnen könne. Bernard, der ihr mitteilt, dass er heute ihren »Freund« Dario ken-

Ort dem falschen Menschen begegnet sein. Ein Triebtäter, der im Wald herumstreunte, der Nathalie sah und sie stahl und sie sich nahm, wie kranke Männer das tun. Und dann hat er sie so gut versteckt oder so tief vergraben, dass niemand sie je finden wird.

Herbert kann nicht zählen, wie viele Stunden seines Lebens er durch den Wald gestreift ist, in dem er Nathalie verloren hat. Immer mit dem Blick am Boden. Stets in der Hoffnung, dass er etwas finden würde, ein Zeichen, das sie hinterlassen hat, ein Schlüsselanhänger, ihr Portemonnaie. Er hat nichts gefunden. Sie ist verschwunden, spurlos, als hätte es sie nie gegeben. Das Einzige, was ihnen blieb, war Jonas. Doch auch er ist nicht mehr. Nichts bleibt zurück. Alles ist vergangen.

Manchmal fragt sich Herbert, warum er eigentlich noch da ist. Es gibt keinen Sinn mehr in seinem Leben. Doch etwas treibt ihn noch immer an, es gibt einen einzigen Grund, der ihn noch hier hält: Er will die Wahrheit erfahren. Nichts wünscht er sich mehr, als dass der Mensch, der ihm das angetan hat, dafür bezahlen muss. Er hofft, dass er diesen Tag noch erleben darf.

39.

Langsam dreht Malou den Schlüssel im Schloss. Die Welt hat für einen Moment den Zeitlupenmodus eingeschaltet. Vorsichtig und hoch konzentriert drückt sie auf die Klinke. Die Tür öffnet sich. Wer auch immer zuletzt abgeschlossen hat, hat den Schlüssel nur einmal umgedreht. Sie atmet erleichtert auf. Die Zeit nimmt mit einem Ruck wieder ihr normales Tempo auf. Malou begibt sich in die Küche und setzt Kaffee auf. Schwarz und stark und ohne Zucker muss er sein – die Brühe, die sie heute Morgen in dem tristen Frühstücksraum des Hotels serviert bekommen hat, schmeckte nach dunkelbraunem Wasser und zeigte nicht die geringste Wirkung. Trotzdem ist Malou froh, dass sie sich gestern für ein Hotelzimmer entschieden hat: So gut wie in der letzten Nacht hat sie schon lange nicht mehr geschlafen, obwohl sie erst spät ins Bett gekommen ist.

Während das Wasser im Espresso-Kocher hochbrodelt, geht Malou wieder hinaus in den Garten und öffnet das kleine Plexiglas-Aquarium, das ihre Heuschreckenzucht beherbergt. Mit geübtem Griff schnappt sie sich einen der grünen Hüpfer mit der Pinzette; er zappelt erbärmlich und bleibt trotzdem chancenlos. Doch in dem Moment, als Malou ins Wohnzimmer tritt, entgleitet ihr die Pinzette, sie fällt mit einem leisen Klirren zu Boden, und die Heuschrecke hüpft in großen Sprüngen davon. Malou starrt den Tisch an. Die Champagnerflasche, die sie gestern in den Korb mit dem Altglas gelegt hat, steht wieder da. Darin stecken fünf weiße Lilien. An die Flasche gelehnt: eine Karte. Sie zeigt eine Gepardenmutter mit ihren fünf Jungen.

Malou bleibt regungslos stehen, lauscht. Stille. Sie dreht sich um, und noch bevor sie sich die Karte näher ansieht, prüft sie jedes Zimmer, auch jene in der ersten Etage. Sie will sicher sein, dass der ungebetene Besucher nicht mehr da ist. In ihrem Arbeitszimmer entnimmt sie einer Schublade ein Paar Schutzhandschuhe und streift sie über, während sie die Treppe wieder hinabsteigt.

Es ist eine Faltkarte, stellt Malou nüchtern fest. Ihr Kopf funktioniert ganz rational, sie hat den Polizistinnen-Modus ein- und die Emotionen ausgeschaltet. Sie klappt die Karte auf, ebenso das Papier, das sich darin befindet. Darauf stehen in Großbuchstaben drei Worte geschrieben.

... ODER SIE STIRBT.

Jetzt schaudert Malou doch. Sie geht hinüber zur Kommode, öffnet die Schublade, nimmt das Schreiben hervor, das sie beim ersten Besuch des Fremden erhalten hat. Sie faltet das Papier auf und hält es neben das andere.

MAMA LIEBT DICH … ODER SIE STIRBT.

»Es geht hier nicht um meine Mutter«, sagt Malou laut, als müsste sie sich selbst überzeugen. Obwohl sie mit jeder Zelle ihres Körpers weiß, dass es hier um Dario geht und nicht um sie und dass der Verfasser dieser Zeilen ebenso wie sie selbst keine Ahnung hat, wer und wo ihre Mutter ist, packt sie doch eine schreckliche Angst. Das Gefühl droht, ihren Verstand auszuschalten, vehement versucht sie es zu unterdrücken.

»Das hier hat nichts mit mir zu tun«, sagt Malou langsam und deutlich. Der Kerl, der diese Worte geschrieben hat, verfolgt nur ein einziges Ziel: Er will sie einschüchtern. »Aber das kannst du vergessen, Arschloch!«

Wut fühlt sich besser an als Angst. Sie holt in der Küche ein Plastiktütchen und legt die Karte mit dem Papier hinein, die Flasche steckt sie in einen Papiersack der Asservatensicherung. Auch diese geht ins forensische Labor. Sie packt die Blumen, um sie draußen auf den Kompost zu werfen, sie will sie nicht mehr sehen. Energisch öffnet sie die Tür und schreit erschrocken auf, als sie um ein Haar den Mann über den Haufen rennt, der unmittelbar davorsteht.

»Himmel!« Sie reißt den Arm in die Höhe und will dem Fremden in einem ersten Reflex die Blumen ins Gesicht schlagen.

»Jesses!«, ruft der Mann und weicht drei Schritte zurück. »Was ist denn in Sie gefahren?«

Malou hält inne, blickt in das erschrockene Gesicht, auf

den blauen Arbeitskittel und den Werkzeugkoffer ... sie lässt die Blumen sinken.

»Entschuldigen Sie, Sie haben mich erschreckt.«

»Hunziker. Ich bin vom Schlüsseldienst Calimeros.« Der Mann wirkt noch immer eingeschüchtert. »Ich soll hier ein Schloss auswechseln.«

»Genau, vielen Dank, dass Sie da sind.«

Eine Dreiviertelstunde später verfügt Malous Haustür über ein neues Sicherheitsschloss, sie hat zudem einen Riegel montieren lassen, mit dem sie die Tür von innen zusätzlich verschließen kann. So wird sie sich hoffentlich wieder sicherer fühlen. Nachdem sie sich von Herrn Hunziker verabschiedet hat, setzt sie den Helm auf und kickt ihre Vespa an. Sie will heute erledigen, wofür sich gestern keine Zeit mehr fand. Während Malou im dichten Verkehr Richtung Stadtgrenze fährt, überlegt sie sich, was sie als Nächstes tun muss. Sie weiß, sie sollte ihre Kollegen einschalten. Sie müsste Meldung erstatten, vorübergehend ausziehen, womöglich unter Polizeischutz gestellt werden. Natürlich werden Polizistinnen und Polizisten immer wieder bedroht – doch der Gefährder ist ihr zu nahegekommen. Er war in ihrem Haus. Mehrmals. Womöglich auch, während sie schlief. Und genau das ist der Punkt, der Malou zögern lässt: Falls der Täter sie umbringen oder verletzen will, hätte er längst die Gelegenheit dazu gehabt. Aber er hat es nicht getan. Warum?

Für Malou steht im Moment nur eine Theorie im Vordergrund: Der Kerl, der die Kinder der vermissten

Frauen zu beobachten scheint und ihnen die anonymen Postkarten schickt, hat mitbekommen, dass sie ermittelt. Mehr noch: Dass sie die Zusammenhänge erkannt hat, die bisher niemand gesehen hat. Darum hat er sie verfolgt und ihre Tasche gestohlen. Er ist in ihr Haus eingedrungen, um sie zu warnen, weil er sie dazu bringen will, ihre Ermittlungen einzustellen. Die Wahrscheinlichkeit, dass dieser Kerl auch etwas mit dem Verschwinden der Frauen zu tun hat, erachtet Malou als groß. Und das würde bedeuten: In ihrem Haus war ein Mörder.

Auf einmal ist Malou klar, dass sie diese Sache wohl doch nicht allein durchziehen kann. Sie wird Bernard anrufen und ihn nach seiner Meinung fragen. In dem Moment fallen Malou Darios Worte wieder ein: *Dieser Bernard. Der wusste doch auch, dass du Geburtstag hast. Ihr habt ja darauf angestoßen. Vielleicht wollte er dir einen Streich spielen.* Könnte es doch Bernard gewesen sein, der am Abend, bevor sie die erste Botschaft bekam, bei ihr zu Hause war? Ist er ein Stalker, der ihr Angst einjagen will, damit sie sich an seine breite Schulter lehnt und bei ihm Schutz sucht? Sie schiebt den Gedanken weg. Nicht Bernard, unmöglich.

Malou setzt den Blinker, rumpelt mit Bruna über einen zu hohen Bordstein und stellt sie neben einem Strauch im Eingangsbereich des Wohnzentrums Zerebrum ab. Eigentlich hat sie Pa an ihrem Geburtstag besuchen wollen, aber es ist zu viel passiert. Das ist der einzige Vorteil an seiner Erkrankung: Er wird es nicht einmal gemerkt haben, dass sie an ihrem Geburtstag nicht vorbeigekommen ist, weil er ihn vergessen hat. Malou läutet bei seiner

Wohngruppe, begrüßt die Leiterin Margaretha, die ihr das neueste medizinische Bulletin über ihren Vater rapportiert – es gibt keine Veränderungen –, und geht dann direkt hinaus auf die Terrasse, Pas Lieblingsplatz, egal, ob es draußen vierzig, zwanzig oder zehn Grad sind. Er sitzt mit dem Rücken zur Tür. Sie legt ihm die Hand auf die Schulter, er wendet den Kopf.

»Malou«, sagt er.

Malous Herz macht einen Sprung. »Pa.«

»Warum bist du an deinem Geburtstag nicht vorbeigekommen? Ich habe auf dich gewartet.«

Malou schluckt betroffen. »Es tut mir leid, ich hatte zu viel zu tun.«

»Mädchen, du arbeitest zu viel.«

Pa dreht den Kopf wieder weg, schaut geradeaus und nickt bedächtig.

»Wie geht es dir?« Malou zieht einen Stuhl heran und setzt sich direkt vor ihren Vater, sodass er sich ihr zuwenden muss.

»Es geht mal so, mal so, das Alter ist böse. Wir werden keine Freunde mehr.«

Malou greift nach Pas Hand und hält sie fest. Sie möchte auch seinen hellen Moment festhalten, ihn nicht mit Fragen zerstören, doch sie kann nicht anders.

»Pa, erinnerst du dich noch, neulich, als wir auf dem Friedhof waren?«

»Ich bin bei Sylvia gewesen.«

»Als du bei Sylvia am Grab warst, hast du mir von einem Brief erzählt. Ein Brief meiner Mutter.«

»Ein Brief.«

»Ein Brief, den sie mit mir in den Korb gelegt hat.«

»Ja, der Brief.«

Malou ist unsicher, ob Pa sich wirklich erinnert oder ob er nur den Anschein erwecken will, dass er das tut. »Pa, wo ist dieser Brief?«

»Ich weiß nicht, wo der Brief ist.«

»Hast du ihn weggeschmissen?«

»Ich habe niemals etwas weggeschmissen.«

»Pa, was stand in dem Brief?«

»Es waren einige Zeilen.«

Pa schweigt. Malou zwingt sich abzuwarten, doch er sagt nichts mehr.

»Pa, was stand in dem Brief?«, drängt sie erneut.

Sein Blick sucht ihre Augen. Sie sieht seine Tränen.

»Ich weiß es nicht mehr. Es tut mir leid.«

40.

Ich war in München bei Isabel. Habe Neuigkeiten. Treffen? Um 14 Uhr? Im Les Amis? Die Frau ist ihm ein Rätsel, denkt Dario, als er Malous Nachricht liest. Gestern ist sie für ihn den ganzen Tag unerreichbar gewesen und hat weder Anrufe noch Nachrichten beantwortet – anscheinend, weil sie ohne ihn nach München gefahren ist. Sie hat ihn nicht einmal gefragt, ob er mitkommen wolle. Und jetzt will sie ihn auf einmal sehen, und zwar subito. Obwohl ihm ihr Quasi-Befehlston missfällt, sagt er natürlich nicht Nein, sondern schreibt ihr, er werde da sein.

Während Malous Deutschlandtrip war Dario ebenfalls nicht untätig. Er hat Celine Nowak einen zweiten Besuch abgestattet und sie nach den Namen weiterer Arbeitskolleginnen und Freundinnen seiner Mutter gefragt. Doch Celine war keine große Hilfe; sie hat sich fast nur an Vornamen erinnert, was Dario nicht weiterhilft. Nur von drei Freundinnen, die Anna kannten, wusste sie den Vor- und den Nachnamen. Doch auch diese konnte Dario nirgends finden, wahrscheinlich, weil Annas damalige Freundinnen nach einer Heirat nicht mehr den gleichen Familiennamen tragen wie vor dreißig Jahren. Überall nur Sackgassen, egal, welche Richtung er einschlägt. Langsam verlässt ihn der Mut.

Dario bleibt gerade noch genug Zeit für eine Dusche. Er föhnt sein volles Haar, rasiert sich im Eiltempo, putzt sich die Zähne, zieht sein eng anliegendes schwarzes T-Shirt an. Kritisch betrachtet er im Spiegel sein Gesicht. Es ist braun gebrannt, und seine ersten Falten gehen noch immer als Lachfalten durch. Eigentlich findet er sich ganz okay, auch wenn er körperlich nicht mit einem Hünen à la Bullen-Bernard mithalten kann. Er muss Malou halt mit seinem Charme erobern. Dario lüftet kurz seine Wohnung durch und wechselt rasch den Bettbezug. Er wünschte sich zwar, dass Malou ihn endlich mal mit zu sich nach Hause mitnehmen würde, aber er will für den Fall der Fälle, dass sie wieder bei ihm landen, gewappnet sein. Er greift zum Schlüssel, als sein Handy piepst. Eine Nachricht von Malou. Hoffentlich hat sie es sich nicht anders überlegt.

Könntest du bitte die Schwarz-Weiß-Aufnahme von Anna mitbringen, die im Großformat? Danke.

Dario weiß sofort, welches Foto Malou meint. Er holt die Geldkassette hervor, sucht das Bild heraus und blickt sich nach einem Karton oder einer Mappe um, damit er es sicher verpacken kann. Doch er findet nichts, das sich dafür eignet. Also versorgt er das Foto wieder in der Kassette. Wenn Malou es sehen will, dann muss sie schon hierherkommen. Ein schelmisches Lächeln legt sich auf seine Lippen.

Dario merkt, dass er nun doch auf einmal knapp dran ist. Also mietet er sich an der nächsten Straßenecke ein E-Bike, damit ist er am schnellsten im Zentrum der Altstadt, und er kommt dabei nicht mal ins Schwitzen.

Als er das Elektro-Rad wenig später auf dem Kornhausplatz abstellt, sieht er mitten unter den Fahrrädern eine braune Vespa stehen. Das muss Malous Roller sein. Tatsächlich sitzt sie bereits in der Rathausgasse an einem Tisch vor dem *Les Amis*, als er um die Ecke biegt. Sie steht auf, als sie ihn sieht, und begrüßt ihn mit einer kurzen Umarmung.

»Ich hol mir auch was.« Dario weist mit dem Kinn auf Malous Kaffeetasse und besorgt sich drinnen an der Theke ein kühles Bier.

»Du bist tatsächlich nach München gefahren?«, fragt er, als er zurück am Tisch ist. »Ich wäre mitgekommen, wenn du mich gefragt hättest.«

»Ich hab mich spontan entschieden, Isabel und ihre Großeltern hatten gerade Zeit, also hab ich mich in den nächsten Zug gesetzt.«

»Ihre Großeltern?«

Malou berichtet Dario von ihrem Ausflug in das Reihenhaus an der Graubündenerstraße in München und was sie dort erfahren respektive gefunden hat: Die Postkarten mit dem gleichen Text und ähnlichen Tiermotiven sowie die Schwarz-Weiß-Fotografie, die sie stutzig gemacht hat.

»Hast du Annas Bild dabei?«

»Nein, tut mir leid, ich habe keinen Kartonumschlag gefunden, um es zu transportieren.«

Dario sieht Malous Blick an, dass sie an seinen Worten zweifelt.

»Ehrlich«, bekräftigt er. »Ich wollte nicht riskieren, dass es irgendwie beschädigt wird. Es ist mein Lieblingsfoto von Anna.«

Malou nickt und holt eine Mappe aus ihrer Tasche. Sie klappt sie auf und zeigt Dario die Fotografie von Karina. Er erkennt sofort, worauf Malou hinauswill: Karina posiert auf einem Stuhl für einen Fotografen, der sehr geschickt mit Licht und Schatten spielt. Alles in Schwarz-Weiß. Vom Stil her erinnert das Bild stark an jenes von Anna.

»Denkst du, es könnte der gleiche Fotograf sein?«

»Ja. Zumal ich meine, auch bei Herbert Kipfer ähnliche Aufnahmen gesehen zu haben. Ich habe ihm eine Nachricht geschickt, dass er die Bilder abfotografieren und per WhatsApp senden soll, die Originale wird er mir per Post zuschicken. Aber noch ist nichts angekommen.«

»Vielleicht hat Isabels Mutter mal Urlaub in Bern gemacht und im gleichen Fotostudio einen Termin gebucht«, mutmaßt Dario.

»Vielleicht, vielleicht auch nicht«, wägt Malou ab. »Doch es gibt in jedem Kriminalfall einen entscheidenden Moment, der die Wende bringt. Manchmal erkennt man ihn erst im Nachhinein. Aber ich glaube, das hier ist so ein Moment: Die Fotos sind der Hinweis, der uns zum Täter führen wird.«

»Aber wie?«

»Das weiß ich noch nicht. Ich muss herausfinden, ob

die Fotos wirklich vom gleichen Fotografen stammen. Ich zeig dir was.«

Erneut holt Malou eine Mappe aus der Tasche, diese jedoch sieht verstaubt und alt aus. Sie sucht eine Fotografie heraus und legt sie auf den Tisch.

»Anna!«, ruft Dario. »Woher hast du das Bild?«

»Aus der Polizeiakte.«

»Kann ich das haben?« Dario greift nach der Aufnahme, Malou zieht sie weg, dreht sie um.

»Fühl mal.«

Malou nimmt das Foto von Karina vom Tisch und dreht es ebenfalls um.

»Und hier, spür die Beschaffenheit des Papiers, ich denke, es ist das gleiche Fotopapier – und da steht ein Name: Manuel.«

Dario versucht, die winzige Schrift zu entziffern. *Manuel* könnte hinkommen. Er kennt mehrere Personen dieses Namens, aber alle tauchten erst in seinem Leben auf, nachdem seine Mutter verschwunden war. Er kann den Namen nicht mit Anna in Zusammenhang bringen.

»Der Name sagt mir nichts. Und ich denke, dass sich jedes Fotopapier so anfühlt«, wendet er ein. »Das ist kein Beweis dafür, dass die Bilder vom gleichen Fotografen stammen. Vielleicht war diese Art der Fotografie in den Neunzigerjahren gerade in Mode.«

»Ich kenne mich zu wenig aus, ich weiß auch nicht, ob man feststellen kann, ob zwei Bilder auf demselben Papier oder sogar im selben Labor entwickelt worden sind, aber ich werde es herausfinden.«

Malou klingt überzeugt, dass ihr das gelingen wird. Dario bewundert ihren Eifer. Sobald sie die kleinste Spur erkennt, prescht sie los, um der Sache auf den Grund zu gehen. Er wünschte sich, er könnte die gleiche Energie aufbringen. Aber da ist etwas in ihm, das ihn ausbremst: Eine diffuse Angst vor der Realität, die Ahnung, dass das Wissen um die Wahrheit womöglich nicht immer die bessere Option ist.

»Ich weiß nicht, ich …« Dario kratzt sich an der Stirn.

Malou starrt ihn an. »Mach das noch mal!«

»Was?«, fragt Dario irritiert.

»Das, was du eben gemacht hast.«

Dario überlegt, dann kratzt er sich erneut an der Stirn.

»Nein, nicht das Kratzen. Die Augen!«

»Was ist mit meinen Augen?«

Dario versteht nicht. Was will Malou von ihm? Er hat überhaupt nichts mit seinen Augen gemacht.

»Du hast geblinzelt. Du hast nervös geblinzelt.«

»Hab ich das?«

»Ja.«

»Okay …«

»Kannst du das noch einmal machen?«

»Nein, ich weiß nicht, wie ich geblinzelt habe. Ist alles in Ordnung?«

Malou antwortet nicht, sondern starrt stumm und konzentriert in sein Gesicht.

»Malou, sag schon, was ist los mit dir? Was hast du?«

»Dieses Blinzeln. Ich habe es kürzlich gerade erst gesehen.« Malou schließt die Augen, stützt die Stirn in ihre

Hand. »Heilandsack, ich hab's. Ich kann's nicht glauben, aber ich hab's! Das erklärt natürlich einiges.«

»Malou, wovon sprichst du?«

»Siehst du, jetzt hast du es wieder gemacht! Du hast geblinzelt!«

»Und?« Dario mag es nicht, wenn die Frau vor ihm nur Andeutungen macht und nicht mit ihm spricht. Er fragt sich, was Malou mit dem Theater bewirken will. Da legt sie ihre Hand auf seine, als müsse sie ihn beruhigen. Ihm scheint es, als müsste eher sie beruhigt werden. »Sag schon, was ist das Problem, wenn ich mit den Augen blinzle?«

»Dario, ich glaube, ich weiß, wer der Mörder deiner Mutter ist.«

41.

Malou hat ein schlechtes Gewissen. Sie ist aufgestanden, hat sich eiligst von Dario verabschiedet und ihn mit seinen Fragen einfach sitzen gelassen. Aber sie kann ihn unmöglich jetzt schon einweihen; zu vage ist ihr Verdacht, vielleicht liegt sie völlig falsch. Und sie will Dario nicht unnötig belasten. Sie wird ihn erst dann in ihre Überlegungen miteinbeziehen, wenn sie sich sicher ist; und dafür sind zusätzliche Abklärungen nötig. Auch muss sie mit jemandem reden, der ihr weiterhelfen kann: Sie braucht *The brain.*

Ein Anruf bei der mit ihr befreundeten Direktorin Verena Studer genügte, um eine weitere Besuchsbewilligung für Bettina im Frauengefängnis zu erhalten. Als sie an der Justizvollzugsanstalt in Hindelbank ankommt, ist sie etwas zu früh; die Besuchszeit beginnt erst in einer Viertelstunde. Malou nutzt die Zeit, um sich im Internet schlauer zu machen. Manchmal fragt sie sich, wie ihre Vorgänger ermitteln konnten, als es das World Wide Web noch nicht gab. Sie wäre auf jeden Fall total aufgeschmissen. Malou gibt die Suchwörter *Tic, genetisch* und *vererbbar* ein und stößt auf einen Link der medizinischen

Hochschule Hannover, die für eine Studie nach Probanden sucht.

Seit Langem ist bekannt, dass Tics in manchen Familien gehäuft auftreten, steht auf der Webseite. *Bis heute konnte aber kein spezielles Gen (=Erbanlage) identifiziert werden, das tatsächlich Tics verursacht.*

Deutlicher ist der Text, den Malou auf einer Webseite von Neurologen und Psychiatern findet. Unter dem Titel *Genetischer Einfluss* steht: *Eine genetische Veranlagung zu Tic-Störungen ist sehr ausgeprägt. Wie bei den meisten neuropsychiatrischen Störungen ist der genetische Hintergrund auch bei Tic-Störungen offenbar von verschiedenen Risiko-Genen bestimmt.*

Der Großteil des Textes bezieht sich zwar auf das Tourettesyndrom, und Malou ist sich nicht sicher, ob ein auffälliges Augenblinzeln oder eher das nervöse, kurze Zusammenkneifen der Augen bereits als Tic bezeichnet werden kann. Trotzdem fühlt sie sich in ihrer Theorie bestätigt.

Es ist Zeit. Malou lässt dasselbe Prozedere über sich ergehen wie beim letzten Mal, bevor sie sich im Besucherraum an den Zweiertisch setzt und auf Bettina wartet. Als sie von einer Vollzugsangestellten hereingeführt wird, sieht Bettina noch schlechter aus. Wie eine Blume, die zu lange ohne Wasser ist und verwelkt, denkt Malou. Der Gedanke, dass Bettina wahrscheinlich noch für viele Jahre hierbleiben muss, versetzt ihr einen Stich ins Herz. Doch Bettina strahlt, als sie Malou erblickt.

»Danke, dass du hier bist«, sagt sie, als sie sich an den

Tisch setzt. »Und danke, dass du im Gerichtssaal warst –
die Verhandlung ist ja aus unvorhersehbaren Gründen
etwas kürzer ausgefallen als geplant.«

»Und du musst weiterhin auf ein Urteil warten.«

»Es ist okay, letztlich spielt es keine Rolle, ich komme
hier sowieso nicht früher raus. Aber wenigstens erhalte
ich netten Besuch, ich hoffe, du bist hier, weil du meine
Hilfe brauchst.«

Malou und Bettina müssen beide lachen, und es tut
gut, dass das noch immer möglich ist.

»Ich mache dich zu meiner persönlichen Beraterin«,
sagt Malou. »Dein größter Wettbewerbsvorteil ist, dass
du mir nicht entkommen kannst.«

Bettina lacht. »Und ich dachte, dass ich vor allem
mit meinem herausragenden Intellekt Punkte machen
könnte.«

»Das natürlich auch. Du bist mein bester Sparrings-
partner.«

»Geht es noch immer um die vermisste Frau?«

»*Frauen*. Es sind mittlerweile mehrere. Um genau zu
sein: drei.«

»Was zur Hölle ... Du hast also doch begonnen zu ermitteln. Hast du Sandro überzeugen können?«

»Nein, ich habe Urlaub genommen. Und ich habe einiges herausgefunden.«

Malou braucht fast zehn Minuten, um Bettina auf den
neuesten Stand zu bringen. So knapp wie möglich und
so ausführlich wie nötig erzählt sie ihr von den beiden
anderen Frauen, von Nathalie Kipfer und Karina Wag-

ner, von den Schwarz-Weiß-Fotografien, von den anonymen Geburtstagskarten und von dem ungebetenen Besucher in ihrem Haus. Schließlich breitet sie vor Bettina ihre Theorie aus.

»Als ich aus München zurück war, traf ich Dario. Ich saß ihm gegenüber, als er plötzlich seltsam blinzelte. Das irritierte mich, und ich wusste im ersten Moment nicht, warum. Doch auf einen Schlag fiel mir ein, wo ich dieselbe nervöse Geste kurz zuvor schon mal gesehen hatte: dasselbe Zusammenkneifen der Augen, das Zucken der Augenbrauen und die senkrechte Falte, die sich dabei in der Mitte der Stirn bildet. Ich habe es nicht nur bei Dario gesehen, sondern auch bei Isabel, der Tochter der vermissten Karina. Es ist zu offensichtlich, und es kann kein Zufall sein: Ich glaube, ich habe gestern Darios Schwester gegenübergesessen. Genauer gesagt: seiner Halbschwester. Andere Mutter – gleicher Vater. Offenbar sind Tics vererbbar.«

Bettina hat Malou aufmerksam zugehört und sie nicht einmal unterbrochen. Jetzt nickt sie zustimmend. »Das ist korrekt. Das heftige Blinzeln mit den Augen kann ein motorischer Tic sein, der völlig unwillkürlich abläuft und nicht beabsichtigt ist. Zwar ist die genaue Ursache dafür bis heute unbekannt, als gesichert gilt aber, dass eine genetische Veranlagung eine Rolle spielt. Tic-Störungen treten nämlich oftmals familiär gehäuft auf. Außerdem mehren sich zunehmend Hinweise, dass eine Störung im Botenstoffwechsel im Gehirn an der Entstehung von Tic-Störungen beteiligt ist, zum Beispiel ein Überschuss am Botenstoff Dopamin.«

Würde Malou irgendwem gegenübersitzen, würde sie denken, dass die Person gerade blufft. Doch bei Bettina ist sie nicht überrascht, dass sie das alles aus dem Ärmel schütteln kann, sie hat ihren Spitznamen nicht ohne Grund; Bettina war schon immer ein wandelndes Lexikon.

»Daher komme ich zum gleichen Schluss wie du: Die beiden könnten verwandt sein. Ob du recht hast, wird aber letztlich erst die DNA-Analyse zeigen.«

»Gehen wir mal von der Hypothese aus, dass ich recht habe. Das würde bedeuten, dass die beiden denselben Vater haben, dass sowohl Isabels Mutter als auch Darios Mutter mit ihm zusammen waren – bevor sie verschwanden.«

»Dann ist der Vater die Verbindung zwischen den zwei Fällen«, stellt Bettina fest. »Und es gibt eine weitere Parallele …«

»… die Schwarz-Weiß-Fotografien«, beendet Malou Bettinas Satz.

»Der Vater von Isabel und Dario war Fotograf«, folgert Bettina. »Er hat Karina und Anna fotografiert – und womöglich auch Jonas' Mutter Nathalie.«

»Vielleicht ist auch Jonas mit Isabel und Dario verwandt. Der unbekannte Vater der mutterlosen Kinder ist ein und dieselbe Person.«

Einen Moment lang schauen sich Bettina und Malou schweigend an.

»Wenn ich die Hypothese zu Ende denke, dann glaube ich …«

»… dass der Vater der Kinder der Mörder der Mütter ist«, beendet Bettina Malous Satz.

»Genau das wollte ich sagen.«

»Ich weiß. Und ich glaube, du hast recht.«

42.

Dario sitzt noch immer hinter seinem Bierglas. Er ist unentschlossen, ob er wütend oder enttäuscht sein soll. Sie hat ihn einfach sitzen gelassen. Und nicht nur das: Sie hat ihm auf seine Fragen nicht geantwortet. Hat gesagt, sie müsse sich zuerst sicher sein. Als sei er irgendein Fremder. Das hier ist ihre gemeinsame Mission, nur scheint Malou das vergessen zu haben.

»Scheiße«, flucht Dario laut.

Die junge Frau am Tisch nebenan wirft einen strafenden Blick zu ihm herüber.

Dario steht auf, er muss etwas machen, er kann nicht einfach tatenlos sitzen bleiben. Unentschlossen, wohin er gehen soll, marschiert er drauflos, zögert, wechselt die Richtung. Scheiße, denkt er erneut, er ist zu nervös, er muss sich beruhigen. Dario lehnt sich neben einem Schaufenster unter der Laube an eine Sandsteinsäule und atmet langsam ein und langsam aus. Lässt die Leute an sich vorbeigehen, atmet ein, atmet aus, konzentriert sich nur noch auf sich selbst, so wie er das damals in der Therapie gelernt hat. Beruhigen. Runterfahren. Es bringt nichts, wenn er jetzt austickt, er muss sich wieder in den

Griff kriegen. Langsam atmen, ruhig werden. Dario spielt mit dem Gedanken, schwimmen zu gehen, das hilft immer, wenn er sich in eine Verzweiflung hineinsteigert, aber er hat nicht den Nerv dafür, er ist zu aufgeregt, er muss etwas tun.

Dario, ich glaube, ich weiß, wer der Mörder deiner Mutter ist.

Malous Satz poltert durch seinen Kopf, wieder und wieder. Wäre er nicht verliebt in sie, würde er sie dafür hassen, dass sie diesen Köder auswirft und dann einfach verschwindet. Respektlos, als wäre er es nicht wert, dass sie mit ihm spricht. Beruhigen, beruhigen, beruhigen. Dario zwingt sich, langsam ein- und langsam auszuatmen. Er muss etwas tun.

Malou hat von seinem Augenblinzeln gesprochen. Er ist sich nicht bewusst, dass er das macht. Nie zuvor hat ihn jemand darauf aufmerksam gemacht. Keine Ahnung, was das sollte und was das zu bedeuten hat. Sie wirkte, als wäre sie nicht mehr recht bei Verstand. Der einzige nützliche Hinweis, den er von ihr erhalten hat, ist der Name auf der Rückseite von Karinas Foto: *Manuel*. Dieser Name und der Verdacht, dass alle drei vermissten Frauen vom gleichen Fotografen abgelichtet worden sein könnten. *Manuel*. Warum hat Isabels Mutter den Namen auf die Rückseite des Fotos notiert? Weil sie das Bild einem Manuel schenken wollte? Das ergibt keinen Sinn. Weil das Bild von einem Manuel gemacht worden ist? Schon eher. Und das wiederum könnte bedeuten, dass Manuel die Verbindung zwischen den Fällen ist.

Dario fragt sich, ob man heute als professioneller Fotograf finanziell überhaupt noch über die Runden kommt. Er denkt an den Pressefotografen der *Berner Zeitung*, der fast eine Stunde benötigt hat, um ihn vor den Bildern von Anna abzulichten; dann gibt es noch Kunst- und Werbefotografen. Ob sie alle über ein Atelier verfügen? Falls dieser Manuel ein eigenes Atelier hatte, ist es durchaus möglich, dass es noch immer existiert. Er muss nicht zwingend bereits im Ruhestand sein. Anna wäre es auch nicht; sie wäre heute sechsundfünfzig, würde sie noch leben.

Der Gedanke weckt in Dario den wohlvertrauten Schmerz, der nie ganz weg ist, auf einen Schlag wieder mächtig wird und ihn ausfüllt und seinen Körper gleichzeitig zu einer leeren Hülle macht – bis der Schmerz von einer schweren Traurigkeit verdrängt wird, die alles dunkel werden lässt. Er stellt sich Anna als sechsundfünfzigjährige Frau vor. Was sie wohl arbeiten würde? Wie sie wohl aussähe? Wie oft sie sich wohl sehen würden?

Dario schiebt die Fragen weg, zu oft lässt er sich von ihnen quälen. Fokussieren jetzt. *Manuel.* Er muss versuchen herauszufinden, wer Manuel ist. Dario greift zum Handy und öffnet im Internetbrowser das Online-Branchenverzeichnis. Als Suchbegriff gibt er *Fotografie* ein, Region: *Kanton Bern.* Zu seiner Überraschung spuckt ihm das Verzeichnis eine Vielzahl von Fotoateliers aus. Aber nur zwei Fotografen heißen mit Vorname Manuel. Allerdings ist bei drei weiteren Ateliers bloß ein Nach- oder ein Firmenname angegeben.

Dario beschließt, nach dem Ausschlussprinzip vorzugehen. Er googelt zunächst nach der Webseite des Ateliers Fotografik 21.

Hey, ich bin Michelle, deine Premium-Fotografin für den wichtigen Augenblick. Ich bin spezialisiert auf hochwertige Babyfotos und Babybauchshootings … Fehlanzeige. Dario liest gar nicht erst weiter.

Zu *Bucher Photographie* findet er keine Webseite, also wählt er die angegebene Telefonnummer. Herr Bucher meldet sich sofort.

»Guten Tag, Herr Bucher, hier Dario Forster.«

»Guten Tag, Herr Forster, wie kann ich Ihnen helfen?«

Dario zögert. Er verflucht sich selbst dafür, dass er sich einmal mehr nicht im Voraus überlegt hat, was er eigentlich genau sagen will.

»Ich hatte kürzlich Kontakt mit einem Fotografen«, erklärt Dario zögerlich. »Sein Vorname ist Manuel, nun bin ich auf der Suche nach ihm.«

»Warum?«, fragt Herr Bucher.

Mist, denkt Dario.

»Ähm. Also. Es ist so … ich habe ihn in einer Bar getroffen und, nun ja, wir waren uns sympathisch, und dann haben wir uns aus den Augen verloren. Ich weiß nur, dass er Manuel heißt und Fotograf ist.«

Dario findet, dass man ihm die Lüge anhört, doch Herr Bucher scheint sie ihm abzukaufen.

»Also, mein Name ist Fred. Und ich bin auch nicht schwul. Aber ich wünsche Ihnen viel Erfolg bei Ihrer Suche.«

Dario glaubt, aus Freds Tonfall ein Schmunzeln herauszuhören. Er bedankt und verabschiedet sich.

Der Anruf bei Fotografie Meyer und Meyer gestaltet sich um einiges einfacher. Der Mann, der ihn entgegennimmt, stellt keine Fragen und teilt ihm mit, dass in seinem Atelier niemand namens Manuel arbeitet. Somit hat sich auch das erledigt.

Bleiben zwei übrig: Fotografie Manuel Vaterlaus in Köniz und ArtPhotographie Manuel Lutz in Bern. Dario entscheidet sich, bei Letzterem anzufangen, weil das Atelier direkt in der Altstadt liegt und er gleich vorbeigehen kann.

Doch zuvor kauft sich Dario in einer Papeterie eine stabile Kartonmappe. Er mietet sich erneut ein E-Bike, um zu sich nach Hause zu fahren und das Bild von Anna zu holen. Eine halbe Stunde später steigt er in einen der für Berns Altstadt typischen Gewölbekeller hinab und findet sich vor einer Glastür wieder, die in ein Atelier führt. *Geöffnet*, steht auf einem Schild hinter der Scheibe. Dario stößt die Tür auf und schrickt zusammen, als über ihm ein Glockenspiel erklingt.

Das Atelier ist eher eine Galerie. Dario tritt ein, sieht sich um, es ist keiner da. Er betrachtet die gerahmten Bilder an den Wänden. Fotografien. Schattenspiele. Alle in Schwarz-Weiß.

43.

»Genau das ist meine These: Der Vater – der Täter. Nur habe ich keine Ahnung, wie ich ihn finden soll.«

Malou schaut Bettina fragend an, als könnte sie ihr hier und jetzt den Mörder präsentieren – den Täter einer Mordserie, die noch nicht einmal als eine solche erkannt worden ist. Ein Mörder, dem möglicherweise noch mehr Frauen zum Opfer gefallen sind.

»Ich fürchte, du bist ihm schon näher gekommen, als mir lieb ist«, meint Bettina. »Ich denke nach wie vor, dass die Geburtstagskarten an die Kinder vom Täter stammen. Und dass er demnach auch in deinem Haus gewesen ist. Das heißt, dass er dich beobachtet. Du musst vorsichtig sein.«

Obwohl Malou das Gleiche denkt, macht es doch einen Unterschied, die Worte aus Bettinas Mund zu hören.

»Ich habe das Schloss ausgewechselt, wenigstens kommt er jetzt nicht mehr ohne Weiteres in mein Haus rein.«

Bettina braucht nichts zu sagen. Malou liest in ihrem Blick, was sie nicht ausspricht: Dass der Kerl auch einfach eine Fensterscheibe einschlagen kann. Dass er ihr vor der

Haustür auflauern kann. Dass sie, falls sie wirklich ins Visier eines Serienmörders geraten ist, nirgends sicher ist.

»Du musst ihn kriegen«, sagt Bettina.

»Ich weiß nicht, wie.«

»Du solltest mit Sandro reden.«

»Pfft, der ...«

»Malou, die Sache ist zu groß, um es allein durchzuziehen.«

»Das sagt gerade die Richtige.«

Bettina schweigt betroffen.

»Entschuldige«, sagt Malou.

»Lass uns nachdenken.«

Bettina ist bekannt dafür, dass sie nicht leise nachdenkt. Sie ist eine Lautdenkerin, was im Team der Ermittler immer nützlich war. Wenn Bettina laut nachdachte, stieß sie stets eine Diskussion an und brachte auch die anderen auf neue Ideen.

»Unser Verdacht ist: Der Vater von Isabel und von Dario und vielleicht auch von Jonas hat deren Mütter entführt«, überlegt Bettina. »Und zwar stets am fünften Geburtstag der Kinder. Das heißt, er muss die Frauen etwa fünf Jahre und neun Monate vor der Tat geschwängert haben.«

Als Malou Bettinas Worte hört, realisiert sie, wie abstrus sich ihre These anhört.

»Das würde bedeuten, ein Mann zog durchs Land, schwängerte Frauen, um diese dann am fünften Geburtstag ihres gemeinsamen Kindes umzubringen«, resümiert Malou. »Ich weiß nicht. Das klingt so was von unrealistisch. Ich meine: Wer um Himmels willen sollte so etwas tun – und vor allem: warum?«

»Niemand weiß besser als wir, dass es nichts gibt, was es nicht gibt. Absolut nichts.«

Malou muss Bettina recht geben.

»Und vielleicht war das nicht von Anfang an sein Plan. Womöglich hatte er wirklich beabsichtigt, mit der jeweiligen Frau eine Familie zu gründen. Doch dann ist etwas passiert, das ihn zu den Taten trieb. Geht das mit den Kindern zeitlich auf?«, fragt Bettina.

Malou wünschte sich, sie hätte ihr rotes Notizbuch mit hereinnehmen können. Sie hat nicht einmal einen Stift oder einen Zettel dabei, um sich Notizen zu machen. Sie muss mit der Direktorin reden und sie um eine Bewilligung bitten.

»Dario ist fünfunddreißig, Isabel einundzwanzig, Jonas wäre heute dreizehn Jahre alt«, sagt Malou.

»Nehmen wir an, der Täter war etwa dreiundzwanzig, als er Dario zeugte. Dann war er siebenunddreißig, als er die Mutter von Isabel schwängerte, und fünfundvierzig, als er mit Jonas' Mutter intim war«, rechnet Bettina vor. »Das ist alles durchaus denkbar.«

»Aber es hört sich so was von schräg an.«

»Klar ist, dass er nach den Taten die Kinder nicht aus den Augen verloren hat, im Gegenteil. Dario kam in ein Kinderheim, korrekt?«

»Richtig.«

»Er hat dort die Karten erhalten, seither ist er bestimmt mehrmals umgezogen, und er erhält die Karten auch heute noch. Also hat der Täter immer gewusst, wo er wohnte.«

»Falls der Täter der Absender ist.«

»Davon gehen wir nach unserer These jetzt einmal aus.«

»Einverstanden.«

»Dasselbe gilt für Isabel. Nach Jonas' Unfalltod – wurden da noch Karten verschickt?«

»Ich glaube nicht.«

»Also muss der Täter mitgekriegt haben, dass der Junge gestorben ist.«

»Korrekt.«

»Das heißt, seine Kinder sind ihm nicht egal, er interessiert sich für sie.«

»Okay.« Malou weiß nicht, worauf Bettina hinauswill.

»Wahrscheinlich empfindet er einen gewissen Stolz, dass da draußen seine Kinder groß werden. Ich gehe davon aus, dass wir es mit einem Mann zu tun haben, der zumindest an einer narzisstischen Persönlichkeitsstörung leidet. Jemand, der seinen Samen streut und dann die Mütter tötet ... der muss ziemlich krank im Kopf sein.«

»Okay«, wiederholt Malou, die immer noch nicht ganz folgen kann.

»Der Stolz ist sein schwacher Punkt«, überlegt Bettina laut. »Hier müssen wir ihn kriegen. Wir müssen ihm eine Falle stellen.«

»Eine Falle ...«

»Ich habe da auch schon eine Idee.«

»Die Besuchszeit ist um«, sagt in dem Moment die Vollzugsbeamtin. Malou hat nicht einmal wahrgenommen, dass sie sich ihnen genähert und sich hinter Bettina hingestellt hat.

»Bitte, noch fünf Minuten«, sagt Bettina.

»Es tut mir leid, wir sind schon über der Zeit.«

»Ich kenne die Direktorin Verena Studer. Wir stecken mitten in einer polizeilichen Ermittlung, ich bitte Sie, wir können hier nicht einfach abbrechen«, legt Malou nach.

»Die Besuchszeit ist um.« Die Frau zuckt nicht mal mit der Wimper. »Es gibt gleich Essen, wir können hier nicht für jede eine Ausnahme machen, das bringt sonst alles durcheinander. Wir sind hier in einem Gefängnis, nicht in einem Sanatorium.«

»Lass es gut sein«, lenkt Bettina ein. »Ich kann dich anrufen, ich habe noch ausreichend Gesprächsminuten auf dem Konto. Morgen.«

Die Vollzugsbeamtin fasst Bettina am Arm, sie steht auf, zuckt mit den Schultern.

»Aber arbeite dich schon mal rasch in den Fall von Bernd Neumann ein«, ruft Bettina über die Schulter zurück. »Lies in den Akten nach, was der Profiler über ihn gesagt hat und wie sie ihn gekriegt haben, das ist der Weg, der uns zu unserem Täter führt.«

Der Name Bernd Neumann sagt Malou etwas, aber sie kann ihn nicht einordnen.

»Danke, bis bald!«, ruft sie Bettina nach.

Auf dem Weg nach draußen murmelt Malou ohne Unterlass den Namen Bernd Neumann vor sich hin. Als sie im Vorraum beim Empfang angekommen ist und ihre persönlichen Gegenstände zurückerhält, macht sie sich gleich eine Notiz. Erst als sie vor der Strafanstalt auf dem Parkplatz steht, greift sie zum Handy, um nach dem Fall Neumann zu googeln. Sie stößt auf einen Zeitungsartikel und liest den Titel: *Der Marathonläufer, der die Frauen hasste.* Der Text ist sieben Jahre alt, und ein Nachruf: Bernd Neumann lebt nicht mehr.

44.

»Hallo, ist da jemand?«

Darios Stimme hallt von den hohen Wänden des Gewölbekellers wider, doch eine Antwort erhält er nicht. Es kann doch nicht sein, dass die Tür des Ateliers offen steht, aber keiner da ist. Dario beschließt zu warten. Er betrachtet die Fotografien an der Wand eingehender. Eines zeigt eine Frau, die direkt in die Kamera blickt. Ihr Gesicht ist frontal fotografiert, darüber liegen diagonale schwarze Streifen; wahrscheinlich die Schatten einer Jalousie. Ein Auge verschwindet dadurch ganz im Dunkeln. Das nächste Bild muss in einem großen Raum mit einer Fensterfront aufgenommen worden sein. Eine Frau sitzt auf einem Sockel, mit dem Rücken an die Wand gelehnt. Der Schatten zeichnet Rechtecke an die Wand, sie stammen von den dünnen Fensterrahmen, die die großen Scheiben unterteilen. Rechts und links oben hängen die überdimensionierten Schatten von Hängelampen ins Bild. Die dritte Fotografie zeigt eine Frau mit hochgestecktem Pferdeschwanz im Profil. Sie steht zwischen einem Scheinwerfer und der Kamera, sodass ihr Kopf die Lichtquelle fast ganz verdeckt und nur ein schmaler, heller Schein um sie herum bleibt. Dadurch ist wie bei einem Heiligenschein die Silhouette ihres Gesichts und ihrer Haare zu erkennen, ansonsten besteht das Bild nur aus Schwarz.

Drei Bilder, drei Frauen. Schwarz-weiße Schattenspiele. *Ich glaube, ich weiß, wer der Mörder deiner Mutter ist.* Auf einmal hat Dario wieder Malous Satz im Kopf. Wenn ein und derselbe Fotograf die Aufnahmen von Anna, Karina und Nathalie gemacht hat, heißt das, dass er auch ihr Entführer sein könnte. Und falls Manuel Lutz dieser Fotograf ist, dann steht Dario jetzt in diesem Moment womöglich im Atelier eines Mörders. Der Stil des Fotografen passt – die Bilder an der Wand sind jenen von Anna und Karina sehr ähnlich. Und er trägt den Vornamen, der hinten auf Karinas Foto steht. Vielleicht, denkt Dario auf einmal, war es doch nicht die beste Idee, allein hierherzukommen. Womöglich ist es besser, wenn er wieder verschwindet.

Er steigt die drei Stufen zur Glastür hoch, stößt sie auf, überlegt es sich noch einmal anders und kehrt wieder um. Er will wenigstens ein paar Fotos von den Bildern machen, damit er sie Malou zeigen kann. Dario holt sein Handy aus der Tasche, fotografiert die Aufnahmen, steckt es weg und wendet sich wieder der Tür zu. Dahinter steht ein Mann.

Darios Herz setzt einen Schlag lang aus, erschrocken starrt er den Hünen an, der die Glastür öffnet und das Atelier betritt. Er ist etwa ein Meter neunzig groß, doch seine Frisur ist so wuchtig, dass sie ihn bestimmt nochmals um mindestens zehn Zentimeter größer macht. Das wilde graue Haar steht wirr von seinem Kopf ab und erinnert vage an ein Vogelnest, das einen Sturm nur knapp überstanden hat. Er trägt eine schwarzgerahmte Brille mit viereckigen Gläsern, buschige Augenbrauen und einen ebensolchen Schnurrbart. Wenn die Brille nicht wäre, würde er glatt als Double von Albert Einstein durchgehen, ein Einstein in seinen frühen Sechzigern. In der einen Hand trägt er eine prall gefüllte Papiertasche, unter den anderen Arm hat er eine Familienpackung Klopapier geklemmt.

»Oh, ein Kunde, damit habe ich nicht gerechnet!«, ruft er aus, als er über die drei letzten Stufen in den Keller steigt.

Er stellt Klopapier und Tasche ab, wischt sich die Hand am Hosenbein sauber und streckt sie Dario hin.

»Manuel Lutz, ich bin der Galerist.«

Dario reicht ihm die Hand, obwohl es ihm widerstrebt.

»Klaus Tanner.« Aus einem Reflex heraus nennt Dario nicht seinen richtigen Namen, sondern jenen seines Nachbarn. »Sind Sie auch der Fotograf? Ich meine; haben Sie diese Bilder gemacht?«

»Ja, das war meine Wenigkeit.« Lutz lacht laut auf. »Ich habe noch mehr, das ist nur die aktuelle Ausstellung. Ich kann Ihnen auch die anderen Aufnahmen aus dieser Serie zeigen, falls Sie interessiert sind.«

»Ja, gerne«, hört Dario sich sagen, obwohl er im Moment nur eines möchte: durch die Glastür aus diesem Keller verschwinden.

»Kommen Sie, hier lang.«

Manuel Lutz hält einen Vorhang auf, hinter dem ein zweiter Gewölbekeller liegt. Während der erste Raum spartanisch wirkt und die Ausstellung darin schön gestaltet ist, herrscht hier hinten ein ziemliches Chaos. Lutz steuert zielgenau auf ein Holzgestell zu, dessen Tablare nicht horizontal, sondern vertikal montiert sind. In den Fächern befinden sich gerahmte Bilder und große Kartonmappen, von denen Lutz eine herauszieht und sie auf den Tisch in der Mitte des Raumes legt. Er schlägt sie auf und breitet mehrere Fotografien vor Dario aus.

»Schön«, kommentiert Dario, unsicher, was er sagen soll, um sich nicht sofort als Kunstbanause zu outen. Die Fotos sind alle im selben Stil gestaltet, auf jedem Bild befindet sich eine Frau. »Fotografieren Sie immer in Schwarz-Weiß?«

Dario fährt zusammen, als die Einstein-Kopie erneut schallend auflacht.

»Nein, wo denken Sie hin? Die Kunden wollen heute alle Farbe. Das hier aber ist mein eigenes Kunstprojekt. Ich liebe schwarz-weiß.«

Das ist nicht zu übersehen, denkt Dario, dem unter anderen Umständen die Bilder gefallen würden. Jetzt aber ist er einfach nur nervös, weil er sich einmal mehr in eine Situation hineingestürzt hat, die ihn überfordert.

»Wie lange arbeiten Sie schon an dieser Serie?«, fragt er den Fotografen.

»Schon lange. Es ist ein Projekt, das mich fast mein Leben lang begleitet.«

Dario blickt von den Bildern auf und stellt fest, dass Lutz ihn mustert. Seine Augen sind zusammengekniffen, Dario kann die Mimik nicht deuten, er weiß nur eines: Auf diese Weise starrt man einen potenziellen Kunden nicht an. Dario unterdrückt seinen Fluchtinstinkt, dennoch wirft er einen Blick zum Vorhang, hinter dem der erste Kellerraum und der Ausgang liegt. Selbst wenn er flüchten würde, käme er hier wohl nicht raus; zwischen ihm und dem Durchgang steht Lutz. Und dieser scheint, obwohl er um die sechzig sein muss, körperlich topfit zu sein.

»Ich kenne Sie«, sagt Manuel Lutz unvermittelt.

Wieder zuckt Dario zusammen.

»Ich glaube nicht, dass wir uns kennen«, antwortet er vorsichtig. *Außer Sie sind derjenige, der meine Mutter getötet hat und mir seither zum Geburtstag Karten schickt,* schiebt er in Gedanken nach.

»Sie schwimmen«, stellt Lutz fest. »Im Marzilibad. Ich bin meist etwas früher dran als Sie.«

Jetzt ist es Dario, der das Gesicht des Fotografen mustert. Es muss ein Bluff sein; er kann sich nicht daran erinnern, Lutz schon mal gesehen zu haben, er kommt ihm nicht einmal bekannt vor.

»Ich trage eine Badekappe«, fügt Manuel Lutz an, als hätte er Darios Gedanken gelesen.

»Ja, ich schwimme tatsächlich dort«, räumt Dario ein.

Auf einmal wird Dario die Nähe bewusst; Lutz steht so nah bei ihm, dass er seine Körperwärme spüren kann. Auch riecht er seinen Atem; eine Mischung aus Tabak

323

und Pfefferminz. Die Distanz ist viel zu gering. Trotz der kühlen Temperatur im Keller beginnt Dario zu schwitzen. Er tritt zwei Schritte zurück und nimmt den Rucksack von seinem Rücken. Er weiß selbst nicht, woher er den Mut nimmt, aber falls Manuel Lutz Annas Mörder ist, dann ist es jetzt eh zu spät; dann ist es um ihn geschehen. Auf einmal spielt es keine Rolle mehr. Er öffnet den Rucksack, zieht die Kartonmappe heraus und legt die Fotografie von Anna auf den Tisch. Ihm fällt nichts ein, das er dazu sagen könnte, also schweigt er. Und damit ist er nicht der Einzige; auch Manuel Lutz sagt kein Wort, er starrt das Foto an.

»Was ist damit?«, fragt er schließlich.

Dario kann seinen Tonfall nicht deuten; Lutz klingt weder verärgert noch überrascht – aber auch nicht mehr freundlich.

»Haben Sie diese Aufnahme gemacht?«

Der Fotograf brummelt etwas Unverständliches. Er dreht das Bild um, studiert die Rückseite. Als suche er nach seinem Namen in der unteren Ecke, denkt Dario.

»Wo haben Sie die her?«

»Sie ist … Familienbesitz. Haben Sie die Frau fotografiert?«, hakt Dario nach.

»Nun, ich habe sehr viele Fotos gemacht, viele Frauen, ich kann die nicht mehr zählen.«

»Ja oder nein?«

»Warum wollen Sie das überhaupt wissen?«

»Ich …« Dario spricht nicht weiter. Die Wahrheit hat hier keinen Platz.

»Es ist eine ästhetische Aufnahme. Eine schöne Frau.«
Manuel Lutz streicht mit dem Finger über Annas Gesicht,
Dario kann die Geste kaum ertragen. »Ja, eine schöne
Frau«, murmelt der Fotograf gedankenverloren. »Ich
glaube, ihr Name war Anna.«

45.

Kaum zu Hause angekommen, setzt sich Malou an den Esstisch in ihrem Wohnzimmer. Sie fährt den Laptop hoch und sucht nach Artikeln über Bernd Neumann, den misogynen Marathonläufer. Da sie damals noch im Drogendezernat gearbeitet hat, war sie nicht in die Ermittlungen involviert. Doch als sie die Texte liest, erinnert sie sich wieder an den Fall. Neumann, ein Bäcker und Ausdauerläufer in seinen Vierzigern, der in jüngeren Jahren bei internationalen Marathon-Wettkämpfen recht erfolgreich gewesen war, hatte zunächst mehrere ältere, dann zunehmend jüngere Frauen überfallen. Seine kriminelle Karriere gleicht einem fatalen Crescendo; seine Taten wurden von Mal zu Mal gewalttätiger und mündeten letztlich in einen Mord. Neumann begann als Handtaschendieb, später spritzte er seinen Opfern Zitronensaft ins Gesicht, um sie zu überwältigen, schließlich wandte er massive körperliche Gewalt an. Er suchte sich seine weiblichen Opfer meist abends im Bus aus und verfolgte sie, nachdem sie ausgestiegen waren. Die Polizei hatte früh erkannt, dass hier ein Serientäter am Werk war, der immer brutaler vorging. Eine Zeit lang setzte sie Undercover-Personal in den

Bussen ein, in der Hoffnung, den Täter in flagranti zu erwischen, allerdings ohne Erfolg. Bis Neumanns Gewaltausbrüche tödlich endeten: In ein und derselben Nacht verletzte er erst eine Frau so schwer, dass sie gelähmt blieb, nur eineinhalb Stunden später überfiel er eine weitere junge Frau und tötete sie.

Malou kann sich nicht daran erinnern, wie ihre Kollegen ihn zwei Monate später schließlich fassten. In den Artikeln ist darüber nichts zu lesen. Allein aufgrund der Informationen in den Medien kommt Malou nicht drauf, was Bettina ihr genau sagen wollte, als sie auf den Fall Neumann verwies. Sie überlegt, ob sie rasch ins Präsidium fahren und die Akten einsehen soll, doch sie will um keinen Preis Sandro über den Weg laufen. Er würde sie bestimmt gleich dabehalten und sie mit Arbeit eindecken. Malou zögert nur kurz, dann wählt sie Bernards Nummer.

Eine Stunde später klingelt Bernard an Malous Tür. Sie hat bei ihm gleich zwei Mal ins Schwarze getroffen. Einerseits bringt er ihr die Kopien des Berichts des Profilers mit, den Malou auf Bettinas Empfehlung hin studieren will, andererseits hat er ihr Informationen aus erster Hand versprochen: Bernard war damals selbst an den Ermittlungen beteiligt. Malou schließt das neue Schloss auf und lässt Bernard herein.

»Das nächste Mal kostet es etwas.« Bernard lacht und hält eine Flasche Wein hoch. »Ich habe uns etwas zu trinken mitgebracht.«

»Sieht danach aus, als ob es eine längere Geschichte wird, danke.« Malou nimmt ihm die Flasche ab. »Hast du Hunger? Ich kann uns etwas kochen.«

Im gleichen Moment, in dem sie den Satz ausspricht, realisiert sie, dass sie seit Tagen nicht mehr einkaufen war und außer ihrem Standard-Notvorrat nichts mehr im Haus hat.

»Das heißt, ich kann uns Tiefkühlpizza backen.« Sie zuckt verlegen mit den Schultern.

»Tiefkühlpizza klingt toll.«

Bernard setzt sich unaufgefordert an den Esstisch im Wohnzimmer, während Malou in der Küche zwei ihrer Notfallpizzas in den Ofen schiebt. Als sie mit Korkenzieher und Weingläsern zurückkommt, holt er die Akten hervor, die er für Malou ausgedruckt hat.

»Hier, das ist der Bericht des Profilers Fischler, den wir damals hinzugezogen haben. Fischler ist eine internationale Größe, wir haben ihn extra aus Österreich eingeflogen.«

»Ich weiß, wer Fischler ist.«

»Er war unser bester Schachzug.« Bernard hebt das Glas. »Santé.«

»Prost.«

Bernard nimmt einen kräftigen Schluck vom Rotwein. Dann erzählt er Malou, was über den Fall Neumann nicht in der Zeitung gestanden hat. Es gab einen weiteren Grund, warum die Polizei schon frühzeitig von einem Serientäter ausging: Neumann hat manchen seiner Opfer nach den Raubüberfällen Gegenstände aus den entwendeten Handtaschen per Postpaket zurückgeschickt; den Ausweis, die Bankkarte, manchmal auch etwas Persönliches wie einen Schlüsselanhänger oder einen Talisman.

»Nach der fatalen Nacht, in der eine Frau schwer verletzt und eine getötet wurde, dachten wir sofort, dass es der gleiche Täter gewesen sein könnte«, erzählt Bernard. »Die Bestätigung unserer These folgte in Form eines Pakets mit persönlichen Gegenständen des Mordopfers – er war so dreist und hat es direkt ans Polizeipräsidium adressiert.«

Die Polizei hatte Profiler Fischler beauftragt, aufgrund der Vorgehensweise des Täters ein psychiatrisches Gutachten über ihn zu erstellen. Fischler kam in seiner Expertise zum Schluss, dass sie es mit einem Mann zwischen dreißig und vierzig Jahren zu tun hatten, der sich vordergründig angepasst verhielt. Der Täter befriedigte laut Fischler ein sexuelles Bedürfnis, indem er Gewalt ausübte, obwohl er dabei keine erkennbare sexuelle Handlung vollzog. Er genoss seine Taten und verlängerte ihre Wirkung, indem er den Opfern einige persönliche Gegenstände zurückschickte – was gleichzeitig als weitere Machtdemonstration verstanden werden konnte.

Malou denkt sofort an die Postkarten, die der Täter in ihrem Fall noch Jahre nach der Tat an die Kinder der Opfer versendet. Womöglich hat Bettina deshalb Parallelen zum Fall Neumann gezogen.

»Es war klar, dass Neumann die Presseberichte verfolgte«, fährt Bernard fort. »Indem er uns das Paket mit den persönlichen Gegenständen des Mordopfers schickte, ist er direkt mit uns in Kontakt getreten – in einen einseitigen Kontakt. Fischler war überzeugt, dass sich der Täter für unangreifbar hielt, dass er eitel und selbstverliebt war – und dass seine Eitelkeit ein Schwachpunkt sein könnte.«

Malou horcht auf. Dasselbe hat Bettina über ihren mutmaßlichen Serientäter gesagt.

»Und genau das haben wir ausgenutzt: Wir veröffentlichten einen Zeugenaufruf mit der Phantomzeichnung des Täters, das eines seiner Opfer erstellt hatte – allerdings haben wir dieses leicht abgeändert. Wir haben den Gesuchten provokativ mit Bartstoppeln und Pickeln im Gesicht dargestellt. In dem dazugehörigen Personenbeschrieb bezeichneten wir ihn als schlecht rasiert und fügten an, dass er über eine unreine Haut verfüge.«

»Was gar nicht stimmte?«

»Ja, was der Zeugin zufolge nicht stimmte.«

»Und das hat funktioniert?«

»Er hat uns kurz darauf einen Brief geschrieben, in dem er sich beklagte, dass wir Unwahrheiten verbreiteten: Er rasiere sich jeden Morgen und seine Haut sei makellos.«

Bernard setzt ein selbstzufriedenes Grinsen auf. In dem Moment sticht Malou ein Geruch aus der Küche in die Nase. Die Pizzen. Sie eilt los, gerade noch rechtzeitig, nur die Ränder sind leicht verkohlt.

»Natürlich hat er auf dem Briefumschlag nicht seine Adresse hinterlassen«, sagt Bernard, der Malou in die Küche gefolgt ist. »Auch hat er, wohl um eine falsche

Spur zu legen, auf Französisch geschrieben.« Er reicht ihr einen Teller, während sie die Pizza aus dem Ofen holt. »Aber dank des langen Briefes hatten wir nun eine umfangreiche Handschriftprobe. Wir haben einen Auszug des Briefes in den Medien veröffentlicht.«

Malou und Bernard tragen die Teller mit den Pizzen ins Wohnzimmer.

»Aber er hat ja schon vorher Pakete versandt«, wendet Malou ein. »Darauf musste er eine Adresse schreiben. Reichte das nicht für eine Handschriftprobe aus?«

»Die Adressen hatte er zuvor immer nur in Großbuchstaben geschrieben.«

Großbuchstaben ... wieder denkt Malou an die Postkarten.

»Und stell dir vor: Eine Zeitungsleserin hat die Schrift wiedererkannt. Ihre Tochter hatte ihr einige Wochen zuvor einen Brief gezeigt. Er stammte von einem Mann, der die Tochter beim Joggen angesprochen hatte. Er hatte sie um die Adresse gebeten und ihr dann den schwärmerischen Brief geschrieben. Der Mutter war das schon damals seltsam vorgekommen. Als sie den Aufruf in der Zeitung las, durchstöberte sie das Altpapier und fand den Brief. Die Handschrift war dieselbe.«

»Und dadurch habt ihr ihn gefunden?« Malou schneidet ihre Pizza in Stücke, um sie dann von Hand zu essen.

»Auf dem Briefumschlag, den er der jungen Frau geschickt hat, standen sein voller Name und seine Anschrift.« Bernard nimmt einen herzhaften Bissen.

»Bingo! Was für eine Geschichte!«

Nur weiß Malou noch immer nicht, was sie damit anfangen soll. Sie wünschte, Bettina würde mit ihnen am Tisch sitzen und könnte ihr erklären, was der Fall Neumann mit ihrem Frauenmörder zu tun hat.

»Das war mein Teil der Abendunterhaltung. Und jetzt sag du mal, warum du dich für den Fall Neumann interessiert. Es geht noch immer um den Cold Case, richtig?«

Malou nickt. »Es geht nicht nur um den einen Fall. Ich glaube, ich bin einem Serienmörder auf die Spur gekommen, von dem wir keine Ahnung hatten, dass er umgeht. Drei Frauen werden seit längerer Zeit vermisst – und ich vermute, dass der unbekannte biologische Vater ihrer Kinder sie getötet hat.«

Bernard zieht die Augenbrauen hoch und betrachtet Malou skeptisch. »Moment mal. Was sagst du da? Alle drei Frauen hatten Kinder von einem unbekannten Vater, der sie dann alle getötet hat. Bist du sicher, dass du dich da nicht in etwas verrennst?«

»Bernard, hör auf damit. Nur weil ich mich in der Freizeit mit einem Fall beschäftige, den Sandro in der Schublade liegen lassen will, heißt das nicht, dass ich mich *verrenne*. Im Gegenteil: Ich ermittle. Und es ist klar, dass die Fälle zusammenhängen: Alle Kinder der Opfer erhielten anonyme Geburtstagskarten mit identischem Text.«

»Wie lautet er?«

»Mama hat dich lieb.«

»Krass, wie makaber ist das denn? Doch was hat der Fall Neumann mit deiner Geschichte zu tun?«

»Wenn ich das wüsste … Bettina hat mir gesagt, ich

müsse ihn mir ansehen, insbesondere das Gutachten des Profilers.«

»Bettina hilft dir beim Ermitteln?«

»Warum nicht? Zeit genug hat sie ja.«

»Und sie kommt zum selben Schluss?«

»Es ist unsere gemeinsame These. Wir wissen noch nicht, ob sie stimmt.«

»Wann hat sich der letzte Fall ereignet?«, fragt Bernard.

»Der letzte Fall der Serie der verschwundenen Frauen?«

»Ja.«

»Das war Nathalie Kipfer. Sie verschwand vor knapp acht Jahren.«

»Neumann wurde vor sieben Jahren gefasst. Also ein Jahr nach ihrem Verschwinden.«

Malou und Bernard blicken sich an.

46.

Er kennt Annas Namen.

Dario durchfährt es eiskalt, gleichzeitig schwitzt er. *Warum kennt der Fotograf den Namen seiner Mutter?* Er spürt, wie eine Schweißperle der Wirbelsäule entlang nach unten rinnt. Nervös sieht er sich nach dem Durchgang um, der in den anderen Kellerraum führt. Will er den erreichen, muss er an Manuel vorbei, und selbst wenn ihm das gelingen sollte, wäre er noch nicht draußen. Obwohl er nur halb so alt ist wie Manuel Lutz, hätte er gegen den fast zwei Meter großen Mann kaum eine Chance. Und einen anderen Fluchtweg gibt es nicht.

Ich sitze in der Falle.

Dario zwingt sich, die Panik runterzuwürgen. Warum bloß ist er allein hierhergekommen? Lutz kennt Anna, weil er sie fotografiert hat! Weil er sie getötet hat! Und jetzt ist auch er dem Mörder seiner Mutter hilflos ausgeliefert. Dario wünschte, er wäre nicht hier, er hätte nie mit der Suche begonnen, er wünscht sich gar, er hätte Malou nie getroffen, die ihn erst dazu ermuntert hat. Gleichzeitig sehnt er sie herbei; sie ist Polizistin, sie hat eine Waffe, sie könnte Lutz festnehmen oder besser noch: ihn töten.

»Alles in Ordnung?«, fragt Manuel Lutz.

In seinem Blick liest Dario nicht Besorgnis, sondern nur Kälte. Keine Seele spürbar hinter den wässrig blauen Augen, die Dario intensiv anstarren, ihn mustern, als würde er sich jede Pore seines Gesichts einprägen. Dario möchte schreien, doch nicht einmal das schafft er. Er ist starr vor Angst.

»Warum ist es wichtig, wer die Aufnahme gemacht hat?«, fragt Lutz erneut. »Ist das ...?« Unvermittelt fasst Manuel Lutz Dario an den Schultern. »Sie müssen ihr Sohn sein!«

Lutz' Gesicht ist zu nah an seinem, Dario spürt feine Speicheltropfen, als dieser spricht. Er dreht sich weg, Lutz lässt seine Schultern los.

»Warum kennen Sie Annas Namen?« Darios Stimme versagt, er bringt nur ein Flüstern zustande.

»Ich kannte sie.«

»Haben Sie sie ...«

»Ich habe um die Ecke des Supermarkts gewohnt, in dem sie gearbeitet hat.«

»Sie meinen ...«

»Ich habe dort immer eingekauft. Sie sehen ihr ähnlich. Ich glaube, ich habe sie mal mit einem kleinen Jungen gesehen, waren Sie das?«

»Ja, Anna war meine Mutter.«

»Da war doch irgendwas, irgendetwas ist mit ihr geschehen, sie hatte einen Unfall, richtig?«

Dario versteht nicht. Was treibt der Kerl für ein Spiel? Warum tut er auf einmal so ahnungslos? Dario traut ihm nicht, er will hier raus. Für einen kurzen Moment dreht Manuel Lutz den Kopf. Ohne zu überlegen, reißt Dario an dem kleinen Beistelltisch, der neben Lutz steht, und knallt ihn ihm gegen die Beine. In der gleichen Sekunde stürzt er zum Durchgang, der den hinteren Keller mit dem Atelier verbindet, stößt den Vorhang zur Seite, rennt weiter Richtung Glastür, hinter der die Treppe hinauf in die Gasse liegt. Doch bevor er den Türgriff erreicht, bleibt er mit dem Fuß hängen und knallt der Länge nach hin. Sein Kinn prallt auf die Kante der Stufe vor der Tür. Der Schmerz lässt seinen Kopf explodieren. Ein Blitz zuckt hinter seinen Augenballen, und er versinkt in einer zähen Dunkelheit. Er weiß nicht mehr, wer er ist und wo er ist, es gibt nichts mehr außer dem undurchdringlichen Schwarz, das ihn umgibt, und das Pochen in seinem Kiefer, ein unerträglicher Schmerz. Dann ist er weg.

Auf einmal ist da etwas Nasses auf seinem Gesicht, er schnappt nach Luft, was keine gute Idee ist, der Schmerz will ihn zurück in die Ohnmacht reißen.

»Du stirbst mir nicht in meinem Laden!«

Dario hört die Stimme von sehr weit weg. Erneut klatscht ihm etwas Nasses ins Gesicht. Er öffnet die Augen und schließt sie gleich wieder, weil er das, was er sieht, nicht sehen will, nicht diesen riesigen Kerl, der sich über ihn beugt.

»Wach auf, junger Mann, du wirst dir doch wohl nicht den Schädel gebrochen haben?«

Die Stimme klingt näher und klarer, und auf einen

Schlag erinnert sich Dario, wem sie gehört: dem Mörder seiner Mutter. Jetzt reißt er die Augen auf und starrt entsetzt in das Gesicht des Fotografen, in die wässrig blauen Augen unter der weißen Vogelnestfrisur.

»Bitte tun Sie mir nichts«, wimmert Dario. Jedes Wort ein stechender Schmerz. »Bitte lassen Sie mich am Leben!«

»Warum sollte ich Ihnen etwas tun?«, fragt Manuel Lutz, der Dario ein nasses Tuch gegen den aufgeschlagenen Kiefer drückt.

»Weil Sie meine Mutter getötet haben«, nuschelt Dario, er kann den Mund nicht richtig öffnen.

»Was soll ich getan haben?«

Dario versucht, sich aufzusetzen. Er schaut auf den Lappen, den Lutz in der Hand hält, und er fragt sich, warum er ihm auf einmal hilft, nachdem er ihm vorhin ein Bein gestellt hat.

»Sie haben meine Mutter umgebracht.« Dario kann die Tränen nicht länger zurückhalten, auf einmal beginnt er zu schluchzen, weil der Schmerz und die Angst und die Hoffnung, dass er das hier vielleicht doch überleben wird, zu groß und zu überwältigend sind, er kann nicht mehr alles fassen.

»Du meine Güte«, murmelt Manuel Lutz. Unbeholfen klopft er Dario auf die Schulter, der unter Schmerzen zusammenzuckt. »Ich denke, Sie brauchen einen Arzt. Und am besten auch gleich einen Psychiater.«

Da Lutz keinen weiteren Versuch unternimmt, ihm das Leben zu nehmen, beruhigt sich Dario ein wenig. Er wischt die Tränen weg, versucht vorsichtig, den Mund zu öffnen, testet, ob noch alles ganz ist, das scheint der Fall zu sein. Der Kiefer ist wohl nicht gebrochen.

»Was denken Sie sich eigentlich?« Der Tonfall in Lutz' Stimme hat seine Freundlichkeit schon wieder verloren. »Sie kommen hier herein, halten mir eine Fotografie unter die Nase, rammen mir einen Tisch ins Knie und beschuldigen mich dann, Ihre Mutter ermordet zu haben … vielleicht erklären Sie mir mal, was das Ganze soll.«

»Sie haben gesagt, dass Sie Anna gekannt haben.«

»Himmel, ich habe bei ihr eingekauft. Alle im Quartier, die in dem Supermarkt einkaufen gingen, haben sie gekannt. Das bedeutet doch noch lange nicht, dass ich sie getötet habe!«

Dario rappelt sich hoch und steht auf. Ihm ist schwindlig.

»Aber Sie haben sie fotografiert.«

»Ich habe nicht gesagt, dass ich die Aufnahme gemacht habe. Ich kann mich nicht erinnern, dass ich die Verkäuferin fotografiert habe. Ich glaube nicht, dass das Bild von mir ist.«

»Aber die Schwarz-Weiß-Fotografien …«

»Denken Sie wirklich, ich sei der Einzige, der auf Schwarz-Weiß setzt? Hören Sie, ich wusste nicht einmal, dass Ihre Mutter getötet worden ist, geschweige denn habe ich etwas damit zu tun. Es tut mir leid, dass ihr etwas zugestoßen ist. Sie war immer freundlich. Aber Sie sind bei mir an der falschen Adresse.«

Dario blickt sich um. Am Boden des Ateliers liegen Lutz' Einkäufe verstreut, Zwiebeln sind aus der Tasche gerollt, eine Schachtel Eier liegt daneben, deren Inhalt kaum ganz geblieben ist, ein aufgeplatzter Joghurt hat seine Spuren hinterlassen. Er muss über die Tasche gestolpert sein. Es war nicht Lutz, der ihn zu Fall gebracht hat.

»Ich möchte jetzt gehen.« Dario hört sich an wie ein schüchternes Kind in der Schule, das um Erlaubnis bittet.

»Tun Sie das. Ich stehe Ihnen nicht im Wege. Glauben Sie mir, ich bin froh, wenn ich Sie wieder los bin, Sie haben hier genug Chaos angerichtet.«

Dario geht zur Tür und rechnet damit, dass sie abgeschlossen ist. Doch das ist sie nicht.

»Ihr Rucksack. Und das Bild!«

Beides hat Dario im hinteren Raum liegen gelassen. Er will nicht dorthin zurück, er traut sich nicht.

»Himmel!« Manuel Lutz hebt verzweifelt die Hände. »Ich werde Ihnen gewiss nichts tun.« Damit dreht er sich um, holt Darios Rucksack und die Fotografie von Anna und reicht ihm beides.

»Danke.«

Mit einem pochenden Schmerz im Kiefer, dem Rucksack über der Schulter und dem Foto in der Hand steigt Dario die Treppe hoch. Er muss sich zwingen, nicht zu rennen und sich nicht umzudrehen. Oben an der Treppe angelangt, wirft er trotzdem einen Blick zurück. Er sieht, wie der Fotograf hinter der Glasscheibe den Boden aufwischt.

Vielleicht hat er sich geirrt, denkt Dario. Womöglich hat Manuel Lutz tatsächlich nichts mit dem Tod seiner Mutter zu tun. In dem Fall hätte er sich gerade schrecklich blamiert.

47.

»Neumann war also noch auf freiem Fuß, als Nathalie verschwand.« Malou schiebt den Teller mit der nicht fertig gegessenen Pizza von sich weg. Der Appetit ist ihr vergangen. »Denkst du, dass vielleicht er die drei Frauen entführt haben könnte?«, fragt sie Bernard, der unbeeindruckt weiterisst. »Ich meine, bevor er die jungen Frauen angefallen hat. Womöglich war er schon früher aktiv, und niemand hat eine Verbindung zu den anderen Fällen festgestellt.«

Bernard schluckt einen Bissen Pizza hinunter. »Ich weiß nicht – klingt mir nicht nach demselben Modus Operandi.«

»Wie willst du wissen, wie der Täter in den drei früheren Fällen vorgegangen ist, wenn man die Opfer bis heute nicht gefunden hat?«

»Da hast du auch wieder recht. Aber sagtest du nicht, dass die Kinder der Opfer über all die Jahre makabre Geburtstagskarten erhielten? Wer soll die dann geschrieben haben?«

»Vielleicht ein durchgeknallter Mitläufer, jemand, der eingeweiht war.«

Malou versteht nicht, wie Bernard derart unbekümmert weiter auf seiner Pizza herumkauen kann. Sie steht auf, holt ihren Laptop und öffnet das Dokument, in dem sie alle relevanten Jahreszahlen aufgeschrieben hat.

»Wann hat Neumann die junge Frau umgebracht?«

Bernard muss nachdenken. Malou ist schneller; sie öffnet einen der Artikel, die sie zuvor heruntergeladen hat.

»Im September 2017. Wie alt war Bernd Neumann da?«

Wieder braucht Bernard zu lange für die Antwort. Ungeduldig zieht Malou das Gutachten des Profilers zu sich und stößt schnell auf Neumanns Jahrgang.

»Geboren 1971, er war sechsundvierzig, als er die Tat beging.« Malou tippt die Daten ein und überschlägt die anderen Zahlen in ihrem Dokument. »Anna verschwand 1994. Da war Neumann dreiundzwanzig. Alt genug, um ein Mörder zu sein.«

»Aber auch alt genug, um eine Frau am helllichten Tag zu entführen und sie für immer verschwinden zu lassen?«, wirft Bernard ein.

»Natürlich. Ich kenne jüngere Kriminelle, die krassere Taten begingen.«

»Mmmh«, grummelt Bernard.

»Es ist ein Jammer, dass wir Neumann nicht mehr befragen können. Was genau ist passiert?«

»Er hat sich in der Zelle erhängt.«

»Das konntet ihr nicht verhindern?«

»Du weißt so gut wie ich, dass es sich nie verhindern lässt, wenn einer es wirklich will. Er hat das Leintuch in Streifen gerissen und sich einen Strick daraus gedreht.«

Malou starrt in ihren Laptop. Neumann, ein toter Mörder, der mehr Taten begangen hat, als alle ahnten? Etwas stimmt nicht in dem Bild.

»Ich denke …« Bernard bricht mitten im Satz ab und springt vom Stuhl hoch.

Malou fährt erschrocken zusammen. »Was ist?«

Bernard antwortet nicht, stattdessen starrt er an ihr vorbei Richtung Fenster. Sie schnellt herum.

»Was hast du? Sprich mit mir!«, ruft sie.

»An der Scheibe war ein Gesicht.«

Bernard hat den Satz noch nicht beendet, da ist Malou bereits auf den Beinen, stürzt zum Fenster, reißt es auf und schaut hinaus. Der Garten liegt im Dunkeln, sie sieht nichts, und vor allem: Sie hört auch nichts. Keine Bewegung. Alles still.

»Malou, nicht!« Nun setzt sich auch Bernard in Bewegung. Er eilt zu Malou, packt sie und zieht sie mit sich zu Boden in Deckung.

»Bernard, geht's noch, da war keiner!«

»Doch. Ich habe jemanden gesehen.«

Bernard hält den Zeigefinger vor die Lippen, weist Malou mit den Augen an, liegen zu bleiben; dann rappelt er sich hoch und rennt in geduckter Haltung Richtung Eingang, während er die Waffe zieht. Malou hört, wie er die Tür öffnet, dann herrscht einen Moment lang Stille, bis sie erst auf den Steinplatten und dann auf dem Kies vor dem Fenster Schritte vernimmt. Sie entfernen sich über den Rasen, es raschelt in einem der Büsche hinten am Zaun an der Straße, wenig später hört sie das unverkennbare

Quietschen ihres Gartentors, Bernard muss jetzt auf dem Zeltweg stehen.

Malou liegt noch immer unter dem Fenster und kommt sich dabei blöd vor, also steht sie ebenfalls auf und blickt hinaus. Im Schein der Straßenlaterne sieht sie Bernard gerade in ihren Garten zurückkommen. Er schließt das Tor hinter sich, blickt Richtung Malou, schüttelt den Kopf. Sie begibt sich in den Flur, um ihm entgegenzugehen.

»Das Schloss hast du ausgewechselt?«, fragt er, als er zur Tür hereinkommt. Er begutachtet es mit kritischem Blick.

»Höchster Sicherheitsstandard«, kommentiert Malou.

»Nur nützt dir das leider nichts, wenn der Kerl das alte Fenster aufdrückt und ungehindert einsteigen kann.«

»Was genau hast du gesehen?«, fragt Malou.

»Da war ein Gesicht, ziemlich nahe an der Scheibe.«

»Ein Mann?«

»Ich glaube, ja.«

»Und draußen?«

»Draußen war keiner, er muss schnell gewesen sein. Ich habe niemanden wegrennen sehen.«

»Bist du ganz sicher, dass du ein Gesicht gesehen hast?«

»Malou, ich bilde mir das nicht ein.«

»Vielleicht war es eine Spiegelung.«

»Nein, da war jemand. Du bist hier nicht mehr sicher. Du kommst heut Nacht mit zu mir.«

»Nein, ist schon okay, du hast ihn ja vertrieben.«

»Wenn du nicht mit zu mir kommst, dann bleibe ich bei dir.«

»Bernard, danke, aber das ist nicht nötig. Wer auch immer mir nachstellt: Wenn er mir etwas tun wollte, dann hätte er das längst getan.« Malou findet Bernards Beschützerinstinkt zwar rührend, gleichzeitig aber auch etwas übergriffig. »Mach dir keine Sorgen, ich komme zurecht. Ich werde die Waffe mit ins Bett nehmen, wenn dich das beruhigt.«

»Du kannst gerne auch gleich mich mit ins Bett nehmen, dann bist du doppelt gesichert.« Bernard sagt es mit einem Grinsen. »Zumal ich meine Waffe auch immer mit ins Bett nehme.«

Malou findet es nicht lustig. Scheiß Mackerspruch, denkt sie für sich. Als sie Bernard anblickt, ist das Grinsen weg, und sie realisiert, dass er es nicht als Scherz gemeint hat. Ihre Stimmung verändert sich schlagartig.

»Vergiss es, dann nehme ich doch eher den Einbrecher in Kauf.«

Malou hasst es, dass sie immer wieder in solche Situationen gerät. Warum können Männer nicht ein einziges Mal eine Freundschaft einfach Freundschaft sein lassen? Weshalb läuft es stets früher oder später auf eine Anmache hinaus?

»Komm schon ...«, meint Bernard versöhnlich.

Er greift zum Weinglas, hebt es hoch, um noch einmal anzustoßen. Widerwillig nickt Malou ihm zu und leert ihr Glas in einem Zug.

»Ich bin Single, du bist Single, warum immer in der Gegend rumtindern, wenn das Gute so naheliegt?«, hakt Bernard nach.

»Nein, Bernard, echt nicht. *Never fuck the company,* schon vergessen? Überdies steige ich nicht mit Bullen ins Bett.«

»Schade. Ich wollte dir nämlich schon lange sagen, dass ich dich großartig finde.«

»Hast du nicht gehört, was ich eben gesagt habe? Warum scheinen manche Männer taub zu sein, wenn Frauen sprechen?«

»Entschuldige!« Bernard hebt abwehrend die Hände. »Ich war nur ehrlich. Wir sind schließlich beide erwachsen.«

Malou will diese Diskussion nicht führen, nicht jetzt und auch nicht später.

»Bernard, lass es. Ich denke, es ist besser, wenn du jetzt gehst.« Malou weist zur Tür.

»Das ist jetzt der Dank dafür?« Bernard klingt überrascht.

»Der Dank wofür?« Malou versteht im ersten Moment nicht, was er meint. »Für den Gefallen? Was soll das jetzt? Verlangst du, dass ich einen Gefallen mit Sex bezahle? Bist du nun völlig durchgeknallt? Geh einfach, bitte!«

»Bevor du die Bullen rufst, oder was? Was ist denn mit dir los? Soll mal einer die Frauen verstehen ...«

»Geh!«

Bernard steht auf, greift nach den Unterlagen, die er Malou mitgebracht und die sie noch nicht gelesen hat, packt sie wieder ein und begibt sich in den Flur. Er blickt noch einmal zurück und schüttelt den Kopf. Dann verschwindet er aus Malous Blickfeld. Sie hört die Tür ins

Schloss fallen. Erst als sie das Quietschen des Gartentors vernimmt, ist sie sicher, dass er wirklich gegangen ist. Dann schließt sie die Haustür von innen ab.

»Idiot«, sagt sie laut.

Und plötzlich sind da Tränen. Tränen der Enttäuschung, weil sie gedacht hat, Bernard sei anders. Sie meinte, sie verbinde eine Freundschaft ohne Hintergedanken, in der man füreinander da ist, wenn man einander braucht, nicht mehr und nicht weniger. Aber sie hat sich in ihm getäuscht.

Malou rekapituliert noch einmal, was an diesem Abend genau passiert ist: Das Gesicht hinter dem Fenster, Bernard, der aufspringt, sie mit sich zu Boden reißt, die Waffe zieht, den Garten sichert ... Auf einmal fragt sie sich, ob er wirklich ein Gesicht hinter der Scheibe gesehen hat – oder ob er ihr das nur vorschwindelte, um den Helden spielen zu können. Den Helden, der dann auch gleich mit ihr ins Bett steigt ... Malou überlegt, ob sie etwas übersehen hat. Hätte sie ahnen können, dass er in ihr mehr als nur eine Kollegin und Freundin sieht? Sie erinnert sich an Darios Worte, als sie ihm von der Karte und der Lilie erzählt hat, die am Morgen nach Bernards Besuch auf ihrem Esstisch gestanden haben: *Vielleicht wollte er dir einen Streich spielen.*

Ob Dario recht hat? Hat sich Bernard Zugang zu ihrem Haus verschafft und die Blumen hingestellt, um ihr Angst einzujagen und danach einen auf großen Beschützer zu machen? Vor ein paar Tagen hat sie Darios Verdacht als Unsinn abgetan. Doch wenn sie sich fragt, ob sie Bernard das zutraut, lautet ihre ehrliche Antwort: Ja. Denn wenn sie etwas gelernt hat in ihrem Job, dann, dass man einen anderen Menschen nie wirklich kennt. Der Stalker ist zu oft der nette Kerl von nebenan.

48.

Als Malou am nächsten Morgen die Augen aufschlägt, erblickt sie als Erstes die Pistole auf ihrem Nachttisch. Sofort ist die Erinnerung an Bernards unschönen Abgang wieder da. Er hat mit seinen Avancen etwas zerstört. Sie wird ihm nicht mehr auf die gleiche Art und Weise begegnen können wie zuvor. Das Vertrauen ist weg. Obwohl sie sich über sein Verhalten maßlos geärgert hat, schlief sie danach rasch ein und ohne Probleme durch. Wahrscheinlich hätte ein Einbrecher die gesamte Wohnungseinrichtung inklusive Waffe neben ihrem Kopf klauen können; sie wäre nicht aufgewacht. Doch alles ist noch da, alles an seinem Platz.

Trotzdem lauscht Malou in die Wohnung hinein, bevor sie die Treppe hinab ins Erdgeschoss steigt. Sie schielt durch die Tür ins Wohnzimmer; darauf gefasst, dass auf dem Esstisch eine Lilie in einer leeren Flasche steht oder mehrere. Doch da ist nichts. Es ist keiner da gewesen.

Am meisten ärgert sich Malou darüber, dass Bernard die Akten, die er ihr mitgebracht hatte, wieder mitgenommen hat. Kindischer geht's nicht mehr. Wenigstens hat er ihr vor dem ganzen Debakel genug über das Vorgehen der Polizei erzählt, sodass sie nun weiß, wie Bernd Neumann überführt werden konnte.

Neumann, der tot ist. Und der trotzdem als möglicher Täter im Fall Anna nicht ausgeschlossen werden kann.

Sie darf die These, dass die Postkarten an die Kinder der Opfer von einem irren Trittbrettfahrer stammen könnten, nicht außer Acht lassen. Ein Trittbrettfahrer – oder ein Bekannter eines toten Täters?

Es ist zum Verzweifeln. Es gibt zu viele Thesen, zu viele Möglichkeiten, zu viele Fragezeichen und zu wenige gesicherte Tatsachen in diesem Fall – oder in diesen Fällen. Sicher ist sich Malou einzig darin, dass sie zusammenhängen. Sie wünschte sich, sie könnte mit Bettina sprechen.

In dem Moment klingelt ihr Handy. Malou greift zum Telefon, sieht, dass Dario mehrmals versucht hat, sie anzurufen, das Display zeigt ihr auch eine eingegangene WhatsApp von Bernard an. Sie ignoriert die Meldungen und nimmt den Anruf an, obwohl sie die Nummer nicht kennt.

»Guten Tag. Das ist ein Anruf aus der Justizvollzugsanstalt Hindelbank«, sagt eine automatisierte Frauenstimme. »Wollen Sie das Gespräch annehmen? Falls ja, drücken Sie bitte die Taste eins und anschließend die Raute-Taste.«

Malou tut wie ihr geheißen.

»Hallo, Malou, bist du dran?« Bettinas Stimme.

»Hallo, Bettina. Danke, dass du anrufst.«

»Wir haben fünfzehn Minuten.«

Malou ist froh um diesen Hinweis. Sie würde Bettina am liebsten von gestern Abend berichten, ihr erzählen, was ihr gemeinsamer Kollege Bernard da veranstaltet hat, doch die Zeit ist zu knapp, um sie damit zu vergeuden.

»Hast du dir den Fall Neumann anschauen können?«

Offensichtlich will auch Bettina sofort auf den Punkt kommen. Wie seltsam, dass etwas, das früher selbstverständlich war, auf einmal unendlich kostbar wird; wie zum Beispiel ein Telefongespräch von fünfzehn Minuten.

»Ich habe mir einen Überblick verschaffen können.« Malou verschweigt, dass sie den Bericht des Profilers zwar bereits in der Hand hatte und er ihr dennoch wieder abhandengekommen ist. »Denkst du, dass Neumann die drei Frauen entführt hat? Hast du darum auf den Fall verwiesen?«

»Nein, das war nicht mein erster Gedanke, auch wenn das in der Tat nicht auszuschließen ist. Ich plädiere aber dafür, an unserer These festzuhalten: dass der Täter die Postkarten schickt. Und Neumann ist tot, also kann er nicht der Absender sein – meines Erachtens ist er dann auch nicht der Täter.«

»Aber ...«

»Lass uns an der These festhalten. Wenn sie nicht aufgeht, kehren wir zu Neumann zurück.«

»Okay.«

»Ich habe auf seinen Fall verwiesen, weil ich davon ausgehe, dass sich unser Täter und Neumann ähnlich sind, dass sie gleich ticken. Dass der Stolz und die Eitelkeit ihre schwachen Punkte sind. Und dass wir darum unseren Täter mit ähnlichen Mitteln in die Falle locken können.«

»Wie stellst du dir das vor?«

»Machst du dir Notizen?«

Malou greift zu einem Stift und beginnt zu schreiben.

*

Während Malou Bettinas Ausführungen folgt, zieht Dario im großen Becken des Marzilibads seine Bahnen. Drei Züge, atmen links, drei Züge, atmen rechts. Er hat kurz nach dem Aufwachen zwei Ibuprofen eingeworfen, weil sein Schädel noch immer brummte, als wäre ein Lastwagen drübergefahren. Trotz der Tabletten spürt er beim Schwimmen seinen rechten Kiefer, sogar die Berührung mit Wasser verursacht ihm Schmerzen. Von der Farbe ganz zu schweigen: Als Dario am Morgen in den Spiegel blickte, sah er aus, als hätte er sich die rechte untere Gesichtshälfte hellblau angemalt. Er zweifelt nicht daran, dass sich die Farbe erst in ein sattes Dunkelblau und dann in ein purpurnes Violett verwandeln wird. Noch tagelang wird er mit dem Gesicht eines Schlägers herumlaufen müssen – mit dem Gesicht des Unterlegenen, denn Sieger sehen anders aus.

Trotzdem muss er heute schwimmen, es geht nicht anders. Zu viel ist passiert in den letzten Tagen. Er muss den Kopf frei kriegen und ihn wieder leichter machen. Am Ende der Bahn stoppt Dario, er hält sich am Beckenrand fest, unsicher, ob ihm etwas schwindlig ist. Womöglich hat er sich eine Gehirnerschütterung zugezogen – während des Schwimmens ohnmächtig zu werden wäre eine schlechte Option.

»Himmel, was ist denn mit dir passiert?«, fragt in dem Moment eine Stimme über ihm. Dario blickt auf. Eddy, der Bademeister.

»Ich bin gestürzt, mein Kinn hat dabei eine Treppenstufe geküsst«, antwortet Dario wahrheitsgetreu.

»Darf ich mal schauen?« Eddy beugt sich zu Dario herab. »Das sieht übel aus. Bist du sicher, dass du nichts gebrochen hast?«

»Fast sicher.«

»Du warst nicht beim Arzt?«

»Nein, es sieht schlimmer aus, als es ist.«

»Du solltest nicht schwimmen. Vielleicht hast du eine Gehirnerschütterung.«

Als hätte er seine Gedanken gelesen. »Ach, geht schon.« Dario versucht, seine Verunsicherung zu überspielen. »Ich brauche das Schwimmen gerade.«

Eddy nickt. Er versteht. Auch er ist ein Schwimmer. Dario stößt sich ab, schwimmt die nächste Bahn, drei Züge, atmen links, drei Züge, atmen rechts. Die Gedanken beginnen zu fließen. Sie wandern in eine Galerie, in der schwarz-weiße Fotografien von Frauen hingen. Zu Manuel Lutz, den Dario noch immer nicht fassen kann: Ist er tatsächlich so ahnungslos, wie er sich am Schluss gegeben hat, oder ist er in Wahrheit Annas Mörder? Hat er bloß mit ihm gespielt, ihn zappeln und leiden lassen wie einen Fisch an der Angel? Dario spürt den Schmerz in seinem Kiefer. Warum kannte er Annas Namen? Weil er ein Kunde im Supermarkt war oder weil er sie entführt hat? Dario kommt nicht weiter, die Fragen wiederholen sich, und Antworten fehlen. Er denkt an Malou und spürt erneut Ärger in sich hochsteigen. Er hätte sie gebraucht gestern Abend, aber nein, Madame war wieder einmal unabkömmlich. Sie hatte Besseres zu tun und hat sich nicht einmal bemüht, auf seine Anrufe zu reagieren. Es ist beschämend. Dario wird sich bewusst, dass er etwas ändern muss, sie tut ihm nicht gut. Sie lässt ihn tagelang hängen, um ihn dann plötzlich ohne Vorwarnung herzubestellen. Als stünde er jederzeit auf Abruf bereit. Er darf sich nicht länger so behandeln lassen, es macht ihn wütend, er fühlt sich klein, er ist schließlich kein Schoßhund, der, blind und blöd verliebt, Frauchen hinterherrennt. Selbst wenn Frauchen so umwerfend ist wie Malou. Wenn er so weitermacht, das weiß Dario genau, wird er den Respekt vor sich selbst verlieren.

Er beschließt, dass er nicht länger kuschen wird. Er wird sich auch nicht mehr bei ihr melden. Wenn sie etwas von ihm will, muss sie zu ihm kommen. Und dann wird er sie erst mal eine Weile warten lassen. Jawohl. Genau so wird er dies künftig handhaben. Er muss sich rarmachen und sie zappeln lassen – denn sie zu erobern scheint nicht zu funktionieren.

Dario schlägt an und steigt aus dem Becken. Eddy sitzt auf dem Hochstuhl des Bademeisters, und Dario realisiert, dass er ihn nicht aus den Augen gelassen hat. Er winkt ihm zum Abschied zu und streckt den Daumen in die Höhe. Alles gut.

Als Dario in der Umkleidekabine sein Handy checkt, sieht er eine WhatsApp von Malou. Im ersten Moment will er sie ungelesen wegklicken. Doch er öffnet sie dann doch. Nur rasch lesen, was sie schreibt. Und ihr einen Korb geben, wenn sie sich einmal mehr kurzfristig mit ihm treffen will.

Hey, Dario, hast du heute Zeit? Um 14 Uhr auf der Münsterplattform? Ich habe einen Plan, Malou.

Nein sagen, wegklicken, sagt sich Dario. Er prüft die Zeit. Viertel nach eins. Er zögert zwei weitere Sekunden, dann schreibt er Malou zurück.

Okay, ich werde da sein.

49.

»Um Himmels willen, was ist denn mit dir passiert?« Malou starrt entsetzt auf Darios blaues Kinn, als er sich zu ihr an den Tisch setzt.

Er hat hinter einem Laubenbogen gewartet, bis Malou an ihm vorbeifuhr und ihre Vespa hinter dem Münster parkte, denn er wollte verhindern, als Erster da zu sein. Dann hat er sie einige Minuten warten lassen. Jetzt zuckt er leichthin mit den Schultern.

»Das kommt dabei heraus, wenn ich dich nicht erreichen kann und auf eigene Faust ermitteln muss ...«

»Wurdest du geschlagen? Wer war das?«

»Nun, nein, ich bin gestürzt und hab eine Treppenstufe geküsst – als ich flüchten wollte«, fügt Dario an, damit die Geschichte nicht zu banal klingt. Das ist nicht einmal gelogen; er ist tatsächlich geflüchtet, nur ist er sich nicht mehr sicher, ob es wirklich einen Grund dafür gab. »Ich habe mich auf die Suche nach Fotografen mit dem Vornamen Manuel gemacht – und bin fündig geworden.«

Dario erzählt Malou, wie er auf Manuel Lutz gestoßen ist und was sich bei seinem Besuch ereignet hat. Einige

Details lässt er weg, einige dramatisiert er etwas, um nicht wie ein totaler Loser dazustehen.

»Du hast die Bilder an der Wand abfotografiert?«, fragt Malou nach, als er seine Ausführungen beendet hat.

Dario greift zum Handy und zeigt ihr die Fotografien. Er studiert ihre Mimik und liest darin, dass sie dasselbe denkt wie er, als er die Bilder das erste Mal gesehen hat.

»Sehr ähnlich. Schwarz-weiß, identischer Stil, dieses Spiel mit Licht und Schatten, und immer standen Frauen Modell.«

»Eben. Und dann nennt er plötzlich Annas Namen.«

»Ich hätte auch Angst gekriegt.«

Malous Stimme hört sich tröstend an, aber Dario will gar nicht getröstet werden.

»Ich hatte nicht wirklich Angst. Ich fand es einfach ungemütlich und dachte, es ist besser zu verschwinden, und dabei bin ich dann gestürzt.«

»Ich werde dem Herrn mal einen halboffiziellen Besuch abstatten. Vielleicht sollte ich ihm bei der Gelegenheit auch gleich eine DNA-Probe abnehmen.«

»Wieso?«, fragt Dario.

»Ich schulde dir noch Antworten, ich habe nämlich einen Verdacht.«

Malou schaut Dario eindringlich an. Er fühlt sich sofort unwohl und ist auf einmal nicht mehr sicher, ob er hören will, was Malou zu sagen hat.

»Ich habe noch keine Beweise, bloß eine These und einen Plan. Es geht um das Zucken.«

»Das Zucken?«

»Das Blinzeln mit den Augen, dein Tic.«

Erst jetzt fällt Dario Malous seltsames Verhalten während des letzten Treffens wieder ein. Als sie zusammenhangslos von einem Blinzeln sprach und ihn einfach sitzen gelassen hat. Er spürt, dass er wieder wütend wird.

»Ich habe keinen Tic!«

»Doch, hast du. Und du bist nicht der Einzige.«

»Wie meinst du das?«

»Mein Besuch bei Isabel in München, sie macht das auch: Sie kneift auf exakt die gleiche Art und Weise die Augen zusammen.«

»Und? Hat das was zu bedeuten?«

»Dario, ich glaube, Isabel ist deine Schwester.«

Dario blickt Malou verständnislos an. »Bitte, was?«

»Also deine Halbschwester. Ihr habt nicht die gleiche Mutter, aber denselben Vater.«

Malou legt ihre Hand auf die seine. Er zieht sie weg.

»Und ich glaube, dass dein Vater der Mörder eurer Mütter ist.«

Dario merkt, dass die Muskeln in seinem Gesicht zu zittern beginnen, als drohe es in der nächsten Sekunde in sich zusammenzufallen.

Malou fährt unbeeindruckt fort: »Die Übereinstimmung fällt einem nicht auf Anhieb auf, äußerlich seht ihr euch nicht mal ähnlich. Es ist vielmehr die Mimik. Das verkrampfte Blinzeln, das damit einhergehende Zusammenziehen der Brauen, die Falte in der Stirn, die euch diesen strengen Gesichtsausdruck verleiht. Und auch die

Gestik, die Art und Weise, wie ihr die Hände bewegt, wenn ihr sprecht.«

»Warte.« Dario kneift die Augen zusammen und ist sich zum ersten Mal bewusst, dass er das tut. »Nur weil Isabel und ich hin und wieder mit den Augen blinzeln, denkst du, dass wir miteinander verwandt sind?«

»Ihr habt genau die gleiche Art zu blinzeln, derselbe Tic.«

»Selbst wenn ich einen hätte … Tics sind doch nicht vererbbar?«

»Doch, zumindest die Veranlagung für Tics ist meistens genetisch bedingt. Wie gesagt, es ist erst ein Verdacht, aber wir können uns rasch Gewissheit schaffen. Ich habe Isabel per Post ein DNA-Kit zustellen lassen, das sie zurückschicken wird. Und mein Kollege Bernard war ja kürzlich bei dir und hat dir eine Probe abgenommen. Die können wir verwenden, dann wissen wir, ob ich richtigliege.«

Isabel seine Halbschwester? Dario ruft sich das Skype-Gespräch mit ihr in Erinnerung. Er hätte doch etwas spüren müssen, wenn sie seine Halbschwester wäre. Oder etwa nicht? Er kennt sich nicht aus mit Geschwistern. Überhaupt hat er null Erfahrung mit Verwandten. Woher sollte er die auch haben, denkt er sarkastisch.

»Bist du okay?«, fragt Malou.

»Falls du recht hast und ich tatsächlich mit Isabel verwandt bin – was würde das bedeuten? Warum behauptest du, mein Vater sei ein Mörder?«

»Dario, es tut mir leid, dass ich das so direkt sagen

muss. Ich denke, dein Vater hat deine Mutter geschwängert und sie aus welchen Gründen auch immer an deinem fünften Geburtstag entführt. Und Jahre später schwängerte er Isabels Mutter und tötete sie an deren fünften Geburtstag.«

»Aber das ergibt doch überhaupt keinen Sinn!«

»Nicht auf den ersten Blick, ich weiß. Ich verstehe es auch noch nicht. Trotzdem könnte es so gewesen sein.«

»Was ist mit der dritten Frau?«, fragt Dario.

»Mit Nathalie?«

»Ja. Die verschwundene Frau mit dem Sohn, der gestorben ist.«

»Jonas. Ich weiß es nicht. Wir werden prüfen, ob wir seine DNA noch irgendwo sichern können. Stimmt meine These, wäre er dein Halbbruder.«

Dario nickt nur. Er versucht, die neuen Informationen auf die Reihe zu kriegen.

»Du denkst also, dass ein Mann durchs Land zog und mehrere Frauen schwängerte, um diese dann am fünften Geburtstag ihres gemeinsamen Kindes umzubringen?«

»Das ist meine These.«

»Ich weiß, du bist die Polizistin, ich bin der Laie, aber das klingt in meinen Ohren eher nach einem Horrormovie, nicht nach meiner Familiengeschichte. Warum sollte jemand so etwas tun?«

»Ich wünschte, ich könnte dir darauf eine Antwort geben. Und ich wünschte ebenfalls, wir wüssten, wo er sich aufhält. Ich gehe davon aus, dass er derjenige ist, der dir die Geburtstagskarten sendet. Er beobachtet dich schon dein ganzes Leben lang. Er ist stolz auf dich, auf seinen Sohn. Und darum werden wir ihn kriegen. Wir werden ihm eine Falle stellen. Und wer weiß, vielleicht wird es ein Fotograf namens Manuel Lutz sein, der uns in die Falle tappt.«

»Eine Falle?« Dario ist skeptisch. »Lass mich raten: Ich muss dabei den Lockvogel spielen.«

»Nun, ich würde es nicht so formulieren.«

»Wie denn dann?«

»Du wirst derjenige sein, der ihn in die Falle lockt.«

»Und wo liegt da der Unterschied?« Malou zuckt mit den Schultern und Dario gibt sich die Antwort selbst. »Es gibt keinen.«

50.

Malou sieht Dario an, dass er nicht begeistert ist. Angesichts seiner blau angeschwollenen Kinnpartie erscheint ihr verständlich, dass er sich nicht gleich ins nächste Abenteuer stürzen mag. Aber sie ist von Bettinas Idee überzeugt: Es ist ein Ansatz, den sie verfolgen müssen, und es ist wichtig, dass Dario mitspielt. Also muss es ihr gelingen, ihn zu überzeugen.

»Doch, es gibt einen kleinen, aber feinen Unterschied«, hält sie fest. »Du bist viel eher derjenige, der die Falle stellt – und nicht der Köder, der in der Falle mit drinsitzt. Du begibst dich nicht in Gefahr. Das Einzige, das du tun musst, ist, einen neuen Post auf Facebook zu stellen.«

»Natürlich, ich schreibe einfach, dass sich der Mörder bei mir melden soll, und – schwups! – tappt er in die Falle.«

Dario klingt genervt, und Malou fragt sich, was mit ihm los ist. Hat er die Hoffnung verloren oder Angst vor der eigenen Courage?

»Ich weiß, dass das alles für dich emotional belastend ist. Aber bitte lass mich dir erklären, was ich vorhabe. Unsere These ist folgende: Ein Mann, dein Vater und der

Vater von Isabel und Jonas, hat euch all die Jahre nicht aus den Augen gelassen, nachdem er eure Mütter entführt und wohl auch getötet hat.«

Malou sieht an Darios Mimik, dass er innerlich zusammenzuckt. Weil er noch immer hofft, dass seine Mutter am Leben ist. Doch sie kann ihn nicht mit Samthandschuhen anfassen, sie ist eine Verfechterin der Ehrlichkeit und findet es fairer, alles offen auf den Tisch zu legen.

»Meine Kollegin und ich gehen davon aus, dass dein Vater überaus und vielleicht sogar übertrieben stolz ist auf euch Kinder, er hat euch beobachtet und mitverfolgt, wie ihr erwachsen wurdet. Höchstwahrscheinlich weist er eine narzisstische Störung auf. Wir glauben, dass dieser narzisstische Stolz auf seine Kinder sein wunder Punkt ist. Darum möchten wir, dass du auf Facebook verkündest, deine Suche nach Anna habe einen ersten Erfolg gebracht: Du schreibst in deinem Post, wie glücklich du seist, dass du dank deiner Suche deinen biologischen Vater gefunden hättest ...«

»Ich soll schreiben, ich hätte meinen Vater gefunden?« Dario blickt Malou an, als wäre sie von allen guten Geistern verlassen.

»Exakt.«

»Und was genau soll das bringen?«

»Wir sind sicher: Falls dein echter biologischer Vater noch immer ein Auge auf dich hat, wird er in irgendeiner Form reagieren. Er wird gekränkt sein und wütend, dass sich da jemand als dein Vater ausgibt, der es gar nicht ist. Er wird das Gefühl haben, dass du ihm weggenommen wirst. Und das kann er nicht akzeptieren. Wir wollen ihn mit« – Malou dehnt die Pause zwischen den Wörtern in die Länge –»diesem Bluff provozieren, damit er reagiert. Und wenn er reagiert, haben wir eine Chance, ihn zu kriegen.«

»Hmm.« Mehr sagt Dario nicht.

Malou sieht ihm direkt in die Augen.»Bitte, Dario. Wir haben das gleiche Ziel: Wir wollen herausfinden, was mit Anna passiert ist – und mit den anderen verschwundenen Frauen.«

»Okay.«

»Okay?«

»Ja, okay.«

»Wollen wir den Text zusammen verfassen?«

»Ja, gerne.«

Malou und Dario benötigen etwa eine Viertelstunde, sie feilschen um jedes Wort und um jede Formulierung, doch als sie fertig sind, sind beide zufrieden mit dem Text. Bevor Dario ihn auf sein Facebook-Profil stellt, liest Malou ihn noch einmal laut vor:

»*Update: ICH HABE MEINEN VATER GEFUNDEN!*

Liebe Freunde, Bekannte, Fremde und Mitmenschen. Vor knapp zwei Wochen habe ich hier an dieser Stelle einen Aufruf platziert, weil ich mich auf die Suche nach meiner Mutter gemacht habe. Meine Mutter heißt Anna Forster und gilt seit dem 2. Juli 1994 als vermisst. Dank eurer Hilfe durfte ich nun – nach fünfunddreißig Jahren! – meinen Vater kennenlernen. Es war ein sehr emotionaler, großartiger und umwerfender

Moment für mich. Es fühlt sich an, als hätte ich zum ersten Mal in meinem Leben eine Familie – und ich freue mich schon sehr darauf, die weiteren Mitglieder kennenzulernen. Nur dank eurer Mithilfe hat sich die Suche nach meinen Wurzeln so was von gelohnt! Ganz herzlichen Dank dafür. Danke auch für die große Anteilnahme, die Unterstützung und die vielen Nachrichten, die mir Mut gemacht und Kraft gegeben haben. Obwohl ich meinen Vater gefunden habe, geht meine Suche nach Anna weiter. Leider weiß ich bis heute nicht, was mit meiner Mutter geschehen ist. Trotzdem bin ich im Moment einer der glücklichsten Menschen. Weil ich seit heute wieder eine Familie habe. Herzlich, euer Dario.«

Sie macht eine Pause. »Ist das okay für dich?«, fragt Malou ein letztes Mal.

»Ja. Soll ich es posten?«

»Gerne.«

Malou schaut Dario dabei zu, wie er den Text in sein Profil kopiert und auf *Posten* klickt. Sie müssen nicht lange warten, bis die ersten Likes aufleuchten.

»Und jetzt?«

»Jetzt schauen wir mal, was passiert.«

Wenig später fährt Malou auf Bruna aus dem Stadtzentrum hinaus Richtung Wabern. Sie weiß aus Erfahrung, dass sie sich ablenken muss, wenn sie auf etwas wartet, das sie nicht beeinflussen kann. Sie ist zu ungeduldig, um untätig herumzusitzen, bis sich etwas tut. Auch hat die Arbeit mit Dario am Text, in dem er sich über seinen Vater freut, etwas bei ihr getriggert – obwohl es nichts als ein dreister Bluff war. Aber allein die Vorstellung, die eigene Familie, einen Blutsverwandten zu finden, hat ihr einmal mehr schmerzlich bewusst gemacht, dass auch sie nicht weiß, von wem sie abstammt, wer ihre Familie ist, wie ihre Mutter aussieht, welche Gene sie mitbekommen hat. Kann man wissen, wer man ist, wenn man nichts darüber weiß, woher man kommt?, fragt sie sich. Doch sie schüttelt die Frage entschieden ab. Natürlich weiß sie, wer sie ist. Sie braucht keine Ahnenreihe, um zu wissen, wo sie im Leben steht.

Trotzdem.

Malou meldet sich am Empfang der Wohnsiedlung Zerebrum an – es steht dieselbe Frau hinter dem Schalter, die ihren Vater hat vorbeischleichen lassen – und begibt sich zur Wohnung, in der Pas Zimmer liegt. Sie klopft an die Tür.

»Frau Löwenberg!« Die Wohngruppenleiterin Margaretha begrüßt Malou strahlend und scheint sich mehr über Besuch zu freuen als ihre Klienten. »Schön, dass Sie Ihren Vater besuchen kommen. Er ist bestimmt glücklich. So viel Besuch erhält er selten.«

Malou nickt Manfred und Urs zu, die an ihrem Tisch sitzen und ein Brettspiel spielen. Manchmal fragt sie sich, ob die zwei Männer echt sind oder ob sie zum Inventar gehören – sie hat sie noch nie *nicht* hinter einem Brettspiel sitzen sehen. Sie steuert die Balkontür an.

»Nein, er ist in seinem Zimmer«, hört sie Margaretha in dem Moment rufen, als sie sieht, dass draußen keiner sitzt.

Also klopft sie an Pas Zimmertür. Sie wartet einen Moment, dann tritt sie ein, obwohl sie von drinnen nichts vernommen hat. Es ist so still im Zimmer, dass Malou meint, Pa sei in seinem Sessel eingeschlafen. Doch als sie um den Stuhl herumgeht, sieht sie, dass seine Augen offen stehen. Er sitzt da und starrt geradeaus ins Leere. Malou zieht den Schemel heran, der neben dem Bett steht, und setzt sich neben ihren Vater. Auch als sie seine Hand in die ihre legt, wendet er den Blick nicht von der Wand ab. Sie fragt sich, wo er sich in seinen Gedanken befindet, und hofft, dass es ein guter Ort ist, ein Ort mit schönen Erinnerungen, die die Krankheit nicht auszulöschen vermag.

»Pa?«, fragt sie, beschämt darüber, ihn in die Realität zurückzuholen, die für ihn wahrscheinlich die schlechtere Option ist.

Pa reagiert nicht, Malou glaubt, dass er sie nicht gehört hat. Doch dann beginnt er im Zeitlupentempo den Kopf zu drehen. Müde schaut er Malou an.

»Wer sind Sie?«, fragt er freundlich.

»Ich bin Malou, deine Tochter.«

»Ach ja, entschuldige, natürlich.«

Malou ist sich nicht sicher, ob er sie erkannt hat oder ob er nur so tut, als wisse er, wer sie sei.

»Wie geht es dir, Pa?«

»Ich bin müde. Es ist nicht viel los hier. Was soll man schon sagen?«

Malou streicht ihm mit der freien Hand eine Haarsträhne aus der Stirn, die ihm in einem wilden Winkel beinahe ins Auge ragt. Das Mitleid überflutet sie wie eine

Welle. Ist das der Preis, den wir dafür bezahlen müssen, dass wir nicht jung gestorben sind?, fragt sie sich. Dass wir am Ende hier sitzen, die Wand anstarren und nicht mehr wissen, wer wir sind?

»Willst du nicht mal mit Manfred und Urs mitspielen?«

»Manfred und Urs?«

»Deine Mitbewohner.«

»Spielen?«

»Ja, ein Brettspiel, sie lassen dich bestimmt mitmachen.«

»Nein.«

»Okay.«

Mehr kommt von ihm nicht. Also macht Malou das, was sie immer macht, wenn sie hier ist und er nicht reden mag: Sie schildert ihm ihren aktuellen Fall, berichtet, was sie bis jetzt herausgefunden hat, und erzählt von ihrem Ärger über ihren Chef Sandro. Es ist ein Monolog, und es fühlt sich an, als wäre Pa ein lebendiges Tagebuch, das ihre Sorgen unkommentiert zur Kenntnis nimmt. Hin und wieder nickt er bedächtig, und sie will sich einbilden, dass er ihr zuhört, dass er versteht.

Als sie nichts mehr zu sagen weiß, sitzen sie eine Weile stumm nebeneinander. Da fällt Malou ein, warum sie kurz irritiert war, als sie hier ankam. Es lag an einem Satz, den Margaretha zur Begrüßung gesagt hat: *So viel Besuch erhält er selten.*

Dabei ist sie diese Woche noch nicht hier gewesen.

»Hat Ludwig dich besucht?« Ludwig ist Pas einziger Freund, der Malou einfällt.

»Ludwig?«, fragt Pa zurück.

»Dein Freund, vom Friedhof, der Gärtner.«

Wieder nickt Pa bedächtig. Doch ein Schimmern in seinen Augen lässt Malou denken, dass er sich erinnert.

»Er war mein bester Freund. Er weiß alles über unsere Familie. Aber nein, er ist nicht hier gewesen. Er soll mich mal besuchen kommen.«

»War sonst jemand bei dir?«

»Nein, es kommt niemand.«

Vielleicht, denkt Malou, muss sie mit Ludwig reden. Womöglich weiß er etwas über den Brief, von dem sie nicht weiß, ob es ihn gibt oder ob es ihn je gegeben hat.

»Pa, erinnerst du dich an den Brief?« Malou darf nichts unversucht lassen, sie muss eine Antwort auf die Frage finden, ob es eine Spur zu ihren Eltern gibt.

»Was für ein Brief?«

»Der Brief, der im Korb neben dem kleinen Mädchen lag.«

Dem Mädchen, das ich war, die Tochter, die du großgezogen hast, schiebt sie in Gedanken nach.

»Ein Brief und ein Mädchen?« Pa blickt Malou hilflos an.

»Ist nicht so wichtig«, besänftigt ihn Malou. »Mach dir keine Gedanken. Ich gehe nach Hause, ich komme in ein paar Tagen wieder.«

»Gut«, sagt Pa. »Danke. Und auf Wiedersehen.«

Malou steht auf und wendet sich der Tür zu.

»Wie war nochmals Ihr Name?«

Sie verharrt in der Bewegung und bleibt wie versteinert stehen. Nicht weil ihr Vater ihren Namen vergessen hat, sondern weil ihr Blick auf die kleine Kommode neben der Zimmertür fällt. Darauf steht eine Vase. Darin stecken drei weiße Lilien.

51.

»Forster!«

Obwohl Dario sofort anhält, prallt er um ein Haar in den jungen Mann, der unmittelbar vor ihm hinter einer Sandsteinsäule hervor- und in den Laubengang tritt.

»Das heißt: Herr Forster«, höhnt hinter ihm eine verstellte Stimme.

Dario schnellt herum. Liam. Scheiße!

Liam rückt dicht an ihn heran, sodass Dario von ihm und seinem Freund, den er nicht kennt und der ihn um fast zwei Köpfe überragt, beinahe eingeklemmt wird. Er schaut sich nach Hilfe um, doch er sieht einzig eine ältere Dame am Stock vorbeigehen, die er unmöglich in die Sache mit reinziehen kann.

»Schau an, da scheint uns schon jemand zuvorgekommen zu sein«, sagt der Fremde und weist grinsend auf Darios verfärbtes Kinn.

Liam gibt Dario einen Stoß, worauf er heftig in den anderen hineinknallt.

»Vorsicht, du willst doch nicht das Pflaster küssen.«

Unsanft wird er zurückgestoßen, im gleichen Moment fasst ihn der Größere mit eisernem Griff am Arm und dreht ihn ihm schmerzhaft auf den Rücken. Dario schreit auf, spürt, dass ihm ein Bein nach hinten gerissen wird, er stürzt, schlägt mit dem Gesicht auf den Steinboden, er sieht nur noch Blitze, da wird er auch schon wieder hochgerissen. Dario würgt, er muss sich beinahe übergeben.

»Was geht hier ab?«, hört er eine Frauenstimme fragen. »Alles in Ordnung?«

»Alles in Ordnung, der Mann ist gestolpert, aber es ist nichts passiert, wir haben ihm wieder auf die Beine geholfen.«

»Nicht wahr, Forster?«, zischt ihm der Größere zu.

»Es heißt Herr Forster«, giftet Liam.

Dario versucht, das Gleichgewicht zu halten. Sein Schädel will explodieren, das Kinn pocht im Rhythmus seines Pulses, er kann nicht verhindern, dass ihm Tränen in die Augen schießen. Aus dem Augenwinkel sieht er, dass sich die Frau entfernt. Hoffentlich holt sie Hilfe.

»Heulender Scheißer, hör zu.« Der Ältere der beiden hält noch immer Darios Arm fest, er verstärkt den Druck. »Nie wieder, ich betone: Nie wieder fasst du meinen Bruder an. Sonst bist du tot, Mann! Verstanden?«

Dario nickt. Er wehrt sich nicht, es bringt nichts, er hat keine Chance.

»Und jetzt gibst du ihm das Geld für den Hoodie, den du zerrissen hast.«

Wie ferngesteuert greift Dario zu seinem Geldbeutel, entnimmt ihm den Fünfziger und streckt ihn Liam hin. Der Bruder lacht. »Das reicht gerade mal für einen Ärmel.«

Also schiebt Dario einen Hunderter nach.

371

»Das reicht immer noch nicht.«

»Mehr habe ich nicht.«

»Armer Scheißschlucker.«

Mit einem Ruck stößt der Große Dario von sich weg, er strauchelt, stürzt um ein Haar erneut, kann sich aber gerade noch an einer Hausmauer festhalten. Er hält den Kopf gesenkt, versucht sich zu fassen, richtet sich auf. Als er sich umdreht, sind Liam und sein Bruder verschwunden.

Würde sich sein Schädel nicht anfühlen, als stecke er in einem Schraubstock, würde Dario sich fragen, ob er das gerade eben bloß geträumt hat. Es ist so schnell passiert, dass es ihm irreal erscheint. Eine Gruppe junger Mädchen kommt ihm entgegen, sie machen einen Bogen um ihn und schauen ihn angewidert an, wahrscheinlich denken sie, er sei betrunken oder stehe unter Drogen. Er klopft die Hose ab, das Shirt, greift in seiner Tasche nach dem Handy, wenigstens haben sie ihm sein Smartphone nicht abgenommen.

Sein erster Impuls ist, die Polizei zu rufen. Er weiß, wer Liam ist, kennt dessen Eltern und Adresse, also wird es nicht schwierig sein, auch seinen älteren Bruder aufzuspüren. Doch was soll das bringen? Bestimmt sind beide noch minderjährig, sie würden wohl ermahnt werden, aber wegen so was kommt keiner hinter Gitter. Er steckt das Handy wieder weg. Im gleichen Moment wird Dario bewusst, dass er nach dem Urlaub nicht in seinen Job zurückkehren kann. Denn er will Liam nie wieder begegnen. Der Junge hat ihm letztlich die Entscheidung abgenommen: Dario wird die Kündigung einreichen. Die Begegnung eben war ein zwar bitterer, aber dafür endgültiger Schlusspunkt.

Dario beschließt, beim Italiener eine Pizza fürs Abendessen zu holen. Er wird dazu eine Flasche Rotwein öffnen und seine beschlossene Kündigung begießen. »Die beste Entscheidung ever!«, sagt er laut, ohne sich bewusst zu sein, dass er mit sich selbst spricht. Dario überlegt, ob er Malou anrufen und sie fragen soll, ob sie vorbeikommt. Doch da fällt ihm ein, dass er sie nicht mehr anrufen sollte, weil er sie zappeln lassen will, so schwer ihm das auch fällt. Gleichzeitig verspürt er wenig Lust, ihr die neuen Schrammen an seinem Kopf erklären zu müssen – nur über seine Leiche wird er ihr von der Begegnung mit Liam und seinem Bruder erzählen, bei der er nicht gerade eine heldenhafte Figur abgegeben hat.

Er betritt die Pizzeria, in der man sonst am Take-Away-Tresen Schlange stehen muss, doch dafür ist es noch zu früh. Dario wird gleich bedient.

»Eine Pizza al Tonno.«

»Nur eine?«

»Ja, nur eine.«

Wenig später steigt ihm aus dem Holzofen der Duft von gebackenem Pizzateig in die Nase. Auf einmal erscheint ihm der Ärger und auch die Scham über den Angriff schon etwas weniger groß. Er ist einfach nur froh, dass es vorbei ist.

Doch als er wenig später mit dem Pizza-Karton in der Hand die Altstadt verlässt und den Weg Richtung

Kirchenfeld einschlägt, nimmt ihn ein seltsames Gefühl gefangen. Was, wenn die Begegnung nur eine erste Warnung war? Was, wenn Liam und sein Bruder noch immer hinter ihm her sind und nur einen geeigneten Moment abwarten, wo sie ungestört sind? Dario schüttelt den Kopf, das ergibt keinen Sinn, dann hätten sie ihn gleich an einem anderen Ort abpassen können. Trotzdem dreht er sich alle paar Meter um, um sich zu versichern, dass ihm keiner folgt. Da ist niemand. Doch das Gefühl geht nicht weg. Dario ist klar, dass er womöglich unter Schock steht und dass die unsanfte Begegnung mit zwei pubertierenden Schwergewichten bei ihm Angst ausgelöst und ihn verunsichert hat. Rational ist es also völlig erklärbar, dass er sich jetzt, keine halbe Stunde später, verfolgt fühlt – und dass er sich das mit an Sicherheit grenzender Wahrscheinlichkeit nur einbildet. Aber all das Wissen nützt ihm nichts: Sein ganzer Körper ist in Alarmbereitschaft, die Sinne geschärft, die Muskeln gespannt, er ist bereit, sofort wegzurennen. Sogar seine Nackenhaare haben sich aufgerichtet. Es ist mehr als ein Gefühl, dass er verfolgt wird – sein Körper scheint die Gefahr zu spüren. Noch einmal wendet sich Dario um. Da meint er etwas Dunkles hinter einer Hausecke verschwinden zu sehen. Oder hat ihn der Schatten des Busches daneben getäuscht? Dario beschleunigt seine Schritte, es ist nicht mehr weit bis nach Hause. Als er in seine Straße einbiegt, beginnt er zu rennen. Die Pizza verursacht ein rhythmisches Geräusch, weil sie in der Schachtel hin und her rutscht. Dario dreht sich nicht mehr um, die letzten Meter nimmt er im Sprint, rein ins Haus, die Treppe hoch, Schlüssel ins Schloss, zwei Mal umdrehen, hinein in die Wohnung, Tür zu, erneut zwei Mal abschließen. Geschafft! Dario lehnt mit dem Rücken gegen die Tür und atmet schwer.

Auf einmal muss er lachen, weil er sich vorstellt, was die Alte aus dem ersten Stock sich wohl bei seinem Anblick gedacht hat, wenn sie, wie so oft, hinter dem Vorhang am Küchenfenster saß und hinausgeschaut hat. Doch das Lachen verschwindet so schnell, wie es gekommen ist. Mit einem Seufzen stellt er die Pizzaschachtel auf den Stuhl, der neben der Garderobe steht. Dann begibt er sich in jedes seiner drei Zimmer, stellt sicher, dass niemand da ist, und prüft, ob jemand da war. Alles an seinem Platz. In der Wohnung kann ihm nichts passieren. Nun stellt auch er sich ans Küchenfenster, von dem man auf die Straße hinuntersieht. Ein alter Mann geht mit seinem Rauhaardackel Gassi. Sonst ist da niemand.

»Da war keiner«, sagt Dario laut, um sich selbst zu überzeugen. »Du hast dir das nur eingebildet.«

Er geht ins Badezimmer und wäscht sich das Gesicht. Es ist weniger schlimm, als er es sich vorgestellt hat; die Schrammen sind kaum erkennbar. Dann holt er die Pizza, legt sie auf einen Teller, öffnet eine Flasche Rotwein, schenkt sich ein Glas ein und setzt sich damit an den Esstisch im Wohnzimmer.

»Auf meine Kündigung!« Er hebt das Glas in die Luft und stellt verwundert fest, dass sich sein Leben innerhalb von wenigen Tagen grundlegend verändert hat. Er muss nicht zurück ins Jugendheim gehen. Es gibt auf einmal eine Frau in seinem Leben, irgendwie, auch wenn es noch etwas kompliziert ist. Er hat sich endlich auf die Suche nach Anna gemacht und womöglich eine Halbschwester gefunden. Und vielleicht wird er sogar seinen Vater finden.

Doch was, wenn der ein Mörder ist?

52.

Malou gibt so viel Gas, dass sie mit Brunas Hinterrei-
fen beinahe einen schwarzen Gummistreifen auf dem Asphalt hinterlässt. Mit überhöhter Geschwindigkeit rast
sie zurück Richtung Stadtzentrum. Falls der Fremde ihr
mit seinem Besuch bei ihrem Vater und den hinterlasse-
nen Lilien Angst einjagen wollte, ist ihm das misslun-
gen: Sie ist einfach nur wütend. Dass der Unbekannte
ihren Schlüssel gestohlen und herausgefunden hat, wo
sie wohnt, ist das eine. Jetzt aber hat er eine Grenze über-
schritten: Er hat ihren Vater mit in die Sache reingezogen!

Aus Pa war natürlich nichts über die Herkunft der Blumen herauszukriegen, sosehr sich Malou auch bemüht
hat. Er behauptete beharrlich, dass er keinen Besuch
erhalten hatte. Und Margaretha mag zwar ihre Quali-
täten als Wohnbetreuerin haben, aber sie ist eine mise-
rable Zeugin. Ihr Gedächtnis für Gesichter scheint ebenso
schlecht zu sein wie das ihrer Klienten. Sie erinnerte sich
lediglich daran, dass vor einigen Tagen ein Mann etwa
in Malous Alter Pa besucht hat. Als sie sich nach dessen
Äußeren erkundigte, meinte Margaretha, er habe sympathisch und freundlich ausgesehen ... Wenigstens war

Margaretha sich sicher, dass er dunkle Haare hatte – wie wohl etwa drei Viertel aller Männer in dieser Stadt.

Was Malou am meisten erschüttert, ist die Tatsache, dass kaum jemand weiß, wer ihr Vater ist und wo er lebt, auf jeden Fall niemand, der auch nur im Entferntesten etwas mit Darios Fall zu tun hat.

Es geht hier nicht um Dario. Es geht um dich.

Malou will den Gedanken nicht zulassen, aber sie kann ihn nicht länger ignorieren. Der Mann, der ihr die Karten geschrieben und die Blumen vorbeigebracht hat, kennt sie. Er weiß, woran sie arbeitet, sonst wäre er nicht auf die Idee mit den Karten gekommen, die einen beinahe identischen Text aufwiesen. Aber wie zum Teufel hat er in Erfahrung gebracht, dass ihr Vater dement ist und im Wohnzentrum Zerebrum lebt?

Sie muss mit Ludwig reden, denkt Malou, er ist einer der wenigen Menschen, der weiß, wo Pa heute lebt. Kurz entschlossen entscheidet sie sich für einen Richtungswechsel. Wer sonst weiß von ihrem Vater? Außer zwei ihrer besten Freundinnen fällt Malou beim besten Willen niemand ein. Sie überlegt, ob sie gegebenenfalls ihrem Chef Sandro irgendwann von Pas Krankheit erzählt hat, womöglich, weil sie einen Tag freinehmen musste seinetwegen. Sie weiß es nicht mehr.

Ein Blick auf Brunas Tacho und sie geht vom Gas. Wenige Minuten und vier Kurven später stellt Malou Bruna vor dem Eingang des Bremgartenfriedhofs ab. Es ist kurz nach Feierabend, aber Ludwig ist bestimmt noch da. Der Friedhof ohne Ludwig ist nicht vorstellbar. Die Schwierigkeit wird bloß sein, ihn auf dem riesigen Areal zu finden. Doch zu Malous Überraschung muss sie nicht lange suchen; Ludwig steht am Brunnen und füllt die Gießkannen auf. Als er sie erblickt, schrickt er kurz zusammen.

»Habe ich einen Termin vergessen?«, fragt er, nachdem er sie begrüßt hat.

»Nein, ich bin freiwillig hier.« Malou meint es scherzhaft, doch Ludwig reagiert nicht auf den Wink.

»Dann ist es ja gut.«

»Ich komme wegen Pa.«

»Was ist mit Christian? Ist etwas passiert?«

»Nein, er ist in Ordnung, es ist nur …« Malou ist auf einmal unsicher, wie viel sie Ludwig erzählen soll. Sie will ihn nicht beunruhigen. »Pa hat Besuch bekommen, jemand hat ihm weiße Lilien vorbeigebracht, und ich weiß nicht, wer das war.«

»Also, ich war's nicht.«

»Kennst du jemanden, der Pa besucht haben könnte? Es war ein Mann in meinem Alter.«

»Weiße Lilien …«, überlegt Ludwig laut, er scheint Malou nicht mehr zugehört zu haben. »Die weiße Lilie ist eine traditionelle Totenblume und steht für das Licht. Sie wird auf dem Friedhof als Symbol für die Reinheit des Herzens, für Hoffnung und Liebe über den Tod hinaus gepflanzt.«

Malou nickt. *Totenblume* – die Wahl ist bestimmt kein Zufall.

»Lilien werden aber auch für Hochzeiten ausgewählt, weil sie ebenso die Erneuerung der Seele symbolisieren«, fährt er fort. »Und nicht selten werden sie zum Ausdruck von Mitgefühl verwendet.«

»Das hingegen wusste ich nicht.«

»Siehst du, wieder was gelernt.« Ludwig grinst selbstzufrieden.

»Kennst du einen Mann in meinem Alter, der Pa besucht haben könnte?«, wiederholt Malou.

»Seltsam, dass du das jetzt fragst.«

»Warum?«

»Weil vor ein paar Tagen jemand da war, der sich nach deinem Vater erkundigt hat.«

»Nach Pa? Du hast ihm doch hoffentlich nicht gesagt …«

»Ich habe ihm gesagt, dass Christian im Wohnzentrum Zerebrum lebt.«

»Du kannst doch nicht einfach einer wildfremden Person Auskunft über Pa geben! Ich fasse es nicht! Ludwig, wie konntest du nur?« Malou ist außer sich vor Zorn.

Ludwig blickt sie verständnislos an. »Das war kein Fremder. Er sagte, er sei ein Freund der Familie.«

Malou muss sich zusammenreißen. Ludwig scheint sich seines Fehlers nicht bewusst zu sein. Es ist ihm wohl gar nicht in den Sinn gekommen, dass man keine persönlichen Informationen über eine Polizistin herausgeben sollte – vielleicht, weil sie in seinem Kopf noch immer das kleine Mädchen ist, das an Pas Seite zu den Beerdigungen kam, und nicht die Ermittlerin, die tagein, tagaus mit Kriminellen zu tun hat.

»Kannst du den Mann denn beschreiben? War er groß

oder klein, dunkel oder hellhaarig?« Malou bemüht sich um einen motivierenden Tonfall.

»Er war normal durchschnittlich, ein freundlicher, junger Mann.«

»Wie groß war er? Und welche Haarfarbe hatte er?«, doppelt Malou nach.

»Er war mittelgroß. Und die Haarfarbe? Hm. Braun oder schwarz. Aber nagele mich nicht darauf fest.«

Ruhig bleiben, sagt sich Malou. Sie wundert sich einmal mehr, warum sich die Menschen ihre Mitmenschen nicht genauer anschauen. Es ist zum Haareraufen. Sie versucht, sich ihren Ärger nicht anmerken zu lassen.

»Was genau hat er zu dir gesagt?«

»Er hat gesagt, er sei ein Freund der Familie und er würde gerne deinen Vater besuchen, aber er wisse nicht, wo er ihn finden könne.«

»Und das ist alles?«

»Er war sehr sympathisch.«

»Das hilft mir natürlich weiter.«

»Dann ist es ja gut.«

Malou verdreht die Augen. Es bringt nichts. Auch Ludwig ist keine Hilfe.

»Ludwig, ich muss los. Darf ich dich bitten, dass du niemandem mehr Auskunft über mich und Pa gibst, egal wie sympathisch dir die Leute sind?«

»Wenn dir das wichtig ist …«

»Es ist mir wichtig.«

»Okay.«

»Mach's gut.«

»Du auch. Malou?«

»Was ist?«

»Willst du nicht wissen, wie der Mann hieß?«

Malou, die sich schon abgewandt hatte, dreht sich ruckartig wieder um. »Du weißt, wie er heißt?«

»Ja. Er sagte, sein Name sei Bernard.«

53.

Bernard.

Malou sitzt an ihrem Esstisch, die Arme auf die Ellenbogen gestützt, die Stirn in die Handflächen gelegt. Handelt es sich womöglich um einen anderen Bernard – oder hat jemand Ludwig einen falschen Namen genannt? Tatsache ist: Wenn es tatsächlich ihr Kollege war, der sich hinter ihrem Rücken nach Pa erkundigte, ergäbe plötzlich alles einen Sinn. Sie selbst hat Bernard wohl von den mysteriösen Geburtstagskarten erzählt. Er wusste ebenfalls, dass sie Geburtstag hatte, sie haben sogar darauf angestoßen. Womöglich hat sie in jener alkoholgeschwängerten Nacht auch ihren Vater erwähnt. Bernard kennt den Artikel über sie und den Friedhofsgärtner und hat sich bestimmt gedacht, dass Ludwig eine gute Informationsquelle sein könnte.

»Scheißkerl«, sagt Malou laut.

Er muss ihr nach dem Champagner-Abend die Karte und die Blumen hingestellt haben. Wahrscheinlich hat er ein Fenster geöffnet, als sie in der Küche war, und ist später noch einmal zurückgekehrt und in ihr Haus eingestiegen. Auch ein zweites Mal muss er sich Zugang verschafft haben, um eine Karte und die Lilien zu platzieren. Das Gesicht an der Scheibe? Ein Taschenspielertrick, damit sie sich fürchtet und sich angstvoll im Bett an ihn klammert. Doch diese Rechnung ist zum Glück nicht aufgegangen. Mit dem Besuch bei Pa ist er definitiv zu weit gegangen. Malou wird alles dafür tun, dass er versetzt wird, oder besser noch: suspendiert. Ein Stalker hat im Polizeidienst nichts verloren.

Dabei hatte sie gedacht, er sei ihr Freund. Malou ist grenzenlos enttäuscht und ärgert sich gleichzeitig über ihre Ernüchterung: Sie hätte wissen müssen, dass man mitunter selbst den eigenen Kollegen nicht trauen kann. Der ärgste Feind ist einem meist näher, als man denkt.

Dass sie sich in Bernard getäuscht und er ihr Vertrauen missbraucht hat, ist das eine. Die Konsequenzen, die sein Handeln nach sich ziehen, sind etwas anderes. Malou graut bei dem Gedanken, was jetzt folgen wird: das Gespräch mit Sandro, mit der Personalkommission, die Untersuchung, die durchgeführt werden muss, ihre Aussage gegen seine Aussage … Nicht zu vergessen die Anfeindungen der Kollegen, weil sie es wagt, einen der Ihren wegen Stalking anzuzeigen. All das ist ihr zutiefst zuwider. Dennoch ist Schweigen keine Option. Schon zu oft hat sie sich in der Männerdomäne Polizei wegducken, zu vieles runterschlucken und wegstecken müssen, nur weil sie eine Frau ist. Dazu ist sie nicht länger bereit. Sie ist zu alt für den Scheiß. Seit einigen Jahren lautet ihr Motto *Null Toleranz*, gerade auch, wenn es um Kollegen geht, selbst wenn es der mühsamere und beschwerlichere

Weg ist. Aber anders geht es nicht; würde sie schweigen, würde sie vor sich selbst das Gesicht verlieren.

»Verfluchter Mist!«

Malou schlägt mit der Faust auf den Tisch. Im Augenwinkel nimmt sie wahr, wie das Chamäleon im Zeitlupentempo das eine Auge in ihre Richtung dreht.

»Entschuldigung, Frederick.«

Plötzlich schnellt sie herum und blickt zum Fenster, weil sie meint, dahinter eine Bewegung wahrgenommen zu haben. Aber da ist nichts, nur Dunkelheit.

»Meine Nerven«, sagt Malou laut. »Ich spreche sogar schon mit mir selbst.«

Wenigstens einen positiven Aspekt kann sie der Tatsache abgewinnen, dass Bernard ihr Stalker ist: Ihr ist es lieber, wenn ein durchgeknallter Arbeitskollege bei ihr einsteigt als ein Serienmörder, der mehrere Frauen auf dem Gewissen hat. Doch auf genau diesen will sie sich wieder konzentrieren. Sie darf sich von Bernard nicht aus dem Konzept bringen lassen, so viel Einfluss steht ihm nicht zu. Bernard ist nicht wichtig.

»Er ist ein armseliger Furz!«

Wieder schaut Malou zu Frederick, und sie würde darauf wetten, dass das Tier gerade kurz gelächelt hat.

Da hört sie draußen ein Geräusch. Schritte. Verflucht! Geduckt eilt sie in die Küche, holt die Waffe aus der Schublade und schleicht so leise wie möglich durch den Flur zur Haustür. Sie presst sich an die Wand, entsichert die Pistole, lauscht. Stille. Es ist nicht der Serienmörder, der da draußen sitzt, beruhigt Malou sich selbst. Es ist bestimmt Bernard, der ihr einmal mehr Angst einjagen will, damit sie ihn zu Hilfe ruft. Aber darauf kann er lange warten.

Und was, wenn es doch nicht Bernard ist?

*

Während Malou mit dem Rücken zur Wand in ihrem Flur steht – die Waffe im Anschlag, die freie Hand auf der Türklinke –, sitzt Herbert Kipfer im Berner Oberland am Fuße der Berge in seinem Chalet und faltet eine Schachtel zusammen. Die Fotografien von Nathalie hat er schon gestern an die Polizistin in Bern geschickt. Er hat sich zwar gewundert, dass sie ihm ihre Privatadresse genannt hat, aber er hat nicht insistiert. Auch die Aufnahme der Geschwindigkeitsmessung, die Nathalie neben dem unbekannten Mann im Wagen zeigt, hat er mit in den Umschlag gelegt. Er hofft, dass die Polizistin ihr Wort hält und ihm zumindest die Aufnahmen von Nathalie unbeschadet zurückgeben wird. Bei der Polizei kann man nie wissen. Kaum hatte er die Fotos abgeschickt, hat ihm die Polizistin erneut geschrieben und ihn gefragt, ob er ihr einen Gegenstand schicken könnte, an dem Jonas' DNA gesichert werden könne, zum Beispiel ungewaschene Kleidung, ein persönlicher Gegenstand, ein Plüschtier oder eine Haarbürste. Er wundert sich, warum Jonas' DNA auf einmal wichtig ist; die Polizistin hat ihr Anliegen mit keinem Wort begründet. Professionelle Kommunikation geht anders, denkt Kipfer. Aber wenn es hilft, den Täter zu fassen … Dafür würde er alles tun. Tatsächlich hat er in einer Kommode im Badezimmer eine alte Kinderbürste gefunden, mit dunkelblonden Haaren dran. Jonas' Haarbürste. Der Anblick hat ihm vor Trauer die Kehle zugeschnürt. Er hat sie vorsichtig in eine Plastikfolie verpackt, so wie sie das im TV-Krimi machen. Und dann hat er in der Schublade im Badezimmer noch etwas anderes entdeckt: ein altes iPhone. Es muss Nathalie gehört haben; weder er noch seine Frau haben je ein Smartphone besessen, ihnen war ein normales Mobiltelefon gut genug. Aber es muss ein altes Handy sein, denn das Gerät, das Nathalie zuletzt benutzte, ist am schlimmsten Tag seines Lebens gemeinsam mit ihr verschwunden.

Herbert Kipfer hat versucht, das Handy zu starten, aber da tat sich nichts, der Akku ist leer. Also packt er es kurzerhand mit der Haarbürste in die Schachtel. Er legt eine Postkarte von Grindelwald mit einer kurzen Notiz in das Paket: Die Polizei dürfe auf die Daten des Telefons zugreifen, falls das etwas helfen sollte. Er klebt das Paket zu, schreibt Malous Adresse und seinen Absender auf das Etikett. Morgen wird er es zur Post bringen.

Als er alles erledigt hat, schlüpft er in seinen Pyjama und legt sich ins Bett. Er starrt die Decke an und wartet auf das Geräusch des Windes, doch es bleibt heute Nacht still. Nichts regt sich draußen – als gäbe es die Welt nicht mehr. Kipfer gähnt lange und ausgiebig, doch schlafen kann er nicht. Seit die Polizistin hier war, ist es wieder schwieriger geworden. Alles ist wieder da. Auch die

Bilder in seinem Kopf. Seine Frau, seine Tochter Nathalie, sein Enkel Jonas. Er sieht ihre Gesichter vor sich, die vorwurfsvoll zurückblicken. Weil er als Einziger überlebt hat. Und weil er den Schuldigen nicht gefunden hat.

*

Sechs Autostunden weit weg, in einer Stadt, die sich im Vergleich zu Grindelwald anfühlt wie eine andere Welt, liegt auch Isabel wach im Bett und starrt die Decke an.

Was wollen die mit meiner DNA?

Die Frage kommt wieder und wieder, sosehr sie sich auch mit anderen Gedanken abzulenken versucht: Warum hat die Polizistin sie nach ihrer DNA gefragt? Isabel hat ihre Anweisungen exakt befolgt. Sie hat sich zuerst durch die Anleitung gelesen, dann hat sie sich das erste Wattestäbchen in den Mund gesteckt, sich damit über die Wangeninnenseiten gerieben, über die Zunge, über die Lippeninnenseite, mindestens dreißig Sekunden lang, genauso, wie es in der Anleitung stand. Dann hat sie das Wattestäbchen in das mitgelieferte Plastikröhrchen gesteckt. Sie wiederholte das Prozedere drei Mal – drei Stäbchen, drei Röhrchen –, sodass ihr Mund am Ende total ausgetrocknet war, zumal sie in den zwei Stunden zuvor nichts trinken und nichts essen durfte. Dann packte sie alles in den kartonierten Umschlag, den Frau Löwenberg ihr mitgeschickt hatte, und brachte ihn zur Poststelle.

Isabel stellt sich vor, wie ihr Speichel mit ihrer DNA

in einem gelben Lieferwagen durch die Nacht gefahren wird, von einem Fahrer, der sich mit Heavy Metal wachhält, während er über die Autobahn braust. Sie sieht den Kartonumschlag hinten im Lieferwagen liegen, darin die Plastikröhrchen mit den Wattestäbchen, ihr inneres Auge zoomt den Bausch heran und erkennt darin die Spiralen ihrer DNA, ihr Erbgut, von dem sich eine Polizistin in der Ferne etwas erhofft. Nur was? Isabel hat Frau Löwenberg gefragt, ob sie eine Leiche gefunden hätten, doch das hat sie vehement verneint. Sie glaubte ihr; eine Lüge hätte sie ihr angehört, da ist sie sich sicher. Aber warum dann?

Isabel denkt an Dario. Sie teilen dieselbe Geschichte. Wenn zwischen dem Verschwinden ihrer Mutter und dem Verschwinden seiner Mutter kein Zusammenhang bestehen würde, hätte ihr die Polizistin kaum ein DNA-Kit geschickt. Ob sie auch seine DNA hat prüfen lassen? Mit einem Ruck setzt sich Isabel auf. Sie greift zum Handy, sucht im Facebook-Messenger nach Dario und beginnt zu tippen.

Bist du noch wach?

*

Pling. Dario blickt auf sein Handy. Eine Nachricht von Isabel. Seine Vielleicht-oder-vielleicht-auch-nicht-Halbschwester. Augenblicklich wird er nervös und klickt die Nachricht an.

Bist du noch wach?

Dario zögert, tippt eine Antwort, doch dann löscht er den Text wieder, als erneut ein Signalton erklingt.

Du bist noch wach!, liest Dario. Sie hat gesehen, dass er ihre Nachricht gelesen hat. Schon kommt eine weitere Meldung herein.

Ich musste heute meine DNA-Probe in die Schweiz schicken. Was treibt ihr da drüben? Sind sie dir auch an den Speichel gegangen?

Dario muss schmunzeln. Er stellt fest, dass er sich jetzt, in diesem Moment, von ganzem Herzen wünscht, dass die junge Frau tatsächlich seine kleinere Halbschwester ist.

Call?, schreibt er zurück.

Nur Sekunden später ruft Isabel an.

»Hey, Dario.«

»Guten Abend, Isabel.«

»Weißt du, was das soll? Haben sie dir auch DNA-Proben entnommen? Es treibt mich um, weil ich nicht weiß, was sie damit wollen. Die Polizistin hat gesagt, sie hätten keine Leiche gefunden, aber warum brauchen sie mein DNA-Profil dann, wenn nicht für den Abgleich mit einer Toten, ich versteh nicht, weißt du mehr?«

Isabel spricht so schnell, dass Dario kaum nachkommt. Gleichzeitig kann er ihre Aufregung nachvollziehen. Er weiß genau, wie sich die Ungewissheit anfühlt, insbesondere, wenn man merkt, dass Informationen bewusst zurückgehalten werden.

»Malou hat dir also nicht verraten, warum sie die DNA-Probe braucht?«, fragt er nach.

»Nein, eben nicht!«

Dario räuspert sich. Gut möglich, dass Malou es nicht toll finden wird, wenn er Isabel erklärt, worum es geht. Aber das ist ihm egal. Das hier ist, wenn man so will, eine Familienangelegenheit. Eigentlich ist es sogar besser, wenn Isabel es von ihm erfährt.

»Die Polizei verfolgt eine neue These, die zwar etwas abenteuerlich klingt, aber an der vielleicht doch etwas dran ist.«

»Was für eine These?«

Dario muss die Worte zuerst sortieren.

»Sie glauben, dass sowohl Anna als auch deine Mutter und vielleicht die Mutter eines weiteren Kindes Opfer desselben Täters geworden sind.«

»So viel hab ich schon mitgekriegt. Aber um das festzustellen, braucht es noch lange nicht eine genetische Probe meines Erbguts.«

»Malou vermutet, dass der Täter mit unseren Müttern eine Beziehung hatte.«

Jetzt bleibt es einen Moment lang still am anderen Ende der Leitung.

»Mehr noch: Sie hat den Verdacht, dass der Täter mein Vater sein könnte«, fährt Dario fort. »*Unser* Vater sein könnte.«

»Du meinst – sie meint –, du könntest mein Bruder sein?«

»Halbbruder, um genau zu sein. Sie fand auch, dass wir uns ähneln.«

»Wir sehen uns doch überhaupt nicht ähnlich.«

»Malou behauptet, wir hätten den gleichen Tic.«

Wieder braucht Isabel einen Augenblick, um zu überlegen. »Meinst du das Augenblinzeln?«, fragt sie nach.

»Genau das hat Malou gesagt, dass wir mit den Augen blinzeln, ein identisches Zukneifen der Augen, das waren ihre Worte.«

»Mein Großvater hat eine Zeit lang versucht, es mir abzugewöhnen, allerdings ohne Erfolg.«

Dario hört Isabel auflachen, aber er kann nicht ausmachen, ob es ein erleichtertes oder ein verzweifeltes Lachen ist.

»Ich muss sagen, ich fände es toll, eine kleine Schwester zu haben. Also Halbschwester.«

»Du, mein Halbbruder?« Jetzt lacht Isabel herzlich. »Dazu würde ich auch nicht Nein sagen. Aber ...«

Dario wartet. Er ahnt, was in Isabels Kopf vorgeht, es ist ihm ebenso ergangen.

»Aber das würde auch bedeuten, dass ich die Tochter eines Mörders bin.«

»Das wissen wir noch nicht«, beschwichtigt Dario sie. »Die DNA-Proben müssen erst noch verglichen werden. Und selbst wenn unser Vater ein Mörder sein sollte: Es ändert nichts!«

»Wie meinst du das? Es ändert alles!«

»Nein. Gene werden überbewertet. Du bleibst du und ich bleibe ich. Und wir lassen uns nicht unterkriegen. Einverstanden?«

»Okay. Ich hoffe, du hast recht.«

Sie schweigen beide. Zu viele Gedanken in ihren Köpfen, und doch will keiner die Verbindung beenden. Da hört Dario ein leises Klopfen, ein weiterer Anruf kommt rein. Er nimmt das Handy vom Ohr und blickt auf das Display. Malou.

»Isabel, ich muss Schluss machen, da kommt ein Anruf rein. Wir reden ein andermal, okay?«

»Okay, gute Nacht.«

»Dir auch.«

Dario nimmt Malous Anruf an.

»Dario, kann ich zu dir kommen?«

Ihre Stimme klingt anders als sonst. Die Ruhe ist weg, sie klingt gehetzt.

»Jetzt gleich?«

»Ja. Ich stehe schon in deiner Straße.«

54.

Malou betrachtet Darios Gesicht. Wie jung er aussieht, wenn er schläft. Sein dichter schwarzer Haarschopf ist verwuschelt, die dunklen Augenbrauen sind so ebenmäßig, dass sie beinahe unecht wirken. Es reizt sie, mit dem Finger darüber zu streicheln, doch Malou lässt es bleiben. Es ist noch nicht sechs Uhr, sie möchte aufstehen, sich davonschleichen, so wie immer. Um jeden Preis den Walk of Shame vermeiden, wenn man sich mit abgestandenem Atem, verschmierter Schminke, Augensäcken und verschrobener Frisur am Morgen danach bei Tageslicht gegenübersteht. Doch Malou zwingt sich zu bleiben. Dario zuliebe. Er ist gestern für sie da gewesen, sie haben einen Whisky getrunken, sie hat ihm von den Schritten erzählt draußen vor der Tür, dass sie plötzlich Angst kriegte. Sie berichtete Dario, was zuvor passiert war, dass er am Ende recht behalten hat mit seinem Verdacht, dass Bernard ihr nachgestellt haben könnte. Sie haben noch lange geredet. Malou hat sich von Dario auch die früheren Geburtstagskarten geben lassen, die er in den letzten Jahren erhalten hat, damit sie die heute mitnehmen kann. Danach sind sie zusammen ins Bett gegangen, haben aber nicht miteinander geschlafen. Trotzdem ist es ein Abend voller Zärtlichkeit gewesen. Dario hat ihr den Rücken und den Nacken gestreichelt, bis sie eingeschlafen war.

Jetzt ist Malou hellwach und fragt sich, ob sie sich verliebt hat. Auf jeden Fall schafft sie es nicht, sich erneut wortlos wegzuschleichen und Dario allein zu lassen. Weil er das nicht verdient hat. Also liegt sie da und wartet, bis er aufwacht. Jetzt, hier in diesem Bett an einem sicheren Ort, kann sie ihre Angst von letzter Nacht nicht mehr nachvollziehen. Sie ist sich nicht einmal mehr sicher, ob da wirklich Schritte waren oder ob sie sich die nur eingebildet hat. Auf jeden Fall war weit und breit niemand zu sehen, als sie mit der Waffe im Anschlag die Tür aufgerissen hat; weder ein Serienmörder noch Bernard. Zum Glück auch kein Nachbar; der hätte wohl sofort den Notfallpsychiater gerufen, hätte er sie mit der Waffe herumfuchteln sehen. Zurück im Haus war ihr klar, dass sie zu aufgewühlt war, um zu schlafen. Also fuhr sie zu Dario. Es fühlt sich irritierend richtig an, dass sie hier und jetzt neben diesem Mann liegt. So richtig, dass das Gefühl ihr Angst macht. Sie weiß, dass es vor allem eine Angst vor sich selbst ist.

Das Schrillen des Weckers setzt einen Schlusspunkt hinter Malous Gedanken. Dario öffnet die Augen und fährt erschrocken zusammen, als er sie sieht, sodass sie fürchtet, es könnte an ihrem Anblick liegen.

»Du bist noch hier!« Dario küsst sie auf die Stirn. »Ich war mir sicher, dass du verschwunden sein wirst, wenn ich aufwache.«

»Heute nicht«, sagt Malou knapp. »Aber ich bin schon eine Weile wach, und ich muss los.«

Dario lässt sich zurück ins Kissen fallen und stöhnt enttäuscht auf. »Wenn ich gewusst hätte, wie es ist, wenn man sich mit einer Polizistin einlässt ...«, meint er theatralisch, doch er lacht dabei.

Malou setzt sich auf und wirft ihm ein Kissen an den Kopf.

»Wenn du mit mir mithalten willst, musst du früher aufstehen.«

Malou steigt aus dem Bett und sucht ihre Kleidung zusammen, die sie am Abend einfach fallen gelassen hat.

»Im rechten Schrank im Badezimmer findest du frische Handtücher. Nimm einfach, was du brauchst.«

»Danke, aber ich dusche zu Hause.«

»Kein Frühstück?«

»Leider nein.« So weit sind wir noch nicht, denkt Malou. Normalerweise dauert es Wochen, bis sie ein gemeinsames Frühstück mit einem Mann zulässt. So lange, dass sie den Beziehungsversuch meist schon vorher beendet hat. »Ich habe einiges zu erledigen. Heute sollte ich die DNA-Proben von Isabel erhalten. Ich melde mich, sobald ich mehr weiß.«

Malou steht schon in der Tür, doch sie kehrt noch einmal zum Bett zurück, Dario hat sich aufgesetzt, sie fährt ihm durch die Haare und küsst ihn kurz. Dann greift sie nach ihrer Tasche, verlässt das Zimmer, schließt die Wohnungstür auf und trabt die Treppe hinab. Vor dem Hauseingang atmet sie tief ein.

»Shit«, flüstert sie halblaut. Sie wollte sich doch nicht verlieben.

Als Malou zwanzig Minuten später ihren Briefkasten leert, findet sie darin einen Umschlag aus München, ein B4-Kuvert mit dem Absender Herbert Kipfer aus Grindelwald, und einen neutralen Briefumschlag, dem nicht anzusehen ist, von wem er stammt. Sie schließt die Tür auf, tritt ein, lauscht und schüttelt über sich selbst den Kopf. Auf einmal ist sie sicher, dass sie sich die Geräusche gestern Nacht nur eingebildet hat. Alles sieht so aus, wie sie es zurückgelassen hat. Leider hat in der Zwischenzeit auch niemand den Abwasch erledigt.

Malou legt die Post auf den Tisch, begibt sich nach draußen, um zwei Heuschrecken zu holen. Sie setzt die erste Heuschrecke mit der Pinzette auf einem Blatt im Terrarium aus, auf dem sie wie in Schockstarre sitzen bleibt. Schon schießt Fredericks Zunge heraus, und das Insekt verschwindet rasend schnell in seinem Maul, mit bloßem Auge kaum sichtbar. Als Frederick genüsslich zu kauen beginnt, hängen ihm noch ein paar zuckende Beine aus dem Rachen heraus. Die zweite Heuschrecke hüpft davon, als Malou sie im Terrarium platziert, auch gut, so hat Frederick noch etwas zu jagen.

Malou setzt sich an den Tisch. Den Kartonumschlag aus München lässt sie verschlossen, sie wird die DNA-Abstriche direkt ins Labor bringen. Das große Kuvert reißt sie mit dem Zeigefinger auf, es enthält wie erwartet die Fotografien von Nathalie. Sofort prüft sie, ob bei einem der drei Bilder aus der Schwarz-Weiß-Serie auf der Rückseite ein Name steht. Fehlanzeige. Das vierte Bild hat Kipfer von sich aus beigelegt: Es ist die Aufnahme der Geschwindigkeitskontrolle, die Nathalie mit einem Mann im Auto zeigt, allerdings ziemlich verschwommen. Das Bild ist von schlechter Qualität. Trotzdem wird sie es mitnehmen, wenn sie dem Fotografen Manuel Lutz einen Besuch abstattet. Nach kurzem Zögern öffnet Malou auch den Briefumschlag ohne Absender. Als sie sieht, dass sich darin eine Postkarte befindet, schluckt sie leer. Nicht schon wieder. Sie zieht sie heraus. Die Vorderseite zeigt ein Gemälde von Paul Klee – keine Tiere. Als sie die Karte umdreht, fällt ihr Blick als Erstes auf den Namen, der am Ende des handgeschriebenen Textes steht: *Bernard*.

Malou beginnt zu lesen.

Liebe Malou,
  ich entschuldige mich bei dir in aller Form für mein unangebrachtes Verhalten. Ganz offensichtlich habe ich die Signale, die du ausgesendet hast, falsch verstanden.

Signale, denkt Malou, was für Signale? Sie hat ihn einzig um einen Gefallen und um Hilfe gebeten.

Ich dachte, dass das Interesse gegenseitiger Natur ist. Aber da scheine ich mich geirrt zu haben.

So was von geirrt. Falscher könnte er nicht liegen.

Der Alkohol hat mich dann wohl etwas übermütig werden lassen.

Übermütig! Und natürlich trägt wieder mal der Alkohol die Schuld, denkt Malou wütend.

Ich würde es gerne ungeschehen machen, aber das geht nicht. Darum bitte ich dich, die Szene zu vergessen. Ich möchte nicht, dass etwas zwischen uns steht. Es tut mir leid und es wird nicht wieder vorkommen.
Bernard.

PS: Ruf mich an, wenn du Hilfe brauchst. Ich bin weiterhin für dich da.

Die Szene vergessen ... wenn das so einfach wäre, denkt Malou. Ginge es nur um seinen vermaledeiten Versuch, sie ins Bett zu kriegen – aber da waren der Einbruch, die Lilien, die Karten ... das muss Bernard gewesen sein. Wer sonst käme dafür infrage? Und dann das Gesicht am Fenster, das er wahrscheinlich frei erfunden hat ... ein weiterer Versuch, sie zu verängstigen, damit er den Helden spielen kann. Malou steht auf, zerreißt die Karte und wirft sie in den Mülleimer. Dann greift sie zur Jacke, zu den Fotografien und zum Paket aus München, verstaut alles in ihrer Tasche und bricht auf. Ausgerechnet heute muss sie ins Polizeipräsidium. Sie wird versuchen, ins Technische Labor zu gelangen, ohne Bernard oder Sandro über den Weg zu laufen.

Zuerst stattet Malou der Rechtsmedizinerin Irena Jundt einen Besuch ab. Schon von Weitem hört sie klassische Musik. Malou weiß, was das bedeutet: Irena führt eine Obduktion durch. Schlechtes Timing. Sie betritt den Obduktionssaal, sieht Irena neben ihrem Assistenten an einem der metallenen Tische stehen, auf dem ein sehr weißer, toter Mensch liegt. Irena ist gerade dabei, seine inneren Organe herauszutrennen. Malou räuspert sich. Irena blickt auf.

»Malou! Guten Morgen.«

»Guten Morgen, entschuldige, dass ich störe. Kann ich dir ein Paket mit DNA-Abstrichen aufs Pult stellen? Die Proben müssten mit jenen von Dario Forster verglichen werden, die Bernard kürzlich gebracht hat. Ich muss wissen, ob die beiden verwandt sind.«

»In Ordnung. Notierst du mir die Namen und die Angaben auf einen Zettel?«

»Mach ich.« Malou ist froh, dass Irena keine weiteren Fragen stellt. Zum Glück hat sie gerade wortwörtlich alle Hände voll zu tun. »Und dann lege ich noch einige Karten bei, unter anderem Drohungen, die bei mir eingegangen sind. Könnt ihr die auch mal auf Spuren überprüfen? Und eine leere Glasflasche.«

»Drohungen? Ist mit dir alles in Ordnung?«

»Ja, alles gut. Wahrscheinlich nur ein lästiger Spinner.«

Ein lästiger Spinner namens Bernard, denkt Malou bitter. »Ich sollte auch noch eine Haarbürste und persönliche Gegenstände eines vor einiger Zeit verstorbenen Kindes erhalten, die liefere ich nach, auch dort geht es um einen Verwandtschaftstest.«

»Okay.«

Malou hört Irena an, dass sie mit den Gedanken wieder beim Leichnam ist, der vor ihr liegt. Ist sie auf der Suche nach der Todesursache eines Klienten, verwandelt sie sich in eine Spielsüchtige, die um jeden Preis das Rätsel entschlüsseln will. Malou geht hinüber in Irenas Büro, legt Isabels Paket auf den Tisch, schreibt deren Namen sowie Ziel und Zweck der Analyse auf einen Zettel. Sie legt die beiden Faltkarten dazu, die mit großer Wahrscheinlichkeit von Bernard stammen, sowie die Postkarten, die sie von Herbert Kipfer, Isabel Wagner und Dario erhalten hat.

Bitte die Karten auf Spuren untersuchen, schreibt Malou auf einen zweiten Zettel. Sie zögert einen Moment, dann fügt sie an: *Beide Aufträge sind dringend.* Was, wie Malou findet, nicht einmal gelogen ist: Sie will so schnell wie möglich Klarheit haben.

Das gilt auch für den zweiten Job, den sie heute zu vergeben hat. Die Tür zu Daniel Dummermuths Büro ist nur angelehnt. Malou klopft zögerlich, sie hört ein dumpfes »Herein« und betritt den Raum. Vom stellvertretenden Chef des Kriminaltechnischen Dienstes fehlt jede Spur. Da sieht sie die zwei Beine, die unter seinem Schreibtisch hervorschauen.

»Daniel? Alles in Ordnung?«

»Ja, alles gut. Ich teste gerade etwas.«

Malou bückt sich und sieht, dass Daniel mit einem Kugelschreiber auf ein Blatt Papier schreibt, das er unten an der Tischplatte befestigt hat.

»Dein Kugelschreibertintenprojekt?«

»Genau, ich bin kurz vor dem Ziel.«

Daniel Dummermuth, der intern gerne auch Daniel Düsentrieb genannt wird, weil er dem Erfinder aus Entenhausen in nichts nachsteht, hat eine Methode entwickelt, mit der man herausfinden kann, wie alt Kugelschreibertinte auf Papier ist. So lässt sich zum Beispiel nachweisen, ob ein Brief oder ein Testament oder eine Unterschrift vor dem Ableben oder nach dem Ableben eines Opfers geschrieben worden ist.

»Was verschafft mir die Ehre?« Daniel kriecht unter dem Schreibtisch hervor und klopft sich die Hose ab.

»Ich hoffe, du kennst dich mit Fotografie genauso gut aus wie mit Kugelschreibertinte.« Malou legt die Aufnahmen von Anna, Nathalie und Karina auf den Besprechungstisch.

»Ich kenne mich so gut aus, dass ich sagen kann, dass dies schöne Bilder sind – aber das ist wohl kaum das, was du hören willst.«

»Es geht um das Fotopapier.«

»Ah, da kann ich dir bestimmt behilflich sein.«

Wenig später inspiziert Daniel Dummermuth an einem Leuchtpult im Labor mit einer Lupe das Papier, er betastet es auf der Vorder- und auf der Rückseite, schneidet bei drei Fotografien ein winziges Stückchen ab, sodass die Aufnahme keinen Schaden nimmt.

»Die Frauen auf den Bildern sind alle tot, bitte beschädige die Fotos nicht unnötig, sie gehören ihren Angehörigen«, mahnt Malou.

Daniel murmelt etwas Unverständliches, er ist völlig in die Arbeit vertieft, die er zu Malous Leidwesen ohne jeden Kommentar verrichtet. Abgesehen von einem undeutbaren Grummeln hin und wieder bleibt er still.

»Kannst du schon etwas dazu sagen?«

Ein Grunzen macht Malou klar, dass er nicht gestört werden will. Also setzt sie sich auf den Schemel in der Zimmerecke und wartet.

Als Daniel nach scheinbar endlosen Minuten aufblickt, nickt er zufrieden.

»Und?«, fragt Malou.

»Was ich dir mit Sicherheit sagen kann, ist: Die Fotos wurden alle von Hand auf demselben Fotopapier entwickelt.«

»Das heißt, dass sie auch vom selben Fotografen gemacht worden sind?«

»Das ist damit natürlich nicht bewiesen, aber die Wahrscheinlichkeit ist recht hoch. Bei allen Fotos wurde ein Barytpapier verwendet. Baryt ist das richtig aufwendige Papier.«

»Was meinst du mit aufwendig?«

»Es ist ein edles FineArt-Papier, das eine tiefere Bildschwärze und dadurch imposantere Kontraste ermöglicht. Wird oft in der Kunstfotografie verwendet. Aber es neigt leichter zu Knicken und Dellen. Beim Entwickeln auf Baryt muss man vorsichtiger arbeiten, es braucht mehr Zeit, es erfordert etliche Handgriffe, um es schließlich ausreichend gewässert und getrocknet möglichst plan in den Händen zu halten.«

»Wir haben es also nicht mit einem Hobbyfotografen zu tun«, stellt Malou fest.

»Auf jeden Fall war hier ein Fotofreak am Werk.«

»Danke, das bringt mich schon mal weiter.«

Malou packt die Fotos wieder ein. Zuoberst in die Mappe legt sie jenes Bild, das sie Daniel nicht gezeigt hat und das von miserabler Qualität ist: die Aufnahme der Geschwindigkeitskontrolle. Sie weiß, wem sie als Nächstes einen Besuch abstatten wird – und sie hofft, dass der Mann jenem auf der Fotografie ähnlichsieht.

55.

Aus dem Lautsprecher beschwört James Blunt ein schönes Mädchen und Dario singt lauthals mit. Er liebt den Song, doch Blunt hört er nur, wenn er allein ist – er würde vor anderen nicht zugeben, dass er auf den britischen Schnulzensänger steht. Aber im Moment sieht und hört ihn niemand. »You're beautiful, it's true!« Dario wirbelt mit einer imaginären Tanzpartnerin durch die Küche. Malou. Sie war gestern anhänglicher als sonst. Und vor allem: Sie war heute Morgen noch da, als er aufgewacht ist. Sie machen eindeutig Fortschritte. Er würde darauf wetten, dass sie ihn heute Morgen liebevoller und zärtlicher angeblickt hat als sonst, verliebter, möchte er gar denken, doch das gestattet er sich nicht. Er will die Hoffnung klein halten, damit die Enttäuschung nicht zu groß ist, falls er falschliegt.

»Du liegst nicht falsch«, sagt Dario laut zu sich selbst. »Cause I will be with you«, ändert er die Zeile ab, bevor er wieder in den Refrain mit einsteigt.

Eine Scheibe Brot spickt, begleitet von einem Klingeln, aus dem Toaster. Dario schmiert Butter darauf, solange der Toast noch heiß ist, damit sie schmilzt und sich mit der Erdbeermarmelade vermischt, die er anschließend aufträgt, so mag er es am liebsten. Welch ein Luxus, am Morgen gemütlich zu Hause zu frühstücken, er könnte sich daran gewöhnen. Langsam, aber sicher muss er sich jedoch um seine berufliche Zukunft kümmern. Er kann sich nicht ewig krankschreiben lassen, und zurück in den Job will er auf keinen Fall. Kürzlich hat er in der *Berner Zeitung* einen Artikel über den herrschenden Lehrermangel gelesen, da stand, dass Quereinsteiger erwünscht seien. Das wäre vielleicht etwas – unter der Bedingung, dass die Schüler nicht älter sind als neun. Sonst gerät er gleich wieder in dasselbe Fahrwasser.

Als Dario fertig gegessen und den Kaffee zur Hälfte getrunken hat, schlüpft er in die Schuhe, um die Zeitung aus dem Briefkasten zu holen. Im Treppenhaus pfeift er noch immer die gleiche Melodie vor sich hin. Er nimmt ein Bündel Post aus dem Briefkasten, und noch während er die Stufen wieder hochsteigt, sortiert er sie aus; ein Umschlag enthält wohl einen Kontoauszug, ein Kuvert mit den Unterlagen für die nächste Volksabstimmung ist dabei sowie ein Brief ohne Absender. Und ohne Briefmarke. Jemand muss ihn direkt in seinen Briefkasten eingeworfen haben.

Dario beschleunigt seine Schritte, nimmt zwei Stufen auf einmal, eilt direkt ins Arbeitszimmer und schlitzt mit dem Brieföffner den Umschlag auf. Er entnimmt ihm einen gefalteten, handgeschriebenen Brief. Dario setzt sich hin und beginnt zu lesen.

Lieber Dario,

es ist nicht der richtige Moment und der falsche Anlass, um mit Dir in Verbindung zu treten. Ich entschuldige mich dafür, dass es in dieser Form und unter diesen Umständen erfolgt. Aber es ist nicht zu umgehen. Ich muss Dir mitteilen, dass Du von einem Schwindler betrogen wirst. Die Person, die sich bei Dir gemeldet hat und sich als Deinen Vater ausgibt, lügt. Ich kenne die Motive dieses Betrügers nicht, aber Du darfst Dich nicht auf ihn einlassen. Der Mann ist nicht mit Dir verwandt – ich weiß das mit hundertprozentiger Sicherheit, weil ich selbst Dein Vater bin.

Ich kann mir vorstellen, dass das alles sehr verwirrend ist für Dich. Und dass Du nun vielleicht glaubst, ich sei der Lügner und nicht der andere. Ich versichere Dir, dass es nicht so ist. Als Beweis lege ich diesem Brief etwas bei, von dem ich mich nur schweren Herzens trenne – es soll von nun an Dir gehören.

Auch wenn es mir nicht möglich ist, mit Dir direkt in Kontakt zu treten, lass mich Dir trotzdem versichern: Ich will nur das Beste für Dich. Du bist mein ganzer Stolz.

Dein Vater,

E. B.

Dario legt den Brief auf den Tisch. Seine Hände zittern, seine Augen blinzeln nervös. Und auf einmal beginnt er zu weinen. Darüber muss er lachen, fast gleichzeitig verfällt er in ein heftiges Schluchzen. Er ist überwältigt und überfordert und er versteht nicht – also, er versteht schon, was da geschrieben steht, aber er begreift nicht, was es zu bedeuten hat. Hält er hier wirklich einen Brief seines Vaters in den Händen – oder hat sich ein gemeiner Spinner einen üblen Scherz mit ihm erlaubt? Und warum steht da kein Name, warum einzig anonyme Initialen – warum kann der Absender *nicht direkt* mit ihm in Kontakt treten? Weil Malous These stimmt und sein Vater auch der Mörder seiner Mutter ist?

Dario greift zum Briefumschlag, um nach einem Absender zu suchen, obwohl er weiß, dass da keiner draufsteht. Da fällt etwas heraus und verursacht auf der Tischplatte ein leises Geräusch. Ein Kettenanhänger. Silbern, flach und klein, ein Kreis mit einem Baum in der Mitte, wie ihn Tausende Frauen tragen.

Wie ihn eine bestimmte Frau getragen hat.

Dario steht abrupt auf, sodass der Stuhl hinter ihm auf den Boden knallt. Er holt die Geldkassette aus dem Schrank, versucht sie aufzuschließen, doch seine Hand zittert so sehr, dass er es kaum schafft. Als er sie endlich offen hat, nimmt er die Fotografie heraus, die ihn als Baby mit seiner Mutter Anna zeigt. An ihrem Hals eine silberne Kette. Daran ein Anhänger mit einem Baum in einem Kreis.

56.

Hinter der Glastür hängt ein Schild, das Malou anzeigt, dass die Galerie geöffnet ist. Sie steigt die Stufen hinab, die in den Gewölbekeller führen, stößt die Tür auf und schrickt zusammen, als ein Glockenspiel über ihr scheppert. Die letzten drei Stufen hinter der Tür bringen sie beinahe ins Stolpern. Sie blickt sich um. Außer den Bildern, die sie bereits von Darios Aufnahmen kennt, und einem Empfangstisch in der Ecke ist der Raum mit der hohen, gewölbten Decke leer. Malou vernimmt hinter sich ein Geräusch. Sie wendet sich um und sieht, dass sich der Vorhang bewegt, der anstelle einer Tür im Durchgang zu einem hinteren Raum hängt. Ein Mann tritt hervor, der Malou riesig erscheint, allein seine Frisur ist gewaltig: Die weißen Haare stehen ihm wirr vom Kopf ab. Er wirkt auf Malou äußerst attraktiv, dabei steht sie nicht auf ältere Männer. Bevor jemand das Wort ergreift, mustern sich die beiden gegenseitig.

»Guten Tag, Herr Lutz?«, fragt Malou schließlich, als das Schweigen unangenehm wird.

»Ich würde meinen Hund darauf verwetten, dass Sie nicht eine Kundin sind – sondern dass mir dieser verschrobene Kerl jetzt auch noch die Polizei auf den Hals gehetzt hat!«

Malou muss beinahe über die absurde Situation lachen. Gleichzeitig ist sie von der schnellen Auffassungsgabe des Möchtegern-Einsteins beeindruckt – und auch irritiert: Sie kann sich nicht erklären, warum ihr schon wieder jemand ansieht, dass sie ein Bulle ist, obwohl sie doch überhaupt nicht wie einer aussieht.

»Ich finde, Sie sollten nicht so leichtfertig mit Ihrem Hund umgehen«, entgegnet Malou keck. »Sie könnten ihn verlieren.«

»Ich habe gar keinen Hund«, gibt Lutz zurück. »Was wünschen Sie?«

»Ich bin tatsächlich von der Polizei.« Malou streckt ihm ihren Ausweis hin.

Lutz schlägt sich mit der Hand gegen die Stirn. »Also doch.«

»Ich möchte Ihnen gerne ein paar Fragen stellen.«

»Fragen Sie. Ich habe nichts zu verbergen.«

Das werden wir ja sehen, denkt Malou, während sie eine Fotografie von Anna aus der Mappe klaubt und auf den Tisch legt.

»Sie kennen diese Frau.«

Manuel Lutz nickt. Er erzählt Malou dieselbe Geschichte, die er zuvor Dario erzählt hat. »Ich denke, es ist kein Verbrechen, eine Frau aus dem Supermarkt zu kennen, oder?«

»Sie kennen sie also bloß aus dem Supermarkt?«

»Ja.«

»Das Foto haben nicht Sie gemacht?«

»Nein.«

Malou legt nun auch die Aufnahmen von Karina und von Nathalie auf den Tisch. Manuel Lutz studiert sie eingehend.

»Diese beiden Frauen kenne ich nicht. Die Fotos sprechen dieselbe Bildsprache. Sie könnten von ein und derselben Person aufgenommen worden sein.«

»Herr Lutz, können Sie mir sagen, welches Fotopapier Sie für Ihre Aufnahmen verwenden?« Malou weist auf die Fotografien, die gerahmt an der Wand hängen.

»Ilford. Es ist führend auf dem Schwarz-Weiß-Markt. Ich bin damit immer gut gefahren.«

»Warum benutzen Sie nicht das qualitativ hochwertige Baryt-Papier?«

»Zu viel Aufwand für Schwarz-Weiß. Und zu heikel.«

»Darf ich eine Ihrer Fotografien sehen oder besser gesagt anfassen?«

»Natürlich.« Lutz sagt es mit einem Seufzen. Er schiebt den Vorhang zur Seite und bittet Malou in den hinteren Raum. Dort zieht er eine Kartonmappe aus einem vertikalen Fach eines Holzgestells, legt sie auf den Tisch in der Mitte des Raumes und klappt sie auf.

»Darf ich?«, fragt Malou.

Lutz nickt. Malou legt die Fotos von Anna und Karina neben ein Bild des Fotografen; eine Porträtaufnahme einer Frau. Sie geht in die Knie, legt den Kopf beinahe auf den Tisch, um das Papier seitlich zu betrachten, so wie Daniel Dummermuth es zuvor gemacht hat. Tatsächlich

411

erkennt sie, dass das Papier von Lutz matter ist als jenes der anderen Bilder.

»Sie verwenden matt statt Hochglanz?«

»Ja. Schon immer.«

Vorsichtig streicht Malou mit dem Finger darüber, dann über das Bild von Anna. Sie kann nicht sagen, ob eines weicher oder rauer ist, ihre Finger sind nicht so feinfühlig wie die eines Blinden, der bestimmt spüren würde, ob es einen Unterschied gibt.

»Fühlen Sie etwas?« Manuel Lutz klingt ehrlich interessiert.

»Angenommen, ich würde Ihre Fotografien ins Labor bringen. Würde man dort feststellen, dass es sich nicht um Baryt-Papier handelt? Bei keinem Ihrer Bilder?«

»Ja, das würde man feststellen.«

In dem Moment piepst Malous Telefon. Sie checkt rasch, von wem die Nachricht stammt. Irena. Malou entschuldigt sich und liest die Meldung.

Liebe Malou, ich konnte die DNA-Profile bereits abgleichen. Isabel Wagner und Dario Forster sind enge Verwandte, wahrscheinlich Geschwister oder Halbgeschwister. Die Karten, die du erhalten hast, und die Postkarten konnten wir noch nicht auswerten, ich gebe dir Bescheid, sobald wir was haben. L. G. Irena.

Malou steckt das Handy weg.

»Wären Sie bereit, eine DNA-Probe abzuliefern?«, fragt sie den Fotografen unvermittelt.

»Wenn es unbedingt sein muss – ich habe ein reines Gewissen. Es ist dieser junge, verwirrte Mann, der Sie vorbeigeschickt hat, richtig?«

Malou ignoriert die Frage. »Ich möchte Ihnen noch ein weiteres Bild zeigen.«

Bevor sie Lutz die Aufnahme der Geschwindigkeitskontrolle reicht, schaut sie sie noch einmal genau an. Obwohl das Bild verschwommen ist, ist zu erkennen, dass der Mann im Auto schmaler und kleiner wirkt als Lutz, feingliedriger, auch der Haarschopf ist weniger voluminös, aber das hat nichts zu bedeuten, die Aufnahme ist jahrzehntealt. Das Haar ist, soweit sich das auf der farblosen Aufnahme beurteilen lässt, hellbraun oder dunkelblond.

»Sind Sie das? Der Mann neben der Frau?«, fragt Malou den Fotografen.

Lutz lacht spontan laut auf. »Sie müssten mir viel Geld bezahlen, damit ich eine Flieger-Sonnenbrille trage. Nein, das bin definitiv nicht ich.«

»Haben Sie ein Foto von sich in jüngeren Jahren?«

Manuel Lutz klaubt seinen Geldbeutel aus der hinteren Hosentasche und zieht einen zerknitterten blauen Führerschein hervor, der bestimmt seit zwei Jahrzehnten abgelaufen und längst nicht mehr gültig ist. Heute gibt es die Ausweise nur noch im Kreditkartenformat. Auf dem schwarz-weißen Passfoto ist sein Haar gekraust und mindestens so wuchtig wie heute, mit dem Unterschied, dass es pechschwarz ist. Die Augenbrauen liegen wie kleine Fußmatten über den Augen. Lutz blickt mit düsterem Künstlerblick in die Kamera. Er erinnert Malou vage an Robert Smith in jungen Jahren, den Sänger von *The Cure*. Es ist offensichtlich, dass der Mann, der auf dem unscharfen Foto neben Anna im Auto sitzt, nicht dieselbe Person ist, die vor ihr steht.

»Passt nicht, oder?«, fragt Manuel Lutz.

»Nein, passt nicht. Ich bitte Sie trotzdem, sich zur Verfügung zu halten.«

»Können Sie mir dann vielleicht netterweise mal erklären, worum es hier überhaupt geht?«

»Ich ermittle, weil mehrere Frauen seit längerer Zeit vermisst werden. Ich gehe davon aus, dass sie ermordet worden sind.«

Malou beobachtet Manuels Lutz' Mimik, während sie spricht. Sein Gesichtsausdruck wechselt von verärgert zu überrascht bis zu erschüttert.

»Die Frauen auf den Fotos?«

»Ja.«

»Wollen Sie damit sagen, dass Anna getötet wurde? Ich wusste nur noch, dass sie plötzlich nicht mehr da war. Ich dachte, es sei ein Unfall passiert.« Manuel Lutz wirkt auf einmal nachdenklich. »Der junge Mann, der wie ein Irrer hinausstürzen wollte und beinahe meine Galerie verwüstet hat, der sagte, dass er Annas Sohn sei – dachte er … er meinte, ich sei der Täter?«

Das Klingeln des Telefons erspart Malou die Antwort. Es ist Dario.

»Ich muss da drangehen. Danke für Ihre Zeit.«

Malou nickt Manuel Lutz zu, öffnet die Tür und nimmt Darios Anruf entgegen.

»Malou, ich habe einen Brief erhalten. Von meinem Vater«, sagt er ohne Begrüßung.

»Hat er einen Absender hinterlassen, steht da ein Name?«, fragt Malou sofort.

»Nur Initialen: E. B.«

Hinter Malou fällt die Tür zu Manuel Lutz' Fotoatelier zu.

57.

Dario erkennt Malou schon von Weitem. Eiligen Schrittes kommt sie auf ihn zu, erblickt ihn und winkt kurz, sobald sie ihn sieht.

»Hast du den Brief dabei?«, fragt sie, als sie sich zu ihm an den Tisch vor der Café-Bar Adriano's setzt.

Sie könnte ihn wenigstens begrüßen, denkt Dario enttäuscht. Er erwartet nicht, dass sie ihm begeistert um den Hals fällt, wenn sie sich treffen, aber zumindest ein *Hallo* sollte drin sein.

»Ein *Hallo* wäre nett«, sagt er darum.

»Hallo. Hast du den Brief dabei?«

Dario verdreht die Augen. Immerhin ist sie sofort hergekommen, nachdem er sie angerufen und ihr vom Brief sowie vom Kettenanhänger erzählt hat. Er greift in den Rucksack und holt den Brief hervor. Er hat ihn, wie von Malou vorhin am Telefon angewiesen, in ein Klarsichtmäppchen gelegt und es dann verkehrt herum in ein zweites Mäppchen geschoben, sodass er nun sicher verpackt ist und die möglicherweise vorhandenen Spuren nicht verwischt werden. Dasselbe hat er mit dem Umschlag gemacht. Den Kettenanhänger hat er in ein Plastiksäckchen gesteckt.

Malou mustert zuerst den Kettenanhänger, dann den Briefumschlag.

»Keine Marke, kein Poststempel«, stellt sie fest. »Das bedeutet, er hat jemanden vorbeigeschickt oder war selbst bei dir zu Hause.«

»Ich weiß.«

Es treibt Dario um, dass ihm sein Vater so nahe gekommen ist. Und er fragt sich, ob ihn sein Gefühl gestern auf dem Nachhauseweg doch nicht getäuscht hat. Womöglich sind ihm nicht Liam und dessen Bruder gefolgt, sondern sein Vater. Was für eine Vorstellung: Fünfunddreißig Jahre ohne Vater, und dann schleicht er hinter ihm her, um ein anonymes Schreiben in seinen Briefkasten einzuwerfen und sogleich wieder aus seinem Leben zu verschwinden. Dario betrachtet Malous Gesicht, während sie die Worte seines Vaters liest.

»Großartig!« Sie legt den Brief vor sich auf den Tisch.

»Was findest du großartig?« Dario versteht nicht.

»Dass er den Brief von Hand geschrieben hat. Das ist sogar mehr als großartig! Zumal auch die Schrift nicht alltäglich ist; die Buchstaben sind überhoch und schmal.«

Dario schüttelt irritiert den Kopf.

»Damit können wir etwas anfangen.« Malou strahlt, als ob der Fall schon gelöst wäre. »Übrigens, bevor ich es vergesse: Ich habe die Resultate des DNA-Abgleichs erhalten«, fährt sie unvermittelt fort.

»Übrigens? Das sagst du einfach so in einem Nebensatz? Du meinst die Resultate, die zeigen, ob Isabel meine Halbschwester ist?«

»Ja.«

»Und?« Am liebsten würde Dario die Frau schütteln, damit sie mit der Antwort rausrückt.

»Ich hatte recht. Ich habe es von Anfang an gesagt: derselbe Tic, die gleiche Gestik, wenn ihr sprecht. Isabel ist deine Halbschwester.«

»Wirklich?« Mehr bringt Dario nicht heraus. In seinem Bauch explodieren die Gefühle, er weiß nicht mehr, was er denken, und schon gar nicht, was er sagen soll. Er hat eine Halbschwester! Eine Verwandte! Ein Stück Familie! Eine tolle Halbschwester noch dazu, eine aufgeweckte, junge Frau. Er ist nicht mehr mutterseelenallein auf dieser Welt. »Ich habe eine Schwester«, erklärt er laut, als müsse er es sich selbst sagen hören, bevor er es glauben kann. »Ich habe eine Schwes ... na gut, Halbschwester.«

Malou greift nach seiner Hand und hält sie kurz fest.

»Ja, du hast eine Halbschwester. Entschuldige, ich hätte dir das gleich sagen sollen.«

Eine Halbschwester. Isabel, die sein Schicksal teilt. Isabels Vater ist auch sein Vater. Doch das heißt, dass er wohl auch der Mörder ihrer Mütter ist. Was ist nur passiert, dass sich sein Leben innerhalb von weniger als zwei Wochen in einen tosenden Sturm verwandelt hat?, fragt sich Dario. Bis gerade eben gab es nur ihn allein, und jetzt hat er auf einmal eine Halbschwester wie auch einen Vater, der wahrscheinlich ein Mörder ist, und vielleicht gab es auch noch einen Halbbruder. Alles ist anders, als er es sich vorgestellt hat. Und all das ist nur passiert, weil er diesen Facebook-Post geschrieben hat. Natürlich war sein Leben auch vorher nicht immer nur einfach verlaufen. Aber es hat sich bisher angefühlt wie eine Fahrt über ruhiges Gewässer, bei der hin und wieder mal eine Welle an die Bootswand schlägt. Jetzt aber hat er mit rauem Seegang zu kämpfen, und er muss schauen, dass er nicht kentert und elendiglich im Strudel seiner Gefühle ertrinkt.

»Wir müssen eine Handschriftprobe des Briefes publik machen«, hört er Malou sachlich sagen.

Ihre Stimme kommt ihm auf einmal seltsam fremd vor, als stamme sie von einem Wesen einer anderen Art. Er muss sich zwingen, zu der Unterhaltung zurückzukehren. Der Brief. Die Handschrift. Sein Vater – der Mörder. Dario hofft inständig, dass Malou sich irrt.

»Hast du gehört, was ich gesagt habe?«

»Handschriftprobe.«

»Wir kopieren einige Sätze aus dem Brief heraus und publizieren sie öffentlich, mit dem Appell, dass man sich melden soll, wenn man diese Handschrift kennt.«

»Mit welcher Begründung?«, fragt Dario.

»Wie meinst du das?«

»Was wirst du als Grund angeben? Kennt jemand diese Schrift, dann bitte melden, denn es könnte die eines Mörders sein?«

»Nein. Wir bleiben dabei, dass du nach deinem Vater suchst. Als Erstes löschst du den Fake-Post von gestern. Dann gehen wir mit der Handschrift an die Öffentlichkeit. Wir sagen lediglich, dass sie deinem Vater gehört und dass du ihn suchst.«

Dario schaut Malou schweigend an. Auf einmal hat er

keine Lust mehr auf dieses verlogene Spiel. Er hat mit der Suche begonnen, weil er seine Mutter finden wollte – weil er hoffte, dass sie am Leben ist. Er suchte nicht nach einem Mörder, der auch noch gleichzeitig sein Vater ist. Am liebsten würde er aussteigen, hier und jetzt sofort. Aus, vorbei. Sowohl er als auch Malou sollten die Suche einstellen. Doch er bringt es nicht über sich, es laut auszusprechen.

»Ich könnte den Journalisten der *Berner Zeitung* fragen«, sagt er stattdessen und wundert sich über seine eigenen Worte. Er kann sich nicht einmal gegenüber sich selbst durchsetzen.

»Das genügt nicht. Wir müssen breiter fahren, wir brauchen ein nationales Medium, am besten das Schweizer Fernsehen. Du warst doch neulich in einer Sendung, wie hieß sie noch gleich?«

»Gesichter und Geschichten.«

»Genau. Man könnte den Aufruf dort platzieren. Kannst du nicht die Moderatorin fragen …«

»Ich kann doch dort nicht einfach anrufen und sagen: ›Hey, kann ich noch mal in eurer Sendung auftreten?‹«

»Okay.« Malou wirft ihm einen Blick zu, in dem Dario Unzufriedenheit liest. Er ärgert sich darüber.

»Ich kenne jemanden, den wir fragen können«, fährt sie fort. »Eine Journalistin, die uns bestimmt den besten Sendeplatz ermöglicht. Ich organisiere das.«

Dario schweigt. Müde schaut er Malou an. Sie ist ihm zu schnell, zu forsch, ihr scheint nicht klar zu sein, in was für ein emotionales Chaos sie ihn katapultiert hat. In dem

Moment erhebt sich Malou, sie steht vor Dario, bückt sich vor und nimmt ihn aufgrund seiner sitzenden Position etwas unbeholfen in die Arme.

»Es tut mir leid. Ich überrenne dich. Das passiert mir manchmal; dass ich mir der Gefühle der anderen nicht bewusst bin.«

»Ist schon in Ordnung.« Dario drückt Malou an sich. Auf einmal ist ihm schon wieder nach Weinen zumute, aber er schluckt die Tränen runter.

»Bist du dabei?«, fragt Malou.

»Ich werde also vorgeben müssen, dass ich nach meinem Vater suche, obwohl ich für dich auf Mörderjagd bin?«

»Wir haben dasselbe Ziel: die Suche nach dem Mörder deiner Mutter«, betont Malou.

»Ich weiß.« Dario versucht, versöhnlich zu klingen, was misslingt. »Aber es gibt einen Unterschied: Ich hoffe noch immer, dass meine Mutter lebt.«

58.

»Redaktion Wochenthemen, Nova.«

Malou meint dem barschen Tonfall der Journalistin anzuhören, dass sie über den Anruf kurz vor Feierabend nicht gerade erfreut ist. Zum Glück hat sie sie noch im Büro erwischt.

»Hallo, Milla, hier ist Malou Löwenberg, ich arbeite in Sandros Team, wir sind uns …«

»Hallo, Malou, ich weiß, wir sind uns mal bei einer Grillparty begegnet.«

»Und kürzlich im Ringgenberg.«

»Genau.«

»Entschuldige, dass ich dich störe.«

»Kein Problem, worum geht es?«

Malou schildert Milla Nova in Stichworten Darios Geschichte, bis diese sie unterbricht, weil sie davon bereits in der Zeitung gelesen hat.

»Nun gibt es eine neue Entwicklung«, erklärt Malou. »Dario hat einen Brief seines Vaters erhalten, allerdings ohne Absender. Wir möchten herausfinden, wer er ist, weil wir uns von ihm wichtige Informationen zum Verschwinden von Darios Mutter erhoffen.«

»Verdächtigst du ihn der Tat?«, fragt Milla Nova sofort nach.

»Dazu kann ich leider nichts sagen. Doch für uns wäre es wichtig, in einem Medium mit großer Reichweite eine Handschriftprobe des Mannes zu publizieren.«

»Warum lanciert die Polizei nicht einfach einen Zeugenaufruf und gibt eine normale Pressemitteilung raus?«

Malou zögert. Sie ist unsicher, wie viel sie der Freundin ihres Chefs verraten soll. »Nun, weil in diesem Fall nicht offiziell ermittelt wird«, sagt sie schließlich. »Ich helfe Dario sozusagen privat. Das Verbrechen an seiner Mutter ist bereits verjährt. Es geht in erster Linie darum, seinen Vater zu finden. Ich denke, wir erreichen mehr Leute mit seiner Geschichte, wenn er selbst erzählt, warum er mit dem Brief an die Öffentlichkeit geht.«

»Du willst, dass ich eine Reportage über ihn drehe, in dem die Schriftprobe gezeigt wird?«

»Falls das möglich ist, wäre das großartig.«

»Es tut mir leid«, sagt Milla Nova. »Ich denke nicht, dass ich eine Reportage über Dario Forster in unserer Sendung unterbringen kann. Seine Geschichte ist schon zu bekannt.«

»Schade. Hast du sonst eine Idee? Gibt es eine andere Plattform beim Schweizer Fernsehen?«

»Lass mich rasch nachdenken ... Kennst du das Format *Happy Day*?«

»Nein.«

»Die Sendung würde sich für die Geschichte perfekt

eignen. Das Konzept des Formats ist es, Herzenswünsche zu erfüllen. Immer wieder gelingt es, Menschen wiederzuvereinen, die sich aus den Augen verloren haben. Es ist eine Samstagabend-Unterhaltungsshow, die nur fünf Mal im Jahr stattfindet.«

»Wann wird die nächste Sendung ausgestrahlt?«

»Ich glaube, morgen schon. Aber die ist bereits seit Wochen durchgetaktet, da wird es schwierig sein, noch einen zusätzlichen Auftritt reinzukriegen.«

»Könntest du es trotzdem versuchen?«

»Am besten verbinde ich dich gleich mit dem Moderator der Sendung, er heißt Tobi Möller.«

»Danke, Milla.«

»Einen Moment. Viel Glück!«

Es klickt in der Leitung, und Malou landet in der Warteschleife. Es läuft ein Popsong, den sie nicht kennt und den sie nicht mag, weil er klingt wie hundert andere Popsongs auch. Absolut austauschbar. Es dauert mehrere Minuten, bis sich endlich jemand meldet.

»Tobi Möller hier!«, ruft ein Mann laut und übertrieben fröhlich. »Guten Tag, Frau Löwenberg. Meine Kollegin Milla hat mir gerade geschildert, worum es geht. Sie schickt der Himmel!«

Malou hat es noch nicht einmal geschafft, dem Moderator Hallo zu sagen, er redet ohne Unterlass.

»Gerade hat mir ein Studiogast abgesagt – er wurde heute positiv auf Covid getestet. Ich nehme Herrn Forster mit Handkuss! Er wird morgen in meiner Show seinen Auftritt haben.«

»Yesss!«

Malou ballt die Faust, nachdem sie den Anruf mit Möller beendet hat. Was hat ihr alter Lehrmeister Max Hugentobler immer gesagt? »Ein guter Ermittler kennt die richtigen Leute am richtigen Ort.« Recht hat er; es sind oft die persönlichen Beziehungen, die ihr in einem Fall weiterhelfen.

Malou schreibt Dario eine Nachricht, dass er morgen seinen großen Auftritt habe und sie am Abend bei ihm vorbeikommen werde, damit sie gemeinsam dafür üben könnten.

Der Brief, den Dario mutmaßlich von seinem Vater erhalten hat, ist eine Chance. Sie darf aber auch die anderen Fährten nicht aus dem Fokus verlieren. Heute hat sie das zweite Paket aus Grindelwald erhalten, eine Bürste mit Haaren des kleinen Jonas plus ein altes Handy von der verschwundenen Nathalie. Sie will beides unbedingt noch heute ihren Kollegen bringen, und auch auf Daniel Dummermuths Können wird sie erneut zurückgreifen müssen: Der Tüftler ist nicht nur der Experte für Tinte und Papier, er ist auch ein ausgebildeter Graphologe, der mehr aus einem einzigen Wort herauslesen kann als alle anderen. Doch sie ist spät dran, sie kann nur hoffen, dass ihre Kollegen an diesem Freitag nicht bereits früher Feierabend gemacht haben.

Als Malou ihre Vespa vor dem Institut für Rechtsmedizin abstellt, sieht sie, dass Irena noch da ist: Ihr pflaumenfarbenes Cabriolet steht direkt vor dem Eingang, ein alter Peugeot 404. Als sie auf die Klingel drückt, erklingt sofort der Türsummer. Der Obduktionssaal ist leer, aus der hinteren Ecke, wo Irena ihre Bürobox eingerichtet hat, erklingt ein Song der Toten Hosen oder der Ärzte, Malou konnte die beiden Bands noch nie unterscheiden. Hört Irena diese Musik, ist sie am Berichteschreiben, etwas, das nicht zu ihren Lieblingsbeschäftigungen gehört. Malou klopft an die Tür.

»Malou, dir wollte ich gerade schreiben.«

»Hast du Resultate?«

»Ja, aber leider nicht die, die du haben möchtest.«

»Das heißt?«

»Wir haben auf den Postkarten keine eindeutig identifizierbaren Spuren sichern können, sie gingen durch zu viele Hände, sodass sich darauf nur Mischspuren befinden, die uns nicht weiterhelfen. Die zwei Faltkarten, die du erhalten hast, waren hingegen klinisch rein.«

»Mist. Und die Flasche?«

»Ebenfalls Fehlanzeige. Tut mir leid.«

Das heißt, dass ihr Stalker äußerst professionell vorgegangen ist, denkt Malou. Ein Punkt mehr, der für Bernard spricht. Doch sie behält ihren Verdacht für sich.

»Ich habe dir hier noch die Sachen des toten Jungen mitgebracht, eine Bürste mit Haaren.« Malou reicht Irena den Karton. »Seine DNA sollte ebenfalls mit jener von Isabel Wagner und Dario Forster abgeglichen werden. Ich vermute, dass sie alle drei den gleichen Vater, aber unterschiedliche Mütter haben. Und ich werde dir einen weiteren Brief bringen, der auf Spuren geprüft werden muss, aber den brauche ich gleich noch.«

»In Ordnung. Die Asservate, die wir bereits untersucht haben, kannst du alle wieder mitnehmen.«

»Danke.«

Malou greift nach der Tüte und wünscht Irena ein gutes Wochenende. Sie hat sich schon abgewendet, als Irena noch einmal ihren Namen ruft.

»Was ist?«

»Bist du sicher, dass du keine Hilfe brauchst bei der Sache, an der du gerade dran bist?«

»Danke, Irena. Du hast mir schon sehr geholfen.«

»Bitte pass auf dich auf.«

»Mach ich.«

Als Malou im benachbarten Gebäudetrakt im fünften Stock den Flur betritt, liegt das Institut des Kriminaltechnischen Dienstes verlassen da. Die Bürotüren links und rechts des Gangs sind geschlossen. Nur eine Tür weit hinten steht noch offen, ein fahler Lichtstreifen fällt auf den grauen Linoleumboden. Würde sie sich in den altertümlichen Gebäuden der Kantonspolizei nicht so sehr zu Hause fühlen, hätte die Szenerie etwas Gespenstisches. Es ist zu still – abgesehen vom ploppenden Geräusch ihrer Turnschuhe.

Vor Daniel Dummermuths Büro macht sich Malou mit einem »Hallo« bemerkbar.

»Hallo, Malou, dein zweiter Besuch innerhalb von vierundzwanzig Stunden, das ist beinahe schon besorgniserregend.«

Malou muss lachen.

»Geht es immer noch um die Fotografien?«

»Nein, ich bin aus einem anderen Grund hier. Bist du schon auf dem Sprung oder hast du noch einen Moment Zeit?«

»Für dich nehme ich mir immer Zeit.«

Malou registriert Daniels Spruch mit einem Nicken. Zuerst hält sie ihm Nathalies altes Handy hin, obwohl sie weiß, dass das nicht sein Spezialgebiet ist.

»Kannst du das an den fähigsten Kollegen weitergeben, der das Handy knacken und die Daten herauslesen kann?«

Daniel greift nach dem Säckchen mit dem Smartphone und schaut es zweifelnd an.

»Das wird schwierig werden.«

»Aber ihr könnt es versuchen?«

»Klar, machen wir.«

Nun breitet Malou den in Klarsichtmäppchen verpackten Brief von Darios Vater und einige der Karten auf dem Tisch aus. Die Handschriften auf dem Brief und auf den Karten scheinen auf den ersten Blick nichts gemein zu haben – der Brief wurde in Schnörkelschrift geschrieben, bei den Karten wurden ausschließlich Großbuchstaben verwendet. Malou aber geht es um den zweiten Blick – jenen des Experten.

»Kannst du analysieren, ob die Schriften von ein und derselben Person stammen, und kannst du mir sonst noch etwas über den Verfasser sagen?«

Daniel antwortet mit einem unbestimmten Grummeln. Automatisch greift er zur Schachtel mit den Handschuhen, zieht sich ein Paar über, zupft den Brief mit einer Pinzette aus den Klarsichtmäppchen und legt ihn auf ein Leuchtpult. Er klemmt sich eine Lupe ins Auge, die aussieht wie ein Fernrohr in Miniaturformat, und studiert hoch konzentriert das Schriftbild. Hin und wieder nickt er und brummelt etwas vor sich hin, daneben macht er sich auf einem Zettel Notizen. Malou meint mal das Wort »interessant« herauszuhören. Sie tritt nervös von einem Bein aufs andere.

»Was siehst du?«, fragt sie schließlich, als sie ihre Neugierde nicht mehr im Griff hat.

Daniel reagiert nicht, er scheint in eine andere Welt abgetaucht zu sein. Seufzend setzt sich Malou auf einen Stuhl; es bleibt ihr nichts anderes übrig, als zu warten.

Nach mehreren Minuten, die sich anfühlen wie Stunden, setzt Daniel Dummermuth seine Augenlupe ab.

»Und?« Malou springt erwartungsvoll auf.

»Ich kann dir jetzt nicht in fünf Minuten ein graphologisches Gutachten erstellen, aber einige Punkte sind sehr schnell erkennbar.«

»Und die wären?«

Malou würde bei Daniel am liebsten auf die Vorspultaste drücken. Sein Berndeutsch ist nicht eines der schnelleren Art; wenn er spricht, wählt er ein sehr gemächliches Tempo.

»Über den Verfasser des Briefes lässt sich sagen, dass es sich um einen organisierten, zielstrebigen, ja fast pedantischen Menschen handelt. Ich tippe auf einen Mann.«

Malou wundert sich einmal mehr, wie man Charaktereigenschaften eines Menschen aus dessen Schrift herauslesen kann, gleichzeitig zweifelt sie nicht an Daniels Fähigkeiten.

»Die Schrift weist auf eine sehr effiziente Person hin, die von sich selbst überzeugt, ja fast schon eitel ist und stets das Wesentliche im Auge behält. Ich tippe auf einen wachen und intelligenten Menschen«, fährt Daniel fort. »Was dich aber ebenso interessieren dürfte: Wir haben es hier mit einem Linkshänder zu tun, zumindest teilweise.«

»*Teilweise* Linkshänder?«

»Zu deiner ersten Frage: Diese sechs Postkarten könnten trotz der anderen Schrift vom selben Verfasser stammen, ebenfalls ein Linkshänder, bei manchen Buchstaben ist zu erkennen, dass er den Stift an derselben Stelle abgesetzt hat.«

»Und die zwei Faltkarten?«

»Diese zwei Karten wurden nicht von einem Linkshänder geschrieben. Aber offensichtlich hat jemand versucht, die Schrift des Linkshänders nachzuahmen.«

Bernard ist Rechtshänder, denkt Malou. Er trägt die Waffe an seiner rechten Hüfte. Aber woher kannte er die Schrift auf Darios Karten?

»Aber die anderen Postkarten hat der Verfasser des Briefes geschrieben?«, fragt Malou nach.

»Ich kann es nicht mit Sicherheit sagen. Klar ist einzig: Die Karten an Dario Forster, Isabel Wagner und Jonas Kipfer stammen von einem Linkshänder. Die Wahrscheinlichkeit, dass sie von ein und derselben Person geschrieben wurden, die auch den Brief verfasst hat, schätze ich auf knapp über fünfzig Prozent. Und diese zwei Faltkarten stammen mit großer Wahrscheinlichkeit von einer anderen Person.«

»Von einem Rechtshänder, der die Schrift von den anderen Karten nachgeahmt hat«, wiederholt Malou.

»Scheint so.«

»Der Brief wiederum stammt von einem Linkshänder, der auch der Absender der anderen Karten sein könnte, aber nicht sein muss.«

»Korrekt.«

Malou raucht schon fast der Kopf. Sie muss raus hier und nachdenken.

»Danke, Daniel, das hilft mir schon weiter«, sagt sie, obwohl das nüchtern betrachtet gar nicht stimmt. Tatsächlich werden ihre Fragen immer mehr und immer größer.

59.

Dario hat ein flaues Gefühl. Es ist Samstagnachmittag, schon fast halb fünf, er muss gleich los zum Bahnhof, wo er Malou treffen wird. Eigentlich müsste er glücklich sein. Er hat gestern Abend zum ersten Mal für Malou gekocht; niedergegartes Rindsfilet mit Safran-Risotto. Das Essen schmeckte vorzüglich, doch es fiel weniger romantisch aus, als Dario es sich erhofft hatte: Das Dinner mutierte zu einem Crashkurs für seinen heutigen Auftritt in der Show namens *Happy Day*, von deren Existenz er bislang nicht einmal etwas geahnt hat. Malou blieb über Nacht. Sie schliefen miteinander. Es war vertraut und schön, und vor allem: Sie blieb bis zum Morgen und konnte sich sogar überwinden, einen Kaffee mit ihm zu trinken, bevor sie nach Hause gegangen ist. Sie machen Fortschritte.

Glücklich ist Dario trotzdem nicht. Er ist wahnsinnig nervös, überfordert und irgendwie auch wütend, dass er nach Malous Pfeife tanzt, obwohl er sich dabei alles andere als gut fühlt. Der Auftritt bei *Gesichter und Geschichten* war das eine; er musste einzig und allein über sich und seine Suche erzählen. Jetzt aber wird er für Malou eine Show abziehen müssen, damit sie ihren Mörder fassen kann – was gleichzeitig bedeutet, dass er womöglich seinen eigenen Vater ans Messer liefert. Dario weiß, dass er kein guter Lügner ist, erst recht nicht, wenn ihm die halbe Nation dabei zusehen wird.

Um halb sieben muss er im Fernsehstudio in der Maske sein – der Make-up-Artist wird eine Extraladung Schminke benötigen, um seinen blauen Kiefer zu übermalen –, und um acht wird die Show live über den Sender gehen. Dario hat Malou wohl mit seiner Nervosität angesteckt, auf jeden Fall hat sie darauf bestanden, ihn zu begleiten, und er kann sich nicht einmal entscheiden, ob er froh darüber ist oder ob ihre Präsenz alles nur noch schwieriger macht. Aber er hat nicht länger Zeit, darüber nachzudenken, er muss los, wenn er den Zug erwischen will.

Tatsächlich steht Dario schließlich zehn Minuten zu früh auf dem Bahnsteig. Der Zug nach Zürich ist schon da, doch von Malou fehlt jede Spur. Dario geht nervös an dem Zug entlang auf und ab, kommt immer wieder an den zwei gleichen Rauchenden vorbei – ein Mann, der einen Cello-Kasten am Rücken und einen schwarzen Hut auf dem Kopf trägt, und eine etwa neunzigjährige Dame im Deux-Piece, die so genussvoll an ihrem Glimmstängel zieht, als wolle sie der Welt beweisen, dass sich alles und jeder irrt, der vor den tödlichen Folgen des Rauchens warnt. Zum ersten Mal in seinem Leben wünscht sich Dario, sich auch eine Zigarette anzuzünden und sich dadurch beruhigen zu können, und merkt tatsächlich an sich selbst, dass er nervös mit den Augen blinzelt.

Der rote Sekundenzeiger der Bahnhofsuhr stoppt kurz vor der Ziffer zwölf und nimmt Anlauf für die nächste Runde. Noch zwei Minuten, bis der Zug abfährt. Noch immer keine Malou in Sicht.

Dario reibt sich die Hände, sie sind feucht. Er schafft das nicht, er wird es nicht auf die Reihe kriegen, er muss die Sache abblasen. Kurz entschlossen schlägt er den Weg Richtung Unterführung ein, doch oben an der Treppe steht auf einmal Malou vor ihm.

»Wo willst du hin?«, fragt sie überrascht, bevor sie ihn am Ärmel packt und in den Waggon hineinbugsiert. »Der Zug fährt gleich ab.«

Ehe es sich Dario versieht, schließen sich die Türen mit einem schlürfenden Ploppen. Malou lässt sich in einem freien Abteil auf den Sitz fallen.

»Gerade noch geschafft.« Sie lacht herzlich.

Dario setzt sich und blinzelt mit den Augen.

»Du bist nervös.« Malou greift nach seiner Hand und hält sie fest.

Dieser Moment, diese eine Berührung bedeutet Dario mehr, als Malou wohl erahnen kann. Er wünschte sich, dass sie seine Hand nie mehr loslässt.

Malou lässt seine Hand gleich wieder los. »Wollen wir deinen Auftritt noch einmal durchgehen?«

Nein, Dario will nicht. Sie sind das Ganze gestern schon dreimal durchgegangen. Tatsächlich hat er aber alles wieder vergessen. Sein Hirn scheint heute in den Streikmodus getreten zu sein. Sein Kopf fühlt sich schrecklich wattig an.

»Malou, ich bin nicht sicher, ob ich das schaffe.«

»Doch, du schaffst das.«

»Ich habe praktisch alles vergessen, was wir besprochen haben.«

»Okay, kein Problem, wir gehen noch einmal alles Schritt für Schritt durch.«

Zwei Stunden später spürt Dario einzelne Schweißtropfen, die an seiner Wirbelsäule entlang hinunterkullern. Zum Glück hat er das dunkelgrüne Hemd angezogen und nicht das hellblaue, auf dem sich Schweißflecken innerhalb von Sekunden abzeichnen. Gott sei Dank hat er heute sein bestes Deo unter die Arme geschmiert. Er wird sich trotzdem hüten, die Arme anzuheben. Tatsächlich presst er sie im Moment an seinen Oberkörper und steht steif da wie ein Stock, während sein Herz auf Hochtouren schlägt. Eine Frau mit Headset tippt ihm auf die Schulter, zeigt ihm drei Finger, was wohl bedeutet, dass er in drei Minuten dran ist. Sie lächelt ihn ermutigend an und streckt den Daumen hoch. Er versucht zurückzulächeln, aber es gelingt ihm nur eine verzweifelte Grimasse. Kurz darauf, Dario ist sicher, dass das keine drei Minuten waren, hört er den Moderator Tobi Möller seinen Namen sagen.

»Begrüßen Sie mit mir den jungen Mann, der heute hofft, jemanden wiederzufinden, den er vor langer Zeit verloren hat!«, ruft Möller ins Mikrofon. »Dario Forster!«

Applaus brandet auf. Dario wird übel, er glaubt, sich übergeben zu müssen, da spürt er einen sanften Schubser, er dreht sich um, die Frau mit dem Headset wedelt mit den Händen und scheucht ihn hinaus ins Scheinwerferlicht. Die Übelkeit ist auf einen Schlag verschwunden, und wie durch ein Wunder gelingt ihm gerade noch im richtigen Moment ein Lächeln. Er nickt Tobi Möller zu und sagt – wie ihm hier mindestens hundertmal eingebläut worden ist – brav guten Abend in die Kamera.

Tobi Möller weist mit großer Geste auf die zwei Stühle in der Mitte der Studiobühne, Dario nimmt auf dem rechten Platz, der Moderator setzt sich auf den anderen. Alles genau so, wie es im Drehbuch steht.

»Dario, ich darf dich doch Dario nennen«, sagt Tobi Möller in väterlichem Tonfall.

Dario nickt.

»Du bist in den letzten Tagen zu einer kleinen Berühmtheit geworden, weil du dich nach dreißig Jahren auf die Suche nach deiner Mutter begeben hast. Was ist mit deiner Mutter geschehen?«

Dario stutzt. Was für eine Frage – wenn er die Antwort wüsste, dann wäre er ja wohl nicht hier. Er räuspert sich. »Meine Mutter ist vor dreißig Jahren verschwunden, und es weiß niemand, was mit ihr passiert ist. Darum habe ich mich auf die Suche begeben; weil ich die Wahrheit herausfinden möchte.«

»Wunderbar!«, ruft Tobi Möller, und Dario fragt sich, was daran wunderbar sein soll, doch das Publikum applaudiert.

»Heute bist du aber nicht wegen deiner Mutter hier, sondern du hast ein anderes Anliegen, bei dem wir hoffen, dass *Happy Day* einmal mehr zwei Menschen zusammenführen kann, die vor langer Zeit getrennt worden sind. Du bist bei deiner Suche nämlich unverhofft auf die Spur von jemand anderem gestoßen ...«

Dario fragt sich, ob Malou persönlich den Text geschrieben hat, der auf Tobi Möllers Karten steht, die er in den Händen hält.

»Dario, was hast du herausgefunden?«, ruft Tobi Möller mit einem Strahlen im Gesicht.

»Nun, dieses Mal geht es um meinen Vater. Ich habe ihn nie kennenlernen dürfen, aber er könnte noch leben. Tatsächlich bin ich auf einen Brief von ihm gestoßen. Und jetzt hoffen wir ...« Dario merkt, dass er vom Script abweicht »Ich meine, jetzt hoffe ich, dass jemand seine Handschrift erkennt und mir seinen Namen nennen kann.«

Darios Blick schweift ins Publikum, irgendwo dahinten muss Malou sitzen, doch er erkennt nicht einmal die einzelnen Menschen, das Licht blendet zu stark.

»Darum, liebes Publikum, gut aufgepasst! Greift zur Kamera, wenn ihr Dario helfen wollt, denn gleich blenden wir hier einen handgeschriebenen Auszug dieses Briefes ein, ihr könnt ihn abfotografieren. Oder aber ihr könnt ihn später auf der Webseite unserer Sendung noch einmal eingehender studieren.«

Tobi Möller dreht sich zur Leinwand um, Dario tut es ihm gleich. Darauf erscheinen einige Zeilen Text, die er längst auswendig kennt, weil er den Brief so oft gelesen hat.

Ich versichere Dir, dass es nicht so ist. Als Beweis etwas anbei, von dem ich mich nur schweren Herzens trenne – es soll von nun an Dir gehören.

»Liebe Zuschauerinnen und Zuschauer. Bitte studieren Sie diese Handschrift genau.« Tobi Möller hört sich auf einmal an wie ein esoterischer Beschwörer. »Wer kennt diese Schrift, wer hat sie schon einmal gesehen, es muss jemanden geben, der weiß, zu wem sie gehört. Wenn Sie wissen, wer diese Zeilen geschrieben haben könnte, dann zögern Sie nicht, mit uns Kontakt aufzunehmen. Wählen Sie die unten eingeblendete Nummer, oder kontaktieren Sie uns via Mail. Ich zähle auf Sie!« Tobi Möller zeigt jetzt mit dem Finger direkt in die Kamera, auf der ein rotes Lämpchen brennt. »Nur mit Ihrer Hilfe werden wir in der nächsten Sendung die Wiedervereinigung eines Sohnes und eines Vaters miterleben können, die sich noch nie gesehen haben. Rufen Sie an!«

Dario fühlt sich auf einmal, als würde er in einem Wanderzirkus zur Schau gestellt, eine Freakshow mit ihm als absonderlicher Gnom. Das Publikum tobt vor Begeisterung. Dario glaubt sogar, jemanden schluchzen zu hören. Er will hier raus. Unwillkürlich sucht er mit den Augen nach dem Ausgang.

»Das, liebe Zuschauerinnen und Zuschauer, sind die Geschichten, die das Leben schreibt. Ganz herzlichen Dank, lieber Dario, dass du hier warst – und ich hoffe, dich in der nächsten Sendung wiederzusehen, gemeinsam mit deinem Vater!«

Jetzt kreischt das Publikum. Dario würde am liebsten aufstehen und allen sagen, dass das nicht passieren wird. Dass sein Vater wohl verhaftet werden wird, wenn sie ihn finden. Weil er wahrscheinlich ein mehrfacher Mörder ist. Ein Serienkiller! Dass es in dieser Geschichte kein Happy End geben wird, kein *Happy Day*, im Gegenteil, weil das Leben sich eben nicht ans Drehbuch hält. Doch all das sagt Dario nicht, er steht auf, steuert blind die Richtung an, aus der er meint, gekommen zu sein. Schon greift die Hand der Frau mit dem Headset nach seinem Arm. Sie hat noch immer das gleiche Lächeln im Gesicht, streckt denselben Daumen hoch und schiebt ihn hinaus in die Garderobe.

Dario steht in dem kleinen Raum, in dem er Jacke und Tasche deponiert hat, blickt in den fast wandgroßen Spiegel. Er schaut sich an und sieht einen Fremden. Was mache ich hier?, fragt er sich. Dario tritt näher heran, betrachtet sein Gesicht. Wer bin ich? Warum habe ich mich verloren? Wütend schlägt er mit der Faust gegen den Spiegel.

60.

Malou schaut sich die Show nicht bis zum Ende an. Sie schleicht aus dem Zuschauerraum und versucht im Labyrinth der Gänge des Fernsehstudios die Garderobe wiederzufinden, in der Dario seine Sachen deponiert hat. Doch sie hat keine Chance, verirrt sich dreimal, und als sie zufällig plötzlich vor dem Ausgang steht, schreibt sie Dario eine Nachricht, dass sie draußen auf ihn warte.

Es ist gut gelaufen, denkt sie zufrieden, als sie an der frischen Luft ist. Tobi Möller hat ihr versichert, dass die Quote der Samstagabend-Show unschlagbar sei. Wahrscheinlich studieren jetzt Tausende von Menschen die Schrift, die eingeblendet wurde, in der Hoffnung, den Vater des jungen Mannes, der so verzweifelt gesucht wird, zu kennen. Die Mitarbeitenden des Schweizer Fernsehens werden die eingehenden Meldungen direkt an Malou weiterleiten, so ist es vereinbart. Obwohl seit Darios Auftritt erst fünfzehn Minuten vergangen sind, kommen schon die ersten Mails rein. Malou lehnt sich an die Hausmauer und beginnt zu lesen. Eine Frau Stecher erinnert sich an eine Sommerliebe vor vierzig Jahren in Italien, ein junger deutscher Mann, der ihr, als sie wieder zu Hause war, einen Brief geschrieben hat. Sie meint sich zu erinnern, dass seine Schrift exakt so aussah wie jene von Darios Vater. Allerdings hat sie den Brief vor vierzig Jahren wütend weggeschmissen, weil ihre vermeintlich große Liebe ihr darin mitteilte, dass er nicht zu ihr in die Schweiz ziehen, sondern in den USA studieren werde. Es gibt also kein Vergleichsmaterial. Malou bezweifelt, dass sich jemand nach vierzig Jahren noch genau an eine Schrift erinnern kann. Also stellt sie die Nachricht zurück. Ein Herr Knecht meldet sich, weil er glaubt, die Handschrift seines Fahrlehrers Pius Schaffner erkannt zu haben. Er nennt auch gleich Adresse, Telefonnummer und Webseite des Betreffenden. Malou klickt den Link an: Pius Schaffner sieht auf dem Bild jünger aus als Dario, auch sein Lebenslauf verrät, dass er viel zu jung ist, um als dessen Vater durchzugehen. Malou löscht die Nachricht und öffnet die nächste Mail. Sie stammt von einem anonymen Absender, der einen besonders originellen Ermittlungsansatz liefert: Seiner Überzeugung nach ist der Brief in der typischen Schrift der Spezies Melemuk verfasst. Er erklärt, dass es sich dabei um Doppelgänger von einst existierenden Menschen handelt, die von einem außerirdischen Mikroorganismus bemächtigt worden sind – die Schrift liefere den Beweis, dass Darios Vater zu einem Alien mutiert und seine Mutter demnach auf einen anderen Planeten entführt worden sei.

Wie um Himmels willen kommt jemand auf eine solche Idee?, denkt Malou, als sie die Nachricht löscht.

»Malou. Da bist du ja!«

Sie blickt auf. Dario kommt aus dem falschen Gebäude. Um die Hand hat er ein Küchentuch gewickelt.

»Was ist passiert?« Sie weist auf die eingebundene Hand.

»Ich musste mir rasch in der Kantine etwas Eis holen, ich habe mir die Hand blöd angeschlagen.«

»Wie denn das?«

»Ach, ich bin bloß ausgerutscht. Nicht der Rede wert.«

»Du warst gut. Die ersten Meldungen kommen schon rein.«

»Ist etwas Brauchbares dabei?«

»Nein, aber das kommt noch.« Malou lächelt Dario motivierend zu. »Bestimmt!«

Während der Zugfahrt von Zürich zurück nach Bern gehen Dario und Malou gemeinsam die Nachrichten durch, die etwa im Dreiminutentakt eingehen – im gleichen Rhythmus schwindet Malous Optimismus mehr und mehr. Die Einbildungskraft gewisser Leute ist beachtlich, bei den meisten Meldungen ist auf Anhieb klar, dass sie nicht verwertbar sind. Neben den Mails, die an sie weitergeleitet werden, erhält Malou auch WhatsApp-Nachrichten von den Personen, die das Zuschauertelefon bedienen. Die Mitarbeitenden der Show, die die Anrufe entgegennehmen, teilen Malou in Stichworten den Inhalt der Gespräche mit und leiten ihr die Nummer weiter, unter der die Person zurückgerufen werden kann.

»Malou, ich glaube, das bringt alles nichts«, stöhnt Dario nach einer Weile.

Draußen wird es auf einmal hell, Lichter vor dem Zugfenster, die sich beim Vorbeibrausen in helle, lange Streifen verwandeln. Sie fahren durch den Bahnhof Olten. Keine fünfzehn Sekunden später liegt die Stadt schon hinter ihnen.

»Du kannst jetzt nicht schon aufgeben«, hält Malou entgegen, während sie die neuste Nachricht liest.

»Hier schreibt tatsächlich jemand, es handle sich eindeutig um die Handschrift von Bill Gates«, beklagt sich Dario.

»Mmmh.« Malou hört nicht wirklich zu. »Das hier könnte etwas sein: Eine Julia Geiser aus Konstanz glaubt, die Schrift wiedererkannt zu haben, es sei die ihres Ex-Freundes. Sie verfüge über einen Brief von ihm und habe die Zeilen nebeneinander gehalten, die Schrift sei identisch. Rückruf am Wochenende oder unter der Woche abends möglich.«

Malou blickt Dario an. Noch bevor er etwas sagen kann, tippt sie die angegebene Nummer ein.

»Geiser?«

Julia Geiser spricht ihren Namen so aus, als würde sie eine Frage stellen.

»Guten Abend, Frau Geiser, hier spricht Malou Löwenberg, Kantonspolizei Bern. Entschuldigen Sie die späte Störung. Ich helfe Dario Forster bei der Suche nach seinen Eltern. Sie haben gerade eben in der Sendung Happy Day angerufen?«

»Oh. Ja, das war ich. Die Polizei? Ich dachte, dass Dario selbst zurückrufen würde.«

»Dario sitzt gleich neben mir. Sie sagten, die Schrift gleiche jener Ihres Ex-Freundes. Können Sie mir unter der Nummer, mit der ich Sie anrufe, ein Foto des Briefes Ihres Ex-Freundes schicken?«

»Ja, klar, mach ich. Ich brauche aber einen Moment. Ich rufe Sie danach zurück.«

Bevor Malou etwas erwidern kann, ist die Leitung unterbrochen. Einen Moment lang fragt sie sich, ob es das gewesen ist. Vielleicht hat die Frau mit ihrem Anruf lediglich versucht, an Dario ranzukommen, und hat es sich rasch anders überlegt, als sie die Polizei an der Strippe hatte. Doch nur wenige Augenblicke später vibriert Malous Handy. Sie klickt auf das eingegangene Foto. Schon bevor sie die Kopie von Darios Brief heraussucht, fällt ihr die Ähnlichkeit der Schrift auf.

»Zeig schon«, drängelt Dario, der sich zu ihr hinüberbeugt. »Holy shit!«, lautet sein Kommentar, als er das Foto sieht.

Malou holt die Kopie von Darios Brief hervor und legt das Handy mit dem Foto auf dem Screen daneben. Man braucht keine Graphologin zu sein, um zu erkennen, dass die beiden Briefe von ein und derselben Person verfasst worden sind.

»Die gleiche Handschrift«, sagt Dario.

»Der gleiche Absender«, meint Malou.

Da klingelt ihr Telefon. Julia Geiser ruft zurück.

»Was meinen Sie?«, fragt sie, als Malou den Anruf entgegennimmt.

»Ich denke, Sie haben recht: Der Brief stammt mit großer Wahrscheinlichkeit vom selben Absender. Darf ich Ihnen ein paar Fragen stellen?«

»Selbstverständlich.«

Während Malou mit Julia Geiser spricht, schaut Dario sie an. Er blinzelt hektisch. Auf einmal tut er ihr wahnsinnig leid.

»Wie lautet der Name Ihres Ex-Freundes?« Malou merkt, dass auch sie nervös ist. Gleichzeitig ist sie hellwach. Sie spürt den Adrenalinschub wie immer, wenn sie nahe dran ist, einen Fall zu lösen.

»Er heißt Peter Müller.«

Malou zuckt unmerklich zusammen. Peter Müller ist ein Allerweltsname, es gibt Hunderte Peter Müllers in der Schweiz, einer davon war ein berühmter Skirennfahrer. Peter Müller ist ein wenig wie Hans Muster – Malou befürchtet augenblicklich, dass der Name falsch sein könnte. Dario tippt sie mit seiner unverbundenen Hand an und signalisiert, sie solle auf Lautsprecher stellen, was sie unmöglich tun kann, solange sie sich im Zug befinden.

»Peter Müller.« Sie wiederholt für Dario den Namen. Auch er schaut konsterniert. »Stammt Ihr Ex-Freund aus Deutschland oder aus der Schweiz?«

»Er ist Schweizer«, sagt Julia Geiser. »Aber er wohnt in Konstanz, oder zumindest wohnte er hier, als wir zusammen waren. Ich weiß nicht, ob er noch hier lebt.«

»Wie alt ist Peter Müller?«

»Er ist etwas älter als ich, knapp sechzig.«

»Und wie alt sind Sie, wenn ich fragen darf?«

»Ich bin sechsundvierzig.«

»Wann haben Sie sich getrennt?«

»Vor drei oder vier Jahren.«

»Können Sie mir Peter Müller ...«

»Nein, warten Sie, es ist länger her. Yannik ist ja schon fast fünf.«

Malou stockt der Atem. Sie schließt kurz die Augen.

»Er hat mich ...«

»Ist Yannik Ihr Sohn?«, unterbricht Malou.

»Ja. Peter Müller hat mich vor seiner Geburt verlassen.«

»Frau Geiser, ich weiß, das ist jetzt sehr persönlich, aber ich muss Sie das fragen, es ist wichtig: Ist Peter Müller der Vater Ihres Sohnes?«

»Ja, aber er hat ihn nie gesehen, er ist aus meinem Leben verschwunden, als ich von ihm schwanger war.«

»Wann hat Ihr Sohn denn Geburtstag?«

Dario schnellt hoch, er will etwas sagen, Malou hält die Hand hoch, weist ihn an zu warten, er sinkt zurück auf den Sitz.

»Yannik wird in vier Tagen fünf Jahre alt.«

61.

Dario schwimmt. Drei Züge, atmen rechts, drei Züge, atmen links. Er ist stinksauer. Drei Züge. Auf Malou, die heut Morgen früh nach Konstanz gefahren ist. Atmen rechts. Ohne ihn mitzunehmen. Drei Züge. Obwohl er unbedingt hat mitfahren wollen. Atmen links. Dario schwimmt so schnell, dass er kaum genug Luft bekommt, die Muskeln in den Armen brennen bereits.

Obwohl es möglich ist, dass es eine andere Erklärung gibt – ... ein Zufall ... jemand, mit der genau gleichen Handschrift ... ein Zwilling vielleicht ... –, haben sowohl Dario als auch Malou gestern während des Telefongesprächs mit Julia Geiser gespürt, dass sie einen Treffer gelandet haben. Dass Julia demselben Mann begegnet ist, in den sich einst auch Karina, Isabels Mutter, verliebt hat, und der zuvor mit Anna ein Kind gezeugt hatte. Ihn selbst. Ihnen beiden war sofort klar, was das bedeutet: Julia ist in höchster Gefahr. In nur drei Tagen wird ihr Kind – das Kind seines Vaters, sein Halbbruder – fünf Jahre alt. Das ist das Todesurteil seiner Mutter.

Dario wendet, stößt sich mit den Füßen kraftvoll am Beckenrand ab, ein Ziehen in den Beinen. Die Geschichte ist zu unwirklich, um wahr zu sein. So etwas passiert doch nicht im eigenen Leben. Dabei müsste er es besser wissen; alles kann passieren, immer und überall, in jeder Sekunde. Es kann vorkommen, dass eine Mutter ihr Kind einfach nicht mehr im Hort abholt. Dass dreißig Jahre lang jede Spur von ihr fehlt. Dass man glaubt, man sei ganz allein auf dieser Welt, und plötzlich hat man unverhofft eine jüngere Halbschwester.

Isabel. Er muss mit ihr reden, sie ist seine einzige wahre Verbündete. Nur sie kann empfinden, was er empfindet, niemand sonst wird ihn je wirklich verstehen. Sie beide sind die Kinder des Mörders ihrer Mütter.

Mein Vater, ein Mörder.

Vielleicht bin ich wie er, denkt Dario. Kein besserer Mensch. Die gleichen Gene in seinem Körper. Steckt das Böse auch in ihm? Der Schatten, der auf Darios Seele liegt, wiegt schwerer und schwerer, selbst das Schwimmen hilft heute nichts; weder Kopf noch Gedanken werden leichter. Er hasst das Leben, hasst sich selbst, hasst sogar Malou, die er so sehr begehrt, obwohl sie zu wenig Liebe für ihn übrigzuhaben scheint. Er hasst seinen Vater, den er nicht kennt, hasst ihn für das, was er womöglich ist und was er getan hat, er hasst auch Anna, die sich das hat antun lassen, die nicht genug gekämpft hat, um zu ihm, zu ihrem Sohn zurückzukehren. Alle haben ihn im Stich gelassen. Es gibt nur ihn allein. Und obwohl er meinte, dass er das ändern könnte, wird es für immer so sein. Er wurde von allen getäuscht. Das Leben ist nicht gut zu jemandem wie ihm.

Dario ringt nach Luft, er kann nicht mehr, nur mit

Mühe bringt er die Bahn noch zu Ende. Als er sich am Beckenrand hochstemmen will, knickt sein Arm ein, er hat zu wenig Kraft, er lässt sich wieder sinken.

»Bist du in Ordnung?«

Dario blickt hoch, über ihm steht Eddy im gelben Bademeisterpulli, streckt ihm die Hand entgegen und zieht ihn mit einem Ruck hoch.

»Ich habe mich etwas verausgabt.« Dario greift zum Badetuch, das neben dem Becken auf der Bank liegt, und trocknet sich ab.

»Ich habe dich gestern im Fernsehen gesehen.«

Dario nickt. Er weiß nicht, was er dazu sagen soll. Ihm wird immer noch übel, wenn er an seinen Auftritt denkt.

»Dein Vater hat dir also einen Brief geschrieben.«

»Ja.« Dario fragt sich, ob er Eddy die ganze Geschichte erzählen soll. Doch er will nicht in Worte fassen, was er selbst kaum glauben kann – als fürchte er sich davor, dass sie wahr werden, sobald er sie laut ausspricht. »Meine Freundin, die mir bei der Suche hilft, meinte, dass wir ihn vielleicht mit einem Handschriftenvergleich finden könnten.«

»Und, hast du ihn gefunden?«

»Noch nicht.«

»Na, dann wünsche ich dir weiterhin viel Glück. Ich muss mal wieder. Und übertreib nicht, du musst die Kräfte besser einteilen. Bist ja geschwommen wie ein Verrückter.«

»Ich weiß. Hast recht. Mach's gut.«

Eddy wendet sich um zum Hochsitz, hält aber noch einmal inne, blickt zurück.

»Wenn du jemanden zum Reden brauchst – komm einfach wieder mal auf ein Bier vorbei. Oder wir schauen uns das Spiel der Young Boys an, am Samstag steht ein Match gegen den FC Basel an.«

»Danke, Eddy.«

Nachdem sich Dario umgezogen hat, setzt er sich neben dem Schwimmbecken ans Ufer der Aare, die grün und träge an ihm vorbeifließt. Er liebt den leicht modrigen Geruch nach feuchten Steinen, der dem Fluss so eigen ist. Dario greift zum Telefon, keine Meldung von Malou, kein Wort darüber, ob sie angekommen ist und was sie in Konstanz genau macht. Enttäuscht sucht er den Kontakt von Isabel heraus und ruft sie an.

»Dario!« Ihre Stimme löst bei ihm Freude aus.

»Isabel, entschuldige die Störung.«

»Du störst nicht.«

»Hat sich Malou Löwenberg schon bei dir gemeldet?«

»Nein, warum?«

»Die Resultate sind da.«

»Der DNA-Abgleich?«

»Ja. Ich weiß nicht, wie ich es dir sagen soll ...«

»Sag's einfach!«

»Ich freue mich, dir mitzuteilen, dass du meine Halbschwester bist.«

»Heiliger Strohsack!«

Dario muss lachen. Wenigstens klingt sie nicht schockiert.

»Ich hätte nicht gedacht, dass ich plötzlich doch noch

einen Bruder habe, also Halbbruder. Ich kann es ... also, es ist wirklich wahr, du veräppelst mich nicht, oder?«

»Nein, es ist wirklich wahr. Wir haben denselben Vater. Ich freue mich, dass du meine Schwester bist, und ich würde dich gerne bald mal treffen.«

»Das machen wir. Also hat diese Polizistin recht gehabt.« Isabel wirkt auf einmal nachdenklich. »Das bedeutet dann aber wohl auch, dass ihre These stimmt: Dass der Mann, der unser Erzeuger ist, unsere Mütter getötet hat.«

»Das ist möglich, aber es ist noch nichts bewiesen. Auch wissen wir nichts über die Umstände, eigentlich wissen wir gar nichts, wir dürfen uns nicht in etwas reinsteigern. Manchmal ist alles anders, als es auf den ersten Blick erscheint.«

»Ich frage mich bloß: Was ist dieser Mann für ein Mensch?«

Dario fällt auf, dass Isabel das Wort Vater nicht ausspricht.

»Ich bin mir nicht sicher, ob ich es wissen will. Langsam habe ich das Gefühl, es wäre das Beste, wenn wir ihn nicht finden. Aber Malou sucht schon nach ihm.« Und er selbst hat ihr dabei geholfen, denkt Dario.

»Ich weiß nicht, doch, ich finde es okay. Denn wenn er meine Mutter getötet hat, möchte ich, dass sie ihn erwischt.«

»Ich denke immer noch, dass alles anders war. Ich meine, die Geschichte ist zu ... zu monströs, als dass sie wahr sein kann.«

»Wenn unser Erzeuger ein Mörder ist, ist dann nicht auch in uns ein Teil des Bösen drin? Wir tragen seine Gene in uns …«

Seine Gedanken sind ihre Gedanken, Dario weiß nicht, was er antworten soll. »Isabel, es tut mir leid, lass uns ein andermal darüber reden, ich habe gleich einen Termin.« Eine Lüge.

»Okay, dann bis bald.«

»Bis ganz bald.«

»Bruder.«

Dario klickt den Anruf weg, blickt aufs Wasser, Menschen schwimmen an ihm vorbei, sie lachen, sind glücklich, ahnen nichts von seinem Schmerz. Isabels Worte wühlen ihn auf.

Was bin ich für ein Mensch, wenn mein Vater ein Mörder ist?

Sein Herz fühlt sich auf einmal an wie ein kleiner, harter Stein.

62.

Julia Geiser wohnt im ersten Stock eines Wohn- und Ge-
schäftshauses am Rande der Altstadt von Konstanz. Malou klingelt und vernimmt sogleich polternde Geräusche
hinter der Tür, die sie nicht deuten kann. Als sie sich einen
Spaltbreit öffnet, sieht Malou zunächst niemanden, erst
als von weiter unten ein »Hallo« erklingt, blickt sie hinab
und ins Gesicht eines kleinen Jungen.

»Hallo. Du musst Yannik sein.«

»Richtig. Und wer bist du?«

»Ich bin Malou.«

»Das ist ein lustiger Name.«

»Danke.«

In dem Moment öffnet sich die Tür ganz. Julia Geiser
ist eine attraktive Frau, deren Ähnlichkeit mit Anna bei
Malou sofort Unbehagen auslöst. Sie hat eine mädchen-
hafte, zierliche Figur, das schwarze Haar trägt sie lang
und gerade, einzelne graue Strähnen blitzen darin auf,
was ihre Schönheit nur unterstreicht. Ihre Augen blicken
wach und neugierig, doch Malou liest darin auch Unsicherheit und Vorsicht. Sie streckt Julia Geiser die Hand
hin und ist überrascht, wie kräftig ihr Händedruck ist.

»Kommen Sie herein.«

Malou folgt Julia in die Wohnung. Drei Zimmer, sie sind einfach ausgestattet. Die Möbel passen nicht so richtig zusammen, sie sind wohl alle gebraucht gekauft, doch alles wirkt liebevoll eingerichtet. Malou tritt beinahe auf ein Spielzeugauto, doch sie kann es in letzter Sekunde verhindern. Julia bückt sich reflexartig und hebt das Spielzeug auf.

»Ich habe uns Tee gemacht, setzen wir uns doch an den Küchentisch.«

»Vielen Dank.«

Als sie Platz genommen haben, registriert Malou, dass Julia Geiser nervös die Hände knetet. Yannik ist zu ihr auf die Eckbank gekrochen und lehnt sich an sie. Malou versucht, in seinem Gesicht eine Ähnlichkeit zu Dario oder Isabel zu entdecken, aber sie kann keine ausmachen; Yannik sieht aus wie der durchschnittliche Junge aus der TV-Werbung mit keckem, modernem Haarschnitt: superkurz an den Seiten und oben lang und verwuschelt. Malou wäre es lieber, wenn er nicht dabei wäre. Sie ist unsicher, wie viel Wahrheit sie Julia Geiser zumuten will und kann – der Junge aber sollte definitiv nicht alles zu hören kriegen.

»Sie hatten es eilig, mich zu treffen«, ergreift Julia Geiser das Wort. »Wenn es einzig darum gehen würde, den Vater eines jungen Mannes zu finden, würde kaum wenige Stunden nach meinem Anruf eine Schweizer Polizistin bei mir klingeln. Warum also sind Sie hier?«

»Ich …« Malou zögert. »Vielleicht möchte Yannik in seinem Zimmer spielen?«

Malou hatte noch nie einen besonderen Draht zu Kindern. Etwas anderes fällt ihr nicht ein. Julia Geiser blickt Malou skeptisch an, dann nickt sie.

»Yannik, du darfst eine halbe Stunde das Tablet benutzen. Du kannst dir *Der kleine Rabe Socke* ansehen.«

»Jupeeh!«

Noch bevor seine Mutter den Satz beendet hat, springt Yannik auf und verschwindet in seinem Zimmer.

»Also, warum?«

Julia Geiser schaut Malou in die Augen, mit einem Blick, der ihr klarmacht, dass hier Direktheit gefragt ist; mit beschönigenden Relativierungen ist sie bei der Frau an der falschen Adresse.

»Es ist richtig, dass wir nach dem Vater von Dario suchen. Wir vermuten, dass er den Brief geschrieben hat, auf dem Sie die Handschrift wiedererkannt …«

»Aber das ist nicht der Grund, warum Sie es so eilig hatten«, unterbricht Julia Geiser.

»Es besteht gleichzeitig der Verdacht, dass Darios Vater ein Verbrechen begangen hat«, fährt Malou fort.

»Sie denken, er hat etwas mit dem Verschwinden von Darios Mutter zu tun?«, fragt Julia nach.

»Ja. Sie klingen nicht überrascht.«

»Ich bin nicht überrascht, weil ich mir so etwas denken musste, nachdem Sie Ihren Besuch angekündigt hatten.«

»Können Sie mir Ihren Ex-Freund Peter Müller beschreiben? Was war er für ein Mensch?«

»Sie wollen wissen, ob ich ihm einen Mord zutrauen würde?«

»Ich möchte herausfinden, was für ein Mensch er ist – falls wir es hier wirklich mit Darios Vater zu tun haben.«

Und mit Isabels Vater, schiebt Malou in Gedanken nach, und wohl auch mit Jonas' Vater.

»Jetzt, im Nachhinein, muss ich sagen, dass ich ihn wohl nicht wirklich gekannt habe. Wenn ich zurückblicke auf die kurze Zeit, die wir zusammen waren, erscheint er mir wie ein Phantom. Erst als er mich verlassen hatte, wurde mir klar, wie wenig ich über ihn wusste.«

»Wie haben Sie ihn kennengelernt?«

»Tinder. Ich muss zugeben, ich habe in erster Linie einen Vater für mein Kind gesucht. Ich war schon einundvierzig, es war meine letzte Chance. Er war mir sympathisch, er hatte Charme und Humor, umgarnte mich auf eine väterliche Art und Weise – und er ist vor allem nicht gleich weggerannt, als ich ihm sagte, dass ich gerne ein Kind hätte.«

Malou hat ihr rotes Notizbuch hervorgenommen und schreibt sich Stichworte auf, während Julia Geiser erzählt.

»Wissen Sie etwas über ihn; woher er stammt, ob er eine Familie hatte, welchen Beruf er ausübte?«

»Ich weiß, dass das jetzt seltsam klingt, aber ich habe mich nicht für seine Vergangenheit interessiert, für mich zählte nur das Hier und Jetzt.«

»Sie erzählten mir am Telefon, dass er Schweizer ist. Können Sie sagen, welchen Dialekt er sprach?«

»Nein, mit mir hat er immer Hochdeutsch gesprochen. Außerdem kenne ich mich mit den Schweizer Dialekten nicht aus.«

»Haben Sie ein Foto von ihm?«

»Leider nein. Er mochte das nicht. Ich wollte einmal ein Selfie von uns beiden machen, da hat er, nun ja, ziemlich speziell reagiert.«

»Was meinen Sie mit ›speziell‹?«

»Er war auf einmal sehr wütend und hat mir beinahe das Handy aus der Hand geschlagen. Danach meinte er etwas versöhnlicher, er möge es nicht, fotografiert zu werden. Ich fand das eigenartig, zumal er selbst ein leidenschaftlicher Fotograf war.«

Malou horcht auf. »Er hat Sie fotografiert?«

»Ja.«

»Haben Sie die Bilder noch?«

»Nein, ich war zu wütend auf ihn. Ich habe sie weggeschmissen. Ich wollte nichts mehr von ihm bei mir haben, insbesondere nicht die Bilder, die von einem vertrauten Moment zeugten.«

»Ich gehe davon aus, dass es Schwarz-Weiß-Aufnahmen waren, die er selbst entwickelt hat.«

Julia Geiser schweigt und nickt langsam. »Warum beunruhigt es mich, dass Sie das wissen?«

»Weil es bedeutet, dass er derjenige ist, den ich suche. Haben Sie ihn öfter aufbrausend erlebt? Oder gar gewalttätig?«

»Nein, nie. Aber er war ein introvertierter Mensch. Manchmal versank er so sehr in Gedanken, dass ich das Gefühl hatte, gar nicht mehr zu ihm durchzudringen.«

»Können Sie beschreiben, wie er aussah?«

»Leider sah er verdammt gut aus für sein Alter. Etwas

längeres graues Haar, er hat mich immer ein wenig an den Schauspieler Sean Connery erinnert, die ältere Version. Stets braun gebrannt, dunkle Augen, sportlich gebaut.«

»Sie haben gesagt, er wohnte hier in Konstanz. Waren Sie auch bei ihm zu Hause?«

»Ja. Das heißt nein, eigentlich nicht. Ich war nie in seiner Wohnung, wenn Sie das meinen. Aber wir waren einmal miteinander unterwegs, als er sein Portemonnaie zu Hause vergessen hatte – darum sind wir auf dem Weg zurück zu mir rasch bei ihm vorbeigefahren.«

»Erinnern Sie sich an die Adresse?«

»Es war ein Haus ganz hinten am Enzianweg. Ich weiß die Nummer nicht, aber ich kann Ihnen zeigen, welches Haus es ist.« Julia Geiser nimmt ihr Handy und zeigt Malou, wo sich das Haus befindet. Malou fotografiert den Bildschirm ab.

»Denken Sie wirklich, dass Peter jemanden umgebracht hat?«

Sie glaubt vor allem, dass er gar nicht Peter hieß, denkt Malou. »Ich habe noch keine Beweise. Als er Sie verlassen hat, waren Sie noch schwanger?«

»Ja.«

»Hat er Ihnen einen Grund genannt?«

»Nein. Er hat mir einzig einen Brief geschrieben, in dem er mir sehr sachlich und nüchtern mitteilte, dass er die Beziehung beendet und dass ich nicht nach ihm suchen solle. Danach ist er verschwunden.«

»Er hat niemals Alimente für seinen Sohn gezahlt?«

»Nein.«

»Er hat Yannik auch nie wiedergesehen?«

»Nein. Ist Yannik in Gefahr?« Julia Geiser klingt alarmiert.

Jetzt ist es Malou, die ihr direkt in die Augen schaut. »Frau Geiser, ich werde ganz ehrlich zu Ihnen sein: Ich glaube, *Sie* sind in Gefahr. Falls es sich hier um die Person handelt, die wir suchen, dann ist zu befürchten, dass er Sie an Yanniks fünftem Geburtstag umbringen wird.«

»Was sagen Sie da? Warum sollte er das tun?« Sie hält inne, die Worte brauchen Zeit, um sich zu setzen, Malou will gerade etwas sagen, da kommt Julia Geiser ihr zuvor. »Yanniks Geburtstag ist in drei Tagen!«

»Ich weiß. Wir haben nicht viel Zeit.«

Malou erzählt Julia Geiser die ganze Geschichte. Dass der Mann, der sich Peter Müller nannte, mutmaßlich mit mehreren Frauen mehrere Kinder gezeugt hat – und dass drei der Frauen am fünften Geburtstag des Kindes verschwunden und nie wiedergefunden worden sind. Während Malou berichtet, verändert sich Julia Geisers Gesichtsausdruck, von Staunen über Unglauben und Entsetzen, bis ihr ihre Gesichtszüge zu entgleisen drohen.

»Ich will nicht, dass Ihnen etwas zustößt«, schließt Malou. »Darum bitte ich Sie, genau das zu tun, was ich Ihnen sage: Buchen Sie ein Zimmer, eine Wohnung, weit weg von hier, an einem Ort, an dem Sie noch nie gewesen sind und zu dem Sie keinen Bezug haben. Teilen Sie nur mir und niemandem sonst mit, wo Sie sich befinden. Ich werde in der Zwischenzeit Kontakt zur Polizei Konstanz aufnehmen, damit sie Ihre Wohnung beobachten und zuschlagen können, falls er auftaucht.«

Julia Geiser nickt. Malou sieht ihr an, dass sie sich Hunderte Gedanken gleichzeitig macht. Aber sie scheint kooperativ zu sein. Letztlich hat sie keine andere Wahl. Wenn sie das hier erst mal überstanden haben, wird Malou Julia Geiser nach einem DNA-Abstrich von Yannik fragen, um sicherzugehen, ob er wirklich Darios und Isabels Halbbruder ist, aber nicht jetzt, später, das hat nicht Priorität. Jetzt muss sie das Leben von Julia Geiser retten – und den Täter kriegen. Es ist ein Wettlauf gegen die Zeit.

63.

Drei Stunden später sitzt Malou frustriert und desillu-
sioniert in einem Busch am Enzianweg in Konstanz und
beobachtet das Haus, in dem ein Mann gewohnt haben
soll, der sich Peter Müller nannte, dessen Existenz aber
weder beim Einwohnermeldeamt noch beim Postamt je
registriert war. Dass in Konstanz nie ein Peter Müller gemeldet war, hat sie in Erfahrung bringen können – doch
das war's dann schon mit der internationalen Koopera-
tionsbereitschaft in dieser Stadt gleich hinter der Schweizer Grenze. Bei den Kollegen der Konstanzer Polizei war
die Begeisterung, ihr zu helfen, beschönigend ausge-
drückt: bescheiden. Sie hat dem Beamten den Fall geschildert und ihm aufgezeigt, dass Gefahr im Verzug ist.
Obwohl Julia Geiser und ihr Sohn Yannik die Stadt verlassen würden, müsse ihre Wohnung observiert werden,
stellte Malou klar. Denn das hier sei eine einmalige Gelegenheit, den Serienmörder zu fassen, wenn er zur Tat
schreiten wolle – vielleicht ihre einzige Chance. Doch
der Beamte, der sich ihr mehr widerwillig als wohlwollend angenommen hatte, scheint einer der überkorrek-
ten Sorte zu sein, um nicht zu sagen: ein sausturer Bock!

Er beharrte auf dem Dienstweg; sie müsse über die offiziellen Kanäle ein Rechtshilfeersuchen einreichen, sonst sei nichts zu machen. Erst dann werde über einen Einsatz entschieden, denn eine Observation über vierundzwanzig Stunden sei ja auch nicht gerade billig und so weiter und so fort. Der sausture Bock war nur dazu bereit, hin und wieder eine Streife in Julia Geisers Viertel zu schicken – als ob das etwas bringen würde, das schreckt doch den Täter viel eher ab. Am Schluss war Malou sich nicht einmal mehr sicher, ob der Beamte ihr überhaupt glaubte. Er bat sie ein zweites Mal um ihren Polizeiausweis und hat ihn ewig lange studiert – fast so, als stünde eine durchgeknallte Hysterikerin vor ihm, die sich einen Fake-Polizeiausweis gebastelt hat. Konstruktive Zusammenarbeit über die Landesgrenzen hinweg sieht anders aus. Malou bleibt nichts anderes übrig, als schnellstmöglich bei Sandro anzuklopfen, damit er ein dringliches Rechtshilfeersuchen einreicht. Das kann ja heiter werden!

Doch bevor sie zurück in die Schweiz fährt, will Malou prüfen, ob der Mann, den sie sucht, noch immer in der Wohnung in Konstanz lebt. Darum sitzt sie jetzt hier, in diesem Gebüsch, und starrt auf den Hauseingang. Es ist das einzige Haus am Enzianweg, das ein wenig verwahrlost wirkt. Während die Hecken der anderen Häuser akkurat gestutzt sind, hat diese hier schon lange keine Gartenschere mehr zu spüren gekriegt. Vier Parteien wohnen in dem Haus, doch nur drei Klingeln und drei Briefkästen verfügen über ein Namensschild. Malou hat bei allen vier Wohnungen geklingelt, aber niemand scheint an diesem Sonntagnachmittag zu Hause zu sein. In dem Moment sieht Malou eine Frau um die Straßenecke biegen und zielstrebig auf das Haus zugehen. Kurz entschlossen tritt sie hinter der Hecke hervor und wartet, bis die Frau sie erreicht hat. Sie ist wahrscheinlich in Malous Alter, wirkt aber kränklich, ihre Gesichtshaut ist fahl, als hätte sie seit Jahren keine Sonne mehr gesehen.

»Wohnen Sie in diesem Haus?«, fragt Malou, als die Frau auf den Hauseingang zutritt.

»Wer will das wissen?«, fragt sie zurück.

»Malou Löwenberg, ich bin eine Polizistin aus der Schweiz.« Sie hält ihr ihren Polizeiausweis hin.

»Sie wissen aber schon, dass Sie hier in Deutschland sind?«

Malou setzt ein Lächeln auf und nickt. »Ich bin auf der Suche nach einem Schweizer Staatsbürger, der hier mal gewohnt haben soll.«

»Wie hieß er denn?«

»Peter Müller. Ich bin aber nicht sicher, ob das sein richtiger Name ist, vielleicht hat er einen anderen verwendet.«

»War das ein eher großer, schlaksiger, sportlicher Typ, nicht unattraktiv für sein Alter?«

»Ich weiß leider nicht genau, wie er aussah. Die Beschreibung könnte aber passen. Er muss um die sechzig sein.«

»Das ist natürlich schwierig, wenn Sie nicht wissen, wie er aussieht. In der Parterrewohnung wohnte ein

Mann. Früher war er öfter da, jetzt habe ich ihn schon lange nicht mehr gesehen, aber es ist nie jemand Neues eingezogen.«

»Wissen Sie, wie er hieß?«

»Nein. Über ein ›Guten Morgen‹ und ein ›Guten Abend‹ sind wir nie hinausgekommen. Aber jetzt, da Sie es sagen ...«

»Ja?«

»Er könnte Schweizer gewesen sein. Dem Akzent nach.«

»Okay. Danke für die Information.«

Malou blickt der Frau nach, sieht, wie sie vor dem Haus den Briefkasten leert, die drei Stufen zum Eingang hochsteigt, aufschließt und im Treppenhaus verschwindet. Flink wie eine Katze rennt Malou los, ohne ein Geräusch zu verursachen, und erreicht die Tür gerade noch rechtzeitig, bevor sie sich schließt, schlüpft durch den Spalt und lässt sie hinter sich ins Schloss fallen. Die Frau ist bereits aus ihrem Blickfeld verschwunden. Malou verharrt regungslos, bis sie hört, wie weiter oben im Haus eine Tür geöffnet und wieder geschlossen wird. Erst jetzt begibt sie sich zur Wohnung im Hochparterre, an deren Klingel kein Name steht. Sie betrachtet das Schloss und hält überrascht inne – die Wohnungstür hat einen drehbaren Türknauf. Vorsichtig bewegt sie ihn – abgeschlossen. Es wäre ja auch zu schön gewesen ... Sie prüft das Türschloss und stellt resigniert fest, dass es hier keine Möglichkeit gibt, sich Zutritt zu verschaffen.

Als Malou wieder draußen ist, geht sie um das Haus

herum. Die Wohnung, in der der Mann gelebt hat oder immer noch lebt, verfügt über einen gemauerten Balkon, etwa einen Meter über dem Boden. Kein wirkliches Hindernis, denkt Malou. Sie blickt sich um. Als Schweizer Polizistin darf sie auf deutschem Boden nicht ermitteln. Und selbst wenn sie hier ermitteln dürfte, wäre es ganz klar illegal, sich ohne Durchsuchungsbeschluss und ohne Gefahr im Verzug Zutritt zu einer Wohnung zu verschaffen. Da könnte sie so viel mit dem Polizeiausweis winken, wie sie wollte; sie würde von den deutschen Kollegen wohl sofort als Einbrecherin festgenommen werden. Und doch ... es zerreißt sie fast. Sie steht hier, nur zwei Meter vom Schlafzimmer eines Mannes entfernt, der möglicherweise mehrere Frauen getötet hat und bis heute damit davongekommen ist. Sie kann nicht einfach umdrehen und weggehen und warten, bis vielleicht irgendwann ein Rechtshilfeabkommen eingereicht und ein Durchsuchungsbeschluss ausgestellt wird. Zumal, wie sie selbst findet, tatsächlich Gefahr im Verzug ist – wenn auch vielleicht nicht unmittelbar, so doch in drei Tagen, wenn Yannik seinen fünften Geburtstag feiert.

Noch einmal prüft Malou, ob niemand in der Nähe ist. Sie schaut an der Fassade hoch; kein Gesicht hinter einem Fenster. Kurz entschlossen springt sie am Balkon hoch, hievt sich über die gemauerte Brüstung und lässt sich dahinter auf den Boden fallen. Sie lauscht und bewegt sich nicht. Nichts passiert. Auf dem Balkon steht ein einzelner Holzstuhl, daneben, am Boden, ein Aschenbecher mit drei Kippen drin. Sonst nichts. Malou klaubt ein Plastiksäckchen aus ihrer Tasche und steckt die Kippen für die Spurensicherung ein – notfalls wird sie einfach behaupten, dass sie sie draußen vor dem Balkon am Boden eingesammelt hat. Da erblickt sie etwas, das ihr Herz schneller schlagen lässt: In der gläsernen Balkontür ist eine Katzenklappe eingefasst. Und es kommt noch besser: Über der Brüstung ist, wie es manchen alten Häusern eigen ist, zwischen zwei Haken ein Wäschedraht gespannt.

Malou steigt auf die Brüstung und sendet erneut ein Stoßgebet gen Himmel, dass sie nicht bei ihrem Tun beobachtet wird. Sie löst den Draht vom Haken, zuerst auf der einen, dann auf der anderen Seite, danach geht sie wieder in Deckung. Sie formt am Ende des Drahts eine Schlaufe, legt sich auf den Balkonboden, schiebt den Draht durch die Katzenklappe und versucht, mit der Schlaufe den Türgriff zu erreichen. Sie benötigt mehrere Anläufe, ihr Arm ist schon ganz steif, ganz zu schweigen von ihrem Rücken. Malou fragt sich, was ihr Chef Sandro wohl denken würde, wenn er sie hier, am Boden liegend, mit einem Draht herumstochern sähe – sie ist sicher, er würde sie sofort suspendieren, und sie muss zugeben: völlig zu Recht. Ein Klacksen und der darauffolgende Widerstand am anderen Ende des Drahtes verrät Malou, dass die Schlaufe sich verfangen hat. Sie zieht vorsichtig daran, sieht durch das Glas, dass sich der Türgriff bewegt, und bevor Malou fassen kann, dass es wirklich funktioniert, öffnet sich die Tür. Sie ist drin. Das heißt, noch ist sie nicht in der Wohnung, noch gäbe es ein Zurück. Malou gibt sich einen Ruck und kriecht hinein. Erst hinter der Balkontür richtet sie sich wieder auf und schließt sie hinter sich ab. Dann blickt sie sich um.

Im Wohnzimmer steht einsam ein Ledersofa. Der Bezug ist abgewetzt, die Farbe eher braun, obwohl es mal schwarz gewesen sein muss. Kein Tisch, kein Fernseher, kein Bücherregal. Nur eine große, geschwungene Stehlampe. Neben dem Sofa auf dem Boden ein leerer Pizza-Karton. Gemütlich ist anders. Malou gelangt durch einen schmalen Flur hinüber in die Küche. Hier steht ein kleiner Tisch an der Wand, ein Stuhl. Neben der Spüle eine Bürste, daneben das Spülmittel. Malou öffnet die Schränke; zwei Teller, wenig Besteck, eine Koch- und eine Bratpfanne. Auf einem Regal sind mehrere Packungen Pasta aufgereiht, daneben einige Gläser mit Tomatensoße. Malou studiert das Verfallsdatum auf einem der Gläser; die Soße ist noch weitere sechs Monate haltbar. Der Kühlschrank ist leer bis auf eine Flasche Wodka.

Malou tritt in den Flur, zwei Türen sind verschlossen. Als sie die Hand auf die eine Klinke legt, kriegt sie unvermittelt Gänsehaut. Sie sollte nicht hier sein. Sie sollte nicht allein hier sein. Und vor allem sollte sie nicht ohne Waffe hier sein. Hätte sie sie doch bloß mitgenommen und über die Grenze geschmuggelt! Sie drückt die Klinke hinunter; die Tür öffnet sich, dahinter findet sich das Schlafzimmer, leer, keiner drin. Ein Bett, es ist ungemacht, jemand hat darin geschlafen, nur sieht man es der Bettwäsche leider nicht an, wie lange das schon her ist. Kein Kleiderschrank. Wer hier ein und aus ging, hat nicht wirklich hier gewohnt. Oder nur temporär; er muss aus der

Tasche gelebt haben. Die Wohnung erscheint Malou eher wie ein Basislager oder wie ein Rückzugsgebiet. Ihr Blick fällt auf den Nachttisch. Sie schnappt nach Luft, tritt näher, da steht ein Bilderrahmen mit einer Fotografie: Eine Schwarz-Weiß-Aufnahme einer Frau, ein Spiel mit Schatten und Licht. Es ist dem Bild anzusehen, dass es schon älter ist; die Auflösung ist rauer als bei den Fotografien, die Malou schon kennt, auch ist das Bild leicht vergilbt, und die Frau trägt eine Frisur, die in den Sechzigerjahren Mode war. Die langen Haare sind hochgesteckt und elegant toupiert. Darunter ein ebenmäßiges Gesicht, die Konturen wirken wie weichgezeichnet. Die Frau blickt ernst, und doch meint man ein leises Lächeln auf ihren Lippen zu erkennen. Sie ist wunderschön. Malou greift nach dem Rahmen, dreht ihn um, da steht nichts, sie packt ihn kurzum in die Tasche. Ihr Instinkt sagt ihr, dass die Aufnahme der fremden Frau aus einer anderen Zeit der Schlüssel ist zu allem, was geschehen ist.

Malou wirft einen Blick ins Badezimmer; Zahnbürste, Zahnpasta, ein Männerduschgel, ein Frottiertuch, eine Rasierklinge und Rasierschaum. Spätestens jetzt ist klar, dass das hier die Wohnung eines Mannes ist. Aber ist es auch die Wohnung eines Mörders?, fragt sich Malou, als sie erneut in den Flur tritt. Ein Zimmer noch, wieder muss sie sich überwinden, die verschlossene Tür zu öffnen. Als sie sie aufstößt, sieht sie im ersten Moment gar nichts, nur Dunkelheit. Sie springt zurück und geht in Deckung. Wartet. Lauscht. Doch nichts passiert. Vorsichtig geht sie in den Raum hinein; die Fensterläden sind geschlossen,

65.

Malou bleibt wie versteinert stehen, starrt auf den Türknauf und wartet auf das Geräusch von klimpernden Schlüsseln. Sie ist sich sicher, dass sie in der nächsten Sekunde mit dem Mann konfrontiert wird, den sie sucht – und der als Einziger weiß, was mit drei Frauen passiert ist, die seit Jahren verschwunden sind. Weil er ihr Mörder ist. Sie presst sich an die Wand neben der Tür. Ohne Waffe ist ihre einzige Chance das Überraschungsmoment: Er rechnet nicht damit, in seiner eigenen Wohnung attackiert zu werden. Ihre Muskeln sind angespannt, sie ist bereit, ihn anzuspringen und auf den Boden zu ringen – oder wenigstens seine Reaktionszeit auszunutzen, um das Weite zu suchen.

Doch die Tür öffnet sich nicht. Wer auch immer versucht hereinzukommen, er oder sie scheint über keinen Schlüssel zu verfügen. Malou meint förmlich zu spüren, dass weniger als eineinhalb Meter entfernt ein anderer Mensch steht, nur durch eine Holztür von ihr getrennt. Sie hofft, dass er ihre Gegenwart nicht fühlt. Da hört Malou im Treppenhaus Schritte, die sich entfernen. Lautlos schleicht sie zum Fenster und blickt vorsichtig hinaus.

Sie sieht gerade noch, wie die Frau, die sie zuvor auf der Straße angesprochen hat, um die Zaunecke verschwindet. Erleichtert atmet Malou auf. Wahrscheinlich hat sie mit ihren Fragen die Neugierde der Nachbarin geweckt, die ihr einen gehörigen Schrecken eingejagt hat. Es ist an der Zeit, von hier zu verschwinden.

Malou zieht die Balkontür von außen zu, blickt sich um, klettert über die Brüstung und springt auf den Rasen. Sie landet auf allen vieren, richtet sich auf, wischt sich die Hände an der Hose sauber. Alles noch mal gut gegangen. Sie ist erleichtert, als sie wieder auf der Straße steht. Rasch fotografiert sie das Haus und den Balkon und schickt sich alle Bilder sogleich per E-Mail, um sie doppelt gesichert zu haben.

Ihr erster Impuls ist, sofort die Konstanzer Polizei zu alarmieren. Doch im nächsten Moment realisiert sie, dass sie – falls sie das tut – nicht umhinkommt, ihren Einbruch zu beichten; wie könnte sie sonst von der verräterischen Fotowand in einem der Zimmer wissen? Bei der Kooperationswilligkeit der deutschen Kollegen ist zu befürchten, dass sie umgehend verhaftet würde. Gleichzeitig wäre es womöglich ein Fehler, wenn die Polizei hier aufkreuzen würde; der Kerl könnte gewarnt werden. Und das wäre fatal; diese Wohnung ist so etwas wie Malous einziger Joker. Wenn es ihr nicht gelingt, Darios Vater rechtzeitig zu fassen, wird sie ihm eine Falle stellen müssen. Wenn sie richtigliegt, wird er spätestens am Mittwoch hier aufkreuzen, weil er Yanniks Mutter töten will. Noch bleiben ihr drei Tage.

Nur: Wie soll sie jemanden in weniger als drei Tagen stellen, von dem sie überhaupt nichts weiß? Sicher ist, dass sie Julia Geiser keiner Gefahr aussetzen darf. Malou checkt rasch ihre Nachrichten; Julia hat geschrieben, sie sitze mit ihrem Sohn im Zug und sei auf dem Weg zu einer Freundin in Berlin. Mist, denkt Malou, sie hat ihr doch gesagt, sie solle sich irgendwo ein Zimmer mieten, wo sie niemanden kenne, damit der Täter keine Verbindung herstellen könne. Bleibt zu hoffen, dass sie ihre Freundin nie ihrem Ex vorgestellt hat. Wenigstens ist Berlin eine große Stadt, wo sie schwierig zu finden sein wird.

Malou fährt sich nervös durch ihren roten Haarschopf. Was soll sie bloß tun? Hierbleiben und die Wohnung nicht mehr aus den Augen lassen? Oder zurückfahren und versuchen, Sandro von ihrer These zu überzeugen und ihn dazu zu bringen, schleunigst ein Rechtshilfeersuchen einzureichen? Sie müssen gewappnet sein, wenn der Täter am Mittwoch in Konstanz zuschlagen wird.

Falls er am Mittwoch in Konstanz zuschlagen wird.

Was, wenn sie falschliegt? Sie hat einzig einen Brief eines Unbekannten, der behauptet, Darios Vater zu sein, und der eine ähnliche Schrift hat wie der angebliche Vater eines Jungen, der am Mittwoch fünf wird. Eine sehr ähnliche Schrift. Praktisch die gleiche Schrift. Nein, Malou ist überzeugt, dass sie recht hat, das Problem aber wird sein, auch die anderen davon zu überzeugen.

Obwohl sie in Konstanz vorsorglich ein Hotelzimmer reserviert hat, entscheidet sich Malou, zurück nach Bern zu fahren. Im Moment kann sie hier nicht mehr viel tun.

Bereits im Zug versucht sie, einen Telefonanruf mit Bettina zu organisieren, was ihr mit viel Überredungskunst auch gelingt. Die Frau, die ihren Anruf entgegengenommen hat, versichert ihr, dass Bettina in der nächsten halben Stunde zurückrufen wird. Während Malou darauf wartet, schreibt sie in ihrem roten Notizbuch die nächsten Schritte auf, die sie tun will, und sie zeichnet eine Zeitachse, auf der sie die Geburtstage der Kinder der verschwundenen Mütter notiert – Dario, Isabel, Jonas und Yannik –, die Wohnorte der Opfer und das Alter der Mütter. Tatsächlich ist es möglich, dass der Täter vor fünfunddreißig Jahren mit der damals noch jungen Anna Dario gezeugt hat – und dreißig Jahre später eine Affäre mit der rund vierzigjährigen Julia hatte, aus der Yannik hervorging. Dario in Bern, Isabel in München, Jonas in Interlaken und Yannik in Konstanz. Vier Kinder, drei verschwundene Mütter – weil Yannik noch keine fünf Jahre alt ist.

Was, wenn es noch mehr sind?

Malou schreibt ihren Gedanken auf. In dem Moment klingelt das Telefon.

»Guten Tag. Das ist ein Anruf aus der Justizvollzuganstalt Hindelbank«, sagt eine automatisierte Frauenstimme. »Wollen Sie das Gespräch annehmen?«

»Ja, ich will«, sagt Malou und muss trotz allem auf einmal schmunzeln, weil sie sich anhört wie in der Kirche vor dem Traualtar.

»Malou, hier Bettina. Wir haben fünfzehn Minuten!«

Malou hasst den staatlich verordneten Countdown, der

sie zwingt, die Worte im Schnelldurchlauf hinunterzu-
rattern, wenn sie Bettina auf den neuesten Stand bringen
will. Ihre Kollegin unterbricht sie nur selten mit Bemer-
kungen – etwa, weil sie sich freut, dass ihr Plan aufgegangen ist und mit Darios Falschmeldung der richtige Vater
auf den Plan gerufen wurde, oder weil sie es kaum glauben kann, dass sich eine weitere Frau mit einem Kind von
ebendiesem Vater gemeldet hat.

Malou berichtet von ihrem Besuch in Konstanz und
von der Wohnung mit den Kinderbildern. Sie ist völlig
außer Atem, als sie mit ihren Ausführungen durch ist.

»Und du sagst, Yannik feiert am Mittwoch seinen fünften Geburtstag?«

»Ja.«

»Heilige Scheiße!«

»Ich weiß.«

»Das ist in drei Tagen.«

»Ich weiß.«

»Da bist du ja gerade noch rechtzeitig gekommen.«

»Ich hoffe es! Ich bin nur unsicher, was ich jetzt tun
soll.«

»Malou, es gibt nur einen einzigen Weg.«

»Welcher?«

»Schluss mit deinem Alleingang. Rede mit Sandro. Der
Fall ist zu groß und die Zeit ist zu knapp.«

66.

Dario starrt auf die Fotografie in Astrid Baumanns Album. Im ersten Moment meinte er, es sei ein Foto von ihm selbst. Die Aufnahme zeigt einen etwa sieben- oder achtjährigen Jungen mit dichtem nachtschwarzem Haar, dunklen Augen, einer langen, schlanken Nase, kräftigen Augenbrauen und dünnen Lippen. Das Bild ist vergilbt, die Kleidung des Jungen ist altmodisch, solche Sachen hat er nie getragen. Auch scheinen die Augen des Jungen etwas heller zu sein als seine, obwohl das auf der Schwarz-Weiß-Aufnahme schwierig zu beurteilen ist.

»Siehst du, was ich meine?«, fragt Astrid.

Dario nickt. Er blättert weiter. Es folgen Bilder von anderen Jungen; Kinder auf der Schaukel, beim Fangen, beim Fußballspiel. Dann wieder der Knabe, der sein Zwillingsbruder sein könnte. Gleichzeitig weckt das Gesicht bei ihm eine weitere Assoziation, es erinnert ihn an jemanden, aber er kommt nicht darauf, an wen.

»Er sieht genauso aus, wie ich als Kind aussah«, stellt Dario fest.

»Weil er dein Vater ist. Das ist Erwin. Der kleine Erwin.

Also, jetzt ist er natürlich nicht mehr klein. Dein Vater heißt Erwin Beck.«

Dario realisiert, dass er nervös mit den Augen blinzelt. E. B. – die Initialen unter dem Brief waren also echt.

»Was war er für ein Junge?«

»Er war ein korrekter, ruhiger, intelligenter, aber auch verschlossener Junge. Er hat sich nicht mit vielen verstanden, aber ich hatte einen guten Draht zu ihm, ich habe ihn gemocht und er mich auch. Sonst würde er mir kaum jedes Jahr eine Karte zu Weihnachten schicken. Er lebte in seiner eigenen Welt, aber wer will ihm das verübeln? Im Großen und Ganzen hat er letztlich einen Umgang mit seinem Schicksal gefunden, das ist keine Selbstverständlichkeit. Es hätte auch ganz anders kommen können.«

»Was ist passiert, warum lebte er im Kinderheim?«

»Seine Mutter starb, als er fünf war.«

»Nein!« Dario glaubt im ersten Moment, sich verhört zu haben.

»Es war ein traumatisches Erlebnis«, fährt Astrid Baumann fort. »Sein Vater hat seine Mutter im Streit erschossen, mit dem Gewehr von der Armee, und er musste dabei zusehen. Die eigenen Ehemänner sind die größten Feinde ihrer Frauen, es sollte verboten sein, dass sie ihre Waffen mit nach Hause nehmen. Es ist eine Schande.«

»Sein Vater hat seine Mutter ermordet, als er fünf war?«, fragt Dario ungläubig nach.

»Ja. Der Vater, also dein Großvater, kam ins Gefängnis. Die einzige Verwandte, die Erwin noch hatte, war gesundheitlich angeschlagen und konnte ihn nicht zu sich nehmen. Darum wurde er zu uns gebracht. Ich erinnere mich noch genau. Das erste Jahr sprach er kein Wort, er war ein stummes Kind. Es war, als müsste er zuerst die Sprache wiederfinden. Schließlich kehrte er Schritt für Schritt zurück ins reale Leben. Doch bis zuletzt konnte er sich in seiner eigenen Welt verlieren.«

Auch Dario fehlen im Moment die Worte. Er kann nicht glauben, was Astrid Baumann erzählt. Einen Moment lang denkt er, dass sich jemand einen üblen Scherz erlaubt und irgendwo eine Kamera versteckt hat, um seine Reaktion zu filmen. Doch die alte Frau erzählt mit ernster Stimme, und obwohl alles, was sie sagt, irrsinnig klingt, macht es auf schockierende Art und Weise Sinn.

»Ich bin stolz auf deinen Vater«, sagt Astrid Baumann. »Und auch ein bisschen auf unsere Arbeit im Heim. Er hatte die schwierigsten Startbedingungen und hat doch nicht aufgegeben und etwas aus seinem Leben gemacht. Ich bin sicher, dass ihr euch gut verstehen werdet.«

Darauf möchte Dario nicht wetten. Er würde Astrid Baumann gerne erklären, dass sein Vater wahrscheinlich doch nicht ganz so gut geraten ist, wie sie meint, doch er bringt es nicht übers Herz. Vielleicht später.

»Frau Baumann …«

»Astrid.«

»Astrid, weißt du, was Erwin Beck heute macht und wo er lebt?«

»Ich weiß nicht, was genau aus ihm geworden ist. Bei uns blieben die Jungs nur bis zwölf. Aber ich glaube, er hat in verschiedenen Städten gearbeitet. Die Karten, die er mir jeweils schickte, stammten immer von anderen Orten.«

»Du kennst seine Adresse also nicht?«

Dario hofft, dass Astrid ihm seine innere Zerrissenheit nicht ansieht. Er ist so nahe dran und gleichzeitig will er es nicht wissen. Die Angst vor der Wahrheit ist riesig.

»Leider nein.«

Dario ist erleichtert und enttäuscht zugleich.

»Aber ich denke, dass er immer noch in der Region Bern lebt«, schiebt Astrid nach. »Einmal hat er mir geschrieben, dass er regelmäßig das Grab seiner Mutter besucht.«

»Wo lebte er mit seinen Eltern, bevor sie starb?«

»In Köniz bei Bern.«

Astrid mustert Darios Gesicht und er fühlt sich sofort unwohl.

»Es tut mir leid, mehr weiß ich nicht, aber vielleicht hilft dir der Name ja schon weiter.« Astrid wendet ihren Blick ab und streicht über das Tischtuch, als müsste sie es glätten. »Ich wünsche dir von Herzen, dass du deinen Vater findest. Ist es nicht verrückt, wie sich Familiengeschichten und -dramen über Generationen hinweg wiederholen? Er ist ohne Eltern groß geworden und auch du hast deine Mutter verloren. Wie schön wäre es, wenn sich Vater und Sohn wiederfänden.«

Astrid zupft ein Taschentuch aus ihrem Ärmel und tupft sich die Tränen aus den Augen. Dario wünscht sich, er könnte sie in ihrem Glauben lassen und sie würde nie erfahren, dass sein Vater zum Mörder geworden ist.

»Darf ich das Album mitnehmen?«

Astrid zögert, Dario sieht ihr an, dass sie sich nicht gerne davon trennt. Zu viele Erinnerungen, zu viel der guten alten Zeit steckt darin. Doch dann reicht sie es ihm.

»Es gehört dir. Aber wenn du mich einmal besuchen kommst, bring es bitte mit, damit ich es mir hin und wieder anschauen kann.«

»Versprochen«, sagt Dario. Doch das Wort hört sich in seinen Ohren wie eine Lüge an.

Drei Stunden später sitzt Dario allein zu Hause vor dem Album und studiert das Gesicht des Jungen, der Jahre nach dieser Aufnahme sein Vater werden sollte. Das gleiche Schicksal. Die Mutter vom eigenen Vater getötet. Wurde er darum zum Mörder? Mochte er seinen eigenen Kindern die Mutter nicht gönnen? Astrid Baumanns Worte gehen ihm durch den Kopf, wonach sich Familiendramen über Generationen wiederholen. Ihm wird das nicht passieren, denkt Dario, er wird nicht zum Mörder werden.

Hoffentlich.

Dario blickt auf die Uhr. Er wartet auf Malou. Nach mehreren Versuchen hatte er sie endlich erreichen können, und sie hat versprochen, direkt zu ihm zu kommen. Sie sollte in wenigen Minuten da sein. Er hat am Telefon nur angedeutet, was er erfahren hat, er will es ihr von Angesicht zu Angesicht erzählen. Während der Warterei hat er alles, was er weiß, sorgfältig notiert und in eine Reihenfolge gebracht. Sich auf dem Papier eine Übersicht zu verschaffen hat ihm auch geholfen, seine Gefühlswelt zu ordnen, die in den letzten Tagen gehörig durcheinandergeraten ist. Auf einem zweiten Papier, das er Malou nie zeigen wird, hat er aufgeschrieben, was für ihn Priorität haben soll, egal, wie diese Geschichte ausgehen wird: Er will mit Malou zusammen sein. Er will seine Halbschwester Isabel kennenlernen und seinen Halbbruder Yannik, wenn er mit dem Jungen aus Konstanz ebenfalls verwandt ist. Und er will das Kapitel Anna in seinem Leben abschließen – unabhängig davon, ob er sie findet oder nicht, ob er die Wahrheit erfährt oder ob sie für immer ein Geheimnis bleibt.

Es klingelt. Dario drückt auf den Türsummer, hört Schritte im Treppenhaus und schaudert kurz bei dem Gedanken, dass sie vielleicht nicht Malou gehören, sondern ihm, dem Mörder seiner Mutter. Er schaut durch den Türspion und ist erleichtert, als Malous roter Haarschopf dahinter erscheint. Er öffnet ihr die Tür und umarmt sie, überwältigt von seinen Gefühlen, küsst sie in den Nacken, auf den Mund, sie erwidert den Kuss, die Umarmung und löst sich dann von ihm, obwohl er sie am liebsten nie mehr loslassen würde.

»Bist du okay?« Sie mustert ihn aufmerksam.

»Ich bin okay. Es gab schon einfachere Tage. Aber ich bin okay.«

Malou nimmt Dario an die Hand, als müsse sie ihn ins Wohnzimmer führen, die simple Geste macht ihn froh. Malou ist wichtiger als alles andere. Sein Einsatz hat sich gelohnt, alles ist am Ende gut gegangen.

»Erzähl, was hast du erfahren?« Malou setzt sich an den Tisch im Wohnzimmer.

Dario nimmt ebenfalls Platz, schiebt ihr das Fotoalbum zu und schlägt es auf der ersten Seite auf.

»Bist du das?«

»Nein. Das ist mein Vater. Sein Name ist Erwin Beck.«

67.

Der Wecker zeigt kurz vor sieben Uhr an. Malou würde lieber bleiben, aber sie kann nicht warten, bis Dario aufwacht, sie hat zu viel zu tun. Und wecken will sie ihn auch nicht. Nachdem sie sich gestern Abend gegenseitig auf den neuesten Stand gebracht hatten, sind sie über einander hergefallen wie emotional ausgehungerte Tiere. Sie sind derzeit beide am Limit, es hat gutgetan, nicht allein zu sein, jemanden zu spüren, sich selbst zu spüren und zurückzufinden zu dem, was zählt – wenn die Welt um einen herum verrücktspielt. Malou steht auf, sucht ihre Unterwäsche, das Shirt, die Hose, klemmt sich die Kleidung unter den Arm, schenkt Dario einen zärtlichen Blick und schleicht sich aus dem Zimmer.

In der Küche reißt sie einen Zettel vom Notizblock, um ihm wenigstens eine Nachricht zu hinterlassen. Sie zögert einen Moment, überlegt, ob sie ihm die magischen drei Worte schreiben soll, doch es geht nicht, sie ist noch nicht so weit, noch nicht ganz. Bald, denkt sie.

Danke für den wunderbaren Abend, schreibt sie stattdessen. *Es war schön, bei dir zu sein. Egal, was kommt, wir schaffen das. M.*

Sie hofft, dass das nicht gelogen ist. Malou zieht sich an, blickt kurz in den Spiegel im Flur und wuschelt sich zweimal durchs Haar, dann greift sie nach ihrer Tasche, schließt die Tür auf – der Schlüssel ist zweimal umgedreht – und macht sich auf den Weg zum Polizeipräsidium. Es ist Montagmorgen. Noch zwei Tage, bis der Mörder wieder zuschlagen könnte – der Mörder namens Erwin Beck. Malou hat keine Zweifel mehr, nicht, nachdem sie von Dario dessen Geschichte erfahren hat. Erwin Beck, der seine Mutter mit fünf verloren hat, ist der Mann, den sie sucht, der Mann, der die Mütter seiner Kinder an deren fünftem Geburtstag tötete. Die Frage ist einzig, wo sie ihn findet. Und wann.

Das Großraumbüro liegt still und verlassen da, einzig das endlose Summen der Computer und Apparate ist zu vernehmen. An der Decke flackert eine Neonröhre, die seit Wochen ersetzt werden sollte. Sie setzt sich an ihren Computer und startet eine Personensuche. Schon nach wenigen Minuten ist klar, dass sie damit keinen Erfolg haben wird. Sie stößt zwar auf mehrere Personen mit dem Namen Erwin Beck, aber entweder sind sie zu alt oder zu jung, keiner scheint ins Schema zu passen. Es ist zum Verzweifeln – und gleichzeitig verständlich: Hätte sie mehrere Frauen umgebracht, würde sie auch darauf achten, dass sie nicht im Personenverzeichnis gefunden werden kann. Also sucht sie nach dem Delikt, das allem Anschein nach am Anfang der tragischen Geschichte stand: Ein Femizid vor circa fünfundfünfzig Jahren, höchstwahrscheinlich in Köniz begangen, falls die

Angaben von Astrid Baumann stimmen. Jetzt hat Malou mehr Glück: Sie findet eine digitalisierte Jahreschronik der Gemeinde Köniz von 1973, in der das Verbrechen in einer kurzen Notiz erwähnt wird.

11. November. Tragischer Todesfall: Die Polizei vermeldet, dass es in unserer Gemeinde zu einem Streit mit Todesfolge gekommen ist. Manfred B. hat seine Ehefrau Anastasia B. im Rahmen einer Auseinandersetzung getötet. Er ließ sich widerstandslos festnehmen und befindet sich in Haft. Die Eheleute hinterlassen einen kleinen Sohn.

Mehr steht da nicht. Keine Adresse, kein genaues Datum. Aber jetzt kennt sie den Namen der Frau. Neben dem Text ist eine Fotografie eingefügt, die so stark verpixelt ist, dass das Gesicht kaum zu erkennen ist: Anastasia Beck. Malou vergrößert das Foto auf dem Bildschirm und erkennt die Frau wieder. Sie holt die gerahmte Fotografie aus der Tasche, die sie in der Wohnung in Konstanz gestohlen hat, und hält die Bilder nebeneinander: nicht die gleiche Aufnahme, aber die gleiche Frau. Ein Treffer. Die Wohnung in Konstanz gehört Erwin Beck.

Anastasia, gestorben im November 1973 – das könnte ihr weiterhelfen, denkt Malou. Es schuldet ihr noch jemand einen Gefallen.

Doch vorher muss sie mit Sandro reden. Es ist fast acht Uhr, er sollte eigentlich schon hier sein. Sie steigt die Stufen hoch in den nächsten Stock, wo sein Einzelbüro liegt. Die Tür ist nur angelehnt, drinnen brennt Licht. Malou klopft an den Türrahmen.

»Herein – Malou!« Sandro klingt ehrlich erfreut.

»Sandro, ich muss mit dir reden.« Malou will keine Zeit mit Small Talk verlieren. »Ich bin da an einer Sache dran. Ich glaube, eine Frau ist in höchster Gefahr. Wir müssen sofort alles in die Wege leiten, um einen Mord zu verhindern und einen Serienkiller zu verhaften.«

»Langsam, langsam, bitte der Reihe nach.« Sandro bleibt ruhig und gefasst – zu ruhig und zu gefasst für Malous Geschmack.

Also beginnt sie ganz von vorne, schildert, wie sie auf die Spur von Darios Vater gekommen ist, dass er noch weitere Kinder gezeugt hat, dass all ihre Mütter verschwunden sind und dass unmittelbar Gefahr im Verzug ist.

»Es geht also um den Fall, der längst verjährt ist«, setzt Sandro an, als sie geschlossen hat. Sie fällt ihm sofort wieder ins Wort. »Der Fall von Darios Mutter mag verjährt sein, aber die anderen Morde sind es nicht! Und ein weiterer steht kurz bevor!«

»Du bist sicher, dass die Fälle zusammenhängen?«

»Hallo, hast du mir überhaupt zugehört? Die Kinder der vermissten Mütter haben alle den gleichen Vater!«

»Auch der Junge aus Konstanz?«

»Dazu habe ich noch keine Beweise, aber die Fotografie!«

»Malou, verstehe ich dich richtig: Du suchst in deinem Urlaub auf eigene Faust nach einem möglichen Serienmörder, fährst dafür nach Deutschland, brichst dort in eine Wohnung ein und breitest nun eine abstruse Theorie vor mir aus mit der Bitte, dass ich sofort bei unseren deutschen Kollegen vorstellig werde? Obwohl in dieser ganzen Sache nicht offiziell ermittelt wird?«

»Ja. Es ist dringend. Ab sofort wird offiziell ermittelt. Die Wohnung muss observiert werden, wie auch jene von Julia Geiser. Nur so haben wir eine Chance, ihn zu erwischen.«

Sandro schweigt einige Sekunden und blickt Malou nachdenklich an.

»Malou, hier bin immer noch ich derjenige, der die Entscheidungen trifft. Ich halte dich für eine ausgezeichnete Polizistin – aber ich bin maßlos von dir enttäuscht. Dein Vorgehen ist nicht akzeptabel, aber darüber reden wir später. Ich zähle auf deinen Instinkt und auf dein Wort, darum werde ich mich sofort mit den Kollegen in Konstanz in Verbindung setzen.«

Er hält inne, Malou sieht ihm an, dass er noch etwas sagen will, es verwirft und es dann doch sagt.

»Verflucht, was hast du dir eigentlich dabei gedacht?«

»Was ich mir dabei gedacht habe?«

Malou wird wütend. Wie kann er sie so etwas fragen – nachdem sie eine Mordserie aufgedeckt hat und so nahe dran ist am Killer. Einzig, weil sie sich eines Falls angenommen hat, den er nicht aufgreifen wollte.

»Ich habe meine Arbeit als Polizistin getan! Du müsstest mir danken! Weil ich mich um einen Cold Case gekümmert habe, der dich nicht interessiert hat, bin ich auf weitere schwere Verbrechen gestoßen, die sonst nie geklärt worden wären.«

»Noch ist gar nichts aufgeklärt«, fährt Sandro sie an. »Noch ist es nur eine Theorie in deinem Kopf.«

»Du ...« Malou bricht mitten im Satz ab. Sie ist zu aufgeregt, sie versteht ihren Chef nicht mehr. Wie konnte er nur zu einem solch ängstlichen Paragrafenreiter werden? Statt ihr zu ihrem Einsatz zu gratulieren, rügt er sie, weil sie nicht exakt nach Vorschrift gehandelt hat. Malou kann es nicht fassen, doch sie reißt sich zusammen und bemüht sich, sachlich zu bleiben. »Ich bin mir zu hundert Prozent sicher, dass der Täter am Mittwoch zuschlagen will. Vielleicht ist das unsere einzige Chance, ihn zu kriegen. Bitte reiche über die Staatsanwaltschaft ein internationales Rechtshilfeersuchen ein, gib den deutschen Kollegen meinen Kontakt an, damit ich sie genau instruieren kann, was sie tun sollen.« Malou zögert und schiebt ein »Danke« nach. Dann dreht sie sich um und verlässt das Büro.

»Malou, wo willst du hin?«, ruft Sandro ihr nach.

Doch Malou ist schon draußen im Flur und stellt sich taub. Sie hat noch etwas Dringendes zu erledigen, und sie will nicht, dass Sandro sie daran hindert. Zwei Stufen auf einmal nehmend, rennt sie hinab ins Großraumbüro, sie will nur rasch ihre Tasche holen und merkt zu spät, dass sie gleich in die nächste Konfrontation katapultiert wird: Bernard sitzt an seinem Schreibtisch respektive saß an seinem Schreibtisch; er schnellt sofort hoch, als er sie erblickt.

»Malou, gut, dass ich dich sehe! Ich will mich wirklich entschuldigen für den Abend bei dir, ich war betrunken, ich habe mich unsäglich benommen, bitte verzeih!«

Er macht drei Schritte auf sie zu, sie weicht zurück.

»Bernard, vergiss es!«

»Malou, bitte, ich habe mich doch entschuldigt, können wir nicht wieder Freunde sein?«

»Freunde sein? Ernsthaft jetzt? Ich bin mit dir fertig! Ich werde Anzeige erstatten. Du kannst nicht eine Kollegin stalken und dann meinen, mit einer Entschuldigung sei alles wieder gut.«

»*Stalken?*«

»Wie würdest du das denn nennen? In mein Haus schleichen, Lilien deponieren, anonyme Karten schreiben, mich mit erfundenen Gesichtern hinter dem Fenster in Angst versetzen, und vor allem: Meinem dementen Vater Blumen bringen ...«

»Wovon sprichst du? Ich kenne deinen Vater nicht! Ich habe nichts erfunden, ich habe keine Blumen ...«

»Netter Versuch, aber vergiss es, ich habe jetzt weder die Nerven noch die Zeit, um mich mit deinem gekränkten Ego zu beschäftigen.«

»Mein Ego ist nicht gekränkt!«, ruft Bernard jetzt laut.

»Dann ist es ja gut, dann bitte ich dich, mich künftig in Ruhe zu lassen.«

»Malou, bitte! Ich bin nicht bei dir eingestiegen, ich habe keine Blumen deponiert, schon gar nicht bei deinem Vater, und ich habe wirklich ein Gesicht hinter deinem Fenster gesehen. Mein einziges Verschulden ist, dass ich dir betrunken etwas überschwänglich den Hof gemacht habe.«

»Etwas überschwänglich ...«

»Und das tut mir leid. Aber alles andere ... das war

ich nicht. Wirklich nicht. Bitte glaub mir. Du kennst mich doch: Ich bin kein Stalker. Jemand anderes ist hinter dir her. Bitte glaub mir, ich mache mir Sorgen um dich.«

»Das hatten wir doch schon. Versuch's mal mit einer neuen Masche.«

»Malou …«

Sie zögert. Was, wenn er die Wahrheit sagt? Kurz entschlossen zückt sie ihr Handy. »Kann ich rasch ein Foto von dir machen?«

»Warum?«

»Ich will prüfen, ob du die Wahrheit sagst.«

»Wenn es hilft, dass du mir endlich glaubst …«

Malou schießt ein Foto von Bernard, der ziemlich verdutzt vor seinem Schreibtisch steht.

»Danke, wir werden sehen.«

Ohne ein weiteres Wort verlässt Malou das Büro.

68.

Malou stellt Bruna vor dem Eingangstor des Bremgartenfriedhofs ab. Sie hat Ludwig angekündigt, dass sie vorbeikommt. Er wartet bereits vor dem Krematorium auf sie, in dessen Mauern auch sein Büro eingerichtet ist. »Du weißt, dass ich das eigentlich nicht tun darf?« Ludwig hat sie auch schon freundlicher begrüßt, denkt Malou.

»Und du weißt, dass du mir einen Gefallen schuldest?« Das tut er wirklich, nachdem er sie mit der Aktion um den toten Attentäter in einen Schlamassel hineingeritten hat – auch wenn ihm das wahrscheinlich noch immer nicht bewusst ist. Auf der anderen Seite: Hätte er sie nicht die Grabrede auf einen Attentäter halten lassen, wäre sie nicht beurlaubt worden, dann hätte sie sich kaum auf ein Blind Date mit Dario verabredet, und sie hätte sich ganz bestimmt nicht um den Fall Anna kümmern können. Und dann wäre sie nicht einem Serienmörder auf die Spur gekommen, der jahrelang, ach was, jahrzehntelang unentdeckt getötet hat.

»Du sollst nur einen Namen für mich nachschlagen, das ist alles.«

»Aber die Informationen sind doch vertraulich.«

»Mir darfst du sie anvertrauen. Ich gebe sie nicht weiter.«

Ludwig sieht sie zweifelnd an. Dabei schnellt seine rechte Augenbraue hoch, eine Mimik, die sein ganzes Gesicht aus dem Gleichgewicht bringt.

»Also gut, wir können ja mal schauen, vielleicht liegt er ja gar nicht bei uns.«

»Es ist eine Sie.«

»Wie lautet ihr Name?«

»Anastasia Beck.«

»Und wann ist sie gestorben?«

»Im November 1973.«

»Dann würde sie am ehesten im Nord-Sektor liegen.«

Mit einem Stöhnen, das Malou überhört, wendet sich Ludwig um und begibt sich in sein Büro. Sie folgt ihm und schaut dabei zu, wie er sich an seinen Computer setzt, der aus dem letzten Jahrtausend zu stammen scheint. Er ist entsprechend langsam. Malou beißt die Zähne zusammen, um einen Kommentar zu unterdrücken.

»A N A S T A S I A.« Pause. Aufblicken. Weitertippen. »B E C K.«

Ludwig gibt den Namen im Zeitlupentempo ein. Malou verdreht die Augen. Und wartet. Auch Ludwig starrt jetzt wie gebannt auf den Bildschirm.

»Ja! Sie liegt bei uns. Das Grab wurde nicht aufgehoben, die Liegezeit wurde schon mehrmals verlängert.«

Malou klatscht vor Begeisterung in die Hände. Es war nur ein Nebensatz der alten Frau gewesen, den sich Dario zum Glück gemerkt hat: Dass Erwin Beck ihr geschrieben habe, dass er noch immer das Grab seiner Mutter besuche. Ein Nebensatz, mit dem er sich möglicherweise selbst eine Falle gestellt hat.

»Kannst du mir heraussuchen, an wen die Rechnung für die Grabpflege geht?«

Ludwig zögert. »Darf ich das wirklich rausgeben?«

»Ja, du darfst, ich bin Polizistin«, sagt Malou in professionellem Tonfall.

»Okay, Moment.«

Malou ballt die Faust und holt ihr kleines, rotes Büchlein hervor.

Wieder dauert es eine gefühlte Ewigkeit, bis Ludwig die Angaben aus dem Computer herausgeholt hat.

»Die Rechnung geht an – das ist ja eigenartig ...«

»Was ist eigenartig?«

»Die Rechnung geht an Anastasia Beck selbst. Aber die ist ja tot.«

»Wie lautet die Adresse?«

»Herzwilstrasse 18, Köniz.«

»Und die Rechnung wird stets beglichen?«

»Ja, jedes Jahr, pünktlich.«

Malou schlägt die Adresse auf Google-Maps nach. In der Herzwilstrasse 18 liegt ein Einfamilienhaus, etwas abseits des Dorfes, sogar ziemlich abgelegen. Wahrscheinlich Erwin Becks Elternhaus. Gut möglich, dass er es über all die Jahre behalten hat und noch immer darin wohnt. Auf jeden Fall muss jemand den Briefkasten leeren, sonst wären die Rechnungen nicht bezahlt worden.

»Danke, Ludwig.«

»Das war schon alles?«

»Noch nicht ganz. Erinnerst du dich, dass du mir von dem Mann erzählt hast, der sich nach meinem Vater erkundigt hat?«

»Ja. Bernard.«

»Ich möchte dir ein Foto zeigen.«

Malou kramt ihr Handy hervor und sucht nach dem Foto, das sie vorhin von Bernard geschossen hat. Sie hält es Ludwig hin. Er weicht ihr aus, weil er auf die nahe Distanz nichts sehen kann. Dann setzt er die Lesebrille auf und rückt wieder näher.

»Nein, das war er nicht. Bernard war weniger kräftig gebaut. Und er sah netter aus.«

Bernard hat doch die Wahrheit gesagt, denkt Malou. Er war nicht auf dem Friedhof. Er war nicht bei ihrem Vater. Er ist nicht der Stalker. Sie hat ihm unrecht getan. Aber wer war es dann? Malou schaudert und blickt aus dem Fenster. Der Friedhof liegt tot und leer da, nichts rührt sich. Wer sonst wusste von den Postkarten mit den Tiermotiven? Ist es doch der Serienmörder, der ihr nachstellt – weil sie ihm zu nahe gekommen ist? Malou denkt an die Worte des Graphologen Dummermuth; ihre Karten wurden nicht von einem Linkshänder geschrieben. Es muss zwei Absender geben … wer also war in ihrem Haus?

»Malou, alles in Ordnung?«, fragt Ludwig.

»Ja. Einen Moment.«

Malou klickt das Foto auf ihrem Handy weg, sucht

nach der Tinder-App, öffnet ihr Profil und den letzten Chat, in dem sie sich mit Dario zum ersten Blind Date verabredet hat. Sie klickt auf Darios Profilfoto und hält es Ludwig hin.

»War es dieser Mann?«

»Herakles«, liest Ludwig und schüttelt den Kopf. »Wer tauft sein Kind Herakles?«

»War es dieser Mann, der sich nach Pa erkundigt hat?«, hakt Malou nach.

Ludwig schaut sich das Gesicht auf der Fotografie genauer an und nickt.

»Der war's. Der heißt gar nicht Herakles. Das ist Bernard!«

»Tatsächlich heißt er Dario«, sagt Malou und realisiert im gleichen Augenblick, dass sie auf einmal nicht mehr sicher ist, ob das wirklich stimmt.

69.

Mit einem gekonnten Schwung wendet Dario das Omelett in der Pfanne. Vielleicht sollte er sich bei einem Restaurant als Koch bewerben, denkt er. Gleichzeitig stellt er fest, dass er sich durchaus an die Arbeitslosigkeit gewöhnen könnte. Es geht ihm so viel besser als noch bis vor zwei Wochen, wo er täglich ins Heim fahren und die krassen Jugendlichen ertragen musste. Es fühlt sich an, als wäre das in einem anderen Leben gewesen, mit einem anderen Menschen in der Hauptrolle, nicht er selbst.

Zum wiederholten Mal wirft er einen Blick auf Malous Zettel, der noch immer auf dem Küchentisch liegt. *Es war schön, bei dir zu sein,* hat sie geschrieben. *Egal, was kommt, wir schaffen das.* Ein Lächeln legt sich auf Darios Lippen. Sein Plan ist aufgegangen. Er hat alles richtig gemacht und Malou für sich gewinnen können. Er spürt ihre Zuneigung, und falls es bei ihr womöglich noch nicht Liebe ist, so ist er doch sicher, dass ihre Gefühle ihm gegenüber noch wachsen werden. Er ist heute voller Zuversicht. Das ist nicht immer so. Doch die Tage des Zweifels und des Verzweifelns sind weniger geworden, seit Malou in seinem Leben aufgetaucht ist.

Er deckt akkurat den Küchentisch – Tischset, der Teller exakt in der Mitte platziert, Serviette links, Gabel links, Messer rechts, die Kaffeetasse auf den Rand des Tischsets und die Messerspitze ausgerichtet – und lässt das Omelett auf den Teller gleiten. Er schneidet bei der Petersilie im Blumentopf vor dem Küchenfenster zwei Halme ab und legt einen links und einen rechts auf den Tellerrand. Dann setzt er sich hin und verschlingt das Frühstück, als hätte er seit Tagen nichts gegessen.

Als er damit fertig ist, räumt er das Geschirr in die Spülmaschine, wischt den Tisch ab, holt seinen Laptop und klappt ihn auf. Was ihn an Malou ärgert, ist, dass sie ihn nie in ihre Recherchen mit einbezieht. Zack, und schon ist sie wieder weg, ohne ihm zu sagen, wohin sie geht oder was sie vorhat. Sicher ist einzig, dass sie seinen Vater jagen will. Er ist unentschlossen, ob er sich darüber freuen soll oder nicht. Auf jeden Fall fühlt sich Dario wie ein ausgedientes Spielzeug, das man in die Ecke stellt, wenn es gerade nicht gebraucht wird. Sie müsste ihm nur sagen, was zu tun ist. Aber nein, die Frau schweigt und verschwindet. Wenigstens nicht ohne Nachricht zum Abschied.

Dario fährt den Laptop hoch und gibt den Namen *Erwin Beck* in die Suchmaske ein. Er findet mehrere Todesanzeigen von verschiedenen Erwin Becks, die alle schon vor einer Weile gestorben sind. Dann stößt er auf einen berühmten Biologen dieses Namens, den er nicht kennt und der ebenfalls seit Jahren tot ist, sowie auf einen Fachhochschullehrer, der aber äußerlich in etwa so viel mit ihm gemein hat wie Boris Becker. Auch ist er zu jung, um als sein Vater infrage zu kommen. Mehr spuckt die Suchmaschine nicht aus, das Internet bringt ihn nicht weiter.

Dario klappt das Fotoalbum auf, das er von Astrid Baumann erhalten hat, studiert erneut die Gesichtszüge des Jungen, die den seinen so ähnlich sind und die noch immer eine Assoziation bei ihm wecken, die er nicht greifen kann.

Was könnte er sonst noch versuchen? Dario hasst es, in die passive Position des Wartenden versetzt zu werden, er möchte lieber selbst etwas tun. Weil ihm aber nichts mehr einfällt, packt er seine Badesachen in die Tasche und macht sich auf den Weg ins Marzilibad. Schwimmen wird ihm helfen.

Eine halbe Stunde später krault er seine Bahnen. Er verliert sich im Rhythmus der Züge, es gibt nur noch ihn und das Wasser und seinen Körper, der darin wie ein Fisch vorwärtsgleitet. Alles, was schwer ist, fällt von ihm ab. Er wünschte sich, er könnte immer weiterschwimmen, müsste das Wasser nie verlassen, nicht zurückkehren in die Welt da draußen, in der die Tode zu früh kommen und das Böse überall lauert – vor allem dort, wo man es am wenigsten erwartet. Auf einmal hadert er doch mit sich, wieder einmal, die Traurigkeit überflutet ihn und auch die Wut – die Wut darauf, dass er nicht ein normales Leben führen kann. Er wäre so gerne wie all die anderen. Er wünscht sich nichts mehr als ein normales Leben – aber in seinem Leben ist nichts normal, und nicht vieles ist gut. Als hätte sich ein Fluch über ihn und seine Familie gelegt, der Tod und Unheil bringt, immer wieder. Dario schlägt wütend ins Wasser, schwimmt wie ein Wahnsinniger und gerät außer Atem. Beruhigen, er muss sich beruhigen. Am Ende der Schwimmbahn hievt er sich aus dem Becken, schaut sich um. Dann begibt er sich eiligst zur Garderobe, klaubt sein Telefon aus der Tasche und wählt eine Nummer.

70.

Malou fährt viel zu schnell. Brunas Motor ist am Anschlag, es ist ein Wunder, dass er nicht längst den Geist aufgegeben hat. An einem Rotlicht bremst sie abrupt ab, schlängelt sich zwischen den wartenden Autos hindurch, und als die Ampel auf Grün wechselt, überholt sie frech zwei weitere Wagen, was ihr ein verärgertes Hupen beschert. Es ist ihr egal. Sie ist so unsagbar wütend, dass sie sich gar nicht erst die Mühe machen will, sich zu beruhigen.

Dario. Ausgerechnet Dario! Er hat sie hintergangen. Er hat sie gestalkt. Dabei hatte sie gedacht, dass er anders sei, ja, dass sie sich zum ersten Mal seit Jahren wieder verlieben könnte. Und jetzt das: Dario ist ihr Stalker!

»Verfluchter Vollidiot!«, zetert Malou laut.

Der Radfahrer, den sie gerade überholt, zuckt erschrocken zusammen.

Bestimmt hat Dario das Foto von ihr und Ludwig in der Zeitung gesehen und sich dann an den Friedhofsgärtner herangemacht, um ihn über ihre Familie auszuhorchen. Er hat sich heimtückisch in ihr Leben geschlichen, hat Pa im Heim besucht und ihm die Lilien hingestellt –

die gleichen Blumen, die der Einbrecher bei ihr im Haus zurückgelassen hat. Warum? Sie versteht es nicht, alles scheint verkehrt in dieser Geschichte. Wollte er den Einbrecher nachahmen, um sie zu ängstigen? Oder war es auch Dario, der bei ihr eingebrochen ist?

»Was wird hier gespielt?«, sagt sie laut vor sich hin.

Bei einer Abzweigung fährt Malou rechts ran, um noch einmal den Weg zu checken. Sie ist unterwegs zur Herzwilstrasse in Köniz. Es gab nichts zu überlegen: Es ist klar, dass sie hinfahren muss. Sie kann nicht *nicht* hinfahren – zur Adresse einer Frau, die vor einem halben Jahrhundert von ihrem Ehemann getötet worden ist und einen kleinen Jungen hinterlassen hat: Erwin Beck, der Mörder dreier Frauen. Sie will sich nur rasch umsehen, schauen, ob jemand dort lebt, ob *er* dort lebt. Falls jemand zu Hause ist, wird sie sofort die Kollegen aufbieten.

Malou erreicht die gesuchte Abzweigung, fährt nach rechts in die Herzwilstrasse, die aus dem Ortskern hinausführt. Die Häuser werden spärlicher und machen schließlich ganz den Wiesen und den Äckern Platz. Das Haus mit der Nummer 18 sieht Malou schon von Weitem. Es steht ganz allein da. Ein perfektes Versteck, denkt Malou, hier wird man von keinen neugierigen Nachbarn gestört.

Sie stellt Bruna in einiger Entfernung ab und nähert sich der Liegenschaft zu Fuß. Es ist ein kleines Haus, wahrscheinlich zwei Zimmer oben, zwei Zimmer unten, eine Küche, ein Bad, für mehr hat es in dem Würfel keinen Platz. Dem Haus ist sein Alter anzusehen; es hat sich niemand die Mühe gemacht, es instand zu halten. Die Farbe an den Fensterläden blättert ab, die Fassade, die mal weiß gewesen sein mag, ist grau-gelblich verfärbt. Vor dem Fenster steht ein Topf mit toten Geranien, die wie Skelettfinger aus der Erde ragen. Sie haben schon lange kein Wasser mehr gesehen.

Trotzdem ist sich Malou nicht sicher, ob das Haus verlassen ist. Draußen stehen Gartenstühle mit Sitzpolstern. Auf dem Tisch ein Tuch. Womöglich dient das Elternhaus dem Mörder als weiterer Rückzugsort wie die Wohnung in Konstanz. Malou wäre nicht überrascht, wenn drinnen an den Wänden Kinderfotos von Dario und vielleicht auch von Jonas hingen. Sie hält beim Gartentor inne. Der Briefkasten ist vom Efeu überwuchert, sie muss einige Zweige wegschieben, um das Namensschild zu lesen. Die vier verblassten Buchstaben sind gerade noch so zu entziffern: *BECK*. Hier ist also nach dem Drama nie jemand anderes eingezogen.

Malou weiß, dass sie Verstärkung rufen müsste. Gleichzeitig ist sie überzeugt, dass Beck nicht hier ist. Er ist bestimmt auf dem Weg nach Konstanz oder bereits dort. Er hat eine Mission, die vorbereitet sein will. Vielleicht hat er schon gemerkt, dass sein Opfer das Weite gesucht hat, und ist verzweifelt auf der Suche.

Malou lauscht. Das Haus liegt still da. Kein Geräusch ist zu vernehmen, außer das Brummen eines Mähdreschers und das Zwitschern der Vögel, die so tun, als ob die Welt in Ordnung wäre.

Auf einmal drängt wieder der Gedanke an Dario in

Malous Kopf. Was für ein Vertrauensbruch! Er hat sie hintergangen, betrogen, belogen, gestalkt. Er hat ihre Gefühle verletzt, obwohl sie so sorgfältig mit ihnen umgegangen ist. Scheißkerl!

Sie verscheucht die Gedanken, sie muss sich konzentrieren. Vielleicht kann sie einen Blick ins Innere des Hauses erhaschen. Vorsichtig öffnet sie das Gartentor, darauf bedacht, keinen Laut zu verursachen, drei, vier große Schritte, schon ist sie am Haus, sie presst sich neben der Eingangstür mit dem Rücken an die Fassade. Weder Türklingel noch Klingelschild. Malou lauscht erneut. Stille. Keiner da. Sie schleicht an der Hausmauer entlang und schaut sich nach etwas Nützlichem um, um draufzusteigen und durch ein Fenster hineinzuschauen, doch da ist nichts, das sich dafür eignet. Als sie auf der Rückseite des Hauses angelangt ist, entdeckt sie einen Schacht, abgedeckt durch einen Gitterrost. Dort unten liegt ein Kellerfenster, es steht offen. Malou blickt sich um, hebt vorsichtig den Rost hoch, legt ihn neben dem Schacht auf den Rasen und klettert hinab. Das Fenster ist gerade groß genug, um durchzuschlüpfen. Mit den Füßen voran klettert sie hinein, mit einem Sprung landet sie auf erdigem Boden. Obwohl sie Turnschuhe trägt, verursacht sie ein rumpelndes Geräusch; lautlos geht anders. Sie verharrt einen Moment lang regungslos. Alles bleibt still.

Malous Augen müssen sich zunächst an die Dunkelheit gewöhnen. Es riecht nach feuchtem Stein und altem Holz und Jutestoff. Langsam zeichnen sich vor ihr die Umrisse eines Holzregals ab, darauf stehen Einmachglä-

ser ohne Ende, darunter liegen in einer Schublade Kartof-
feln, die bereits gekeimt haben. Ihre Keime strecken sich
ihr entgegen wie die Finger gruseliger Geister aus den
schlimmsten Kinderalbträumen. Jetzt sieht Malou auch
die Tür, die sich in der Wand abzeichnet. Sie ist nicht abgeschlossen. Vor dem Lagerraum liegt ein L-förmiger
Flur. Zuvorderst führt eine Treppe nach oben, am anderen Ende liegen zwei weitere Räume. Die Tür zum ersten
Zimmer steht offen: eine Werkstatt. Unter einem hoch lie-
genden Kellerfenster steht eine Hobelbank, daneben sind
Werkzeughalter an die Wand montiert. Die Schraubenzie-
her sind akkurat der Größe nach sortiert, aufgemalte Umrisse zeigen an, wo welches Werkzeug hingehört.

Plötzlich hört Malou ein Geräusch. War das eine Tür?
Dann herrscht wieder Stille. Einzig das Brummen des
Mähdreschers ist zu vernehmen, es ist etwas lauter jetzt,
er muss in der Nähe des Hauses Getreide ernten. Malou verlässt den Raum und geht auf das letzte Zimmer
zu. Die Tür ist geschlossen, doch der Schlüssel steckt im
Schloss. Sie dreht ihn um, nichts passiert, dreht ihn ein
zweites Mal: doppelt abgeschlossen. Sie stößt die Tür auf
und sieht im ersten Moment nur schwarz. Mit der rechten Hand tastet sie nach einem Schalter. Als sie das Licht
anklickt, entfährt ihr ein Schrei.

71.

Ein Krachen bringt das Haus zum Beben. Die Tür zerbirst, laute Rufe peitschen durch den Flur. Vier Männer in Schutzausrüstung stürmen in die Wohnung, die Waffe im Anschlag, hoch konzentriert. Sie sichern das Wohnzimmer – »Sauber!« –, die Küche – »Sauber!« –, das Bad – »Sauber!« –, das Schlafzimmer – »Sauber!« Schließlich treten sie die Tür zum letzten Raum auf, sie knallt mit Wucht gegen die Mauer. Die zwei vordersten Polizisten zielen nach links, nach rechts, dann lassen sie die Waffen sinken und starren an die Wand, an der zahlreiche Fotografien eines kleinen Jungen hängen.

»Da ist niemand!«, ruft der Einsatzleiter des Sonderkommandos der Polizei Konstanz. »Der ist schon ausgeflogen.« Er greift zum Funkgerät und gibt durch, dass die Wohnung leer ist.

Keine fünfzehn Minuten später klingelt Sandro Bandinis Telefon. Er hört einen Moment lang zu, nickt, ohne dass es jemand sieht.

»Ihr habt die Wohnung gestürmt?«, fragt er überrascht.

»Ja, sie war sauber, da war keiner. Der, den ihr sucht,

war nicht zu Hause«, antwortet sein Kollege aus Deutschland.

»Wir hatten nur einen Antrag auf Observierung gestellt«, wendet Sandro ein.

»Wenn Gefahr im Verzug ist, gehen wir immer rein«, sagt sein Kollege. »Aber wir haben einen Wagen vor der Wohnung abgestellt. Wenn er auftaucht, schnappen wir ihn.«

Scheiße, denkt Sandro. Er hätte sich eine diskretere Vorgehensweise seiner deutschen Kollegen gewünscht. Wenn der Verdächtige just nach Hause zurückkehren wollte, als die Fahrzeuge des Sonderkommandos in der Straße standen, wird er kaum noch einmal dort aufkreuzen. Hoffentlich gehen sie jetzt bei der Observierung der Wohnung etwas dezenter vor – Sandro würde sich nicht wundern, wenn die Kollegen in einem Streifenwagen vor dem Haus säßen. Der Verdächtige würde sich bedanken und das Weite suchen, bevor sie ihn entdeckten.

»Und die Wohnung von Julia Geiser?«, fragt Sandro.

»Auch dort stehen wir bereit.«

»Bestens, danke.«

»Ich halte Sie auf dem Laufenden, wenn sich etwas tut.«

Sandro bedankt sich erneut und verabschiedet sich von seinem Kollegen. Umgehend ruft er Malou an, doch sie geht nicht dran. Innerlich schimpft Sandro mit ihr; er kann ihr unkollegiales Verhalten nicht nachvollziehen. Klar, es stimmt, er wollte nicht, dass sie in dem Cold Case ermittelte – ganz einfach, weil es bei einem Verbrechen, das nach Schweizer Recht verjährt ist, für die Polizei nichts mehr zu ermitteln gibt. Aber spätestens als sie entdeckt hatte, dass der Fall mit anderen Delikten zusammenhängen könnte, die noch keine dreißig Jahre zurückliegen, hätte sie sich an ihn wenden müssen. Es ist nicht gerade ein Vertrauensbeweis ihrerseits, dass sie das nicht getan hat. So, wie auch Bettina dachte, sie könne auf eigene Faust ermitteln und dann zu allem Überfluss auch noch das Gesetz selbst in die Hand nehmen. Sandro schüttelt verständnislos den Kopf. Gleichzeitig fragt er sich, ob er selbst Fehler gemacht hat. Sein Team darf ihm nicht entgleiten. Doch jetzt ist nicht der Moment, um sich darüber Gedanken zu machen.

Sandro setzt sich an den Computer, um seine Leute aufzubieten. Sie werden eine Sonderkommission bilden, sie müssen sich zur Teamsitzung treffen. Nur gemeinsam werden sie es schaffen, den Mann zu finden, der – falls Malous These stimmt – über Jahrzehnte unentdeckt mehrere Frauen entführt und wohl auch umgebracht hat.

Soko Vermisst, schreibt Sandro in die Betreffzeile. *Dringliche Sitzung, 14 Uhr.*

Er hofft, dass Malou bis dahin zurück sein wird, denn sonst hat er keine Ahnung, was er der neuen Soko genau erzählen soll. Er blickt auf seine Notizen, realisiert, wie vage sie sind. Erneut ruft er Malou an. Er lässt es lange klingeln, doch sie geht nicht dran.

»Scheiße, Malou!«, sagt Sandro laut.

Doch in seinen Ärger mischt sich auf einmal ein ungutes Gefühl.

72.

Malou hält sich die Hand vor den Mund und erstickt ihren Schrei. Ihr Puls rast. Sie starrt in den Kellerraum und kann nicht glauben, was sie sieht. Vor ihr liegen drei Erdhügel, parallel aufeinander ausgerichtet und sorgsam mit Blumen geschmückt. Sie bückt sich, berührt eine weiße Rose; Plastik. Am Ende jedes Hügels steht ein Holzkreuz, jedes ist mit einer Schwarz-Weiß-Fotografie einer Frau geschmückt. Malou kennt die Gesichter. Darunter stehen die Namen:

Anna Forster
Nathalie Kipfer
Karina Wagner

Daneben ist ein weiteres Grab ausgehoben, noch steht da kein Kreuz. Malou ahnt, wessen Namen darauf geschrieben werden sollte: Julia Geiser.

Sie hat sie gefunden! Sie hat Anna gefunden, Darios Mutter! Und Nathalie und Karina. Nach all der Zeit! Tränen schießen Malou in die Augen, ihre professionelle Abgebrühtheit ist weg, zu nah geht ihr Darios Geschichte, trotz allem und noch immer. Malou geht vor Annas Grab in die Knie. Sie streichelt die Fotografie, fährt der Frau, die sie nie gekannt hat, sanft übers Gesicht. Anna. Sie hat den Fall gelöst, den niemand mehr lösen wollte.

»Es tut mir leid, dass es so lange gedauert hat«, flüstert Malou. Sie wendet sich den anderen zwei Kreuzen zu. »Es tut mir so sehr leid, dass ich zu spät gekommen bin.« Die Tränen suchen sich einen Weg über ihre Wangen. Malou wischt sie nicht weg. »Es tut mir leid.«

Sie erhebt sich, schaut sich im Raum um. An der Wand steht ein Regal, darin liegen sorgsam aufgereiht aus Holz gefertigte Kistchen. Sie zieht eines heraus, öffnet den Deckel: Kinderfotos. Malou sieht den kleinen Dario bei einem Ausflug des Knabenheims. Beim Baden im Bach. Vor dem Eingang einer Schule. Einige der Bilder zeigen Jonas, allerdings nur wenige, er ist zu früh gestorben; sein Vater hat sein Erwachsenwerden nicht dokumentieren können. Malou zieht ein weiteres Kistchen heraus: Postkarten mit Tierbildern, immer Muttertier zusammen mit Jungtier. Alle sind sie noch unbeschrieben. Die nächste Kiste enthält Zeitungsartikel über die verschwundenen Frauen, Vermisstmeldungen, Beck hat alles gesammelt. Malou geht sie hastig durch, hält plötzlich inne, blättert zurück: Der Artikel, der ihr ins Auge gestochen ist, ist eine Kurzmeldung unter einem Bild, das ein zerbeultes Motorrad zeigt. Malou kennt den Text, sie hat ihn schon einmal gelesen. Da steht, dass am Abend des 18. Juli 1994 ein Motorradfahrer etwas außerhalb der Stadt Bern von der Straße abgekommen und in eine Hauswand geprallt sei und dass er sich dabei tödliche Verletzungen zugezogen habe. Auch wenn der Name nicht genannt wird, weiß Malou, wer das Unfallopfer war: Clemens Nowak, Annas Ex-Freund, der nach ihrem Verschwinden wohl zu viele Fragen gestellt hat. Denn Malou glaubt nicht mehr, dass sein Tod ein Unfall war.

Sie greift zum Handy, um Sandro anzurufen; sie brauchen hier ein Großaufgebot, die Rechtsmedizin, die Spurensicherung. Sie will gerade seine Nummer anklicken, da zuckt sie erschrocken zusammen. Waren das Stimmen? Ist da jemand?

Malous Nackenhaare richten sich auf, das Adrenalin kickt rein, ihre Muskeln sind gespannt, und ihre Sinne nehmen alles überdeutlich wahr. Sie steckt das Handy weg und zieht die Waffe. Da hört sie erneut ein Geräusch. Es sind Schritte, direkt über ihr. Er befindet sich im Haus.

Flucht oder Angriff? Malou blickt zum Kellerfenster hoch, entscheidet sich dagegen; zu groß ist das Risiko, dass er sie just in dem Augenblick erwischt, wenn sie versucht, dort hochzuklettern. Also Angriff. Mit der Waffe im Anschlag schleicht sie zurück zur Tür, in den Flur, hinüber zur Treppe, die hinauf in die Wohnung führt. Im Zeitlupentempo steigt sie die Stufen hoch. Sie fröstelt.

Die Tür oben an der Treppe ist einen Spaltbreit geöffnet. Malou stößt sie so langsam wie möglich auf und späht in die Wohnung. Im Bruchteil einer Sekunde verschafft sie sich einen Überblick: Die Tür führt in einen winzigen Flur, direkt gegenüber hängt ein Spiegel an der Wand, linker Hand erkennt sie den Hauseingang, rechts und links des Spiegels liegen zwei Zimmer und am Ende des Flurs wahrscheinlich die Küche. Zu ihrer Rechten führt eine Treppe hoch in den ersten Stock.

Da! Die Geräusche kommen aus der Küche. Der Kühlschrank, der geschlossen wird, eine Flasche, die geöffnet wird. Malou tritt lautlos in den Flur, drei Schritte, und sie steht in der Küchentür. Sie richtet die Waffe auf den Mann, der ihr den Rücken zuwendet.

»Polizei, Hände hoch, umdrehen!«

Der Mann schnellt herum.

»Dario?« Malou starrt ihn entgeistert an.

»Malou?«, sagt er, nicht weniger überrascht.

Malou will gerade die Waffe sinken lassen, doch sie fasst sich gleich wieder. »Hände hoch, hab ich gesagt!«

Dario stellt die Bierflasche hin und streckt die Hände unbeholfen in die Höhe.

»Was tust du hier?«

»Was zum Teufel machst du hier?«

Sie reden beide gleichzeitig los und beide lassen die Frage unbeantwortet stehen. Im Eiltempo geht Malou im Kopf alle möglichen Szenarien durch, doch keines ergibt einen Sinn. Sie begreift nicht, was hier vor sich geht. Sie versteht nicht, was Dario im Haus des Mörders zu suchen hat – und warum er sich hier zu Hause zu fühlen scheint. Sie weiß einzig, dass es nicht gut ist, gar nicht gut ist. Sie tritt auf Dario zu, die Waffe noch immer auf ihn gerichtet, fasst ihn an der Schulter, dreht ihn von sich weg, drückt ihn gegen die Spüle, greift mit der freien Hand nach seinem Arm und drückt ihn auf den Rücken. Da kracht etwas wuchtig in sie hinein, Malou strauchelt, kann sich gerade noch an der Spüle festhalten, doch die Waffe droht ihr zu entgleiten, sie packt fester zu, ein Schuss knallt durch den Raum, die Pistole fällt zu Boden. Malou hört einen Schrei und duckt sich, realisiert aber sofort, dass sie nicht getroffen ist, richtet sich blitzschnell wieder auf und blickt in die Mündung ihrer eigenen Waffe.

Malou weiß sofort, wer der Mann ist, der die Pistole auf sie richtet.

»Eddy!«, brüllt Dario.

Sie kennen sich, denkt Malou und hebt die Hände hoch. »Nicht schießen!«

»Dario, wer ist das?«, fragt der Mann mit ruhiger Stimme.

»Meine Freundin. Sie tut dir nichts. Sie ist Polizistin.«

Im Moment sieht es eher danach aus, dass er *ihr* etwas antun wird, denkt Malou irritiert. Sie blickt sich um, etwas muss sie doch tun können, so darf die Geschichte nicht enden.

Sekundenlang schweigen sich alle drei an, nur ein paar Augenblicke, doch sie fühlen sich an wie Stunden. Malou nimmt die Szenerie wahr, als wäre sie nicht sich selbst, als wäre sie eine Fliege, die oben in der Zimmerecke sitzt und auf die drei Menschen in der Küche hinunterblickt. Sie sieht, wie der Mann auf sie zielt. Er ist kräftig gebaut, breite Schultern, gut in Form für sein Alter. Das graue Haar trägt er millimeterkurz, etwa gleich lang wie den Dreitagebart. Er sieht dem Jungen aus dem Fotoalbum nur noch entfernt ähnlich. Aber er hat dieselbe Nase wie Dario, denkt Malou, dieselben Augenbrauen. Sie sieht alles überscharf, als hätte sie Facettenaugen: seinen Finger am Abzug, die Schweißperlen auf seiner Stirn, die immer mehr werden, die rechte Augenbraue, die nervös zuckt. Er ist nicht mehr ruhig. Sein Blick wirkt verzweifelt. Ein Tier in der Falle, denkt Malou, und Tiere in der Falle sind unberechenbar. Sie muss etwas sagen.

»Dario, warst du schon mal unten im Keller?«

»Was?«, fragt Dario.

»Seien Sie still!«, ruft der Mann, den Dario Eddy nennt.

»Im Keller liegt Anna begraben. Deine Mutter.«

»Schweigen Sie!«

Plötzlich geht alles blitzschnell. Der Mann wendet sich von Malou ab, blickt Dario an, nickt ihm zu. »Es tut mir leid.« Er sagt die vier Worte leise und schnell, im gleichen Moment hebt er den linken Arm und setzt sich die Pistole an die Schläfe.

»Nicht!«, brüllt Dario.

Malou springt nach vorne, reißt ihr Bein hoch und kickt mit einem gezielten Tritt gegen Becks linken Arm. Die Waffe fliegt davon, schlittert über den Boden, Dario bückt sich nach ihr, kriegt sie zu fassen, richtet sich auf und starrt auf das Ding in seiner Hand, als wüsste er nicht, worum es sich handelt, sein Arm zittert, plötzlich zielt er wackelig erst Richtung Malou, dann Richtung Eddy, der in Wahrheit Erwin Beck heißt und jetzt einen Schritt auf Dario zugeht.

»Gib mir die Waffe!«, ruft Malou.

Im gleichen Moment knallt ein Schuss.

Eddy stürzt zu Boden.

Dario schreit.

73.

Die Rechtsmedizinerin Irena Jundt deckt den Leichnam zu.

»Wir bringen den hier ins Institut – und dann kümmern wir uns um die Leichen im Keller.«

»Danke, Irena.« Sandro nickt ihr zu, dann setzt er sich zu Malou an den Tisch im Esszimmer.

Erwin Beck liegt nur wenige Meter neben ihnen unter der Plane. Sein Sohn Dario sitzt auf dem Sofa im Nebenzimmer, wo er von einer Notfallseelsorgerin betreut und von einem Beamten bewacht wird. Immer wieder wird er von Schluchzern geschüttelt, die man bis ins Esszimmer hört.

Bevor die Polizei eintraf, hat Malou kaum ein Wort aus ihm herausbekommen. Er behauptete, Eddy beim Schwimmen kennengelernt und nicht gewusst zu haben, dass er in Wahrheit sein Vater ist. Auch von dem makabren Friedhof im Keller will Dario keine Ahnung gehabt haben. Malou weiß nicht mehr, was sie ihm glauben kann.

»Was ich immer noch nicht verstehe, ist: Welche Rolle spielt Dario Forster in der ganzen Geschichte?«, fragt

Sandro, als hätte er Malous Gedanken gelesen. Er geht seine Notizen durch, die er sich während des Gesprächs mit ihr gemacht hat. »Ist er nur Opfer oder auch Täter? Machte er am Ende mit Beck gemeinsame Sache? Ist das der Grund, warum er ihn getötet hat – damit er ihn nicht mehr verraten kann?«

Malou zuckt unsicher mit den Schultern. »Ich glaube, er wusste tatsächlich nicht, dass Eddy aka Erwin Beck sein Vater war und was sich in dessen Keller befindet. Er meinte, er sei einfach ein väterlicher Freund.« Sie hofft zumindest, dass es so war – dass sich Erwin Beck alias Eddy unerkannt in Darios Leben geschlichen hat, weil er ihm nahe sein wollte. Malou hat Sandro noch nichts von den Lilien und den Karten bei sich zu Hause und bei ihrem Vater erzählt, die Dario nur verdächtig machen.

»Lass mich das Ganze noch einmal rekapitulieren.« Sandro blättert ein paar Seiten zurück. »Erwin Beck war mit Darios Mutter Anna zusammen, hat sie kurz vor der Geburt verlassen und sie an Darios fünftem Geburtstag entführt und getötet. Jahre später schwängerte er Nathalie Kipfer, verließ sie, entführte und ermordete sie ebenfalls am fünften Geburtstag des gemeinsamen Kindes. Danach zog er nach Deutschland, gleiches Muster im Fall Karina Wagner, gleiches Delikt. Und Sonja Geiser hätte in Konstanz übermorgen das gleiche Schicksal ereilt.«

»Vermutlich – wenn ich den Fall nicht gelöst hätte, in dem du mich nicht hast ermitteln lassen wollen.«

Sandro blickt Malou vorwurfsvoll an, kommentiert ihre Spitze aber nicht.

»Und ich glaube, es kommt noch ein weiteres Opfer hinzu«, fügt Malou an. »Clemens Nowak, Annas Freund. Ich denke, Beck hat ihn aus dem Weg geräumt, weil er etwas herausgefunden hat. Das war kein Unfall.«

»Ein toter Mann, drei tote Frauen – warum hat Beck das getan?«

Malou berichtet Sandro, was Dario angeblich von Astrid Baumann erfahren haben will; dass Erwin Beck als kleiner Junge mit ansehen musste, wie der Vater die Mutter erschossen hat, dass er im Knabenheim aufwuchs.

»Falls die Geschichte stimmt, könnte das Trauma zu einer schweren Persönlichkeitsstörung geführt haben«, erklärt Malou. »Vielleicht sah er seine Taten als eine Art Rache für sein Schicksal, womöglich als irrationale Vergeltung an seiner Mutter, weil sie ihn ›verlassen‹ hatte, sich hatte töten lassen. Oder er wollte aus Gründen, die wir nie nachvollziehen können, dass seine Kinder dasselbe durchmachen müssen wie er selbst.«

»Gleichzeitig hat er sie nach dem Tod der Mütter nicht aus den Augen verloren, hat sie beobachtet und ihnen die schrägen Geburtstagskarten im Namen ihrer Mütter geschrieben …«

»Ich glaube, wir können nicht verstehen, was in seinem Kopf vor sich ging. Ich denke, dass er auch schwer narzisstisch gestört war: Er war stolz auf die von ihm gezeugten Kinder, obwohl er sie noch vor ihrer Geburt verlassen hatte. Das zeigt auch der Brief, den er Dario geschrieben hat, um klarzustellen, dass er der Vater ist und nicht etwa ein anderer.«

Sandro blickt hinüber zum zugedeckten Toten. »Ich fürchte, dass wir die Antwort auf die Frage nach dem Warum nie erhalten werden. Die wird er mit ins Grab nehmen.«

Malou nickt. Es wird nie ein psychiatrisches Gutachten über den Täter geben, keinen Prozess, kein Urteil und keine Strafe. Er wollte sich aus der Verantwortung stehlen, und am Ende ist ihm das mithilfe von Dario auch gelungen, denkt Malou bitter.

»Forster muss mit uns mitkommen. Wir werden ein Verfahren eröffnen und ihn einvernehmen. Es wird sich zeigen, ob es wirklich Notwehr war.«

»Es hat wie Notwehr ausgesehen. Vielleicht hat sich der Schuss auch aus Versehen gelöst.« Doch dafür würde Malou nicht die Hand ins Feuer legen. »Darf ich dich um etwas bitten?«

»Kommt darauf an, um was es geht«, meint Sandro vorsichtig.

»Kann ich als Erste mit ihm reden?«

Sandro verdreht genervt die Augen.

»Bitte ...«

»Von mir aus. Aber nicht allein. Ich werde das Gespräch hinter der Scheibe mitverfolgen.«

Als sich Malou zwei Stunden später zum unterirdischen Verhörzimmer begibt, in das Dario gebracht worden ist, hat sie die wichtigsten Anrufe schon hinter sich gebracht. Sie hat mit Julia Geiser gesprochen und ihr gesagt, dass sie in ihre Wohnung zurückkehren könne – die Gefahr sei vorbei. Sie hat lange mit Isabel Wagner telefoniert, ihr erklärt, dass sie das Grab ihrer Mutter gefunden und den Täter aufgespürt hätten, der aber bei einer Auseinandersetzung ums Leben gekommen sei. Die junge Frau reagierte gefasst, traurig und wirkte gleichzeitig auch erleichtert – erleichtert darüber, dass es vorbei ist und sie endlich Gewissheit hat. Herbert Kipfer ist am Telefon in Tränen ausgebrochen, als er vom Fund seiner toten Tochter erfuhr, aber er hat sich bei Malou bedankt, dafür, dass er Nathalie nach all den Jahren doch noch beerdigen könne, auf einem richtigen Friedhof im Grab ihrer Mutter und ihres Sohnes. Malou ist nach den Gesprächen erschöpft, so viel Leid und Trauer und Emotionen.

Darum verschiebt sie eine andere Aussprache auf später: Sie wird noch einmal mit Bernard reden müssen, denn nun hat sie es schwarz auf weiß, dass sie ihn fälschlicherweise verdächtigt hat, und dafür will sie sich entschuldigen. Sie wird ihn zu einem Abendessen einladen, ein Versöhnungsversuch, und hofft, dass er annehmen wird. Doch das muss noch etwas warten.

Malou lässt am Automaten zwei Becher mit der dunkelbraunen Brühe heraus, die den Namen Kaffee zu Unrecht trägt, die aber ihre Wirkung nicht verfehlen wird. Ein Kaffee für sich, einer für Dario – den Mann, von dem sie meinte, dass sie sich in ihn verlieben dürfte. Ein Trugschluss.

Sie stößt die Tür auf und betritt den Raum, in dem Dario allein an einem Tisch sitzt. Vor ihm steht eine Kamera auf einem Stativ, neben ihm in der Wand ist ein Einwegspiegel eingelassen. Malou nickt Sandro unauffällig zu, der dahinter sitzt, ohne dass man ihn sehen kann.

»Malou, es ist so schrecklich, ich wollte nicht schießen, der Schuss hat sich gelöst, ich hab mich total erschrocken, als er auf mich zutrat, Eddy war doch mein Freund! Das meinte ich zumindest.«

Malou hebt die Hand, um Dario zum Schweigen zu bringen. »Darüber wirst du später mit den Ermittlern reden. Ich will mit dir über etwas anderes sprechen.«

Dario schweigt und wischt sich eine Träne weg.

»Du warst bei Ludwig auf dem Friedhof.«

Malou schaut Dario an und liest Panik in seinen Augen. Sein ganzes Gesicht scheint aus dem Gleichgewicht zu geraten.

»Malou, ich kann das erklären …«

»Du hast ihn über meine Familie ausgehorcht und hast meinen dementen Vater besucht. Weiße Lilien – dieselben Blumen, die du bei mir hinterlassen hast, nachdem du bei mir eingebrochen bist.«

Auf einmal fällt sämtliche Körperspannung von Dario ab, er sinkt in sich zusammen und wirkt plötzlich nur noch halb so groß und halb so breit. In dem Moment weiß Malou, dass sie ihn geknackt hat, dass er nicht länger leugnen, sondern die Wahrheit sagen wird.

»Zuallererst will ich wissen: Hast du mit Erwin Beck oder Eddy, wie du ihn nennst, gemeinsame Sache gemacht?«

»Nein, Malou! Wie kannst du so etwas nur denken?«

»Du wusstest also nicht, wer er war?«

»Nein, er hat mich getäuscht. Ich habe ihn beim Schwimmen kennengelernt, er ist Bademeister im Marzili. War Bademeister«, korrigiert Dario sich selbst. »Ich bin ihn hin und wieder besuchen gegangen, auf ein Bier, oft zum Fußballschauen.«

»Seit wann kanntest du ihn?«

»Seit etwa vier Jahren.«

»Du wusstest wirklich nicht, dass er dein Vater war?«

»Nein.«

»Und du warst nie in seinem Keller?«

»Nein! Malou, wenn ich das gewusst hätte …«

»Warum bist du bei mir eingestiegen?«

»Ich … ich wollte doch nur … ich wollte dich erobern!«

»Scheiße, Dario!« Malou schlägt mit der flachen Hand auf den Tisch, reißt sich aber gleich wieder zusammen. »Warum?«

»Du hast mich … es war so schwierig, an dich ranzukommen, ich wusste ja nicht einmal, wo du wohnst …«

»Warum, Dario?«

»Ich hatte das nicht geplant! Weißt du noch, als wir uns auf der Münsterplattform treffen wollten, als du telefoniert hast, nachdem du deine Vespa geparkt hattest?«

»Als meine Tasche geklaut wurde? Das warst auch du.«

»Ich wollte dich begrüßen kommen, aber du warst am Telefon, die Tasche stand auf dem Sattel, ich hab nichts überlegt, ich hab sie einfach an mich genommen, und plötzlich gab es kein Zurück mehr, ich stand da mit der Tasche und wusste nicht, wohin. Also rannte ich zum Bahnhof und verstaute sie in einem Schließfach, bevor ich zurück zur Münsterplattform eilte, um dich zu treffen. Später fand ich dein Notizbuch in der Tasche, deine Schlüssel, und auf deinem Ausweis sah ich, dass du Geburtstag hattest. Du hast mir nicht mal etwas gesagt.«

Dario klingt vorwurfsvoll, doch Malou ist zu müde, um ihn zurechtzuweisen.

»Du warst mehrmals in meinem Haus. Ich hätte darauf kommen müssen: Du schließt immer doppelt ab.« Malou sagt es mehr zu sich selbst. »Woher hattest du meine Adresse?«

»Ich bin dir gefolgt, um herauszufinden, wo du wohnst. Ich wollte dich am Abend überraschen, dir Blumen bringen. Doch dann warst du nicht allein. Da war dieser andere Bulle. Ihr habt Sekt getrunken. Ich war so eifersüchtig.«

»Also bist du danach mit dem gestohlenen Schlüssel in mein Haus eingebrochen und hast mir ein unerwünschtes Geschenk gebracht.«

»Es tut mir leid.«

»Und warum die Karte mit dem Tiermotiv, warum der Text im Namen meiner Mutter? Warum die Ähnlichkeit mit den Karten, die du erhalten hast?« Malou wird laut. Sie kann den Ärger nicht länger unterdrücken. Wie viel Dummheit steckt in diesem Mann, der wie ein Häufchen Elend vor ihr sitzt, wie kann jemand das Gefühl haben, eine Frau zu erobern, indem er sie stalkt und versucht, ihr Angst einzujagen? »Ich sollte denken, die Karte stammt von derselben Person, die dir die Karten schickte ... also vom Mörder!«

»Nein, ich wollte dir doch keine Angst einjagen!«

»Doch, das wolltest du. Warum?«

»Ich war ... ich war wütend wegen diesem Polizisten, weil du mit ihm gefeiert hast statt mit mir.«

»Woher wusstest du das von meiner Mutter?«

»Das Notizbuch in deiner Tasche. Du hast darin über deine leibliche Mutter geschrieben, dich gefragt, ob sie einen Brief hinterlassen hat ...«

»Wie konntest du nur?«

»Es tut mir leid, Malou ... bitte versteh doch! Ich hab das alles doch nur getan, weil ich dich liebe. Du hast so lange gezögert ... ich hatte Angst. Aber du und ich ... wir beide ... wir gehören zusammen! Verzeih mir, bitte!«

Malou schüttelt den Kopf. »So einfach ist das nicht.« Sie greift nach ihrer Tasche und rückt den Stuhl zurück.

»Was wird jetzt passieren?«, fragt Dario verunsichert.

»Es wird ein Verfahren gegen dich eröffnet. Meine Kollegen werden mit dir reden, womöglich kommst du in U-Haft. Wahrscheinlich wird ein Gericht klären müssen, ob du deinen Vater aus Versehen oder aus Notwehr getötet hast. Ich habe nichts mehr mit deinem Fall zu tun.«

»Nein, ich meine, was passiert mit uns?«

»Dario, es gibt kein Uns.«

»Aber alles, was war ... das kannst du doch nicht einfach so wegschmeißen!«

»Dario, du hast mich hintergangen und gestalkt. Ich habe keine Gefühle mehr für dich, null, nada.«

»Bitte, wir könnten neu anfangen ...«

»Es wird keinen Neuanfang geben. Ich habe dir nichts mehr zu sagen.«

Malou erhebt sich, wendet sich ab und verlässt den Raum, ohne einen Blick zurückzuwerfen.

Epilog

»Wie war noch einmal Ihr Name?«

»Ich bin Malou, deine Tochter.«

Malou hält Pas Hand fest, streichelt ihm mit dem Daumen über den Handrücken. Sie meint, ein kleines Lächeln in seinem Gesicht zu lesen.

»Malou.«

Pa legt seine zweite Hand auf ihre, drückt sie. Auch wenn er sich meistens nicht an sie erinnern kann, so glaubt Malou doch, dass er die Verbundenheit zwischen ihnen spürt, dass er zumindest fühlt, wie sehr sie ihn liebt, diesen alten Mann, der alles für sie gab und immer nur das Beste für sie wollte.

»Pa, ich glaube, ich werde meine Stelle kündigen.«

Erneut drückt er ihre Hand.

»Ich will nicht länger bei der Polizei arbeiten. Es passt nicht mehr zu mir.«

»Die Polizei ist heute auch nicht mehr, was sie früher einmal war.« Pa nickt wissend.

»Ich möchte aber weiterhin ermitteln«, erzählt Malou. »Ich könnte mich als Privatdetektivin selbstständig machen, als Anlaufstelle für die Angehörigen von Vermissten, und mich um Cold Cases kümmern, um Menschen, die seit Langem verschwunden sind und nach denen längst niemand mehr sucht. Ich möchte für Angehörige da sein, die von der Polizei vergessen wurden, und ihre Vermissten finden – oder wenigstens die Wahrheit darüber, was mit ihnen passiert ist.«

»Das klingt gut«, sagt ihr Vater mit ernster Stimme. »Es ist richtig, dass du das machst. Gegen das Vergessen kämpfen. Du wirst dabei glücklich werden. Du wirst die Wahrheit finden.«

Malou umarmt Pa, drückt ihn, so fest sie kann, er tätschelt ihren Rücken. Die Wahrheit finden, denkt sie – vielleicht auch die Wahrheit über sich selbst. Irgendwann.

Malou löst sich von ihrem Vater. Sie muss los.

»Ich habe einen Termin auf dem Friedhof, eine Beerdigung.«

Pa, der gerade noch da war, scheint durch sie hindurchzublicken, er reagiert nicht auf ihre Worte. Malou steht auf und verabschiedet sich von ihm. Sie ist schon an der Tür, als er ihr etwas nachruft.

»Grüß Ludwig von mir!«

Malou kehrt noch einmal zu ihm zurück und gibt Pa einen Kuss auf die Stirn.

Als sie eine halbe Stunde später über den Kiesweg auf das Krematorium zugeht, steht Ludwig schon mit der Urne bereit. Die Sonne brennt am Himmel, der blau und wolkenlos über den Baumkronen des Friedhofs steht. Außer dem munteren Gesang der Vögel ist kein Laut zu vernehmen. Der Tag ist zu friedvoll, um einen Serienmörder beizusetzen, denkt Malou.

»Guten Tag, Ludwig, ein lieber Gruß von Pa.«

»Oh, vielen Dank!«

»Es kommt sonst niemand?«

»Es kommt sonst niemand.«

Erwin Becks Kinder verweigern dem Mörder ihrer Mütter das letzte Geleit. Darum ist Malou hier. Weil, wie Pa immer sagte: Keiner hat einen einsamen Tod verdient.

Ludwig hebt die Urne hoch, im Gleichschritt machen er und Malou sich auf den Weg zum Grab von Anastasia Beck. Ihr Sohn, das stand in seinem Testament, in dem er sein Vermögen seinen drei Kindern vermacht hat, wird im Grab seiner Mutter seine letzte Ruhe finden. Plötzlich hört Malou eine Stimme hinter sich rufen. Sie dreht sich um. Eine kleine alte Frau eilt hinkend hinter ihnen her, sie winkt mit einem Stock und hat einen krummen Rücken.

»Warte«, sagt Malou zu Ludwig.

Als die alte Frau zu ihnen aufgeschlossen hat, zeigt sie mit ihrem Stock auf die Urne.

»Das ist der kleine Erwin, richtig? Die Beerdigung findet doch heute statt?«

»Das ist richtig, Erwin Beck«, antwortet Ludwig.

»Sind Sie Frau Baumann?«, fragt Malou.

»Ja, sag Astrid, bitte. Ich mochte den kleinen Erwin sehr. Und ich habe mir gedacht, dass wohl nicht so viele Menschen zu seiner Beerdigung kommen würden. Darum bin ich hier.«

»Keiner hat einen einsamen Tod verdient«, sagt Ludwig.

So begleiten sie Erwin Beck zu dritt auf seinem letzten Gang. Malou spricht wenige Worte, bevor Ludwig die Urne in das ausgehobene Loch auf Anastasias Grab stellt und dieses wieder zuschaufelt. Sie bleiben noch ein paar Minuten schweigend stehen, bevor sie sich auf den Rückweg machen.

»Bist du die Polizistin, die Dario geholfen hat?«, fragt Astrid Malou, als sie wieder vor dem Krematorium stehen.

»Ja, ich bin die Polizistin.«

»Kann ich dich um einen Gefallen bitten?«

»Um was geht es?«

»Ich habe Dario das Fotoalbum von den Jungen im Kinderheim überlassen. Doch ich habe vergessen, dass ich hinten im Album die Briefe einsortiert habe, die ich über die Jahre von den Buben erhalten habe. Die hätte ich gerne zurück.«

»Selbstverständlich, ich werde mich darum kümmern.«

»Danke. Ist es nicht verrückt, wie sich die Geschichte immer wieder wiederholt?«, fragt Astrid Malou.

»Wie meinst du das?«

»Erwin verlor als Kind seine Mutter, weil sie von seinem Vater getötet wurde – und auch sein Sohn Dario verlor seine Mutter durch die Hand seines Vaters. Erwin wurde wie sein Vater zum Mörder und Dario ebenfalls.«

»Es war Notwehr«, sagt Malou automatisch.

»Trotzdem. Es kommt mir vor, als gäbe es vor dem Schicksal kein Entrinnen.«

»Doch«, entgegnet Malou. »Es ist zu einfach, wenn man dem Schicksal die Schuld gibt. Wenn auch nicht alles, so haben wir doch vieles selbst in der Hand.«

»Vielleicht, vielleicht auch nicht.« Astrid Baumann lächelt Malou an. »Pass auf dich auf, mein Kind.«

Zurück zu Hause kümmert sich Malou als Erstes um Frederick, den sie in den letzten Tagen sträflich vernachlässigt hat. Eine Heuschrecke zappelt eingeklemmt in der Pinzette. Malou öffnet das Terrarium, setzt das Insekt auf einem Blatt aus, wo es eine Viertelsekunde zu lange sitzen bleibt. So lange braucht Fredericks Zunge, um das Tier zu umschlingen und in sein Maul zu befördern. Die Beine der Heuschrecke zucken noch zweimal, dann sind sie in Fredericks Schlund verschwunden.

Malou setzt sich an den Laptop und beginnt, ihre Kündigung zu schreiben. Neben dem Computer stehen eine Flasche Champagner und ein halb volles Sektglas. Sie will mit sich selbst auf ihre Zukunft anstoßen – was auch immer sie bringen wird.

Die Beerdigung des Serienmörders Beck ist für sie der Schlusspunkt hinter dem Fall Anna – dem ersten Vermisstenfall, den sie selbst gelöst hat. Trotzdem hängt die Geschichte noch nach, auch die Worte der alten Frau gehen Malou nicht aus dem Kopf. Astrid Baumann, die letztlich die Schlüsselfigur war und sie auf die richtige Spur brachte – dank der Weihnachtskarten, die Beck ihr ein Leben lang geschrieben hat. Das Fotoalbum, denkt Malou, sie darf nicht vergessen, Dario zu sagen, dass

Astrid Baumann die Briefe aus dem Fotoalbum zurückhaben möchte.

Briefe aus dem Fotoalbum.

Malou klappt den Laptop wieder zu. Sie geht hinauf in den ersten Stock und öffnet die Luke in der Zimmerdecke, die auf den Dachboden führt. Sie rollt die Leiter aus und klettert hoch, tastet nach dem Lichtschalter und starrt auf die vielen Kartons ihres Vaters. Ein ganzes Leben, unsortiert in Kisten verpackt. Vier Kisten hat sie bereits wahllos durchwühlt, in der Hoffnung, einen Brief zu finden, der vielleicht gar nicht existiert. Heute aber weiß sie, wonach sie suchen will. Sie öffnet mehrere Kisten, nur um sie gleich wieder wegzuschieben, bis sie auf diejenige stößt, in der die Fotoalben liegen.

Malou zögert einen Moment. Sie fragt sich, ob sie bereit ist für einen Abstecher in die Vergangenheit. Dann greift sie nach einem der Alben und schlägt es auf. Auf der ersten Seite klebt das Gruppenbild ihrer Kindergartenklasse. Sie steht ganz links außen, trägt einen bunten Rock, obwohl sie Röcke nie gemocht hat, und zeigt ein Zahnlückenlächeln. Es folgen Bilder von einem Ausflug in den Wald, Pa, der ihr zeigt, wie man ein Feuer macht, wie man einen Holzstock schnitzt, um daran die Wurst aufzuspießen und über die glühende Kohle zu halten. Dann Bilder von einer Geburtstagstorte mit sieben Kerzen. Ludwig in jungen Jahren, der zum Fest vorbeigekommen war. Malou auf dem neuen Fahrrad, das sie geschenkt bekommen hat, beim Auspusten der Kerzen, und dann ein gemeinsames Bild mit Pa, der den Arm um die kleine Malou legt. Ludwig muss die Aufnahme gemacht haben. Zärtlich fährt Malou mit dem Finger über das Foto. Sie und Pa – Pa, wie er einst war. Sie blättert ganz nach hinten, in der Hoffnung, dass Pa es gleich gehandhabt hat wie Astrid, dass er vielleicht Briefe – den einen Brief – hinten in das Album geklebt hat. Doch auf der letzten Seite findet Malou einzig ein weiteres Foto von sich selbst, sie steht auf einem spitzen Stein und streckt die Arme siegesgewiss in die Höhe, hinter ihr ein sommerliches Bergpanorama. Mehr nicht, kein Brief.

Enttäuscht klappt Malou das Album zu und greift zum nächsten; kleineres Format, eingefasst in einen roten Stoffeinband. Sie erinnert sich vage, dass es das erste Album ihres Lebens ist. Die Fotos darin sind schwarzweiß: ein Baby in einem Kinderwagen. Ein Baby auf einem Kissen auf dem Rasen, ein Wonneproppen, der in die Kamera strahlt. Malou blickt auf das Kind mit dem runden Gesicht und den dicken Ärmchen, das keine Ähnlichkeit mit ihr zu haben scheint. Seltsam, dass sie selbst das ist, obwohl sie sich nicht wiedererkennt. Sie blättert weiter, hält bei einem Bild inne, das sie im Arm ihrer Adoptivmutter zeigt, die schon kurz darauf gestorben ist.

Als Malou auf der letzten Seite ankommt, hält sie den Atem an. Auf der Innenseite des hinteren Einbands ist ein Briefumschlag angeklebt. Womöglich finden sich darin weitere Fotos, die nicht mehr Platz im Album hatten, denkt sie, obwohl sie etwas anderes hofft. Sie öffnet den Umschlag mit zittrigen Fingern.

Keine Fotos, Papier. Ein Brief. Sie faltet ihn auf und beginnt zu lesen.

Wer sich dem Mädchen annimmt, möge ihm diese Zeilen zeigen, wenn es erwachsen ist. Wir möchten es Marie-Louise nennen.

Liebe Marie-Louise,

du bist am 8. Juli 1985 in einem Wohnwagen zur Welt gekommen.

Du bist ein Kind der Liebe. Der größte Beweis dafür ist, dass wir Dich in fremde Hände geben, in der Hoffnung, dass Du dadurch die Chance auf ein besseres Leben hast. Es zerreißt uns das Herz – und doch wissen wir, dass es das Beste für Dich ist. Wir werden weiterziehen, Du wirst bleiben. Trotzdem wirst Du immer bei uns sein – wir werden jeden Tag an Dich denken und Dir unsere Liebe schenken. Wir wünschen Dir ein gutes Leben.

Deine Mutter und Dein Vater

Malou liest die Zeilen ein zweites und gleich noch ein drittes Mal. Die Worte ihrer Eltern wühlen sie auf und berühren sie in ihrem Innersten. Und sie lassen eine Ahnung zur Gewissheit werden: Malou hat zwar den Brief gefunden, doch die Suche hat gerade erst begonnen.

Ende

Danksagung

Vor einigen Jahren habe ich gemeinsam mit der »Audio-
bande« einen True Crime Podcast produziert. Die mehr-
teilige Serie »Sihlquai« drehte sich um mehrere Mord-
fälle in der Schweiz, die nie geklärt werden konnten:
Zwischen 1986 und 2007 verschwanden zehn Frauen, die
für Drogen auf dem Zürcher Straßenstrich angeschafft
hatten. Sieben Frauen wurden tot aufgefunden, drei gelten noch immer als vermisst. Der oder die Täter sind bis
heute auf freiem Fuß.

Im Rahmen der Podcast-Aufnahmen lernte ich Marco
Hauenstein kennen, einen jungen, aufgeschlossenen
Mann mit einer tragischen Geschichte: Er war drei Jahre
alt, als seine Mutter mitten in der Nacht für immer verschwand. Als Marco neunzehn war, tat er, was er schon
lange tun wollte: Mit einem Aufruf auf Facebook lancierte
er eine persönliche Suche nach seiner Mutter. Eine Suche,
die, wie er mir sagte, zeitweise fast zu einer Sucht wurde.

Das Echo auf seinen Aufruf in den sozialen Medien
fiel enorm aus. Der Privatdetektiv Philipp Ryffel erklärte
sich bereit, Marco bei seiner Suche zu unterstützen. Gemeinsam fanden sie Verwandte von Marco, von denen

er zuvor nichts gewusst hatte. Und es stellte sich heraus, dass einige Jahre zuvor am Rheinufer im süddeutschen Dogern ein Oberschenkelknochen gefunden worden war, der – wie die DNA-Analyse zeigte – seiner Mutter zugeordnet werden konnte. Doch die Wahrheit darüber, was in jener Nacht mit seiner Mutter passiert ist, kennt Marco bis heute nicht.

Marcos Geschichte hat mich berührt und nicht mehr losgelassen – und sie hat mich zu diesem Roman inspiriert. Danke, Marco, dass Du mir Deine Geschichte erzählt und mir Dein Vertrauen geschenkt hast, danke für Deine Offenheit, für Deine Kraft und Deinen Mut, mit dem Du auf beeindruckende Art und Weise durchs Leben gehst.

Mein Dank geht auch an all jene, die mich während meiner Arbeit an dem Roman unterstützt haben, die mir weiterhalfen, wenn ich mit meinem Fachwissen an Grenzen stieß, die mir Einblicke gewährten, die das Schreiben dieser Geschichte erst möglich machten, die mir als Erstleser auf die Finger schauten und die für mich da waren, wenn ich über meinem Plot brütete, nach dem roten Faden oder einer falschen Fährte fahndete und versuchte, nicht darüber zu verzweifeln.

Allen voran Marcel Suter, der mir in der intensivsten Schreibphase wiederum auf Lipari ein Zuhause gegeben hat.

Merci d'écouter mes idées, merci pour les contributions et

537

*l'inspiration, merci de ta patience et de m'avoir supporté, merci
d'avoir été là.*

Samira Zingaro danke ich dafür, dass sie mir aufgezeigt
hat, was es bedeutet, einen Teil der eigenen Wurzeln nicht
zu kennen – und sich auf die Suche danach zu machen.
Ungeduldig und gespannt warte ich auf ihren ersten Roman!

Der Fotografin Monika Flückiger danke ich für die Ein-
führung in die Welt des Fotopapiers und der Tücken, die
das Entwickeln von Bildern mit sich bringt.

Die forensische Psychologin Catherine Graber ist immer
für mich da, wenn ich vertiefte Einblicke in die dunklen
Psychen meiner Übeltäter brauche – danke dafür!

Danke an Martin Wyss, den Fachmann für Recht und Gerechtigkeit, der mir dieses Mal beim heiklen Thema De-
menz beratend zur Seite gestanden hat.

Ein riesiges Merci geht an Felix Wenger, den Fachmann
erster Güte, der fast sein ganzes Berufsleben lang Mörder
gefasst hat. Er ist nicht nur mein Erstleser mit dem schärfs-
ten Auge, sondern auch mein bester Ausbildner – zum Beispiel, wenn es darum geht, wie eine moderne Polizeiwaffe
funktioniert, warum die Spurensicherung Papier- und
nicht Plastiksäcke verwendet oder mit welchen Tricks die
Polizei Personen aufspürt, die nirgends verzeichnet sind.

Danke auch an meine detailgenauen Erstleser und Erstleserinnen Ueli und Liliane Wenger – und Gaby Holenstein: Nicht zuletzt für die Eselsbrücke, dank der ich mit über fünfzig Jahren endlich gelernt habe, »horizontal« und »vertikal« voneinander zu unterscheiden ...

Danke an Anita Schnellmann, Marion Sägesser und Claudio Jakob, die kurz vor Druckbeginn mit akribischer Suche den letzten Fehlern den Garaus machten.

Ein Merci von Herzen an meine Familie, an Lilo Brand, Peter Brand, Sue Feissli, Franziska Brand und Jürg Glauser, weil sie es ertragen, dass ich oft in einer anderen Welt lebe, und die trotzdem immer da sind, wenn ich mal wieder auftauche.

Asante sana Nihi na Bura kwa msaada wako nyumbani kwangu Zanzibar. Kazi yako nzuri inanipa wakati wa kuandika wangu.

Und ganz herzlichen Dank an jene Menschen, die im Hintergrund arbeiteten, damit meine Geschichte zu dem Buch werden konnte, das Sie in den Händen halten: Danke an René Stein, der mit seinem Lektorat meinem Text den nötigen Schliff verpasst und meine Logikfehler ausbügelt. Danke an Jana Breunig, Berit Böhm, Astrid von Willmann, Alina Hoffmann, Franziska Salzer und alle anderen vom Blanvalet-Team für euer Vertrauen und eure Unterstützung.
Und last, but not least ein riesengroßes Merci an das

ultimative Agentenpaar Lars Schultze-Kossack und Nadja Kossack, die – ohne zu übertreiben – mein Leben verändert haben.

Dass ich das Geschichtenerzählen zu meinem Beruf machen konnte, verdanke ich aber in erster Linie Ihnen, die dieses Buch in den Händen halten: Danke, liebe Leserinnen und Leser, dass Sie sich von mir in eine andere Welt entführen lassen, um die Abenteuer meiner Protagonisten mitzuerleben. Auf ein nächstes Mal!

Herzlich, Christine Brand

Zugleich faszinierend wie erschreckend – sechs reale Fälle, die unter die Haut gehen ...

352 Seiten. ISBN 978-3-7645-0829-6

Ein junger Mann sperrt seinen Freund in eine Höhle, schüttet den Eingang zu und denkt nicht daran, ihn wieder auszugraben. Ein brutaler Mörder nimmt die Familie einer Schmuckverkäuferin als Geisel und droht, sie in die Luft zu jagen. Eine durch einen vermeintlichen Unfall behinderte Frau stirbt in der Badewanne, und niemand merkt, dass es Mord war. Von diesen und weiteren Fällen erzählt Gerichtsreporterin Christine Brand auf eindringliche und gleichzeitig feinfühlige Weise. Ihre Erkenntnisse zu Tat, Motiv und den Abgründen der menschlichen Psyche sind spannender und oft unglaublicher als jeder Krimi!

Nervenzerreißend spannend – die Fälle für das Schweizer Ermittlerduo Milla Nova und Sandro Bandini!

ISBN 978-3-7341-0620-0

ISBN 978-3-7341-1047-4

ISBN 978-3-7341-1186-0

ISBN 978-3-7645-0771-8

ISBN 978-3-7341-1306-2

Lesen Sie mehr unter: **www.blanvalet.de**